LIZ FIELDING

LA ROSA DEL DESIERTO

UN MARIDO DE ENSUEÑO

VIDAS SOÑADAS

Editado por Harlequin Ibérica.
Una división de HarperCollins Ibérica, S.A.
Núñez de Balboa, 56
28001 Madrid

© 2017 Harlequin Ibérica, una división de HarperCollins Ibérica, S.A.
N.º 8 - 6.12.17

© 2000 Liz Fielding
La rosa del desierto
Título original: His Desert Rose

© 2000 Liz Fielding
Un marido de ensueño
Título original: Her Ideal Husband

© 2000 Liz Fielding
Vidas soñadas
Título original: His Runaway Bride
Publicadas originalmente por Mills & Boon®, Ltd., Londres
Estos títulos fueron publicados originalmente en español en 2000, 2001 y 2001

Todos los derechos están reservados incluidos los de reproducción, total o parcial. Esta edición ha sido publicada con autorización de Harlequin Books S.A.
Esta es una obra de ficción. Nombres, caracteres, lugares, y situaciones son producto de la imaginación del autor o son utilizados ficticiamente, y cualquier parecido con personas, vivas o muertas, establecimientos de negocios (comerciales), hechos o situaciones son pura coincidencia.
® Harlequin, HQN y logotipo Harlequin son marcas registradas por Harlequin Enterprises Limited.
® y ™ son marcas registradas por Harlequin Enterprises Limited y sus filiales, utilizadas con licencia. Las marcas que lleven ® están registradas en la Oficina Española de Patentes y Marcas y en otros países.
Imagen de cubierta utilizada con permiso de Dreamstime.com.

I.S.B.N.: 978-84-687-9994-0
Depósito legal: M-25137-2017

ÍNDICE

La rosa del desierto	7
Un marido de ensueño	145
Vidas soñadas	289

LA ROSA DEL DESIERTO

LIZ FIELDING

Capítulo 1

Había una periodista en el avión, Partridge –el príncipe Hasan al Rashid se unió a su secretario en la parte de atrás de la limusina–. Rose Fenton. Es una corresponsal extranjera de una de las nuevas cadenas de noticias. Averigua qué hace aquí.

–No hay ningún misterio al respecto, Excelencia. Convalece de neumonía. Eso es todo.

Hasan le lanzó una mirada que cuestionó su cordura. Pero Partridge era joven, británico e increíblemente inocente cuando se trataba de política, mientras que él había aprendido el juego sobre las rodillas de su abuelo y sospechaba que distaba mucho de ser «todo».

–Es la hermana de Tim Fenton –añadió Partridge, como si eso lo explicara–. Es el nuevo veterinario jefe –continuó al comprender que no era así–. Pensó que un poco de sol ayudaría a la recuperación de su hermana.

–¿Sí? –qué casualidad–. ¿Y desde cuándo estar emparentada con el veterinario jefe le da derecho a alguien, y más a una periodista, a viajar en el avión privado de Abdullah?

–Creo que Su Alteza consideró que la señorita Fenton agradecería un poco de comodidad después de haber estado tan enferma. Al parecer es un gran admirador... –Hasan agitó una mano, pero Partridge continuó–: Y como usted venía a casa...

–Solo me enteré de la programación del vuelo cuando le pedí

a la embajada que organizara mi medio de transporte. Ambos sabemos que Abdullah no haría volar ni una cometa por mí. En cuanto a ofrecer su palacio aéreo personal...

–Creo que Su Alteza es plenamente consciente de la opinión que tiene usted sobre su extravagancia.

–Sí, bueno, incluso la reina de Inglaterra vuela estos días en líneas aéreas comerciales.

–Su Alteza no busca que la reina de Inglaterra escriba un artículo favorecedor sobre él para una de las revistas más importantes.

–Gracias, Partridge –reconoció Hassan ante su dosis de humor. Por lo visto no era tan inocente–. Sabía que tarde o temprano irías al grano.

Por desgracia, no era algo que fomentara la risa. Rose Fenton sin duda sería agasajada y alabada como parte de la ofensiva de seducción del regente, mientras Faisal, el joven emir, se hallaba fuera del país estudiando los métodos de negocios americanos sin mostrar gran entusiasmo por regresar a casa. «Mi propio regreso», pensó Hasan con tono sombrío, «se vio precipitado por un susurro amigo que me indicó que Abdullah estaba a punto de convertir su regencia en algo más permanente».

–¿Es consciente de lo que se espera de ella? –preguntó.

–No lo creo.

–¿Y qué hay de su hermano? –Hasan no quedó convencido–. ¿Lo conoces?

–Lo conocí en el Club de Campo, en el circuito social. Tim Fenton es una compañía agradable. Solicitó permiso para viajar a su casa cuando su hermana cayó enferma y antes de que supiera lo que pasaba, Su Alteza le había transmitido una invitación personal para que viniera a recuperarse a Ras al Hajar.

–Y cuando mi primo decide algo, es necio aquel que se opone –¿y por qué habría de oponerse Rose Fenton? Abdullah mantenía a los corresponsales extranjeros fuera de Ras al Hajar como cuestión política. Y no había ninguno local. Debió parecer un regalo.

—No creo que deba preocuparse, señor. La reputación de la señorita Fenton como periodista es formidable. Si su primo busca alguna publicidad positiva, diría que ha elegido a la mujer equivocada.

—Tal vez. Dime, ¿le gusta a Fenton el trabajo que hace aquí?

El silencio de Partridge era toda la respuesta que necesitaba. Rose Fenton tampoco requeriría que se lo deletrearan en palabras de una sílaba; era demasiado inteligente para eso. Y Abdullah se lo facilitaría. Le contaría a la mujer el gran trabajo que llevaba a cabo, y para demostrárselo la llevaría del lujo de aire acondicionado del nuevo centro médico al nuevo centro comercial, a través de las nuevas instalaciones deportivas. El progreso en acero inoxidable y cemento reforzado.

La mantendría bastante ocupada para que no tuviera tiempo de ir en busca de algo que pudiera darle otras ideas. Aunque lo deseara. Después de todo, una entrevista personal con el regente, hombre reacio a los medios de comunicación, sería una exclusiva importante para cualquier periodista, sin importar lo formidable que fuera su reputación.

A Hasan los periodistas no lo entusiasmaban tanto como a su secretario, ni siquiera cuando tenían una fachada tan bonita como Rose Fenton.

Cambió de enfoque.

—Dime, Partridge, ya que estás tan bien informado, ¿qué entretenimientos ha preparado mi primo para mantener divertida a la dama durante su estancia aquí? Imagino que tendrá planes para ello, ¿verdad? —la idea era desagradable, pero sabía que si Abdullah la admiraba, era por su cara bonita y su pelo rojo más que por sus habilidades periodísticas. El rápido rubor de Partridge demostró el efecto que surtía la señorita Fenton en los varones impresionables—. ¿Y bien?

–Se han preparado algunas actividades –confirmó–. Un viaje en barco a lo largo de la costa, una celebración en alguna parte del desierto, un recorrido de la ciudad...

–Parece que le van a dar el tratamiento de la alfombra roja. ¿Algo más?

–Bueno, hay un cóctel en la embajada británica, desde luego... –titubeó.

–¿Por qué me da la impresión de que reservas lo mejor para el final?

–Su Alteza dará una recepción en su honor en palacio.

–Será prácticamente como una visita de estado –sus peores temores se habían confirmado–. Pero es un programa agotador para una mujer convaleciente de neumonía, ¿no te parece?

–Ha estado enferma, Excelencia. Se desmayó mientras realizaba una transmisión en directo desde alguna parte del este de Europa. Yo lo vi. Se desplomó... durante un momento pensé que había recibido el disparo de un francotirador. ¿Qué aspecto tenía ahora? –preguntó con ansiedad–. ¿Usted la vio en el avión?

–Solo fugazmente. Parecía...

Hasan se detuvo unos instantes para considerar el aspecto de Rose Fenton. Un poco agitada, quizá. El cuello con volantes de su blusa blanca había proporcionado un marco para un rostro que era un poco más delgado que la última vez que la vio en una emisión por satélite. Tal vez por eso sus ojos oscuros habían parecido tan grandes.

Había alzado la vista de un libro que sostenía y encontrado su mirada con franca curiosidad; había exhibido una expresión abierta que evitaba toda coquetería, aunque aun así había logrado transmitir la sugerencia de que recibiría de buen grado su compañía para pasar las horas tediosas en el aire.

La sinceridad lo obligó a conceder que se había sentido tentado, despierta su curiosidad por la presencia de ella en el avión privado de su primo. Y no era inmune al placer de la compañía de una mujer hermosa. En un momento determinado llegó tan lejos como para llamar al auxiliar de vuelo para que la invitara a unirse a él. En los pocos segundos que el hombre tardó en responder, había recuperado el sentido común.

Mezclarse con periodistas no era una buena idea. Nunca sabías qué iban a imprimir. O, más bien, sí lo sabías. Demasiado tarde había averiguado que era mucho más fácil ganar una reputación que perderla, en particular si encajaba con alguien que ocupaba una posición de jerarquía.

Y sin ninguna duda Abdullah se enteraría de cualquier conversación que hubieran compartido en cuanto el avión aterrizara. Que la vieran con él no la ayudaría en nada en los círculos de palacio.

Se dio cuenta de que Partridge aún aguardaba su respuesta.

—Bastante bien —repuso con irritación.

Rose Fenton se detuvo para recuperar el aliento al salir del aire acondicionado de la sala de desembarco del aeropuerto y entrar en el calor del mediodía de Ras al Hajar.

A pesar de la valerosa exhibición de narcisos en los parques, en Londres la primavera no había llegado a establecerse, y su madre la había obligado a ponerse ropa interior térmica y un jersey grueso.

—¿Te encuentras bien, Rose? Debes estar cansada del viaje.

—No te preocupes, Tim —la pregunta ansiosa de su hermano hizo que pareciera exactamente como su madre, y no estaba acostumbrada a que la cuidaran tanto. Se quitó el jersey—. No soy una inválida, solo tengo calor —espetó. Había estado de muy mal humor la semana anterior al caer con neumonía, pero la evidente preocupación de Tim hizo que se arrepintiera—. Diablos, lo siento. Lo que pasa es que durante el último mes mamá me ha tratado como a una heroína del siglo XIX a punto de morir de agotamiento –sonrió y enlazó el brazo con el de Tim–. Pensé que había escapado de su yugo.

–Bueno, he de reconocer que no tienes tan mal aspecto como había esperado después de los comentarios de mamá –bromeó como solían hacerlo–. Empezaba a preguntarme si debía alquilarte una silla de ruedas.

–No será necesario.

–Entonces, ¿solo un bastón?

–Únicamente si quieres que te golpee con él.

–Es obvio que te estás recuperando –rio.

–Me quedaban dos opciones: recuperarme con rapidez o morir de aburrimiento. Mamá no me dejó leer nada más exigente que una revista de tres años de antigüedad –le informó mientras la conducía en la dirección de un Range Rover polvoriento de color verde musgo–. Y cuando descubrió que veía las noticias, amenazó con confiscarme el televisor.

–Exageras, Rose.

–¡En absoluto! –entonces cedió–. Bueno, quizá un poco. Solo un poco –sonrió–. Pero no estoy cansada, de verdad. Viajar en el avión privado del emir se parece a hacerlo en clase turista tanto como una bicicleta a un Rolls Royce. Sí, es volar, Tim, pero no como nosotros lo conocemos –respiró el cálido aire del desierto–. Esto es lo que necesito. Espera a que me quite la ropa térmica, y no podrás pararme.

–Te lo advierto, tengo órdenes estrictas de evitar que hagas alguna actividad demasiado física.

–Aguafiestas. Anhelaba que algún príncipe del desierto de nariz aquilina me llevara en algún corcel negro –al ver que su hermano no parecía demasiado complacido con la idea, le apretó el brazo–. Bromeaba. Gordon me dio un ejemplar de *El Jeque* para leer en el avión –sin duda era lo que su editor de noticias consideraba una broma. Tenía un extraño sentido del humor. O quizá había sido una excusa para transmitirle toda la información que había sido capaz de obtener de la situación en Ras al Hajar delante de los ojos atentos de su madre–. No sé si era una inspiración o una advertencia.

–¿Quieres decir que lo leíste?

–Es un clásico de ficción femenina –protestó.

–Bueno, espero que lo tomaras como advertencia. He recibido instrucciones de mamá, y, créeme, montar a caballo queda descartado. Se te permite estar a la sombra junto a la piscina con una lectura ligera por la mañana, pero solo si prometes no meterte en el agua...

–He pasado semanas así, Tim. No prometo nada.

–Solo si prometes no meterte en el agua –repitió con una amplia sonrisa– y te echas una siesta por la tarde. Nos diste a todos un buen susto, ¿sabes?, al desmayarte en medio de las noticias.

–Muy mala costumbre –acordó con firmeza–. Se supone que yo las transmito, no que las produzco... –calló al ver una limusina negra, con los cristales ahumados, alejarse del aeropuerto.

El ocupante del coche sin duda era la razón para el vuelo del avión privado del emir en el que su hermano había conseguido acomodarla. Con un impecable traje oscuro a medida, una camisa a rayas discretas y una corbata de seda, podría haber sido el presidente de cualquier empresa pública. Pero no lo era.

Sus miradas se habían encontrado y el reconocimiento mutuo había sido instantáneo antes de que una azafata cerrara con presteza la puerta de su sección, más acostumbrada a llevar princesas que curiosas periodistas.

Lo cual había sido una pena. El príncipe Hasan al Rashid figuraba entre los primeros de su lista de personajes que debía conocer. Entre los recortes de periódicos, la fotografía del rostro anguloso con penetrantes ojos grises había sido la única que había captado su atención.

El príncipe Hasan se había detenido al entrar en la nave, y en el instante antes de que se cerrara la puerta, sus ojos la habían inmovilizado con una mirada que le provocó rubor en las mejillas y le hizo desear bajar hasta los tobillos la falda que le cubría las pantorrillas. Era una mirada que hizo que se sintiera enteramente femenina, vulnerable de un modo que para una periodista de veintiocho años resultaba embarazoso.

Una periodista de veintiocho años, con un matrimonio, una guerra y media docena de entrevistas exhaustivas con primeros ministros y presidentes a su espalda.

Pero era capaz de reconocer a un hombre muy peligroso cuando lo veía, y la fotografía del príncipe, un retrato formal, impasible y posado, no se acercaba a lo que representaba.

Sabía que, de acuerdo con las costumbres de él, le mostraba más respeto soslayando su presencia que si hubiera viajado a su lado, pero como periodista no podía evitar sentirse decepcionada. Lo que más la perturbaba era su decepción como mujer.

Además, semejante respeto contradecía su fama como playboy, cuya riqueza, según los rumores, pasaba directamente de los pozos de petróleo a las muñecas y cuellos de mujeres hermosas y a las mesas de juego más exclusivas del mundo.

Pero al llegar a Ras al Hajar, su hogar, al parecer había decidido seguir las costumbres. Al bajar del avión antes que ella, para ser recibido por los funcionarios formados en la pista, había prescindido del caro traje italiano para ponerse el atuendo de un príncipe del desierto. Un príncipe de negro.

Tim la vio mirar en dirección a la limusina mientras el sol de la mañana se reflejaba en las oscuras ventanillas.

–El príncipe Hasan –murmuró.

–¿El príncipe qué? –preguntó, fingiendo ignorancia. Hacía tiempo que había aprendido que la gente le revelaba más cosas de esa manera. Pero Tim no recurrió a los rumores locales tal como había esperado.

–Nadie que deba interesarte, Rose. Es solo el playboy del país.

–¿De verdad? Por las reverencias que le dedicaron al bajar del avión, pensé que debía ser el siguiente en la línea de sucesión.

—No es el siguiente en la línea de nada —Tim se encogió de hombros—. Hasan recibe tantos respetos porque su padre recibió una bala destinada al viejo emir. De hecho, varias balas.

—¿Oh? —«hazte la tonta, Rose, hazte la tonta»—. ¿Recibió disparos? —la mirada de incredulidad de Tim la advirtió de que quizá había ido demasiado lejos en su fingimiento.

—Sí, le dispararon, y su recompensa por una bala en el hombro y una pierna destrozada fue la mano de la hija predilecta del viejo emir y una vida de ocio. Aunque no vivió mucho para disfrutarla.

—¿No sobrevivió al ataque, entonces?

—Se recuperó muy bien, pero unos meses después de la boda falleció en un accidente de tráfico.

—Qué terrible —luego—. ¿Fue un accidente?

—Eres suspicaz, ¿eh? —su hermano sonrió, luego se encogió de hombros—. Tu conjetura es tan válida como la mía, y eso es lo único que puede hacer la gente... conjeturar.

—Bueno, vivió lo suficiente para tener un hijo —sintió pesar ante los recuerdos profundamente enterrados—. Es lo más cerca que podemos llegar de la inmortalidad.

—Rose —musitó Tim.

Ella respondió con un «Hmm» distraído mientras observaba cómo se alejaba la limusina del aeropuerto. Podía ser su trabajo estar interesada en cualquiera tan próximo al trono sin poder llegar a aspirar a él, pero algo más avivaba su curiosidad sobre el hombre que había detrás de esos ojos grises.

Había conocido hombres capaces de dominar a la chusma más indisciplinada con ojos como esos. No era el color lo que importaba. Sino la fuerza, la convicción que había detrás de ellos. Los suyos no eran los ojos de un playboy. ¿Y si fingía?

Al darse cuenta de que le mantenía con paciencia la puerta abierta, sonrió.

—Me gusta una buena historia humana con gancho. Háblame de él. Su padre debió morir antes de que naciera.

–Así es. Quizá por eso el viejo emir mimó tanto a Hasan. Fue criado como uno de los favoritos. Demasiado dinero y muy poco que hacer; era algo que tenía que provocar problemas.

–¿Qué clase de problemas?

–Mujeres, juego... –se encogió de hombros–. ¿Qué cabe esperar? Un hombre ha de hacer algo, y a pesar del título, la política de palacio le está vedada.

–¿Oh? ¿Por qué? –fue demasiado rápida en formular la pregunta y Tim se dio cuenta de que le estaba sonsacando información.

–Olvídalo, Rose –afirmó–. Has venido aquí a descansar y a recuperarte, no a obtener una historia inexistente.

–Pero si no me cuentas por qué no puede participar en política, no dejaré de pensar en ello –expuso de forma razonable, mientras Tim la ayudaba a entrar en el interior del vehículo con aire acondicionado–. No podré evitarlo.

–Inténtalo –sugirió–. No estamos en una democracia y los periodistas entrometidos no son bienvenidos.

–No soy entrometida –repuso con una sonrisa–. Solo tengo interés –de hecho, el príncipe Hasan le interesaba mucho. Los hombres con ojos como esos no perdían el tiempo en jugar... no sin una buena causa.

–Estás aquí como invitada del príncipe Abdullah, Rosie. Quebranta las reglas y te pondrán en el primer avión que salga de aquí. Y yo también, así que déjalo, por favor.

Hacía años que Tim no la llamaba Rosie, y sospechó que era su manera de recordarle que, a pesar de ser una periodista famosa y respetada, seguía siendo su hermana menor. Y se encontraba en su territorio. De momento decidió dejar el tema. Además, sabía, o sospechaba, la respuesta a su pregunta. Puede que el padre de Hasan fuera un héroe, pero había sido un extranjero, un escocés atraído por el desierto. Tenía los recortes de prensa para demostrarlo.

–Lo siento. Es por la fuerza de la costumbre. Y por el aburrimiento.

—Entonces tendremos que cerciorarnos de que no te aburres. He preparado una pequeña fiesta para presentarte a algunas personas, y el príncipe Abdullah se ha esforzado al máximo para que te lo pases bien.

Rose le permitió que le detallara las recepciones y fiestas que la esperaban, sin insistir en el tema que más le interesaba. Después de todo, las fiestas eran los sitios idóneos para oír los últimos rumores y, con suerte, conocer al playboy local.

—¿Qué era eso de una recepción en palacio? —preguntó.

—Solo si te sientes con ánimos —añadió Tim—. Debería advertirte de que el viaje en el avión privado de Abdullah puede tener un precio. No estará por encima de seducirte para que reflejes una visión halagüeña de su persona en la entrevista.

—Bueno, pues su suerte se ha agotado —mentalmente tachó la entrevista con Abdullah, número dos en su lista. Una pena, pero le daría más tiempo para concentrarse en el príncipe Hasan. Después de todo, estaba de vacaciones—. He venido a relajarme.

—¿Desde cuándo relajarte se ha interpuesto en tu trabajo? No te imagino rechazando una entrevista en exclusiva con el gobernante de un país rico de importancia estratégica, sin importar lo enferma que hayas podido estar.

—Regente —le recordó, abandonando toda pretensión de ignorancia—. ¿El joven emir no debe volver pronto de los Estados Unidos? ¿O es posible que ahora que ha probado la vida en la cima, el príncipe Abdullah sea reacio a dejarla? Me refiero a que una vez que has sido rey, todo lo demás pierde importancia. ¿No? —Tim frunció el ceño y puso expresión ansiosa. Ella sonrió y lo tranquilizó con la mano en el brazo—. Lo mejor será que me ciña a sentarme tranquila junto a la piscina con alguna lectura ligera, ¿verdad?

—Quizá sería lo mejor —tragó saliva—. Le diré a Su Alteza que estás demasiado débil todavía para una fiesta.

—¡No te atrevas! Dile... Dile que estoy demasiado débil para trabajar.

***

Después de que el coche se detuviera, Hasan permaneció largo rato enfrascado en sus pensamientos.

—Tendrás que ir a los Estados Unidos, Partridge. Es hora de que Faisal regrese a casa.

—Pero, Excelencia...

—Lo sé, lo sé —agitó una mano con impaciencia—. Disfruta de libertad y no querrá venir, pero ya no puede postergarlo más.

—Se lo tomará mejor viniendo de usted, señor.

—Tal vez, aunque el hecho de que yo sienta que no debo abandonar el país hará que entienda mejor el mensaje de lo que cualquiera de nosotros pueda expresar.

—¿Qué quiere que le diga?

—Que si quiere conservar su país, es hora de que regrese antes de que Abdullah se lo quite. Es imposible manifestarlo de forma más directa.

Bajó de la limusina y se dirigió hacia las enormes puertas talladas de la torre costera que había convertido en su hogar.

—¿Y la señorita Fenton? —preguntó Partdrige, con ritmo más lento mientras se apoyaba en su bastón.

Hasan se detuvo ante la entrada de su residencia privada.

—Puedes dejármela a mí —aseveró.

Partridge se puso pálido y se plantó delante de él.

—Señor, no olvidará que ha estado enferma...

—No olvidaré que es una periodista —el rostro de Hasan se ensombreció al notar la ansiedad en la cara del otro. Vaya, vaya. La afortunada Rose Fenton. Necesitada por un hombre mayor rico y poderoso por su capacidad para proyectar su persona bajo una buena luz y por uno joven y necio sin nada más en la cabeza que tonterías románticas. ¿Cuántas mujeres podían comenzar unas vacaciones con esa clase de ventaja?

Se le ocurrió que Rose Fenton, bendecida con cerebro y belleza, comenzaba todas sus vacaciones con ese tipo de ventaja.

—¿Qué piensa hacer, señor?

—¿Hacer? —no estaba acostumbrado a que cuestionaran sus intenciones.

Partdrige podía estar nervioso, pero no intimidado.

—Con la señorita Fenton.

—¿Qué crees que voy a hacer con ella? —soltó una risa breve—. ¿Secuestrarla y llevármela al desierto como un bandido de tiempos antiguos?

—No... no —el otro se ruborizó.

—No pareces muy seguro —insistió Hasan—. Es lo que habría hecho mi abuelo.

—Su abuelo vivía en una época distinta, señor. Iré a hacer las maletas.

Hasan lo observó partir. El joven tenía agallas y lo admiraba por el modo en que se enfrentaba a la discapacidad y el dolor, pero no pensaba tolerar la disensión en nadie. Haría lo que fuera necesario.

Treinta minutos más tarde le entregaba a Partridge la carta que le había escrito a su joven hermanastro y lo acompañaba al Jeep que lo llevaría hasta el muelle. El patio estaba lleno de jinetes con halcones sobre las muñecas y Salukis de piernas largas y pelaje sedoso a sus espaldas.

—¿Va de caza? —Partridge entrecerró los ojos—. ¿Ahora?

—Necesito quitarme la humedad de Londres de los huesos y respirar aire bueno y limpio del desierto —se le ocurrió que si Abdullah planeaba un golpe de estado tranquilo, quizá sería adecuado marcharse a su campamento del desierto, donde su presencia se notaría menos—. Hablaré contigo mañana.

***

—Hemos llegado.

—Es hermosa, Tim —la villa se hallaba fuera de la ciudad, en una colina que daba a la costa agreste cerca de las caballerizas reales. El puesto de Tim podía darle control sobre los servicios veterinarios del país, pero su principal ocupación se centraba en la caballada del regente. Debajo se veía un palmeral y alrededor de la casa había adelfas en flor, aves de plumajes brillantes...–. Esperaba desierto... dunas de arena...

—Échale la culpa a Hollywood —al acercarse la puerta se abrió y el criado de Tim hizo una reverencia cuando Rose atravesó el umbral–. Rose, este es Khalil. Cocina, limpia y cuida de la casa para que yo pueda concentrarme en el trabajo.

El joven le devolvió la sonrisa con timidez.

—Santo cielo, Tim —exclamó Rose después de admirarlo todo, desde las exquisitas alfombras sobre lustrosos suelos de madera hasta la pequeña piscina situada en el jardín discretamente amurallado que había más allá de los ventanales–. Es un poco diferente de la casita pequeña que tenías en Newmarket.

—Si crees que esto es lujo, espera a ver las caballerizas. Los caballos tienen una piscina mucho más grande que la mía y allí dispongo de un hospital plenamente equipado, con todo lo que pueda pedir...

—¡Vale, vale! —sonrió ante su entusiasmo–. Luego me lo puedes mostrar todo, pero ahora mismo me vendría bien una ducha —se levantó el pelo de la nuca–. Y necesito ponerme ropa más ligera.

—¿Qué? Oh, lo siento. Siéntete como en casa, descansa, come algo. Tu habitación está ahí —la condujo a una gran suite–. Hay tiempo de sobra para verlo todo.

Ella se detuvo en la puerta, pero no fue el esplendor de la habitación lo que la sorprendió, sino el hecho de que toda superficie disponible estaba cubierta con cestas llenas de rosas.

—¿De dónde demonios han salido?

—De donde crezcan las rosas en esta época del año —Tim se encogió de hombros, abochornado por el exceso–. Habría pensado que estarías acostumbrada a ello. No creo que nadie envíe lirios, amapolas o crisantemos, ¿verdad?

–Casi nunca –reconoció al tiempo que buscaba una tarjeta, sin encontrarla–. Pero por lo general basta con una docena. Estas parecen haber sido encargadas al por mayor.

–Sí, bueno, el príncipe Abdullah las envió esta mañana para que te sintieras como en casa.

–¿Cree que vivo en una floristería?

–Aquí lo hacen todo en una escala grande –Tim puso una mueca y miró el reloj–. Rose, ¿puedes quedarte sola una hora, más o menos? Tengo una yegua a punto de parir...

–Ve –rio–. Estaré bien...

–¿Seguro? Si me necesitas...

–Relincharé.

–En realidad –su hermano sonrió relajado–, creo que el sistema telefónico te resultará más adecuado.

Sola, se concentró en las rosas. Eran capullos perfectos, de un blanco cremoso. Resistió la tentación de contarlas. Se llevó algunas a la nariz; las flores eran hermosas pero carecían de fragancia, un gesto estéril sin ningún significado real.

Y sus pensamientos retornaron al príncipe Hasan al Rashid. El playboy también era una especie de tópico. Pero esos ojos grises sugerían algo muy diferente detrás de la fachada.

El príncipe Abdullah tal vez quisiera conquistar su cooperación con el avión privado y las rosas, pero era Hasan quien tenía su absoluta atención.

Capítulo 2

—¿Qué quieres decir con que no puedes encontrarlo? —Hasan apenas pudo contener su ira—. Tiene guardaespaldas que lo protegen día y noche...

—Los ha esquivado —la voz de Partridge tenía algo de eco a través del contacto vía satélite—. Al parecer hay una chica involucrada...

Claro que habría una chica. Maldito fuera el muchacho, y malditos esos cabezas huecas que se suponía que debían cuidar de él...

Pero él mismo había tenido veinticuatro años, una vez, siglos atrás, y recordaba demasiado bien lo que era vivir cada momento bajo ojos que te vigilaban. Recordó lo fácil que era despistarlos cuando había una chica...

—Encuéntralo, Partridge. Encuéntralo y tráelo a casa. Dile... —¿qué? ¿Que lo lamentaba? ¿Que lo entendía? ¿Para qué serviría eso?—. Dile que no queda mucho tiempo.

—Haré lo que sea necesario, Excelencia.

Hasan se hallaba ante la entrada de su tienda y las palabras de Partridge reverberaron en su cabeza. «Lo que sea necesario». Su abuelo moribundo había usado esas mismas palabras el día que nombró a su nieto menor, Faisal, su heredero, y a su sobrino, Abdullah, regente. «Lo que sea necesario por mi país». Había sido una especie de disculpa, pero, dolido y enfadado por verse desposeído, se había negado a entenderlo y se había comportado como el joven necio que era.

Mayor y más sabio, entendía que para que un hombre gobernara, primero debía aceptar que los deseos del corazón siempre debían ser sacrificados ante la necesidad.

En unas pocas semanas Faisal cumpliría los veinticinco años, y si su joven hermanastro quería asumir el cargo de rey, también él debía aprender esa lección. Y rápidamente.

Mientras tanto, habría que hacer algo para frenar el intento de Abdullah de un golpe de estado a través de los medios de comunicación. Quizá su primo no fomentara que la prensa llamara a su puerta, pero comprendía su poder y no pasaría por alto la oportunidad de meterse a alguien como Rose Fenton en el bolsillo.

Ella ya había hecho el gran recorrido de las mejores partes de la ciudad, y sería muy fácil, si no estabas con los ojos muy abiertos, engañarla para que creyera que todo era maravilloso. Y estaba en poder de Abdullah distraerla de todas las maneras posibles.

Puede que no sucumbiera a los regalos, al oro y las perlas que caerían en torrente sobre ella. Hasan tenía poca fe en el periodista incorruptible y entregado, pero Abdullah jamás había sido un dictador con un solo plan. Si el dinero no funcionaba, tenía a su hermano como rehén para obtener su cooperación.

Bueno, dos podían jugar a ese juego, y aunque estaba convencido de que ella no albergaría el mismo punto de vista de la situación, llegó a la conclusión de que le haría un favor a la señorita Fenton si la sacaba de circulación durante una temporada.

Y ocuparse de su inquieta familia, del ministerio de Asuntos Exteriores británico y de los comentarios poco amables de los medios británicos le daría a su primo algo más acuciante de qué preocuparse que usurpar el trono de Faisal. Puede que incluso lo empujara a abandonar. Así como Abdullah disfrutaba del tributo que acompañaba a su papel de jefe de estado sustituto, no le gustaban demasiado las responsabilidades de dicho cargo.

Sin duda Partridge se mostraría indignado, pero como era evidente que su secretario tenía plena conciencia de la urgente necesidad de hacer lo que fuera necesario, podía contar con que no hablara. Si no en privado, sí en público.

–¿Una carrera de caballos? –Rose tomó una tostada. Hacía seis años que no iba a una carrera de caballos–. ¿Por la noche?

–Bajo focos. Está más fresco a esa hora. En particular en verano –añadió Tim, luego sonrió–. También se celebrará una carrera de camellos. ¿Quieres perdértela?

–Déjame reflexionarlo... Sí –durante un momento pensó que él le iba a dar una charla, recordarle que ya habían pasado seis años. Pero fue evidente que lo pensó mejor, porque se encogió de hombros.

–Bueno, depende de ti –si la decisión de su hermana lo decepcionó, no lo mostró–. Yo debo asistir por motivos obvios, pero luego puedo venir a recogerte.

–¿Recogerme? –dejó de untar mantequilla en la tostada y alzó la vista.

Tim indicó el sobre cuadrado que había apoyado contra el frasco de mermelada.

–Nos han invitado a cenar después de las carreras.

–¿Otra vez? –¿es que en Ras al Hajar nadie se quedaba en casa a comer una pizza y ver una película en vídeo–. ¿Quién?

–Simon Partridge.

–¿Lo he conocido? –inquirió, recogiendo el sobre para extraer una hoja de papel. La caligrafía era fuerte y con carácter. La nota extrañamente formal–. «Simon Partridge solicita el placer...».

–No, es el secretario del príncipe Hasan.

A punto de aducir cansancio, un dolor de cabeza o cualquier cosa para escapar de otra velada formal, de pronto la idea del vídeo perdió su atractivo. No había visto al príncipe playboy desde que bajó del avión. Había estado atenta, pero al parecer se había desvanecido de la faz de la Tierra.

—Te gustará —indicó Tim—. Tenía muchos deseos de conocerte, pero ha estado fuera de la ciudad.

—¿De verdad? —entonces rio—. Dime, Tim, ¿adónde vas cuando sales «fuera de la ciudad» en Ras al Hajar?

—A ninguna parte. Esa es la cuestión. Dejas la civilización detrás.

—He hecho eso —en los últimos años había estado en varios sitios muy poco civilizados—. Es algo sobrevalorado.

—El desierto es distinto. Razón por la que, si eres Hasan, lo primero que haces al llegar a casa es llevarte a tus sabuesos y halcones de caza al desierto. Y si eres su secretario, lo acompañas.

—Comprendo —lo que comprendía era que si Simon Partridge se hallaba de vuelta en la ciudad, también lo estaría el príncipe Hasan—. Háblame de Simon Partridge. No es habitual que alguien como Hasan tenga un secretario británico, ¿no?

—Su abuelo tuvo uno y sobrevivió para contarlo.

—¿De verdad?

—El padre de Hasan. Era escocés. ¿No te lo dije? —Tim frunció el ceño.

—No. Eso explica muchas cosas.

—Quizá considera que puede confiar en Partridge para que sea su hombre de confianza en un cien por cien, sin que su lealtad se halle dividida por lazos tribales ni enemistades familiares que se interpongan en el camino.

—¿Una espalda que se interponga en el camino por si alguien tiene el deseo de apuñalarlo? —reflexionó—. ¿Qué saca Simon Partridge de ello?

—Solo un trabajo. No es el guardaespaldas de Hasan. Partridge estuvo en el ejército, pero su Jeep se topó con una mina de tierra y tuvo que licenciarse por invalidez en una pierna. Su coronel y Hasan fueron al mismo colegio...

—Eton —murmuró Rose sin pensarlo.

—¿A qué otro sitio podían ir? —Tim había dado por hecho que se trataba de una pregunta—. Partridge también. ¿Y bien? ¿Qué le contesto?

—Dile que... la señorita Fenton acepta... —una cosa eran las carreras, pero no pensaba perderse la oportunidad de conocer al secretario de Hasan.

—Estupendo —sonó el teléfono y Tim contestó, escuchó y luego repuso—: Iré de inmediato —estaba camino de la puerta cuando recordó a Rose—. El número de Simon viene en la invitación. ¿Puedes llamarlo tú?

—No hay problema —levantó el auricular, marcó y, mientras sonaba, observó otra vez la caligrafía decidida y llegó a la conclusión de que por una vez Tim tenía razón. No le cupo duda de que le caería bien el dueño de esa letra.

—¿Sí?

—¿El señor Partridge? ¿Simon Partridge? —hubo una pausa.

—Creo que tengo el placer de hablar con la señorita Rose Fenton.

—Hmm, sí —rio—. ¿Cómo lo sabía?

—¿Qué le parece si le digo que soy adivino? —ofreció la voz.

—No lo creería.

—Y no se equivocaría. Su voz es inconfundible, señorita Fenton.

Así como Simon Partridge parecía algo mayor de lo que había imaginado por la descripción de Tim, su voz era ronca, con un matiz de profunda autoridad en ella, terciopelo sobre acero.

—Porque hablo mucho —repuso—. Tim ha tenido que ir a las caballerizas reales, pero me pidió que lo llamara para informarlo de que será un placer aceptar su invitación para cenar esta noche.

—No tengo duda de que el placer será mío.

Su formalidad era tan... extranjera. Se preguntó cuánto tiempo llevaba en Ras al Hajar. Había dado por hecho que era algo reciente, pero quizá no fuera así.

–Sabe que primero ha de asistir a las carreras, desde luego...

–Todo el mundo va a las carreras, señorita Fenton. No hay otra cosa que hacer en Ras al Hajar. ¿Asistirá usted?

–Bueno...

–Debe ir.

–Sí –aceptó, cambiando rápidamente de parecer. Razonó que si después de todo no faltaba nadie, Hasan estaría presente–. Sí, me apetece mucho ir –y de pronto así era.

–Hasta la noche, señorita Fenton.

–Hasta entonces, señor Partridge –colgó sintiéndose un poco jadeante.

Hasan cerró el teléfono móvil que había comprado esa mañana en el zoco y registrado bajo un nombre ficticio y lo arrojó sobre el diván. Más allá de la entrada de la enorme tienda negra podía ver el exuberante palmeral regado por las pequeñas corrientes que atravesaban el agreste país fronterizo. En primavera era el paraíso en la Tierra. Tuvo la impresión de que Rose Fenton quizá no lo viera de la misma manera.

–Vuelve pronto, Faisal –murmuró. Al oír su voz, el sabueso que había a sus pies se levantó y apoyó una cabeza larga y sedosa en su mano.

Rose se hallaba completamente insatisfecha con su reducido guardarropa. Se había sentido desaliñada en la fiesta de la embajada. Había dado por hecho que sería elegante pero informal. Tim no había sido de ninguna ayuda y al final había recurrido a su vestido negro, apto para todas las ocasiones. Desde luego, el resto de las mujeres había aprovechado el acontecimiento para lucir sus últimos vestidos de marca, haciendo que el vestido negro diera la impresión de haber dado la vuelta al mundo. Bueno, y así era.

No había previsto tanta vida social y, además, no disponía de nada que pudiera servir para una velada al aire libre en las carreras, seguida de una cena privada.

Al final se decidió por el *shalwar kameez* que le regalaron en un viaje a Paquistán y que había llevado con la esperanza de realizar una entrevista con el regente, algo que había estado eludiendo desde su llegada, aunque ya empezaba a quedarse sin excusas.

Los pantalones eran de seda salvaje de una tonalidad verde apagada, la túnica un poco más clara y el pañuelo de seda aún más ligero. Tendría que habérselo puesto para ir a la fiesta de la embajada.

—¡Vaya! —la reacción de Tim fue inesperada. Por lo general jamás notaba lo que se ponía nadie—. Estás deslumbrante.

—Eso me preocupa. De repente me da la impresión de que todos los demás lucirán vaqueros.

—¿Importa? Vas a dejar boquiabierto a Simon.

—No estoy segura de que sea el efecto que busco, Tim —al recordar el efecto de la voz de él sobre su capacidad para respirar, pensó que quizá se engañaba—. Al menos no hasta que lo conozca mejor.

—Con ese traje no me cabe la menor duda de que querrá conocerte mejor —miró el reloj—. Será mejor que nos vayamos. ¿Lo tienes todo?

El teléfono móvil, la grabadora, el cuaderno de notas y el bolígrafo. Pero no dijo nada, porque tuvo la sensación de que a su hermano no le agradaría mucho. Tim la llevó por el codo y la ayudó a subir al Range Rover.

—¿Está muy lejos?

—A unos tres kilómetros de las caballerizas. Más allá de estas colinas bajas, hay un terreno llano perfecto para correr.

Un caballo claro sin jinete saltó de un barranco bajo y aterrizó delante de ellos, para levantarse sobre las patas traseras y hender el aire con los cascos delanteros. Tim giró para evitarlo, haciendo que el coche derrapara de costado sobre la grava suelta.

–Es uno de los caballos de Abdullah –dijo al controlar el Range Rover–. Alguien va a tener problemas... –en cuanto frenaron, abrió la puerta y bajó–. Debo intentar atraparlo.

–¿Puedo ayudarte? –se volvió cuando él abrió la parte de atrás del vehículo y sacó una cuerda.

–No. Sí. Usa el teléfono del coche para llamar a las caballerizas. Pídeles que envíen un remolque para caballos.

–¿Adónde?

–Di entre la villa y las caballerizas; nos encontrarán.

La luz interior del coche no se había encendido; alargó el brazo y activó el interruptor del teléfono, pero no sucedió nada. Se encogió de hombros, alzó el auricular, pero no había tono. Recogió su bolso y sacó el teléfono móvil nuevo que Gordon había incluido con los recortes de prensa y el libro. Era pequeño, muy potente y hacía prácticamente todo salvo tocar el himno nacional, pero no veía bien en la oscuridad, de modo que bajó para situarse ante los faros. Justo cuando sus pies tocaban el suelo los faros se apagaron.

Pudo oír a su hermano a cierta distancia tratando de calmar al caballo nervioso. Entonces también ese sonido se desvaneció cuando los cascos del caballo encontraron arena.

Reinaba un gran silencio y oscuridad. No había luna, aunque las estrellas brillaban en todo su esplendor por la falta de polución. Una sombra se separó de la oscuridad.

–¿Tim?

Pero no se trataba de su hermano. Incluso antes de volverse supo que no era Tim. Este lucía una chaqueta de color crema y ese hombre llevaba de la cabeza a los pies una túnica de una oscuridad tan densa que absorbía la luz en vez de reflejarla. Hasta su cara estaba oculta con un *keffiyeh* negro que solo dejaba entrever los ojos.

Sus ojos eran lo único que necesitaba ver.

Era Hasan. A pesar de la descarga de miedo que la inmovilizó donde estaba, a pesar de la adrenalina que dominó su corazón, lo reconoció. Pero no era el príncipe urbano que subía a un avión privado con un caro traje italiano, no era Hasan en su papel de príncipe playboy.

Era el hombre prometido por los ojos grises como el granito, profundos, peligrosos y totalmente al control de la situación; algo le indicó que no iba a preguntarle si necesitaba ayuda.

Antes de que pudiera hacer algo más que girar a medias para correr, antes siquiera de pensar en gritar una advertencia a su hermano, le tapó la boca con la mano. Luego, rodeándola con el brazo libre, la alzó del suelo y la pegó con fuerza a su cuerpo. Tanto como para que la daga curva que llevaba a la cintura se le clavara en las costillas.

Le inmovilizó los codos y, con los pies sin apoyo, no pudo propinarle ninguna patada. Pero se debatió con todas sus fuerzas. Él la sujetó con más fuerza y esperó; pasado un momento, Rose se detuvo. No tenía sentido agotarse de manera innecesaria.

Al quedar inmóvil a excepción de la rápida subida y bajada de sus pechos mientras trataba de recuperar el aliento, él se decidió a hablar.

–Le agradecería que no gritara, señorita Fenton –musitó–. No tengo ningún deseo de herir a su hermano –su voz era como su mano, como sus ojos, dura e intransigente.

Entonces sabía quién era ella. No se trataba de ningún secuestro fortuito. No. Claro que no. Puede que hubieran pasado algunos días desde que intercambiaron aquella mirada fugaz en el avión, pero había oído esa voz después. La oyó insistiéndole en que debía ir a las carreras. Y ella le había asegurado que asistiría. Esa había sido la causa de la invitación; había querido cerciorarse de que iría con el fin de planear el lugar y el momento exactos para secuestrarla.

Entonces no había hablado con Simon Partridge, sino con Hasan. Se dio cuenta de que no estaba tan sorprendida como habría imaginado. La voz encajaba mucho mejor en él.

Pero ¿qué quería? El hecho de haber leído unas páginas de *El Jeque* en un momento de ocio no significaba que suscribiera esa fantasía. En ningún momento pensó que iba a llevarla al desierto para aprovecharse de ella. Era una periodista y concedía poca atención a la fantasía. Además, ¿por qué iba a molestarse si con solo chasquear los dedos podía tener a su lado a la mujer que deseara?

—¿Y bien? —al ver que no disponía de mucha elección, ella asintió, prometiendo su silencio—. Gracias —como si quisiera demostrarle que era un caballero, Hasan quitó de inmediato la mano de su boca, la depositó en el suelo y la soltó.

Quizá estaba tan acostumbrado a la obediencia que no se le ocurrió que no se quedaría callada ni quieta. O quizá tampoco importaba mucho. Después de todo, solo la acompañaba Tim, y con súbito pavor recordó el silencio repentino que había reinado.

—¿Dónde está Tim? ¿Qué le ha hecho? —exigió al girar en redondo para mirarlo, su propia voz apagada en la absoluta quietud de la noche desértica.

—Nada. Todavía va tras el caballo favorito de Abdullah —los ojos centellearon—. Imagino que permanecerá ausente un rato. Por aquí, señorita Fenton.

Los ojos de Rose, se adaptaron con rapidez a la oscuridad, y vio la silueta de un Land Rover esperando en las sombras. No era el tipo de vehículo de moda que conducía su hermano, sino el modelo básico que dominaba el terreno duro como un pato el agua, de esos que usaban los militares de todo el mundo.

No dudó de que era mucho más práctico que un caballo. Hasan la condujo hacia el coche.

A pesar del miedo que le ponía la piel de gallina, su instinto de periodista se puso en alerta roja. Pero aunque su curiosidad era intensa, no quería que pensara que iba por propia voluntad.

—Debe estar bromeando —dijo y plantó los pies en el suelo.

—¿Bromeando? —repitió la palabra como si no entendiera. Luego levantó la cabeza para mirar más allá.

La luna salía y cuando Rose se dio la vuelta vio la silueta oscura de su hermano en la distancia. Había logrado lazar al caballo y lo conducía de vuelta al Range Rover, ajeno a la situación de ella y al peligro en el que iba a meterse.

Hasan había subestimado su habilidad, la empatía que lograba establecer incluso con el más difícil de los caballos, y al comprenderlo, juró en voz baja.

—No tengo tiempo para discutir.

No pensaba dejar que Tim se metiera en problemas, pero cuando respiró hondo para lanzar un grito, quedó envuelta en la oscuridad. Oscuridad real, de esa que hacía que una noche estrellada pareciera el día. Él la inmovilizó y la subió a su hombro.

Demasiado tarde comprendió que tendría que haber dejado de ser la corresponsal ecuánime para gritar cuando tuvo la oportunidad. No pidiendo ayuda, ya que eso sería inútil, sino para que Tim llamara a su editor y le contara lo que había sucedido.

¡Si tan solo pudiera soltarse las manos! Pero las tenía sujetas a los costados... Bueno, no del todo inutilizadas. Una de ella aún sostenía el teléfono móvil. Tuvo ganas de sonreír. El móvil. Ella misma podría llamar a su editor...

Entonces fue arrojada sin ceremonias al suelo del vehículo y a través de la tela que la cubría oyó el ruido de un motor.

Apenas tres días atrás había bromeado con la idea de ser secuestrada por un príncipe del desierto. Craso error. No resultaba nada gracioso. Yacer en el suelo duro del Land Rover hacía que recibiera golpes y, como si se diera cuenta, su captor rodó hasta quedar debajo de ella, recibiendo la peor parte. Aunque no sabía si estar encima del hombre que pretendía secuestrarla podía considerarse una mejora... no le quedaba otra alternativa, ya que él aún la sujetaba con el brazo.

Quizá lo más inteligente sería dejar de debatirse, soslayar la intimidad de sus piernas enredadas e intentar deducir qué diablos pretendía Hasan. Analizar por qué había corrido semejante riesgo.

Sería mucho más fácil pensar sin el sofocante peso de la capa que la privaba de sus sentidos, sin los brazos de él a su alrededor.

Supuso que debería tener miedo. El pobre Tim se volvería loco. Y estaba su madre. Cuando se enterara de que su hija había desaparecido, Pam Fenton no tardaría en llamar al ministerio de Asuntos Exteriores.

Siempre que le llegara la noticia. Rose tuvo la impresión de que su desaparición se mantendría fuera de los medios de comunicación si Abdullah podía arreglarlo. Y probablemente podría. No costaría convencer a Tim de que su seguridad dependía de ello. Y la embajada haría lo que considerara más viable para ponerla a salvo. «Menos mal que tengo el móvil», pensó; Gordon jamás la perdonaría por no darle esa exclusiva.

¡Cielos! ¿Qué le había pasado a su instinto de supervivencia? No tenía miedo; no planeaba escapar. Tendría que estar agradecida de que Hasan no le hubiera hecho daño, de que no la hubiera atado o amordazado. Bueno, no lo necesitó. Ella no había gritado cuando pudo, cuando tendría que haberlo hecho. Incluso en ese momento yacía quieta, sin dificultar en nada las intenciones de ese hombre. Eso era porque la curiosidad había podido con la indignación.

¿Qué quería Hasan?

En absoluto una conversación íntima. De lo contrario, habría llamado a la puerta de la villa en cualquier momento, y Rose se habría mostrado encantada de ofrecerle una taza de té y una galleta de chocolate. Era como lo hacía en Chelsea. Quizá en Ras al Hajar las cosas eran diferentes.

O quizá había planeado otra cosa.

«¡Piensa, Rose, piensa!». ¿Qué motivo podía tener Hasan al Rashid para querer secuestrarla?

¿Pedir un rescate? Ridículo.

¿Sexo? Sintió un hormigueo extraño en el estómago al pensarlo, pero descartó la idea como una absoluta tontería.

¿Podía ser la noción de una broma que tenía el príncipe playboy? Después de todo, su primo, el regente, se sentiría muy irritado por el tipo de publicidad que generaría esa pequeña aventura, y los rumores sugerían que entre los dos hombres no había ningún afecto. Se imaginaba los titulares, los boletines de las agencias...

De pronto todo encajó en su sitio. Tenía que ser eso. Los titulares. No era ninguna broma. Hasan quería que Ras al Hajar saliera en las noticias. Más que eso, quería avergonzar a Abdullah...

De pronto perdió la ecuanimidad. ¡Al diablo la historia! Ahí estaba, cubierta como un fardo, con los huesos que le temblaban por el traqueteo, y todo porque Hasan pensaba que sería divertido irritar a su primo con malos titulares, usándola a ella para lograrlo.

Se sintió ofendida. Muy ofendida. Era una mujer. No una estrella de cine. Clavó las rodillas en la parte de la anatomía de él que las tuviera y se irguió, echándose hacia atrás.

La sorpresa, o quizá el dolor, junto con el bamboleo del Land Rover mientras recorría el terreno agreste, se combinaron para que Hasan aflojara las manos. Apenas dispuso de tiempo para quitarse la capa antes de que él se recobrara, la sujetara y la inmovilizara contra el suelo. Mientras aspiraba amplias bocanadas de aire, una vez más se encontró con esos peligrosos ojos grises.

A Rose no se le escapaba la situación en la que se hallaba. Era vulnerable y se encontraba a merced absoluta de un hombre al que no conocía, cuyos motivos resultaban poco claros. Era mejor que uno de los dos dijera algo. Y rápidamente.

—Cuando invita a una joven a cenar, Su Alteza, lo hace en serio, ¿verdad?

Capítulo 3

—¿A cenar? —repitió Hasan.

—Era usted, esta mañana, ¿no? —se apartó un mechón de pelo que amenazaba con hacerla estornudar—. «Simon Partridge solicita el placer...». ¿Sabe el señor Partridge que ha usado su nombre?

—Ah.

—¿Y bien? —exigió saber—. ¿La cena se ha cancelado? Se lo advierto, no se me da muy bien eso de pan y agua. Voy a necesitar que me alimente...

—La cena se ha tomado en cuenta, señorita Fenton, pero me temo que tendrá que aceptar las disculpas del señor Partridge. En este momento se encuentra fuera del país y, en respuesta a su primera pregunta, no, no tiene ni idea de que he utilizado su nombre. De hecho, es inocente de todo lo sucedido.

—Bueno —comentó pasado un momento—. Espero que le exprese con claridad su enfado cuando se entere.

—Puede contar con ello.

En realidad, ella misma había pensado en manifestarse, pero la voz de Hasan no fomentaba esas libertades y consideró que sería más inteligente dejarle esa tarea a Simon Partridge. Esperaba que no permaneciera mucho tiempo fuera, dondequiera que estuviese.

—¿Sabe?, no tenía por qué envolverme de esa manera con la capa —tosió—. Me estoy recuperando de una enfermedad.

—Eso me han comentado —no pareció muy convencido de su

actuación, y Rose comprendió que tratar de ganar su simpatía no la llevaría a ninguna parte–. Sin embargo, parece que se lo está pasando bien. Personalmente no habría considerado que una ajetreada agenda de cócteles, fiestas, recepciones y recorridos turísticos por la ciudad pudieran ser buenos para usted...

–Oh, comprendo. Me está haciendo un favor. Me ha secuestrado para que no me agote.

–Ese es un punto de vista –sonrió, aunque no fue una sonrisa tranquilizadora–. Me temo que mi primo solo ha pensado en su propio placer...

–Y en el mío. Él mismo me lo dijo –pero eso tampoco la había convencido del todo. El príncipe Abdullah parecía demasiado ansioso de que ella proyectara una imagen muy positiva del país. Las cortinas de la limusina que la había llevado alrededor de la ciudad a alta velocidad sin duda habían ocultado multitud de pecados.

Había pensado en ponerse una de las *abbayahs* que lucían las mujeres nativas para, ocultado su pelo rojo y sus facciones, echar un vistazo por su propia cuenta. Desde luego, no se le había pasado por la cabeza hacer partícipe de ello a Tim; tenía la firme impresión de que él lo desaprobaría.

–Y en cuanto a permanecer al aire libre en la pista de carreras –continuó Hasan–, no habría sido muy adecuado. Sin duda la habría conducido a una recaída.

Salvo que hasta no haber hablado con él no pensaba asistir a las carreras. Pero no se molestó en mencionárselo. No quería que supiera que había influido en que cambiara de parecer.

–Su preocupación es muy conmovedora.

–Ha venido a Ras al Hajar a descansar y a relajarse, y será un placer encargarme de que así sea.

«¿Un placer?». No le gustó cómo sonó eso.

–El príncipe Hasan al Rashid, el perfecto anfitrión –respondió con sarcasmo, apartando el hombro del duro suelo del Land Rover como mejor pudo, teniendo en cuenta que prácticamente lo tenía sentado encima.

El gesto pasó desapercibido. Lo único que recibió de él fue una leve inclinación de cabeza en reconocimiento de su propio nombre.

—Usted ha venido a mi país en busca de placer, de unas vacaciones. ¿Tal vez de un poco de romance, si se puede juzgar por el libro que leía en el avión?

¡Santo cielo! Como pretendiera realizar sus fantasías, estaba metida en problemas. Tragó saliva.

—Al menos *El Jeque* tenía estilo.

—¿Estilo?

—Un Land Rover no sustituye a un corcel —se dio cuenta de que hablaba de más. Sin duda debido a los nervios—. Negro como la noche, con el temperamento de un diablo —explicó—. Es el sistema habitual de transporte para los secuestradores del desierto. He de decirle que me siento engañada.

—¿De verdad? —parecía sorprendido. ¿Quién podría culparlo?—. Por desgracia, nuestro destino se halla demasiado lejos para que podamos hacerlo a caballo —sus ojos se mostraron divertidos, y eso tampoco la tranquilizó—. En particular estando usted convaleciente. No obstante, tomaré nota para el futuro.

—Oh, por favor, no se moleste —intentó sentarse, pero él no se movió.

—El terreno es irregular y no quisiera que se viera zarandeada. Se encontrará más a salvo echada.

¿Con todo su cuerpo cubriéndole el suyo? ¿Disponía de alguna elección? Aunque seguro que tenía razón. Sería más seguro...

¿Qué? ¡No podía creer que pensara eso! Era posible que ese hombre cumpliera todos los requisitos de una fantasía, pero solo se trataba de eso, de una fantasía. La había secuestrado y distaba mucho de encontrarse a salvo.

El modo en que la miraba, cómo sus piernas se hallaban a horcajadas de ella, con las caderas apoyadas con firmeza sobre su abdomen, sugería que la consideraba una mujer. Más motivo para no dejar de hablar.

—Se ha tomado muchas molestias para conseguir mi compañía. Si quería hablar conmigo, ¿por qué no se acercó a mí en el avión? ¿O por qué no llamó a la casa de mi hermano...?

Quizá él también tenía los mismos pensamientos, porque sin previa advertencia se situó al lado de ella y la observó con cautela.

—Supo en seguida quién era yo, ¿verdad?

«Al instante». Pero no pensaba halagarlo.

—No creo que muchos de los bandidos locales hayan estudiado en Inglaterra. Y muy pocos tendrán los ojos grises –incluso en la oscuridad, sus ojos habían sido inconfundibles–. Y, desde luego, estaba su voz. La oí apenas unas horas antes. Si quería mantener el anonimato, tendría que haber enviado a uno de sus secuaces a capturarme.

—Eso habría sido impensable.

—¿Se refiere a que sus hombres no deben tocar la mercancía? Es muy posesivo.

—Es usted ecuánime, señorita Fenton –alzó la mano para soltarse el *keffiyeh*. La luz de la luna brillaba a través del parabrisas, llegando hasta la parte de atrás para hacer que su rostro fuera todo ángulos negros y blancos. Más duro de lo que ella recordaba–. Pero no se deje engañar por la educación que he recibido. Mi madre es árabe y mi padre era escocés de las Tierras Altas. No soy uno de sus caballeros ingleses.

No. En ese momento Rose experimentó el leve escalofrío de algo más próximo al temor de lo que le gustaba reconocer. Se humedeció los labios y se negó a retroceder.

—Bueno, supongo que eso es algo –indicó con imprudente temeridad.

En la oscuridad se vio el resplandor de dientes blancos.

—¿De verdad es tan valiente?

Claro que sí. Todo el mundo lo sabía. Rose «Primera Línea» Fenton no conocía el significado de la palabra miedo. Pero eso no tenía nada que ver con el coraje. Había reconocido el peligro a metros de distancia en cuanto subió al avión. A centímetros, sin duda su magnetismo resultaría fatal, aunque era muy posible que muriera feliz.

—¿No tiene interés en saber adónde la llevo? —quiso saber él.

El traqueteo ruidoso había cesado un rato antes y en ese momento avanzaban por un camino bueno. Pero ¿cuál? ¿En qué dirección?

—Si se lo preguntara, ¿me lo contaría?

—No —espetó Hasan. Era evidente que la temeridad de ella empezaba a irritarlo—. Pero tenga la certeza de que no la he traído por el placer de su conversación, aunque no me cabe duda de que será una bonificación inesperada.

¿Una bonificación? ¿De qué?

—Yo no contaría con ello —diablos, la regla dorada en situaciones semejantes era escuchar y averiguar cosas. Pero, a pesar de su farol, el corazón se le aceleró un poco. ¿Se habría equivocado? ¿Tendría por costumbre Hasan secuestrar a mujeres que visitaban su país?—. Dígame, ¿utiliza a menudo esta estrategia? ¿Tiene un harén de mujeres como yo en algún campamento del desierto?

—¿A cuántas mujeres como usted podría resistir un hombre? —inquirió, exasperado y en absoluto divertido porque a ella se le hubiera ocurrido esa idea.

Eso le gustó, ya que al menos deseaba ser original.

Pero él esperaba una respuesta. Los ojos le brillaban mientras aguardaba que Rose le preguntara por qué la había secuestrado, qué pretendía hacer con ella. La curiosidad era uno de sus puntos fuertes, y también una de sus debilidades. Nunca sabía cuándo parar. Y la curiosidad sobre ese hombre había despertado mucho antes de que lo viera.

Tenía la cara encima de ella bajo la dura luz de la luna. Mostraba una expresión reservada. Rose no quería que se escondiera, no quería ninguna sombra, y sin pensárselo levantó la mano hacia su rostro.

Sobresaltado por el contacto, él se apartó unos centímetros. Pero ¿adónde podía ir? En la parte de atrás del Land Rover, era tan prisionero como ella y, atrevida, Rose plantó la palma contra su mejilla y sintió el áspero contacto de la barba de horas sin afeitarse. En esa ocasión él no se movió, se entregó a su exploración mientras con el pulgar recorría la línea de su mandíbula. No debería hacerlo, pero el peligro la excitaba y al pasar las yemas de los dedos por los labios de Hasan sintió que él tragaba saliva.

En ese breve momento ella fue la depredadora, no Hasan, y en la oscuridad sonrió y le brindó la respuesta.

–Si un hombre fuera lo bastante afortunado de tener a una mujer como yo, Su Alteza, dedicaría mi vida a garantizar que no deseara a otra –durante un instante dejó los dedos sobre su boca, luego los retiró.

Hasan contuvo una réplica cáustica. ¿Qué podía decir? La creyó. Y lo reconoció como una advertencia, no una invitación. ¡Qué mujer! No había gritado cuando podría haberlo hecho, sino que lo había desafiado y seguía haciéndolo con su cuerpo y sus palabras, a pesar de que no tenía ni idea de cuál podía ser su destino.

Era una suerte para Rose Fenton que él no fuera como el hombre amargado y retorcido de la novela que había estado leyendo, o se habría sentido muy tentado a poner a prueba su coraje.

Si era sincero consigo mismo, reconocería que de todos modos se sentía tentado. Era muy distinta de cualquier mujer a la que hubiera conocido. No era coqueta, no tenía miedo... o quizá tenía más práctica que la mayoría de las mujeres en ocultar su temor.

De repente tuvo deseos de tranquilizarla, pero sospechó que lo despreciaría por semejante deshonestidad. Y no se equivocaría. Se dio cuenta de que lo más oportuno sería poner algo de distancia entre ellos.

Se situó de rodillas, recogió la capa, la convirtió en una almohada, luego titubeó, reacio a tocarla, a repetir el abrasador impacto de sus pieles al tocarse. Pero el Land Rover se bamboleó cuando volvieron a salir al desierto, sacudiéndolos a ambos; con los dientes apretados le tomó el cuello con la mano.

Los dedos de Hasan eran fríos, firmes, insistentes sobre su piel sensible, y por un momento Rose pensó que la tomaba al pie de la letra.

—Alce la cabeza —dijo él al ver que se resistía, con voz tan firme como su contacto—. Intente ponerse cómoda —colocó la capa debajo—. Nos queda un buen trecho todavía.

—¿Cuánto? —preguntó en el momento en que él se apartaba para sentarse con las piernas cruzadas contra el costado del vehículo, entre ella y la puerta de atrás, impidiéndole toda posibilidad de fuga. ¿Es que la consideraba tonta? Estaría perdida, magullada y sería una noche larga y fría en el desierto—. ¿Cuánto? —repitió. La expresión de Hasan sugería que tentaba demasiado su suerte—. ¿No habrá gente buscándonos? —insistió.

—Tal vez —él miró la hora—. Su hermano no tiene teléfono, ningún modo de solicitar ayuda y además se ve frenado por el caballo favorito de Abdullah. ¿Qué pondrá primero, a su hermana o al caballo?

—¿Fue usted quien desconectó el teléfono del coche de Tim? —preguntó, evitando una respuesta directa—. ¿Quitó la bombilla de la iluminación interior?

—No con mis manos.

No. Solo había una persona que podría haberlo hecho. Khalil, que sonreía, inclinaba la cabeza y atendía a su hermano con tanta solicitud.

—Y dejó suelto el caballo de Abdullah —los preparativos de Hasan habían sido exhaustivos. Y emplear la estratagema del caballo había sido una maniobra inteligente. Tim jamás dejaría suelto a uno de los valiosos caballos del regente cuando podía hacerse daño. No llevaba mucho tiempo en Ras al Hajar, pero ya sabía que no habría nadie lo bastante tonto como para robarlo.

–Y solté el caballo de Abdullah –confirmó–. ¿Qué hará su hermano? –persistió.

–¿Qué haría usted? –replicó.

–No me quedaría otra alternativa. Iría en pos de usted. El caballo regresaría a la caballeriza en cuanto tuviera hambre.

–Entonces, espero que sea eso lo que haga Tim.

–Pero él es inglés.

–Un caballero inglés hasta la médula –convino ella–. ¿Y eso impide una reacción apasionada.

–Yo preveo más razón que pasión, pero usted lo conoce. ¿Es su hermano un hombre apasionado?

Qué tentador sería afirmar que Tim iría en pos de ella y mataría al hombre que la había deshonrado. Aunque quizá sería una suerte que su hermano fuera la persona racional y sensata que imaginaba Hasan.

–No tengo ni idea de cuál será su reacción –repuso con sinceridad, acomodando la almohada improvisada–. Nunca antes me han secuestrado.

Cuando el vehículo al fin se detuvo, Rose tenía todo el cuerpo rígido. Hacía rato que habían dejado la lisa carretera, y el traquetear del chasis, unido al zumbido del poderoso motor diesel más la tensión que experimentaba, se combinaron para provocarle un fuerte dolor de cabeza. No se movió ni cuando se abrió la puerta de atrás.

–¿Señorita Fenton? –Hasan había descendido y la invitaba a bajar por sus propios medios, lo que sugería que no había ninguna parte a la que ir a solicitar auxilio–. Hemos llegado.

—Gracias —repuso, sin moverse ni alzar la vista—, pero yo no pienso detenerme.

—Quédese ahí, entonces, mujer obstinada —exclamó exasperado—. Quédese para congelarse —hizo una breve pausa, mientras esperaba que en ella imperara el sentido común. En respuesta, Rose se quitó la capa de debajo de la cabeza y se cubrió con ella. Él maldijo—. Está temblando.

El vehículo había dejado de sacudirse, pero no ella. Aunque no tenía nada que ver con el frío. Era el tipo de temblor incontrolable que surgía después de un accidente como resultado del shock.

Quizá si hubiera gritado o gimoteado cuando la secuestró, se lo hubiera pensado dos veces antes de llevársela, sin importar cuáles hubieran sido sus motivos. Por desgracia, ella no tenía demasiada experiencia con los ataques de histeria.

Sintió que el vehículo se movía cuando Hasan subió otra vez para situarse a su lado.

—Vamos —dijo—. Ya ha hecho más que suficiente para justificar su reputación —sin aguardar una respuesta, la alzó en brazos con la capa y, pegada a él, la llevó por la arena.

Ella pensó en protestar y afirmar que podía caminar por sí sola, pero al final decidió ahorrarse las palabras. Con un metro setenta y cinco de estatura, no era liviana. Quizá se lesionara la espalda; se lo merecería.

Vio el destello de una hoguera, las formas en sombras de hombres y palmeras contra el cielo nocturno y luego se encontró dentro de una de esas tiendas enormes que había visto en algún documental de la televisión.

Vislumbró una estancia iluminada por una lámpara, con alfombras y un diván antes de que él apartara a un costado una cortina pesada y la depositara en una cama grande. ¡Una cama! Rose bajó los pies, se envolvió con la capa y se levantó con tanta precipitación que eso la mareó; él la estabilizó, la sostuvo un momento y volvió a dejarla en la cama, le alzó los pies y la descalzó.

Ya era suficiente. Con los zapatos bastaba.

—Váyase —soltó con los dientes apretados—. Váyase y déjeme en paz.

Hasan no le prestó atención y dejó los zapatos junto a la cama. Permaneció a su lado y la observó con ojos entrecerrados. Rose sintió que se ruborizaba. Al parecer satisfecho, él asintió y dio un paso atrás.

—Encontrará agua caliente y todo lo que necesite ahí —indicó otra habitación que había detrás de unos cortinajes gruesos—. Salga en cuanto se haya refrescado y cenaremos —dio media vuelta y desapareció.

¡Cenar! ¿Es que esperaba que se lavara dócilmente, que se peinara y que se sentara a compartir una comida civilizada con él?

Estaba indignada.

Pero también tenía hambre.

Se encogió de hombros resignada, se sentó y miró alrededor. Podía hallarse en una tienda, pero, al igual que con el avión privado, no se parecía en nada a las que ella conocía. La habitación ostentaba telas ricamente bordadas, muebles antiguos y un baúl grande que supuso que también se convertía en tocador.

Apoyó los pies en el suelo y sintió la seda suave de la alfombra. Como hacía una temperatura agradable, se quitó la capa, se dirigió al baúl y lo abrió. Como había sospechado, había una bandeja que contenía un espejo, cepillos y peines. También otras cosas que le devolvieron el temblor a los dedos.

Vio el maquillaje que solía usar, un bote con su crema hidratante favorita, la crema de protección solar que se aplicaba. El hombre había hecho los deberes. Lo cual sugería que su estancia allí podría ser prolongada.

El cuarto de baño estaba bien equipado con el champú y el jabón a los que estaba acostumbrada. Vertió agua caliente en una jofaina, se lavó las manos y la cara, confirmadas todas sus sospechas acerca de Khalil. ¿Qué otro podría desconectar el teléfono del Range Rover y quitar la bombilla sin despertar sospechas? No es que culpara al joven. En un país donde lo primero, y siempre, era la lealtad a la tribu, el foráneo siempre se encontraba en desventaja.

Un hecho que el mismo Hasan había podido comprobar cuando pasaron por encima de él para la sucesión al trono.

Regresó al tocador, se retocó el maquillaje, se peinó y se cepilló el polvo del *shalwar kameez*. Luego recogió el largo pañuelo de seda. A punto de pasárselo en torno al cuello, cambió de parecer. Se lo enroscó alrededor de la cabeza, tapándose el pelo con modestia al estilo tradicional. Solo entonces se reunió con su insistente anfitrión.

Hasan se alisó el pelo mientras iba de un lado a otro de la alfombra. Había esperado lágrimas, histeria; había estado preparado para eso. Lo que no había esperado era el desafío, incluso cuando le castañeteaban los dientes por el shock.

¿Qué demonios iba hacer con ella? Habría que vigilarla día y noche o probablemente se mataría tratando de regresar a la ciudad.

Allí afuera, en el desierto, con unos pocos hombres escogidos, podría confiarles su vida, que no representaría ningún problema. Había esperado que la distancia y las dunas la mantuvieran prisionera, aunque su primer encuentro con Rose Fenton sugería que no iba a ser tan fácil. De modo que tendría que ofrecerle algo para que deseara quedarse. Algo importante.

Al volverse vio que las cortinas se hacían a un lado. Contuvo el aliento al observarla. En la oscuridad, no había visto lo que llevaba puesto cuando la capturó. Había dado por sentado que iría vestida como una mujer occidental moderna. El *shalwar kameez* era bonito, pero inesperadamente recatado. El largo pañuelo sobre los rizos rojos era exactamente el tipo de protección que sus hermanastras, sus tías y su madre se habrían puesto para una reunión familiar.

Lo sorprendió ver que lucía algo parecido. Hizo que sintiera como si de algún modo la hubiera violado y, pasado el primer momento de quietud, cruzó rápidamente la estancia para apartarle una silla.

Ella no la ocupó de inmediato, sino que miró alrededor, contemplando el baúl de mapas con los rebordes de latón, el escritorio plegable de viaje.

–Cuando sale de acampada –comentó–, desde luego lo hace con estilo.

–¿Le molesta eso? –podía estar recatada, pero aún irradiaba fuego.

–¿A mí? –se acercó para ocupar la silla que sostenía para ella y se sentó con todo el aplomo de su abuela escocesa ante un té en la vicaría–. Diablos, no, Su Alteza –desplegó la servilleta de algodón y la depositó sobre su regazo–. Si tengo que ser secuestrada, prefiero que lo haga un hombre con el buen sentido de instalar un cuarto de baño en su tienda.

–No soy Su Alteza –espetó–. Para usted ni para nadie. Llámeme Hasan.

–¿Quiere que seamos amigos? –rio.

–No, señorita Fenton. Quiero comer.

Se dirigió a la entrada de la tienda y dio una orden antes de reunirse con ella. Llevaba el pelo al descubierto, lo cual revelaba una cabellera tupida, no tan negra como creía recordar. A la luz de la lámpara, un destello rojizo mostraba las raíces de su padre, de las Tierras Altas. Pero todo lo demás, desde la túnica negra sujeta con una faja hasta el *khanjar* que llevaba a la cintura, procedía de otro mundo. La delicada funda de plata tallada era antigua y muy hermosa, pero el cuchillo que contenía no era delicado, ni un adorno.

Sería fácil olvidar eso, pensar en Hasan como un hombre civilizado. Estaba convencida de que podía ser encantador. Pero no la engañaba. Había una veta de acero, templada con el mismo fuego empleado en la daga. El sentido común le indicó que sería inteligente no avivar los rescoldos. Mas su naturaleza le sugería que no sabría resistir la tentación. Aunque todavía no.

Comieron en silencio. Cordero asado al aire libre y arroz con azafrán y piñones. Rose había creído que no tendría hambre, pero la comida era buena y no ganaría nada pasando hambre. Lo mejor era conservar todas las fuerzas.

Luego, uno de los hombres de Hasan llevó dátiles, almendras y café negro aromatizado con cardamomo.

Ella mordisqueó una almendra mientras Hasan bebía el café con la vista clavada en la oscuridad.

–¿Va a decirme de qué va todo esto? –preguntó al final. Él no se movió ni habló–. Lo pregunto porque mi hermano habrá estado muy preocupado las últimas horas, y sin duda ya lo sabrá mi madre –hizo una pausa–. Odiaría pensar que ello se debe a que solo deseaba irritar a su primo.

Entonces él levantó la vista con rapidez. Era evidente que las palabras de Rose habían dado en un punto delicado.

–¿Son las únicas personas que se preocuparán por usted? ¿Qué me dice de su padre?

–Mi padre es del tipo de los que desaparecen –se encogió de hombros–. El objetivo en la vida de mi madre era proporcionar el medio para la maternidad. Ella es una feminista de la vieja escuela. Y pionera de la maternidad soltera. Ha escrito sobre el tema.

–No habría imaginado que el tema fuera tan difícil como para que alguien necesitara comprar un libro para descubrir cómo se hacía.

«Vaya, el hombre tenía sentido del humor».

–No son manuales de hágalo usted mismo –informó–. Van más en la línea del comentario filosófico.

—¿Quiere decir que sintió la necesidad de justificar sus actos? Iba directo al grano. Eso le gustaba y no pudo evitar sonreír.

—Es posible. Tal vez cuando todo esto haya terminado, debería preguntárselo.

—Puede que lo haga —repuso—. ¿Le importa? Me refiero a no tener un padre.

—¿Y a usted? —inquirió, y supo la respuesta antes de que las palabras salieran de boca de él.

Mostró una expresión reflexiva, y ella pensó que quizá había revelado más de lo que deseaba. «Hazte la tonta, Rosie», se recordó. «Hazte la tonta». Pero Hasan dejó pasar el tema.

—¿Por qué vino aquí?

—¿A Ras al Hajar? Pensaba que eso ya lo sabía.

—Podría haber ido a las Indias Occidentales en busca de sol y diversión.

—Sí, pero mi hermano me invitó a venir aquí. Hacía tiempo que no lo veía.

—Abdullah la invitó a venir aquí. Abdullah cedió su 747 privado para traerla...

—No —cortó Rose—. Era para usted —él no parpadeó—. ¿De verdad? Él no habría...

—Él no cruzaría la calle para estrecharme la mano. Yo solo me aproveché de la ventaja de un vuelo que ya estaba preparado. Había poco que ganar rechazando la extravagancia por una cuestión de principios.

—Oh —Hasan tenía razón. Tendría que haber aceptado una invitación para ir a visitar las Barbados.

—Mi primo planea utilizarla para potenciar sus ambiciones políticas, señorita Fenton. Lo que quiero saber es si usted es un peón inocente o si ha venido específicamente para ayudarlo.

—¿Ayudarlo? —al parecer había mucho más que la intención de abochornar a su primo—. Creo que exagera mi influencia, Su Alteza —el destello de irritación que pasó por la cara de él ante la desobediencia en insistir en el empleo del título le resultó extrañamente placentero.

–No, señorita Fenton. En todo caso, la he subestimado a usted. Y le he pedido que no me llame Su Alteza. El título es de Abdullah. De momento.

Tan cerca del trono pero sin poder aspirar jamás a él. Tal vez. Se preguntó cómo se habría sentido Hasan cuando fue descartado por un hermanastro menor. Desheredado después de ser criado como un nieto predilecto. ¿Cuántos años tendría entonces? ¿Veinte? ¿Veintiuno? Era evidente que ahí se libraba una batalla por el poder, pero empezaba a creer que quienquiera que ganara, era poco probable que fuera el joven Faisal.

Rose apoyó los codos sobre la mesa y mordisqueó otra almendra.

–Haré un trato con usted. Si no vuelve a llamarme señorita Fenton con ese tono especialmente molesto, yo no lo llamaré Su Alteza. ¿Qué le parece?

Capítulo 4

Hasan estuvo a punto de reír en voz alta. Rose Fenton realizaba un buen trabajo al hacer que «Su Alteza» pareciera más un insulto.

–¿Se me permite llamarla señorita Fenton con otro tono de voz? –preguntó con tanta cortesía como permitía la dignidad.

–Mejor que se ciña a Rose –aconsejó–. Será más seguro. Y ahora, con respecto a mi madre...

–Lamento profundamente la ansiedad que le provocará su desaparición. De verdad desearía poder permitirle que la llamara y la tranquilizara.

–¿Y qué es exactamente lo que debería decirle?

–Que no se encuentra en peligro.

–Eso lo decido yo, Su Alteza, y he de informarle de que el jurado aún no ha terminado las deliberaciones –lo miró a los ojos y le dio a entender que no le interesaban sus consuelos falsos–. Y para su información, tampoco creo que eso impresionara mucho a mi madre.

–¿Tienen una relación íntima?

–Sí –repuso sorprendida por la pregunta–. Supongo que sí –aunque él sospechaba que no; dos mujeres fuertes e independientes chocarían mucho. Como si se diera cuenta de que no lo había convencido, ella añadió–: Es muy protectora.

–Bien. Será mucho más útil a mi causa si está indignada.

—¿Y cuál es su causa? —inquirió irritada—. ¿Qué es tan especial que cree que tiene derecho a hacer esto? ¿Qué hará si mi madre decide no intervenir de forma activa y deja todo el asunto en manos del ministerio de Asuntos Exteriores? Estoy segura de que Tim le aconsejará eso.

—Cuanto más la veo... —se contuvo—. Cuanto más la oigo, Rose, más convencido estoy de que hará exactamente lo que desee. Casi con certeza lo opuesto al consejo que reciba.

Rose no supo si se trataba de un cumplido.

—¿Y si lo decepciona? ¿No habría resultado todo una pérdida de tiempo? Imagino que abochornar a Abdullah es el motivo principal de mi secuestro, ¿no?

—¿De verdad?

Ni por un segundo lo creía. Había mucho más en juego que irritar a su primo. Pero con algo de suerte podría provocarlo para que le revelara el motivo.

Hasan se echó atrás en la silla y la observó. Había previsto que no tardaría en captar la tensión existente bajo la superficie engañosamente plácida de Ras al Hajar. Y no se equivocó.

—¿Qué otra causa podría haber? —inquirió ella con voz demasiado inocente.

Impedir que Abdullah siguiera utilizándola, distraerlo, darle tiempo a Partridge para que llevara a Faisal a casa. Pero al tener a Rose Fenton delante, con un carácter tan encendido como su pelo, se le ocurrían varios motivos para retenerla. Todos personales.

—Abochornar a Abdullah no es mi motivo principal. Solo un feliz efecto secundario. Razón por la que no dejaré en sus manos el aspecto de las relaciones públicas —miró la hora—. Vamos tres horas por delante de Londres. Hay tiempo de sobra para que su desaparición aparezca en las noticias de la noche.

—¿Quiere contarme que ha emitido un comunicado de prensa? —no podía creer lo arrogante que era.

—Todavía no —sonrió—. No hasta el último minuto. No quiero

darle tiempo a su ministerio de Asuntos Exteriores para que compruebe los hechos y preste oídos a los acuciantes motivos de Abdullah para mantener la situación con absoluta discreción.

–¿Y cómo la enviará?

–No desde aquí –volvió a sonreír ante su pregunta en apariencia casual.

–Bueno, valió la pena intentarlo –se encogió de hombros–. ¿Por qué no me cuenta de qué va todo esto? Parece pensar que tengo algo de influencia. Quizá podría ayudarlo.

–¿Espera conseguir una exclusiva? –pareció divertirlo–. ¿No le basta con ser la historia?

–Empieza a ser una costumbre más bien peligrosa.

–Aquí no hay peligro –prometió él–. Solo un poco de celebridad. Hará maravillas para su posición profesional. Cuando negocie el próximo contrato podrá estipular su precio.

–No estoy en el negocio del espectáculo.

–Oh, vamos, Rose. Los dos sabemos que las noticias son importantes. Televisión las veinticuatro horas del día. Y si puedes poner a una mujer bonita en primera línea, le añade un cierto toque de encanto. Créame, el mundo estará pegado a la pantalla, preocupado por la valiente y adorable Rose Fenton. Los reporteros irán en masa a la embajada a solicitar visados y el pobre Abdullah deberá dejarlos venir o se arriesgará a que lo crucifiquen en la prensa mundial. Sus compañeros se toman estas cosas de manera muy personal.

La diversión que le provocaba la enfurecía sobremanera. ¿Cómo se atrevía a estar ahí sentado, disfrutando de su café, mientras la familia de ella se veía carcomida por la preocupación? ¿Cómo se atrevía a tratarla como a un bombón sin otra cosa en la cabeza que el deseo de saber de dónde iba a venir el próximo diamante?

Era una periodista seria, y quería conocer toda la historia.

–Tengo derecho a saber por qué estoy aquí.

–Ya lo sabe. Ha venido a Ras al Hajar a relajase, a recuperarse. Puede hacerlo aquí cerca de las montañas de manera mucho más agradable que en la ciudad. Está más fresco, la atmósfera es más seca. Puede cabalgar, nadar, tomar el sol. La comida es buena y la hospitalidad legendaria –le ofreció una bandeja de plata finamente tallada–. Debería probar uno de estos dátiles. Son muy buenos.

Ella se levantó de golpe y apartó la bandeja de modo que la fruta voló por todas partes.

–Puede guardarse sus dátiles –salió de la tienda hacia la noche.

Fue un gesto ampuloso, pero vacío. Afuera no había nada más que desierto y oscuridad. Pero no pensaba dar media vuelta y regresar al interior.

Consciente de que los hombres de Hasan se hallaban congregados en torno a una hoguera a poca distancia de la tienda y de que habían dejado de hablar para ver qué haría ella, dio la vuelta y se dirigió hacia el Land Rover. Probó la puerta. Estaba abierta.

Se le cayó el pañuelo del pelo al sentarse ante el volante. Hasan tenía razón; hacía más fresco en el campamento. Había dicho ahí arriba. Tenían que encontrarse cerca de las montañas, en la frontera. Intentó imaginar el mapa, pero se hallaban a kilómetros de la carretera. Estaba convencida de que era al norte. Si seguía la Estrella Polar, terminaría por llegar a la costa. Tal vez.

Aunque nadie había olvidado las llaves puestas. La vida no era tan sencilla. Arrancó los cables y los juntó. El motor cobró vida, sobresaltándola tanto a ella como a los hombres, quienes hasta ese momento la habían vigilado con indiferencia, sonriendo estúpidamente junto al fuego.

Se levantaron de un salto y tropezaron entre ellos en su afán por ir tras ella. Habrían llegado con un retraso de unos veinte segundos, pero Hasan no fue tan lento. Cuando ponía la marcha atrás del vehículo, él abrió la puerta y, sin molestarse en preguntarle qué hacía, la levantó del asiento y el Land Rover se detuvo. Luego la acomodó bajo el brazo y regresó a la tienda.

En esa ocasión Rose gritó. Aulló y chilló y también lo habría golpeado, pero tenía los brazos inmovilizados, de modo que solo pudo agitar las manos. Él no dio la impresión de notarlo.

No es que esperara que su intento de fuga fructificara; de hecho, no sabía si quería avanzar por terreno desconocido. Pero sí sabía que eso era lo más humillante que le había sucedido jamás. El hecho de que se lo provocara ella misma, no ayudaba en nada.

–¡Suélteme! –exigió.

–¿Y si lo hiciera? ¿Adónde correría? –la depositó en el centro de la alfombra donde yacían esparcidos los dátiles, aferrándole las muñecas para que no pudiera golpearlo–. Deje de actuar como una estúpida y dígame qué planeaba hacer –sabía que ella no había albergado ningún plan, pero no quería dejar el tema–. Vamos, señorita Fenton, no sea tímida, no es su estilo reservarse lo que piensa. Ha demostrado recursos al realizar un puente a un Land Rover. Aplaudo su espíritu. Pero ¿qué vendrá a continuación? ¿Adónde pensaba ir? ¿Qué es esto? ¿No sabe qué decir? Por lo general no es tan lenta para dar una respuesta –enarcó las cejas–. Mi interés es puramente práctico, señorita Fenton. Me gustaría saber qué pasa por su cabeza para que, ante la poco probable posibilidad de que logre ir más allá del perímetro del campamento, exista la alternativa de que podamos encontrarla antes de que el sol le reseque los huesos...

–¡De acuerdo! Ya ha expuesto lo que deseaba. Soy una idiota, pero ¿qué me dice de usted, Hasan? –había dejado de resistir. Él era demasiado fuerte–. ¿Cómo puede hacer esto? –lo miró con ojos centelleantes–. Es un hombre cultivado. Sabe que esto no está bien, que incluso aquí, donde al parecer es una especie de señor de la guerra, no tiene derecho a lo que está haciendo.

–¿Hacer qué? –la acercó a él de forma que su cara quedó lo bastante próxima como para sentir la ira que emanaba de sus ojos grises–. ¿Qué es exactamente lo que cree que voy a hacerle?

–¿Qué es lo que cree que creo yo, Su Alteza Todopoderosa?

—después de todo, el sarcasmo era un juego de dos–. Ya me ha secuestrado –soltó con furia–. Me retiene aquí en contra de mi voluntad... –peor aún, había conseguido que perdiera el control. Incluso al morir Michael, cuando realizaba reportajes en directo con bombas cayendo alrededor de su equipo y de ella, jamás había llegado a perder por completo la compostura. Notó lágrimas de furia y frustración a punto de aflorar–. Tiene una buena imaginación. ¡Póngase en mi lugar y úsela!

De algún modo las manos de Hasan, en vez de sujetarle las muñecas, comenzaron a acariciarle la espalda con el fin de sosegarla. Y Rose encontró la cara pegada a su pecho y halló alivio en el calor de sus brazos mientras sollozaba sobre la negrura de su túnica. Hacía tiempo que no lloraba. Cinco años. Casi seis. Y más aún desde que había dejado que un hombre la abrazara mientras le revelaba sus sentimientos.

No es que a Hasan le importara. Simplemente era mejor que la mayoría de los hombres para ocuparse de un ataque de histeria. Ese pensamiento le dio vigor, se apartó de él, levantó la cabeza y se obligó a sonreír.

—Lamento haber perdido el control, es tan... –se secó una lágrima–. Tan húmedo. En absoluto lo que a mí me gusta. Será mejor que lo achaque al día que he tenido. Si me perdona, iré a echarme durante un rato –dio la vuelta y se dirigió al dormitorio cuando él pronunció su nombre.

—Rose.

A ella no le gustaba mucho. Lo había abreviado de Rosemary, que detestaba. Pero Hasan lo dijo como si fuera la palabra más hermosa del mundo. Se detuvo, incapaz de hacer otra cosa, y aguardó con la espalda hacia él.

—Prométame que no repetirá algo así –ella dio la vuelta y vio que su expresión ya no era colérica. Se sintió confusa–. Por favor.

Rose sospecho que pedir algo, en vez de ordenarlo, no resultaba fácil para él.

—No puedo hacerlo, Hasan —repuso casi con pesar—. Si puedo escapar, lo haré.

—Está haciendo que las cosas sean un poco más difíciles de lo que deberían.

—Siempre podría dejarme ir —se encogió de hombros. Iba a tener que acostumbrarse al papel que él había escogido desempeñar. Aunque también era posible que se quedara por propia voluntad. No le molestaba su compañía, sino el modo en que había ocurrido.

—Esperaba poder convencerla de que se considerara mi huésped. De esta manera me obliga a hacerla mi prisionera.

—A un huésped se lo invita —manifestó tontamente decepcionada—. Podría haberme invitado.

—¿Habría venido?

Tal vez. Probablemente. Pero no podía contárselo. No en ese momento. Y ambos sabían que como invitada su presencia no serviría a los propósitos de Hasan. Extendió las muñecas con las palmas hacia arriba, ofreciéndolas para que las esposara.

—Quizá ya es hora de que ambos reconozcamos la verdad de la situación.

Durante un momento Hasan la miró con la cara pálida. Luego se acercó, aceptó las muñecas que le ofrecía y, sosteniéndolas con facilidad en una mano, le quitó el pañuelo que colgaba de su cuello. Sin decir una palabra, le ató las muñecas en un gesto simbólico que, sin embargo, eliminaba toda duda de la situación. Como si quisiera recalcarlo, aferró los extremos del pañuelo y la atrajo hacia él.

La protesta de ella se evaporó con un rápido jadeo cuando la tomó por los hombros y la pegó con fuerza a su cuerpo, de modo que la cabeza no tuvo otro sitio al que ir salvo atrás, dejándola vulnerable, expuesta.

—¿Es esto lo que quiere?

Ella no podía creer que fuera a hacerlo. No se atrevería. Incluso al abrir la boca para advertirle de que cometía un gran error, lo hizo.

Sus labios eran duros, exigentes, y la castigaron por desafiarlo, por obligarlo a hacer eso. Pero así como la cabeza le decía que opusiera resistencia, que pateara, mordiera, que lo hiciera pagar con todos los medios limitados que tenía a su alcance, en ese instante entró en juego el instinto femenino con una ferocidad que le quitó el aire.

Le dijo que ese hombre era fuerte. Que podía protegerla contra lo peor que el mundo pudiera arrojar contra ella. Que le daría hijos sanos y ofrecería su vida para defenderlos.

Era algo primitivo, la mujer que elegía al varón más fuerte del grupo como pareja. Resultaba elemental y salvaje. Pero bajo el calor insistente y provocador de su boca, de su lengua, Rose supo que de algún modo no terminaba de comprender, era ella quien había ganado.

Y con ese conocimiento se derritió, se disolvió, y durante unos segundos prolongados y benditos se entregó y le dio todo lo que tenía, yendo al encuentro invasor de su lengua de seda con toda la dulzura de sirena que tenía en su poder. Oh, sí, claro que quería eso. Lo deseaba a él. En más de cinco años jamás se había visto tentada, pero desde el momento en que lo vio en el 747 de Abdullah, lo supo; ese era el momento que había estado esperando.

Entonces, cuando yacía laxa en sus brazos, dispuesta a entregarse en cuanto lo solicitara, Hasan la soltó sin advertencia previa, y Rose se tambaleó.

Durante un instante él la miró como si no pudiera creer lo que había hecho. Luego retrocedió.

—Yo también odio perder el control —explicó, su rostro una máscara de contención—. Creo que ahora estamos empatados —giró en redondo y salió de la tienda.

Rose apenas podía respirar, apenas era capaz de mantenerse de pie, y tuvo que sujetarse al respaldo de una silla, sin apartar la vista del pañuelo de seda con el que Hasan le había inmovilizado las muñecas.

Aún temblaba, dominada por un anhelo no satisfecho. Se soltó las manos, tiró el pañuelo al suelo y corrió a la abertura de la tienda, pero Hasan había desaparecido en la noche. Un perro de caza estaba tendido ante la entrada, y un poco más lejos un hombre armado que, ante la mirada centelleante que le lanzó, hizo una inclinación respetuosa de cabeza.

Al menos notó que ya no sonreían con expresión boba. Oyó el encendido del motor del Land Rover y vio cómo se alejaba a toda velocidad. Retrasado por la necesidad de ponerla en su sitio, sin duda iba a contarle a los medios su desaparición.

Alzó la barbilla y se dijo que se alegraba de verlo marchar. Sin embargo, el campamento parecía ridículamente vacío sin él; como si percibiera su soledad, el perro se levantó y plantó el hocico contra su mano. De forma automática le acarició la cabeza sedosa y luego se volvió para contemplar su prisión.

Comprobó el desorden de los dátiles sobre la alfombra cara y se agachó para recogerlos. Al comprender lo que hacía, se detuvo enfadada consigo misma, los rodeó y se retiró al refugio del dormitorio. El perro la siguió y se tumbó al pie de la cama.

Sin duda iba a esperar el regreso de su amo. Solo había una cama, pero ella había llegado primero y no quería compartirla. Una voz la advirtió de que después del modo en que lo había besado apenas podía esperar disponer de alguna elección. Y una voz aún más suave le dijo que se engañaba si fingía desear ninguna.

Se tapó la boca con la mano. ¿Qué diablos había hecho? No tenía por costumbre meterse en la cama del primer hombre que la secuestraba. De hecho, de ningún hombre, punto. Estaba demasiado ocupada para prestarle atención a enamorarse. Ya sabía lo que era y lo había tachado de la lista.

No cabía duda de que Hasan sabía cómo volver a encender el fuego de una chica.

Sospechaba que sería capaz de encender lo que quisiera con esos ojos que pasaban del frío al calor en menos de un segundo. En cuanto lo vio lo reconoció por lo que era. Un hombre muy peligroso.

Se quitó los zapatos y se tiró sobre la cama. El teléfono móvil se le clavó en el muslo.

Hasan pisó con fuerza el acelerador y salió del campamento como si lo persiguieran los perros del infierno. ¿Sabía ella lo que acababa de hacer? ¿Por qué tenía que ser de esa manera? Ya dificultaba las cosas que fuera hermosa. Pero a eso podía resistirse. Ya había resistido los encantos de muchas mujeres a las que les habría encantado permanecer cautivas en su campamento del desierto. Quizá ahí radicaba la diferencia. Rose Fenton era fuerte, disponía de recursos. Luchaba contra él.

Lo desdeñaba por lo que le había hecho, y luego alargaba las manos y lo retaba a hacer lo peor. En ese momento había eliminado la fachada civilizada que llevaba sobre su herencia desértica para desnudarlo hasta la médula, haciendo que fuera el hombre que su abuelo había sido en su juventud, un guerrero del desierto que había luchado para apoderarse de lo que quería, ya fueran tierras, caballos o una mujer.

Nunca lo había tenido que hacer, pero cuando surgió la posibilidad no lo pensó ni dos veces. Había trazado sus planes, convocado a los hombres que harían cualquier cosa que les ordenara y raptado a Rose Fenton bajo las mismas narices de su hermano.

Había pensado que sería difícil y que ella se opondría, pero no fue así. Que ella careciera de miedo se lo había facilitado. Quería la historia. O así había sido hasta que sus nervios la traicionaron momentáneamente y se asustó.

Incluso entonces lo desafió, se burló de él, lo instigó a sacar su faceta más primitiva. Y por todos los cielos que había estado a punto de conseguirlo. Le había atado las muñecas como si fuera una especie de presa que había capturado en una incursión, para hacer con ella lo que quisiera. Le había atado las muñecas, la había besado y a punto había estado de tomarlo todo.

Pero aun entonces ella había ganado. Al no oponerse, al no luchar por su honor, había conseguido que a él no le hirviera la sangre y saltara al abismo. Había sido mucho más inteligente y más fría de lo que le había acreditado. Aceptó su farol y le devolvió el beso, ardiente y dulce. Lava sobre nieve.

Menos mal que ella no sabía que no se trataba de un farol, de lo contrario uno de los dos se habría metido en serios problemas.

Tuvo la impresión de que habría sido él. Y aún podía ser así, si Partridge no encontraba pronto a Faisal.

Rose sacó el teléfono del bolsillo y por una vez en la vida le costó saber qué era lo mejor. Sabía que debía contactar con alguien, pero ¿con quién?

Tim no. No quería involucrarlo. En esa enemistad familiar solo podrían aplastarlo.

Entonces, Gordon. Sí, Gordon. Debería llamar a su editor de noticias. Pero gracias a Hasan no tardaría en recibir un comunicado de prensa. Lo único que podría hacer sería añadir el nombre de su secuestrador, y aún no estaba lista para eso. Significaría que tenía que escoger bandos, y aunque el cerebro le sugería que Abdullah, como regente y jefe de su hermano, merecía su lealtad, el corazón no se hallaba tan seguro. Pero ¿Hasan no estaba haciendo lo mismo que había pretendido Abdullah, o sea, utilizarla?

Tal vez. Pero al menos era sincero al respecto. Estaba preparada para darle una oportunidad. Incluso varias.

Entonces, ¿qué había sido de la periodista imparcial?

Se encontraba a la espera. De los hechos, de que emergiera la verdad. Y como no le quedaba otra opción que permanecer allí, retrasaría la llamada a su oficina hasta que tuviera una historia. La verdadera. Después de todo, era inútil gastar la batería.

Su madre. Al menos podría tranquilizarla en persona. Tecleó el número pero comunicaba. Lo intentó varias veces sin éxito, hasta que le resultó obvio que llegaba demasiado tarde; probablemente su madre ya conocía la noticia por medio de Tim. Y ella sí que comprendía el poder de la prensa. Se habría olvidado del ministerio de Asuntos Exteriores y estaría hablando con Gordon. Hasan era afortunado.

Desconectó el aparato y miró a su alrededor. Tenía suerte de que él no la hubiera registrado. Hasta el beso había dado por hecho que se comportaba como un caballero. Pero lo más factible es que las mujeres a las que conocía llevaran un atuendo tan tradicional que no les permitía ocultar teléfonos.

No podía contar con que su suerte durara para siempre. Necesitaba un sitio seguro para su único vínculo con el mundo exterior.

Había una caja nueva de toallitas de papel en el tocador. Abrió la tapa, quitó algunas para hacer espacio y luego introdujo el teléfono en el fondo de la caja, la arregló y dejó el extremo de una toallita en la abertura para dar a entender que la había usado.

Bostezó. Los nervios, la tensión y el agotamiento se mezclaron y le provocaron sueño. Pero la idea de quedarse en ropa interior la ponía un poco nerviosa. Sin duda un hombre que se había tomado tantas molestias de proporcionarle su maquillaje favorito no habría pasado por alto el hecho de que necesitaría cambiarse de ropa. Apartó la manta de la cama. No, no lo había olvidado.

Recogió el camisón y lo extendió. Era... Era... Contuvo una sonrisa. Era tan tranquilizador y respetable. El tipo de camisón con el que se sentiría segura una solterona victoriana. Ningún hombre que tuviera en mente segundas intenciones elegiría algo así, a menos que pensara abrirse paso entre metros y metros de algodón con encaje.

—De acuerdo —el perro alzó la cabeza—. Hasan no es tan malo —extendió el camisón—. Pero me gustaría saber dónde habrá encontrado algo así. Imagino que en el desván de su abuela. De su abuela escocesa —tembló. Aunque era ideal para una noche fría del desierto.

Se quitó la ropa y se lo puso. Se cepilló el cabello y cuando al fin se metió en la cama, acomodando los pliegues del voluminoso camisón a su alrededor, decidió que su madre lo habría aprobado.

Lo último que se preguntó antes de dormirse fue si Hasan habría recurrido al mismo guardarropa para las prendas de día.

¿Despertaría para encontrarse con una falda de tweed? ¿O un traje de chaqueta y falda de cachemira?

Hasan se sentó en la cama largo rato, sin dejar de mirarla. ¿Cómo una mujer que había creado tanto caos podía dormir de forma tan apacible? Resultaba tentador despertarla, perturbarla, pero algo le dijo que sería él quien sufriría.

Era tan hermosa, su piel tan pálida en contraste con el rojo de su pelo. No había cedido ni un ápice ante él, e incluso en su sueño tenía más poder para inquietarlo que cualquier mujer que hubiera conocido.

No era una sensación reconfortante. No le gustaba. Pero sospechaba que cuando Rose se marchara sería aún peor.

Capítulo 5

Rose se movió. Se sentía cálida y maravillosamente cómoda; se arrebujó más bajo la manta. Era tan agradable. El peso que tenía contra la espalda también se movió, adaptándose a la curva de su columna vertebral. También eso fue agradable. Había necesitado tanto tiempo para acostumbrarse a despertar sola.

Se quedó helada y abrió despacio los ojos con los sentidos en alerta máxima.

No estaba sola.

El sol se filtraba suavemente a través de la cortina negra de la tienda de Hasan. La sensación somnolienta de confort se evaporó al recordar con terrible claridad los acontecimientos de la noche anterior. ¿Qué podía hacer una chica? ¿Debía volverse y dejar que su captor la tomara en brazos para concluir lo iniciado entonces? ¿O debería decantarse por la indignación?

Se decidió por eso último y antes de correr el peligro de debilitarse se incorporó dominada por la indignación. Su acompañante también se levantó de un salto y ladró excitado.

Era el perro. Solo el perro.

Volvió a dejarse caer sobre la almohada y permitió que su corazón se relajara. No se trataba de Hasan. El alivio luchó con la decepción. Era evidente que llevaba sola demasiado tiempo.

El perro bostezó, luego se acomodó con la cabeza en su estómago.

—De modo que duermes en la cama, ¿eh? —comentó en cuanto recuperó el aire—. A mi madre le daría un ataque si pudiera verte —le acarició la cabeza—. No aprueba que los perros se suban a la cama —tampoco aprobaba demasiado a los maridos. Solo los amantes recibían su beneplácito. Era uno de esos desacuerdos entre madre e hija que aún no había sanado entre ellas, mucho después de que ya no tuviera marido.

Un movimiento que captó por el rabillo del ojo hizo que alzara la cabeza. Hasan, atraído sin duda por el ruido, había abierto las cortinas.

—¿Ha dormido bien?

Asombrosamente bien, mientras que él daba la impresión de haber pasado una noche mala. Pero antes de poder formular una respuesta sensata, los interrumpieron.

—¡Lo sabía! —una mujer pequeña, cubierta con una capa y un velo, apareció a su lado y, sin aguardar una invitación, entró. Después de confirmar sus peores sospechas, se volvió hacia él—. ¡Por el amor del cielo, Hasan! —exclamó entre indignada y exasperada—. ¿En qué diablos estás pensando?

¿Sería su esposa? Rose ni siquiera había pensado que tuviera una. Hacía tiempo que no se ruborizaba, pero enfrentada a un bochorno casi constante, descubrió que aún recordaba cómo se hacía.

Hasan no contestó en el acto ni intentó defenderse. Al parecer ella tampoco esperaba que lo hiciera, ya que se acercó a la cama. Retiró la capa y el velo y se reveló como una mujer joven y hermosa vestida con una pesada camisa de seda y una falda de corte bonito que se detenía justo encima de las rodillas.

—Nadim al Rashid —dijo al tiempo que extendía una mano pequeña hacia Rose—. Me disculpo por la conducta de mi hermano. Su corazón está en el lugar adecuado, pero, como la mayoría de los hombres, tiene el cerebro de una mula. Ahora mismo vendrás conmigo a casa; allí estarás a salvo hasta que regrese Faisal. Y, mientras tanto, podremos pensar en cómo explicar tu desaparición.

¿Faisal? La mente de Rose se puso a trabajar. Esa joven no podía ser más que la hermanastra de Hasan. Eso la convertiría en la hermana de Faisal y, sin embargo, tenía toda la intención de arreglar el lío de Hasan. La acción directa parecía ser una característica de la familia.

Rose lo miró, pero él daba la impresión de querer evitarla; se mordió el labio. No era conveniente reír de forma muy obvia. Observaría la diversión mientras Nadim lo reprendía.

—¿En qué estabas pensando, Hasan? —repitió, pero no le dio oportunidad de responder—. No, no me lo digas, lo adivino. ¿Has hablado con Faisal? —Hasan le lanzó una mirada de advertencia, que ella soslayó—. ¿Y bien?

Al ver que no había manera de detenerla, se encogió de hombros y le concedió el punto.

—Envié a Partridge a los Estados Unidos a buscarlo, pero eludió a sus guardaespaldas y se marchó a alguna parte.

—Qué desconsiderado —soltó ella—. Me pregunto quién le enseñaría ese truco.

—Yo llevo la situación —manifestó él con los dientes apretados—. Déjamela a mí.

—No lo creo.

—Nadie ha pedido saber qué crees, Nadim. Quiero que te marches ahora mismo. Este es mi problema y no quiero involucrar a nadie más.

No quería que su hermana se metiera en problemas e inesperadamente Rose estuvo de acuerdo con él.

—Estoy involucrada, idiota. Faisal también es mi hermano.

—Si sale mal...

—¿Contigo al mando? ¿Cómo puede ser? —esa joven sabía cómo convertir una oración sencilla en un arma arrojadiza de sarcasmo—. No le hagas caso —Nadim centró su atención en Rose—. He traído otro *abbeyah*; nadie te verá llegar a mi casa —se volvió hacia su hermano—. Te has comportado de forma vergonzosa, Hasan. La señorita Fenton es una invitada de nuestro país... –habló en árabe y de forma manifiesta se puso a vilipendiar su carácter.

Rose observó la escena con un deseo creciente de reír. Entonces, por encima de los brazos gesticuladores de Nadim y de su lustroso pelo negro, sus ojos se encontraron con los de Hasan. Fue como si pudiera leerle la mente.

–Hmm, perdona –agitó una mano y Nadim frenó su discurso el tiempo suficiente para volverse a mirarla con ojos centelleantes–. Lamento interrumpirte cuando es evidente que realizas un magnífico trabajo en el análisis del carácter de Hasan, pero ¿mi opinión cuenta para algo?

Los ojos de él se lo agradecieron por detrás de su hermana.

Eso era estupendo, pero no lo hacía por Hasan. Se trataba de una decisión puramente profesional. Lo último que quería era ser rescatada por la princesa Nadim, sin importar lo bienintencionados que fueran sus motivos. La llevaría a la ciudad y perdería todo contacto. Al menos ahí se encontraba en el centro de la acción. Cerca de Hasan... donde todo acontecía.

Sin embargo, Nadim malinterpretó su actitud, ya que fue a sentarse en la cama y le tomó la mano. Era diminuta, cuidada con exquisitez. Hacía que Rose se sintiera como una gigante desaliñada.

–Comprendo que solo deseas regresar a la casa de tu hermano y reanudar tus vacaciones, pero tenemos una especie de problema. Abdullah está a punto de apoderarse del trono y Faisal, el muy tonto, ha elegido este momento para... ah, bueno... digamos que su sincronización deja un poco que desear. El revuelo causado por tu desaparición mantendrá ocupado a Abdullah unos días, y si te quedas conmigo hasta que todo se aclare, estoy convencida de que Hasan se encargará de que tu sacrificio reciba su adecuada recompensa.

–¿Recompensa? –repitió. ¿Qué decía Nadim? ¿Recibiría el equivalente a la Orden del Mérito de Ras al Hajar?

—Bueno, Rose —musitó él. Se hallaba de pie detrás de su hermana—. Parece que puede establecer su propio precio. Un *lakh* de oro... un cordel lleno de perlas... Lo que desee.

—¿Sabe cantar?

—Como un ruiseñor.

—La historia, Hasan —espetó Rose—. Eso es lo único que deseo. La historia, nada más que la historia. Y me quedo aquí.

—Pero no puedes... —Nadim se mostró momentáneamente sobresaltada.

—Puede y debe —Hasan, con su cooperación garantizada, recuperó el dominio de la situación—. Te aseguro que el sacrificio de la señorita Fenton no será mayor que el que ella elija.

—Oh, pero...

—¿No tienes que ir a la clínica hoy, Nadim?

—Esta tarde —miró el reloj—. En realidad, ya que me encuentro aquí, ¿podría pedirte algunas incubadoras nuevas?

—Dile a Partridge lo que quieres. Él se encargará.

—Gracias —sonrió—. Las madres y los bebés de Ras al Hajar te lo agradecen, Hasan. Y ahora, Rose... —durante un momento dio la impresión de que no había terminado. Luego esbozó un gesto muy femenino de resignación—. ¿Hay algo que pueda traerte? ¿Cualquier cosa que necesites?

—Tu hermano se ha esforzado en proporcionarme todas las comodidades. Salvo ropa —señaló el camisón—. Esto no es de mi estilo.

—No —durante un momento los ojos de Hasan se centraron en el subir y el bajar de los pechos detrás de la tela gruesa—. No —repitió con voz más suave. Luego carraspeó—. Lamento que mi elección no contara con su aprobación, pero hay un baúl lleno con ropa de su talla. Estoy seguro de que encontrará algo que le guste.

Rose, cuyo corazón ya latía con innecesario vigor, sintió un sobresalto cuando él levantó la tapa del baúl y alargó la mano para quitar la caja de toallitas de papel. El peso podría indicarle...

—Vete, Hasan —intervino Nadim—. No tienes nada que hacer aquí.

—Rose Fenton no es una de tus vírgenes marchitas, Nadim. Si quiere que me vaya, ella misma me lo dirá —la miró—. Te lo garantizo. Pero es verdad. Si las dos os vais a poner a rebuscar en la ropa, preferiría estar en otra parte. ¿Te quedarás a desayunar, Nadim?

—Solo tomaré café —aceptó, echándolo con un gesto de la mano. Aguardó hasta que se fue, luego salió para comprobar la habitación exterior antes de volverse hacia Rose—. Mira, no importa lo que diga Hasan. Si no quieres quedarte aquí, no tienes por qué hacerlo. Dilo y podrás marcharte conmigo ahora.

No. Pensaba quedarse hasta el final. Se lo había prometido a Hasan. Puede que no en voz alta, pero los dos lo sabían.

—No. Estaré bien. De verdad.

La sonrisa de Nadim fue comprensiva.

—¿Qué es un *lakh* de oro? —preguntó Rose, con el fin de distraerla—. ¿Una especie de joya?

—¿Un *lakh*? —la otra quedó sorprendida por su ignorancia de algo tan importante—. No. Es una medida de peso. Cien mil gramos —Rose intentó imaginar cuánto era, pero no lo consiguió—. No te preocupes por eso. Te quedes o te vayas a casa conmigo, Hasan tendrá que pagarle a tu hermano por llevarte del modo en que lo hizo.

—¿Pagarle a mi hermano? —podía imaginar la reacción de Tim. Incluso Nadim aprendería una o dos cosas sobre la indignación. Si Hasan le ofrecía dinero por el honor de su hermana, era posible que Tim quebrantara la costumbre de toda una vida y lo golpeara. Pero Nadim hablaba en serio.

—Desde luego que debe pagar. Te ha deshonrado. ¿O existe la posibilidad de que tu hermano lo mate? —sugirió.

—Hmm... no lo creo —incluso indignado, no creía que Tim le diera más que un puñetazo en la mandíbula.

–¿No? –Nadim se encogió de hombros–. Claro, es inglés. Los ingleses son tan... flemáticos. Hasan sin duda mataría a tu hermano si la situación fuera al revés. Pero si no quieres dinero o sangre, solo existe otra solución. Tendrá que casarse contigo. Déjamelo a mí. Yo lo arreglaré.

La situación se adentraba cada vez más en los reinos de la fantasía.

–Seguro que un hombre de su edad, de su riqueza... –comprendió que empezaba a pensar como Nadim– ya debe estar casado.

–¿Hasan? ¿Casado? –la otra rio–. Primero tendría que encontrar a alguien lo bastante fuerte como para que lo retenga.

–Pero, si aquí arregláis los matrimonios...

–Hasan es diferente. Es imposible. Contigo sería una cuestión de honor, de modo que no le quedaría otra alternativa, pero en ninguna otra circunstancia se detendría a considerarlo. Créeme, lo hemos intentado, pero ha viajado demasiado para aceptar a una joven buena y tradicional que quiera quedarse en casa a criar hijos. Sin embargo, es demasiado tradicional para casarse con una de esas actrices o modelos con las que pasa tiempo en público cuando está en Londres, París o Nueva York. Aunque si las trajera aquí no durarían ni cinco minutos.

–¿Por qué?

–Las mujeres necesitan nacer para esta vida. Nuestros hombres son posesivos y las mujeres modernas no desean ser poseídas. Quieren lo que Hasan puede darles, pero se niegan a entregar lo que ya poseen –sonrió–. Me dan pena.

–Pero tú eres feliz.

–Me esfuerzo por serlo. Tengo un marido amable, hijos hermosos y un trabajo provechoso en un país que quiero –la miró–. A Hasan también le gusta vivir aquí. No podría hacerlo en ninguna otra parte –entonces suspiró–. Habría sido un gran emir. Es algo que siempre ha llevado dentro. Mientras que Faisal... bueno, Faisal no entiende los sacrificios que se requieren –lo pensó unos momentos–. O quizá sí...

–¿Y Abdullah?

De pronto Nadim fue consciente de que había hablado demasiado; miró el reloj y soltó un gritito poco convincente.

–No dispongo de mucho tiempo. Echémosle un vistazo a la ropa. Me da la impresión de que no encontrarás gran cosa de tu gusto.

–¿Y bien? –Hasan la observó por encima de lo que quedaba del desayuno–. ¿Qué averiguó?

–¿Averiguar?

–Mi hermana tiene una boca muy generosa. Estoy seguro de que no le ha costado sonsacarle información.

–Nadim es encantadora, considerada y de gran ayuda.

–Si le ha causado tan buena impresión, es que debió ser demasiado locuaz, incluso para ella.

–En absoluto. Me contó muy poco que ya no supiera.

–Es ese «muy poco» lo que me molesta.

–¿Por qué? Garantizar que Faisal retenga el trono no es algo de lo que haya que avergonzarse. Yo había pensado que su intención era apoderarse de él con fines personales –si había esperado provocar una reacción, no lo consiguió–. Y no pienso revelarle a nadie lo que está haciendo –sonrió. «Al menos todavía no»–. En realidad, la principal preocupación de Nadim parecía ser que tendría que pagarle a mi hermano por haberme deshonrado.

Hasan llegó a la conclusión de que se burlaba de él, de que se divertía a su costa. Bueno, mientras eso la mantuviera contenta, perfecto.

–Lo que usted considere apropiado –concedió. Un *lakh* de oro sería barato a cambio de su cooperación–. Aunque después de conocerla empiezo a dudar que tanto usted como su hermano acepten siquiera una *tula* de mi oro –al menos eso era verdad. Apostaría la vida a que no estaba al servicio de Abdullah. Su corazón se regocijó.

–Puede que no, pero eso lo deja con un problema –él esperó–. Según Nadim, la única alternativa a un acuerdo económico sería la muerte o el deshonor, y como Tim preferiría morir antes que matar a alguien... –hizo una pausa–. Incluso a usted... –Hasan rio–. Ella ha llegado a la conclusión de que la respuesta que queda es el matrimonio.

–Puede que tenga razón –corroboró. Luego bebió café, dejó la taza sobre el plato y se levantó–. Veo que se ha puesto unos pantalones de montar. ¿Es una insinuación de que le gustaría dar un paseo a caballo esta mañana?

¿Quería cabalgar con Hasan? ¿Por eso había insistido en ponerse esos pantalones ante las protestas de Nadim? De pronto se sintió muy confusa. Hacía tiempo desde que había montado a caballo en compañía del hombre al que amaba. Hacía tiempo que no sentía esa tentación. Pero los pantalones de montar le habían resultado tan familiares, cómodos... Sin mirarlo, estiró las piernas.

–Fueron los únicos pantalones que pudimos encontrar –repuso con actitud evasiva–. Siento aversión a ponerme vestidos largos de seda durante el día. Aunque sean de marcas exclusivas.

Sin embargo, la ropa interior había sido otra cosa. No ponía ninguna objeción a sentir la seda contra la piel. Pero hasta ahí llegaba. La camisa que llevaba era amplia y tuvo que sujetarse los pantalones con un cinturón, pero eran cómodos. Se frotó las palmas de las manos sobre la suave tela usada y al final levantó los ojos.

–¿Eran suyos?

–Probablemente –él titubeó–. No lo recuerdo –se lo veía incómodo ante la idea de que llevara puesta su ropa, a pesar de que debía hacer años que no se la ponía. Había desarrollado muchos músculos desde que le fabricaron esos pantalones para montar–.

Le habría proporcionado su propia ropa, pero entonces habrían deducido que se había marchado por su cuenta.

–Trajo mis botas –unos botines robustos con cordones y que llegaban hasta los tobillos.

–El terreno aquí es agreste –se encogió de hombros.

–Y sería embarazoso que tuviera que llevarme al hospital con un tobillo roto.

–No sea tonta –sonrió ante su ingenuidad–. Diría que la había encontrado en ese estado. Usted no me traicionaría, ¿verdad, Rose? Pensaría en la historia y mantendría la boca cerrada.

Era insufrible. Abandonó todo intento de superarlo y regresó al tema de la ropa.

–Claro que si Khalil le hubiera entregado mi ropa probablemente habría terminado en la cárcel como cómplice. No imagino a Abdullah siendo muy considerado con él.

–¿Khalil?

–El criado de mi hermano. Alguien debió darle información sobre el maquillaje que uso. Y sobre el champú. A propósito, tiene una ducha muy ingeniosa –se había llenado con agua un pequeño depósito y el primer sol de la mañana le había dado una temperatura agradable. Terminó el café–. ¿Quién más habría podido manipular el Range Rover sin atraer suspicacias? Khalil lo lava tan a menudo como su propia cara.

–Muy bien –no confirmó ni negó sus especulaciones–, ¿quiere dar un paseo a caballo?

–Es una de las atracciones prometidas.

–¿Sabe montar?

–Sí –se puso de pie, cada vez más incómoda ante el escrutinio de Hasan.

–Para permanecer sobre uno de mis caballos necesitará algo más que un conocimiento pasajero con un pony dócil de alguna escuela para amazonas.

–No lo dudo, pero tuve un buen maestro. ¿No tiene miedo de

que nos puedan ver? –preguntó–. ¿Que empleen helicópteros en mi búsqueda? –se pasó la mano por el pelo–. Cuesta pasarme por alto.

–Es verdad que consigue que su presencia se note –convino con sonrisa irónica–. Pero su cabello no es problema. Con las ropas adecuadas, será casi invisible. Aguarde aquí.

Regresó unos minutos después con un *keffiyeh* a cuadros rojos y blancos que le entregó. Ella le quitó el envoltorio y se lo puso sobre la cabeza, luego se quedó quieta. Era mucho más grande de lo que había esperado y no sabía bien cómo ajustarlo. Extendió los extremos y lo miró desconcertada.

Durante un instante ambos recordaron el pañuelo que Rose había lucido y lo que Hasan había hecho con él. Luego él respiró hondo.

–Mire –dijo–. Es así –con rapidez lo pasó alrededor de su cabeza y de la parte inferior de su cara, con los dedos muy cerca de sus mejillas aunque sin rozarla en ningún momento. Aun así, el estómago de ella se atenazó ante la proximidad–. Ya está.

–Gracias –apenas fue capaz de susurrar.

–No, gracias a usted, Rose. Por comprender a Nadim. Si Abdullah averiguara...

–Sí. Bueno, no obtendré una exclusiva escondida en el salón de Nadim, ¿verdad?

Él sonrió y el gesto iluminó alguna parte detrás de sus ojos. Luego extendió una capa de pelo de camello con rebordes dorados que llevaba sobre el brazo.

Ella se volvió e introdujo los brazos en las amplias aberturas y dejó que colgara a su alrededor. Era holgada y ligera como una pluma, agitándose debido a la suave brisa que soplaba desde las montañas y que entraba en la tienda.

–Casi parece un beduino –musitó mientras se cubría la cabeza con su *keffiyeh* negro.

Rose se acarició el mentón por encima de la tela.

—Salvo por la barba —ladeó la cabeza—. Pero usted tampoco lleva barba, Hasan. ¿Por qué?

—Hace demasiadas preguntas —repuso apoyando la mano en la espalda de ella para conducirla hacia la brillante mañana.

—Es mi trabajo. Aunque usted es parco con sus respuestas.

La llevó hasta los caballos. Uno era un magnífico corcel negro. La otra montura era más pequeña pero de un tono almendrado de gran hermosura.

—¿Cómo se llama? —preguntó mientras le acariciaba el cuello.

—Iram.

Rose susurró el nombre y el caballo movió las orejas y alzó la fina cabeza. Recogió las riendas y Hasan enlazó las manos para ayudarla a montar antes de ajustar los estribos. Hacía tiempo que no montaba a caballo, pero, con la cabeza inmovilizada por el mozo de cuadra, parecía un animal sereno.

Hasan montó su corcel, la miró y, al parecer satisfecho con lo que veía, asintió. Los mozos retrocedieron y los caballos emprendieron la carrera.

Durante un instante, Rose pensó que le habían arrancado los brazos de cuajo y agradeció que él fuera muy por delante para que no tuviera que presenciar su lucha con el animal engañosamente manso que le había dado.

Cuando Hasan frenó a su montura y se volvió para ver lo que le había sucedido, Rose ya lo tenía bajo control y pasó volando a su lado. Él la persiguió, la dejó atrás y abrió la marcha con la capa ondeando al viento. Fue maravilloso, excitante y aterrador al mismo tiempo, y cuando al fin él tiró de las riendas ante el saliente de una colina, ella reía, jadeaba y temblaba por el esfuerzo de controlar a su caballo. Hasan también reía.

—Pensaba que sería demasiado para mí, ¿verdad?

—Ha estado a punto de serlo, pero es una excelente amazona.

—Menos mal —rio—. Aunque hace tiempo que no monto.

Hasan desmontó y recogio las riendas.

–¿Quién le enseñó?

–Un amigo.

–Es evidente –la miró–, ya que monta como un hombre.

–Sí, criaba caballos –fue consciente de su penetrante mirada–. Caballos hermosos –acarició el cuello de su animal–. Era mi marido.

Reinó una leve pausa mientras él digería la información.

–¿Era? –preguntó cuando Rose no se explayó–. ¿Está divorciada?

–No, murió. No fue un accidente de equitación –de lo contrario, jamás habría podido volver a montar–. Tenía el corazón débil. Lo sabía pero no me lo dijo –hacía más de cinco años que no hablaba de ello. Había continuado con su vida, intentando no pensar en ello. Sacó los pies de los estribos y se deslizó al suelo–. Un día se le detuvo. Y murió.

–Lo siento, Rose –Hasan se unió a ella y, conduciendo a los dos animales, comenzó a hacerlos pasear–. No tenía ni idea.

–Fue hace mucho tiempo.

–No tanto –la observó–. Usted es una mujer joven.

–Casi seis años –apenas veía el paisaje que se extendía ante ella. Veía la vida que podría haber tenido. En ese entonces habrían tenido dos hijos. Michael le había preguntado si quería tenerlos, se los habría dado, pero ella se había resistido a la idea. Era joven y había anhelado toda su atención. Tampoco parecía que hubiera ninguna urgencia. Se le nublaron los ojos y tropezó con una piedra. Hasan la sostuvo con la mano en la cintura.

–Es afortunada de tener su carrera. Algo con que llenar el vacío.

–¿Cree que un trabajo podría hacer eso? ¿Que una carrera podría compensar lo que he perdido? Nos amábamos –incondicionalmente. Como mujer. No había tenido que competir por su atención, no había tenido que ser mejor ni demostrar nada. Solo ser ella misma.

Él la observó pensativo.

–Dígame, ¿ganó su fama de periodista intrépida porque también esperaba morir?

Su respuesta inmediata fue la ira. ¿Cómo se atrevía a creer que podía psicoanalizarla? Su madre había dedicado años a ello. Pero supo que se equivocaba. Los ojos de Hasan no mostraban conocimiento de causa, sino comprensión y simpatía por lo que había tenido que sufrir.

–Tal vez –susurró, reconociéndolo por primera vez–. Tal vez. Durante un tiempo.

–No tenga prisa, Rose. Alá vendrá a buscarla cuando sea el momento.

–Lo sé –logró sonreír–. Pero es mucho más fácil ganar una reputación que perderla. Tengo una boca vehemente y eso también me mete en muchos problemas.

–Lo he notado –de repente también él sonrió.

Su voz, aunque bromista, exhibía una calidez que la devolvió al presente. Era el momento lo que importaba. Y durante un instante, con la mano de él en su cintura, los ojos más encendidos que el sol que calentaba su espalda, pensó que iba a volver a besarla. Pero no lo hizo. Notó el momento en que mentalmente retrocedió antes de bajar la mano y continuar.

Pues no iba a librarse con tanta facilidad. Ella tenía que escribir una historia y ya era hora de llevar a cabo una investigación seria.

–Entonces –caminó a su lado–, ¿por qué se afeitó la barba?

Capítulo 6

Hasan rio, disfrutando del súbito cambio de introspección a ataque directo.

–¿Quién dijo que alguna vez llevé alguna? No se trata de una compulsión –ella enarcó las cejas y le recordó que no era una joven ingenua–. Es usted como un terrier con un hueso –se quejó.

–Los cumplidos no me impresionan nada, Hasan. Los he oído todos ya. ¿Por qué? –insistió, queriendo conocer qué lo motivaba.

–Quizá soy un rebelde nato.

–¿La típica oveja negra de la familia? –aunque no lo creía–. ¿No es un poco obvio?

–Con veintiún años –repuso él–. No es una edad para la sutileza. Y cuando algo funciona, ¿por qué cambiarlo? –se dirigió hacia una roca baja y plana, ató los caballos a un árbol, la invitó a sentarse y le ofreció la cantimplora.

Ella se apartó el *keffiyeh* y agradecida bebió un sorbo del agua fría. Él la imitó y se sentó a su lado.

Ante ellos la tierra caía por una ladera rocosa hasta la llanura costera y, en la distancia, Rose pudo ver el resplandor del sol sobre un mar tan azul que se fundía con el cielo. Era un paisaje desolado en el que las sombras de las piedras y los ocasionales árboles se extendían hasta el infinito.

«Muy distinto del fresco verdor de casa»; sin embargo, notaba la atracción. Había algo magnético, atemporal. Poseía una extraña belleza.

Nadim había comentado que a Hasan le encantaba. Percibía que era un lugar que podía penetrar en el corazón de una persona. Lo miró, todavía a la espera.

Él se encogió de hombros y se pasó la mano por la cara afeitada.

—Mi abuelo llegó a la conclusión de que yo no sería capaz de mantener unidas a las tribus —explicó—. Era una época difícil. Entraba mucho dinero por el petróleo y él sabía que las familias rivales aprovecharían el hecho de que mi padre era un extranjero para causarme problemas.

—¿No tenía hijos propios para que lo sucedieran?

—No. Media docena de hijas, pero ningún varón. Yo era su nieto mayor, pero llegado el momento hizo lo que haría cualquier gobernante y antepuso el país a los deseos de su corazón.

—¿Cuando nombró heredero a Faisal?

—Mi madre se volvió a casar muy pronto tras el fallecimiento de mi padre. Una unión política. Tuvo un par de hijas; Nadim es una de ellas. Luego tuvo a Faisal. Él posee el pedigrí perfecto para gobernar.

—Aún es muy joven.

—Lo sé, pero todos tenemos que crecer. Es la hora de él. Solo espero que lo lleve mejor que yo.

Ella percibió su dolor; aunque estaba enterrado hondo, se hallaba presente.

—Debió ser duro que usted lo aceptara —no supo si era la periodista o la mujer quien lo quería saber.

Hasan recogió una piedra y la apretó.

—Sí, lo fue. Solo tenía esto —sopesó la piedra un instante y luego la arrojó lejos—. Después me quedé sin nada. Lo que lo empeoró fue tener que soportar que nombrara a Abdullah emir regente para apaciguar a sus enemigos —alzó la mano en un gesto de aceptación—. No tuvo otra elección; lo sé. Me estaba protegiendo. Si yo hubiera sido diez años mayor, quizá hubiera podido desafiarlos. Pero se moría y probablemente tenía razón; yo era demasiado joven para manejar ese tipo de problemas. Ahora el único problema que tenemos es Abdullah y sus seguidores, con sus manos sucias metidas en la tesorería mientras la gente anhela educación, cuidados médicos y todas las ventajas de vivir en el siglo veintiuno.

Rose pensó en el lujoso centro médico que le habían enseñado. Todo era nuevo. Como el elegante centro comercial a rebosar de tiendas exclusivas, el fabuloso club de gimnasia en el que al instante la habían hecho socia honorífica... todo irradiaba privilegios. Había sospechado que existía un lado oscuro y había tomado nota para investigarlo. Y al parecer así era. Cruzó las manos sobre las rodillas y apoyó el mentón en ellas.

–Nadie podría culparlo por no tomárselo bien.

–Nadie lo hizo. Y nadie trató de detenerme. Desheredado, me afeité la barba, me dediqué a vestir de negro y me comporté muy mal. Puede que me quitara el derecho al trono, pero mi abuelo compensó la pérdida de otras maneras. Me vi con demasiado dinero y muy poco sentido común y me dediqué a demostrarle al mundo que el abuelo había tomado la decisión correcta, mientras Abdullah y sus partidarios se mantenían al margen, prácticamente animándome, con la esperanza de que me autodestruyera. Yo era inmaduro, malcriado y estúpido. Lo sé porque mi madre, que haría casi cualquier cosa antes que subir a un avión, voló a Londres con el único propósito de decírmelo a la cara.

–Sin embargo, no volvió a dejarse la barba. Ni adoptó una forma más conservadora de vestir. Tampoco moderó mucho su comportamiento.

–¿El rebelde arrepentido como un perro apaleado? Cuánto habría disfrutado Abdullah con eso. Habría hecho correr rumores de que intentaba recuperar el favor perdido y que planeaba apoderarme del trono, una excusa perfecta para actuar en contra de

Faisal y de mí. No, estoy dispuesto a soportar mi conducta hasta que mi hermano se encuentre instalado a salvo en el lugar que por derecho es suyo –la miró–. Y mientras mi primo menos predilecto esté ocupado buscándola a usted, Rose Fenton, aún hay tiempo.

Con la cabeza señaló hacia la costa, donde había aparecido un par de helicópteros de búsqueda. Se apoyó sobre un codo sin mostrar señal alguna de preocupación.

–¿Qué hará si se presentan en el campamento?

–Dispararle al primer hombre que intente entrar en los alojamientos de las mujeres.

–¿Alojamientos de las mujeres? ¡Vaya!

–¿Qué tiene de malo?

–Bueno, para empezar, solo estoy yo, y no soy una de sus mujeres.

–Se halla bajo mi protección. Una mujer o cien, ¿qué diferencia hay?

–Pero matar a alguien... –lo observó.

–No he dicho matar. Solo disparar. Una bala en la pierna del más valiente por lo general basta para desanimar al resto –se encogió de hombros–. No esperarían nada menos –al ver que seguía sin estar convencida, añadió–: Me harían lo mismo si la situación fuera al revés.

–Pero... –tembló– eso es tan primitivo.

–¿Se lo parece? –los ojos grises brillaron bajo el sol–. Puede que tenga razón. Lo primitivo se encuentra más próximo de la superficie de lo que la mayoría está dispuesta a reconocer, Rose, como casi descubrió usted en persona anoche.

Hablaba del momento en que ambos habían estado a punto de abandonar cualquier atisbo de comportamiento civilizado, de lanzarse al abismo.

Claro que solo se había debido a la tensión. Captor y cautiva unidos en una atmósfera precaria y cargada, una olla de emociones combustibles que, bajo presión, alcanzó una temperatura increíble...

Apartó rápidamente la vista. Los helicópteros habían bajado en dirección a la costa.

—Creo que será mejor que volvamos mientras aún puedo moverme. Hace semanas que no realizo ningún ejercicio serio y después de esto quedaré rígida como una tabla de madera.

—¿De verdad? —se levantó y le ofreció la mano. Tras una fugaz vacilación, ella la aceptó y Hasan la ayudó a incorporarse. Durante un momento retuvo sus dedos—. ¿No me diga que ha estado perdiendo el tiempo en el club de gimnasia?

—Si me ha vigilado con tanta atención, sabrá qué he estado haciendo —una tabla ligera de ejercicios durante la mañana para recuperar el tono muscular después de semanas de forzado ocio. Poca preparación para montar uno de los caballos de Hasan.

Él no confirmó ni negó la acusación.

—Cuando me lo diga, será un placer darle un masaje con linimento.

Durante un instante fugaz ella permitió que su imaginación se desbocara para pensar en sus manos frotándole un ungüento por los hombros y la espalda, a lo largo de los tensos músculos de las piernas. No dudó de que sería capaz de hacer que se sintiera mucho mejor. Pero retiró la mano, hizo una mueca y comenzó a reír.

—Gracias, Hasan, pero creo que será mejor que sufra. Usted ya representa suficientes problemas.

Suficientes problemas. ¿Cuántos eran suficientes? ¿Hasta dónde tenía que llegar un hombre antes de alcanzar el límite de los problemas en que podía meterse y, aun así, encontrar la salida al final?

Siempre que diera por hecho que deseara salir.

Hasan caminaba impaciente con el teléfono al oído a la espera de que Simon Partridge contestara. Mientras esperaba y se dijo que lo mejor era encarar la realidad.

Rose Fenton era una mujer con el mundo a punto de rendirse a sus pies. Dentro de una semana la prensa le suplicaría que contara su historia. Probablemente Hollywood querría hacer una película y su agente celebraría una subasta para colocar su libro.

Cada vez que se acercaba a ella le facilitaba todo. Solo tenía que mirarlo para que deseara contarle sus secretos más profundos, sus anhelos más íntimos, en los que siempre parecía estar el deseo de dedicar una vida a conocerla.

A cambio, se ofreció a darle un masaje. ¿Hasta dónde podía ser torpe un hombre? Aunque resultaba demasiado fácil imaginar la cálida seda de su piel deslizándose bajo sus manos.

Soltó un gemido sentido. Era imprescindible que la situación acabara cuanto antes.

−¡Vamos, Partridge! ¿Dónde diablos estás?

Piel de seda, labios de seda. Se detuvo, cerró los ojos y durante un momento se permitió recurrir al recuerdo de sus labios cálidos abriéndose para él, al dulce sabor de Rose en su lengua.

Había tenido la intención de mantener todo de forma estrictamente impersonal. Guardar las distancias. Tendría que haber sido fácil. Ella era una reportera y, por principio, a él le desagradaban los periodistas. Pero desde el momento en que contestó al teléfono y su voz le llenó la cabeza, quedó cautivado.

Dejó de andar y se apoyó en el tronco de una antigua palmera. ¿A quién quería engañar? Rose tenía algo especial que hacía que la gente pusiera las noticias de la noche para ver el informe desde su último destino. Era algo especial que hacía que a la gente le importara, y ya había descubierto de qué se trataba.

Bajo su fachada de dureza era vulnerable. Reía con más presteza de la que lloraba, aun cuando lo que más deseaba fuera eso último.

Ese día había estado apunto de manifestar su dolor. Hasan había querido abrazarla, consolarla, saber qué clase de hombre podía provocar esa expresión en sus ojos... Querer ser ese hombre.

–Sí... Hola... –una voz aturdida irrumpió en sus pensamientos.

–¿Partridge?

–¿Excelencia? –se oyó un ruido–. ¿Qué sucede?

–Nada. Eso es lo que pasa –su irritación congeló la distancia que los separaba–. ¿Lo has encontrado?

–Excelencia, en cuanto lo haga se lo comunicaré. Pero aquí son las cuatro de la mañana...

–¿Y? –espetó.

–Que no he podido acostarme hasta las dos –replicó Partridge de mal humor, plenamente despierto ya–. La mejor información de que dispongo es que Faisal se ha encerrado en una cabaña en las Adirondacks con una joven. Pero nadie sabe con quién ni en qué cabaña, y hay un montón. Como no están alineadas en orden a lo largo de un bonito camino, lleva tiempo comprobarlas –hizo una pausa–. Y mientras hablamos de personas perdidas, ¿cómo se encuentra la señorita Fenton? Imagino que se ha enterado de su desaparición. La CNN no para de hablar de ello.

Hasan sonrió con gesto sombrío ante el sarcasmo de su secretario. El secuestro de Rose explicaba su inusual malhumor.

–¿Y quién sugieren que es el responsable?

–Parece que nadie tiene idea. O por lo menos no lo dicen. La explicación de Abdullah es que debió alejarse del coche de Tim mientras él perseguía al caballo y se perdió, o lo achaca a que quizá cayó en una hondonada.

–¿Rose Fenton? No puede hablar en serio.

–Es mucho más agradable que reconocer que pueda haber sido secuestrada. Usted dijo que no haría nada... parecido.

«¿Como qué? ¿Qué pensaba Partridge que le estaba haciendo a su heroína de las ondas televisivas?».

–¿De verdad? Yo recuerdo una conversación algo diferente. Sin embargo, puedes estar tranquilo de que la señorita Fenton se encuentra en perfecto estado y contenta de ser mi invitada. Tu preocupación es injustificada, créeme. Es muy capaz de enfrentarse a la situación. De hecho, diría que se está aprovechando de ser el centro de una historia importante. Y prometo que no corre peligro.

—¿No? —Partridge no quedó convencido, aunque ambos sabían que no le preocupaba el peligro físico.

—¿Sabías que estuvo casada? ¿Por qué no llamas a tus contactos en Londres y averiguas todo lo que puedas sobre él? Con todo el interés que hay ahora en ella, no ha de resultarte difícil.

—¿Es una orden o una sugerencia? —solo Partridge podía crisparse a larga distancia.

—Yo no hago sugerencias —repuso con sequedad—. Y mientras, si tanto te preocupa el bienestar de Rose Fenton, te sugiero que encuentres a Faisal y lo traigas aquí sin demora. Luego tienes mi permiso para decirme a la cara lo que piensas en este momento.

—No necesito su permiso para eso —manifestó con rigidez—. Y cuando se lo haya dicho, tendrá mi dimisión.

—Puedes desafiarme a un duelo si eso te hace feliz, pero no hasta que no hayas localizado a Faisal.

Rose cruzó hasta la tienda y entró. Se quitó el *keffiyeh*, tiró a un lado la capa y se alisó el pelo, alzándolo del cuello.

Tenía calor, estaba polvorienta y la camisa se le pegaba a la espalda. Lo que necesitaba era una ducha, pero el depósito se hallaba vacío. Solo le quedaba el arroyo, aunque le daba la impresión de que lo tenía prohibido hasta que Hasan lo autorizara.

Echó un poco de agua en la jofaina y se lavó las manos y la cara. Luego se sirvió un vaso de té con hielo de un termo. Primero llamaría a su madre. Y comprobaría su buzón de voz.

Sin duda, Gordon habría dejado un mensaje para ella. De hecho, varios mensajes. A nadie más se le habría ocurrido. Nadie más sabía que tenía el teléfono.

Permaneció durante un rato bajo la entrada, bebiendo té y contemplando el oasis. Reinaba tanta paz. En el calor hasta los perros tenían la sabiduría de no desperdiciar energía ladrando en vano.

«No estés de pie cuando puedas estar sentada; no estés sentada cuando puedas estar tumbada». En la soporífera quietud del mediodía, esa filosofía ejercía cierto atractivo. Se sentó en un sillón de loneta situado a la sombra del toldo.

El Saluki de Hasan se estiró a sus pies mientras que el desierto daba la impresión de que había todo el tiempo del mundo. Costaba pensar en otra cosa que no fuera el horizonte vacío. Solo quería estar ahí, cabalgar, charlar.

Hacer el amor.

«Junto a la corriente», pensó. Bajo las palmeras y los granados, donde quedarían ocultos al mundo por las adelfas. Él haría que extendieran una alfombra de seda y cojines blandos.

Hasan era peligroso, representaba problemas, pero hacía que su sangre hirviera.

Hacer el amor.

Las palabras habían surgido en su cabeza sin que las invocara, pero ya no querían irse.

Hacía tiempo que el amor no figuraba en su lista de deseos. Desde que años atrás encontró a Michael muerto en el establo. Más tarde el médico la informó de que había sido rápido. Su corazón era una bomba de tiempo a la espera de activarse, y aunque hubiera estado con él no habría podido hacer nada para salvarlo.

Aunque los hijos de él la habían culpado por lo sucedido. Pero no tanto como se había culpado ella misma. No obstante, el doctor tenía razón. Michael había conocido los riesgos que corría al no querer compartir su estado y brindarle lo que necesitaba. Había sido tan gentil. Tan amable. Y ella lo había hecho feliz. No tenía nada que reprocharse.

Y en ese momento Hasan le había recordado que la vida continuaba. Era una mujer joven. Se juró que la próxima vez que él deseara jugar al salvaje, no escaparía con tanta facilidad. Al dejar el vaso se dio cuenta de que sonreía.

Hasan cortó, le arrojó el teléfono al hombre que sostenía las riendas de su caballo, montó y cabalgó de vuelta al oasis, con la esperanza de que el esfuerzo físico apaciguara la necesidad, las emociones encontradas que le provocaba Rose Fenton.

Venían de mundos distintos y se veía obligado a enfrentarse al abismo que los separaba. No era nada relacionado con la riqueza y el poder. Se trataba de algo básico, parte de quienes eran ellos.

Le provocaba ira. Inquietud. La deseaba tanto que le parecía que la piel era dos tallas más pequeñas para su cuerpo; peor era la certeza de que ella lo sabía. Por la expresión de sus ojos, no haría falta mucho para tentarla a compartir la cama con él. Pero sería de acuerdo con los términos de Rose, no los suyos. En una o dos semanas ella se iría, reanudaría su carrera, proseguiría su vida. Sin embargo, lo habría marcado para siempre, mientras que Rose no tardaría en olvidarlo, su imagen quedaría borrosa por media docena de encuentros casuales.

Respiró hondo y se obligó a estirar los dedos, forzándose a desterrar ese pensamiento. No era una buena idea reflexionar en ello. Se negó. Se mantendría apartado de ella. Ya tenía suficientes problemas que requerirían su atención.

Era más fácil decirlo que hacerlo. Lo único que había deseado era alejarla de Abdullah, crear suficiente confusión mientras traía a Faisal a casa y lo presentaba ante su pueblo con la prensa del mundo de testigo.

A cambio, ella se había apoderado de sus sentidos. El susurro ronco de su voz era un eco constante en su cabeza. Sabía que durante el resto de su vida lo único que tendría que hacer sería cerrar los ojos para verla. Un momento indignada, al siguiente riendo, luego mirándolo con ojos que eclipsaban el sol.

Lo habían educado para creer que un matrimonio pactado, en el que ambas partes reconocían un mismo objetivo, tenía más posibilidades de éxito que un encuentro fortuito con una desconocida. Lo había aceptado; sabía que podía funcionar. Nadim era feliz. Leila, su hermana menor, estaba satisfecha. Lo sabía, pero había resistido todos los intentos de su familia por convencerlo de que una mujer específica sería la esposa perfecta.

No obstante, jamás había creído en el amor sentimental. Nunca había creído en ese reconocimiento instantáneo cuando un hombre veía a la única mujer que tenía en su poder hacerlo feliz el resto de su vida.

Hasta ese momento, en que el vacío de un futuro sin Rose Fenton a su lado lo consternaba.

Era una locura. Ridículo. Imposible.

Abrió los ojos y dejó que la preciada imagen se desvaneciera. Del mismo modo en que tendría que dejarla partir. Rose pertenecía al mundo, mientras que él pertenecía a ese lugar. Quizá Nadim tenía razón. Era hora de tomar una esposa, tener hijos, asumir su sitio en el futuro de su país. Faisal necesitaría a alguien en quien pudiera confiar para que le cuidara la espalda.

Y mientras tanto mantendría la distancia con la hermosa Rose Fenton. Supuestamente había ido al desierto a cazar. Quizá era hora de llevar a los halcones y a los perros al desierto. Hora de establecer una lejanía entre la mujer que quizá pudiera tener, pero nunca retener, y él.

Era una idea atractiva. Por desgracia, la vida no resultaba tan sencilla. Sabía que, aunque ella protestara, no podía dejarla sin su protección.

Delante vio el campamento. Se desvió con la intención de llegar al borde del agua y meterse en ella para enfriar su encendida piel.

Un grito lo distrajo, y al volverse vio a uno de sus hombres correr a su encuentro.

Rose suspiró, miró el reloj y se dio cuenta de que llevaba sentada allí más tiempo del imaginado.

Su mente había estado vagando, desperdiciando un tiempo precioso. ¿Qué diablos le sucedía? Gimió al erguirse. Había olvidado lo duro que era para los músculos cabalgar después de tanto tiempo sin hacerlo.

El linimento aparecía cada vez más atractivo. O quizá solo era la idea de que se lo aplicara Hasan. No tendría que haberlo rechazado con tanta presteza. Con una mueca de dolor, alargó la mano hacia la caja de toallitas de papel. Entonces frunció el ceño.

La noche anterior lo había dejado todo revuelto, pero lo habían ordenado y limpiado. Miró alrededor. Alguien había estado allí. Alguien había doblado su camisón, se había llevado el *shalwar kameez*, había hecho la cama.

Dominada por un pánico súbito, aferró la caja, pero incluso al introducir la mano supo que era inútil.

–¿Busca esto?

Giró en redondo. Hasan dejó que la cortina se cerrara detrás de él y se acercó con el teléfono móvil entre los dedos pulgar e índice de la mano.

Durante un instante a ella no se le ocurrió nada que decir; él sabía la respuesta y no tenía mucho sentido exponer lo obvio. Pero como era evidente que esperaba alguna respuesta, se encogió de hombros.

–No imaginé que tendría una criada en el desierto.

Capítulo 7

Hasan no respondió con una de esas sonrisas irónicas que tan bien dominaba. Quizá no estaba de humor. Bueno, ¿quién podría culparlo?

–¿A quién ha llamado, Rose –preguntó con serenidad y admirable dominio de sí–. Más importante aún, ¿qué ha contado?

–A nadie –repuso, decidiendo que era un momento idóneo para ir al grano–. Y nada.

–¿Espera que crea eso?

Rose pensó que sería agradable. Aunque no lo culpaba por dudar de su rectitud. De haber estado en su lugar, ella también habría dudado.

–No fue por no intentarlo –aseguró–. Anoche no pude hablar con mi madre. Daba comunicando en todo momento, lo cual no me extraña. Probablemente siga así. Y no quise poner a mi hermano en una situación en la que tuviera que ocultar la verdad. Lo haría si se lo pidiera, pero el pobre no podría engañar a nadie.

–¿Y por qué tendría que ocultar la verdad?

–Bueno, no podría comunicarle dónde me encontraba, solo quién me había secuestrado, y eso no me pareció una buena idea.

–¿Y su despacho? –la miró de forma rara–. ¿No llamó allí?

–Tendría que haberlo hecho. Gordon se pondrá furioso. Pero únicamente podría haberle contado que usted me había secuestrado...

–¿Me quiere decir que no lo haría? ¿No se lo contaría a su editor? ¿Ni a su hermano? ¿Por qué?

Analizándolo desde la perspectiva de Hasan, pudo comprender el problema.

–Primero quería averiguar por qué lo había hecho... antes de que Abdullah enviara a sus tropas.

–Oh, claro –al final se rindió al sarcasmo.

–Devuélvame el teléfono.

–¿Bromea?

–Démelo y le demostraré que no realicé ninguna llamada –él no pareció considerarlo una idea buena–. Ya he llamado a la caballería, Hasan, es demasiado tarde para hacer algo al respecto. Entrégueme el teléfono.

Se lo dio con un encogimiento de hombros y Rose tecleó el código de su buzón de voz. Había tres mensajes de Gordon. El último, en el que le proporcionaba un número que sería atendido las veinticuatro horas del día, figuraba que había sido grabado menos de una hora antes. Lo extendió para que Hasan escuchara mientras los mensajes se repetían.

–Bastante concluyente, ¿no le parece? –Hasan no respondió, sencillamente cerró el aparato, se lo guardó en el bolsillo y la contempló como si intentara decidir qué tramaba–. Bueno, no esperaré que se disculpe, pero quiero que mi cadena tenga la exclusiva de toda la historia. Creo que es justo. Y va a necesitar algo de ayuda para obtener en el momento idóneo la atención de los medios que tanto busca. Yo podría organizarlo...

Era bastante razonable y si tenía en cuenta todo lo que le había hecho pasar, debería haberse puesto de rodillas para agradecérselo. Pero la miró con expresión seria.

–Sabe lo que es usted, ¿verdad? –dijo sin rodeos–. Es una idiota.

«No anda muy descaminado», pensó Rose.

–No puedo creer que sea tan estúpida –continuó él–. Tan irresponsable. Tan... tan...

—¿Tonta? —aportó. Fue un error. Consiguió que él casi estallara.

—Disponía de los medios para salir de aquí pero decidió, en la mejor tradición de las heroínas de cómics, que tenía que ir en pos de la historia. ¿Es así?

—Hasan...

—Rose Fenton, la Intrépida Reportera. Jamás pierde una noticia, jamás se le escapa una exclusiva. No me conoce —prosiguió, soslayando el intento de ella de interrumpirlo—. Puede que no tenga ni idea de lo que he planeado hacer con usted.

Ella abrió la boca para decirle que no parecía un tratante de esclavas blancas, pero su entrecejo la advirtió de que más le valía que la interrupción fuera por algo bueno.

—¿En qué diablos pensaba, Rose? ¿Qué sucederá la próxima vez que alguien la atrape en la oscuridad? ¿Se dirá que no hay nada de qué preocuparse porque la última vez todo salió bien? ¿Pensará: «¡Qué diablos! Hasan era un verdadero caballero y obtuve un aumento de sueldo por la historia que conseguí»? —ella esperó en silencio—. ¿Y bien?

Se encogió ante el súbito latigazo de su voz. Parecía que al fin se había desahogado y estaba impaciente por recibir una explicación de su comportamiento aberrante.

Por desgracia, Rose no podía explicar por qué había seguido su instinto en vez de lo que dictaba la discreción.

—¿Sabe?, no estoy tan convencida de eso último del caballero —informó ella—. Anoche fue... —no, mejor olvidar lo de la noche anterior—. Y en cuanto a la subida de sueldo —se encogió de hombros—. ¿Quién sabe? No llamé a mi editor cuando podía y tendría que haberlo hecho, y usted aún no me ha prometido la exclusiva. Si no la consigo, puede olvidarse de ese aumento; probablemente tenga que buscarme otro trabajo.

Un sonido parecido a un siseo indignado escapó de labios de él, y mientras la aferraba por los brazos y la ponía de pie, hasta dejar su cara a meros centímetros de la suya, Rose llegó a la conclusión de que había abusado de su suerte hasta el límite.

Quizá un poco más.

–De acuerdo, de acuerdo –concedió rápidamente–. Soy estúpida. Muy estúpida. De hecho, soy famosa por ello. Pregúnteselo a cualquiera. Si me suelta y me devuelve el teléfono, llamaré un taxi y lo dejaré en paz.

Durante un instante él siguió sosteniéndola pegada a su cuerpo, de tal modo que la punta de los pies apenas lograba tocar el suelo. A la tenue luz del sol que se filtraba en la tienda, la atmósfera se alteró sutilmente.

La ira que lo dominaba amainó. Rose sintió que la invadía una oleada de calor. Se quedó sin aire y la boca se le ablandó, separó los labios, deseando más que nada que él la besara. La abrazara. La amara.

Si tanto le importaba su bienestar, no debería ser imposible. Si pudiera tocarlo, acariciarle la cara, tomarle la mano, quizá lo convenciera.

Pero tenía los brazos inmovilizados al costado, y pasado un momento Hasan la bajó con cuidado y le soltó los brazos. Solo entonces retrocedió un paso.

–Taxis... –tenía la voz trémula.

Bueno, también ella temblaba toda, y si lo que Hasan buscaba en esa ocasión era el control, iba a cerciorarse de ponerle difícil resistir ese tirón primitivo de necesidad que los dominaba a ambos.

Se equivocaba en que él no era un caballero. Había tenido un desliz una vez pero no lo repetiría. No sin una provocación insoportable. Al ver la intención de Rose en sus ojos, dio otro paso atrás.

–¿Taxis? –instó ella, siguiéndolo con la esperanza de que olvidara las consecuencias y poder ver cómo sus ojos de granito se derretían como la lava.

—No estamos en Chelsea, Rose. Aquí no hay taxis.

—Oh, bueno, solo era una idea —y cuando él salió de la tienda y la atmósfera dejó de vibrar con amenazas y deseos silenciosos, añadió—: Imagino que eso significa que debo parar.

Entonces se sentó en la cama. Había perdido el teléfono pero no le importaba. La situación ya no tenía nada que ver con la historia. Además, se suponía que estaba de vacaciones.

¿Qué había dicho cuando la tomó cautiva? ¿Un poco de placer, un poco de romance? Bueno, en ese momento era exactamente lo que quería.

Era una pena que por una vez en la vida su príncipe playboy hubiera decidido comportarse bien. En teoría, aplaudía su decisión de reformarse. En la práctica, no le agradaba demasiado el momento elegido, aunque comprendiera el motivo.

Se apoyó en las almohadas y sonrió. Era responsable de ella y dependía de Rose cerciorarse de que se tomara bien en serio sus responsabilidades.

—No puedes besarme y huir, Hasan —musitó en el silencio del calor del mediodía—. No te lo permitiré.

Hasan no perdió el tiempo en enfriarse. Recogió un cubo de agua del abrevadero de los caballos y se lo echó por la cabeza.

Una acción semejante por lo general habría provocado bromas de los hombres con los que había crecido, a los que conocía de toda la vida. Fue revelador que ninguno de ellos siquiera sonriera.

Rose Fenton lo agitaba con solo respirar. Deseó no haber oído hablar jamás de ella, que nunca hubiera ido a Ras al Hajar. Deseó, deseó, deseó...

Sus hombres aguardaban órdenes. Las dio y le habría gustado poder eliminar sus problemas con tanta facilidad...

Entonces se dio cuenta de que sí podía. O al menos uno. Si llamaba a Nadim y aceptaba su oferta de ocultar a Rose durante unos días, la perdería de vista. Sacó el teléfono móvil del bolsillo y lo activó. Lo haría en ese mismo instante.

Su hermana se puso al teléfono, no muy contenta de que la interrumpiera en el trabajo que realizaba en la clínica de uno de los barrios más pobres de la ciudad.

–¿De qué se trata, Hasan? Estoy ocupada.

–Lo sé y lo siento pero quiero que... necesito que... –maldita sea, no podía.

–¿Qué sucede, hermano? ¿Tu dama periodista empieza a ser demasiado ardiente para poder controlarla? –la risa exhibió un toque de simpatía que lo desequilibró momentáneamente.

Pero aunque Rose Fenton lo quemaba hasta la médula, no iba a reconocérselo a su hermana menor.

–No. Lo que pasa es que creo que tienes razón.

–Bueno, siempre hay una primera vez para todo. ¿Razón en qué?

–Acerca del matrimonio. Creo que es hora de que tenga una esposa.

–¡Hasan! –no intentó ocultar el asombro ni la felicidad que le provocaba la noticia.

–Deberé quedarme aquí en cuanto Faisal vuelva. Necesitará a alguien en quien confiar.

–Y tú necesitarás a alguien que te dé calor en esa fría fortaleza que llamas hogar.

–Arréglalo, ¿quieres?

–¿Tienes a alguien en especial en mente? ¿O quizá la señorita Fenton desea reclamar el premio?

–Por favor, sé seria, Nadim.

–Lo soy. Tiene poder sobre ti. No podré hablar con nadie más hasta que aclares eso.

–Lo aclararé, pero, mientras tanto, ¿querrás buscar a una chica tranquila que no sea respondona? –Nadim guardó silencio tanto rato que tuvo miedo de haberse traicionado–. Una chica que sea una madre apropiada para mis hijos –anunció con brusquedad–. Estoy seguro de que sabrás encontrar una lista adecuada de vírgenes.

–Déjamelo a mí, Hasan –manifestó con suavidad–. Veré si puedo encontrar a alguien que te guste.

–Me has insistido mucho tiempo. Ahora no me hagas esperar –cortó la comunicación.

Un hombre debía casarse tarde o temprano, y si no podía tener a la mujer que deseaba, entonces aprendería a desear a la mujer que tenía. Pero no quiso meditar demasiado en la diferencia.

Con un suspiro, activó otra vez el teléfono. Buscó en la memoria y marcó el número de Pam Fenton.

Rose se quitó el polvo del paseo a caballo, buscó en el baúl algo holgado y fresco que ponerse para el calor de la tarde mientras más allá de las cortinas oía cómo preparaban la mesa para el almuerzo. Pero Hasan no regresó, aunque no había esperado que lo hiciera.

Pasado un rato se oyó una tos discreta detrás de la cortina.

–¿Desea comer, *sitti*?

¿*Sitti*? ¿Sería milady?

Sobresaltada por semejante cortesía y honor, se levantó, se pasó un pañuelo largo de seda alrededor de la cabeza y salió. La mesa, tal como había sospechado, estaba preparada para una persona. Había carne. Pan árabe recién horneado. *Tabule* y rodajas de tomate.

–*Sukran* –dijo, empleando una de las pocas palabras que conocía del idioma–. Gracias. Parece delicioso –el hombre hizo una reverencia–. Pero me gustaría comer allí, junto al arroyo –no esperó a que protestara, sino que pasó a su lado como si no tuviera duda de que la seguiría.

–*Sitti*... –la persiguió al salir de la tienda. Ella fingió no oírlo–. *Sitti* –imploró–. La comida está aquí –ella no frenó–. Mañana –ofreció él–. Mañana, *insh'Allah*, llevaré la comida para usted al arroyo.

Rose se volvió para mirarlo y el rostro del hombre se relajó. Luego ella miró otra vez hacia el agua.

–Justo ahí –señaló el lugar que había escogido para el picnic. Y continuó andando.

A su espalda oyó un gemido de consternación y sonrió satisfecha. No podían detenerla. Era una *sitti*, una milady, su señora y, por eliminación, la señora de Hasan. No podían dejar que marchara sola. Podría lastimarse. Podría intentar escapar.

Pero tampoco podían refrenarla. Solo Hasan tenía poder para ello.

Era problema de ellos, no suyo. Ya se les ocurriría algo.

Mientras tanto, se sentó en una roca plana que había sobre una de las corrientes que alimentaba el oasis, se quitó las sandalias y metió los pies en el agua.

Era de un frescor agradable. Se apoyó sobre las manos y alzó la cara a la brisa que soplaba desde las montañas. Luego se daría un baño.

Un hombre armado con un rifle apareció y se apostó a corta distancia, cuidando de no mirar en ningún momento directamente en su dirección. Rose se preguntó para qué sería el arma. ¿Habría serpientes?

Al rato aparecieron otros dos hombres en el campo de su visión. Llevaban una alfombra grande que extendieron sobre el suelo. Mantuvieron los ojos apartados. Ella fingió no darse cuenta, convencida de que los avergonzaría con su atención.

Llevaron unos cojines.

Movió los pies en el agua. Se sentía como una princesa de cuento de hadas.

Cuando llegó la comida el corazón se le aceleró un poco. ¿Se presentaría él? ¿O había dejado el campamento, para adentrarse en el desierto, donde no podría atormentarlo?

¿O no sería más que una ilusión? Quizá Hasan ya había recibido noticias de Faisal...

El sol titilaba sobre la seda azul de su vestido. Hasan luchó por recuperar el aliento al observarla desde cierta distancia y trató de no sentir nada.

Imposible.

Con los pies en el agua, parecía una princesa exótica salida de las *Mil y una noches*. Scheherazade no podría haber sido más hermosa al contar sus historias. Tenían eso en común. Y la inteligencia.

Su firme educación feminista chocaría en su sociedad dominada por los hombres, pero ella sabría aprovechar a su favor esos convencionalismos.

La vida jamás sería aburrida con ella cerca para atormentarlo. Y habría innumerables días como ese, con Rose esperándolo.

Dejó que el sueño se desvaneciera. Nada de días innumerables. ¿Cuánto pasaría antes de que ella anhelara recuperar la vida que conocía, su libertad?

Quizá disfrutaran de algunas semanas, pero no sería capaz de retenerla. Y no podría dejarla ir. Los dos estarían atrapados.

Una sombra cayó sobre ella y Rose alzó la vista. Hasan había despedido al guardia y sostenía el rifle con expresión tan distante que bien podrían haber estado en mundos distintos. Apartó la vista sin reconocer su presencia.

—¿Es eso lo que querías? —inquirió él al final.

No del todo, pero al menos era un comienzo. Le ofreció la mano y él no tuvo más elección que tomarla para ayudarla a incorporarse. Pero en cuanto se levantó, la soltó.

Galaxias distintas.

—Estás mojado –comentó ella.

—Tenía calor.

—Calor –repitió.

—Y estaba polvoriento. Te hallabas en posesión de mi cuarto de baño, de modo que empleé un cubo.

—¿Totalmente vestido? Pensé que ese tipo de recato quedaba reservado para las mujeres –maldición. Esa no era manera de seducir a un príncipe. Tenía que concentrarse. Recogió las sandalias y, con el bajo húmedo de la túnica arrastrando sobre la arena, abrió el camino al picnic que los esperaba, donde con algo de timidez se acomodó en los cojines.

Sin embargo, de momento todo iba bien. Había conseguido el picnic y también a Hasan. Salvo que él se había sentado en una roca próxima y miraba hacia las montañas, esperando que ella comiera y se aburriera con ese juego.

—¿Para qué es el arma? –preguntó mientras abría los recipientes de la comida.

—Leopardos, panteras.

Había oído decir que había felinos en las montañas, aunque le pareció improbable que se acercaran tanto a la gente.

—¿Los matas?

—Si atacan a los animales. A veces lo hacen –añadió ante la duda de ella–. Y si la elección fuera entre tú y uno de ellos, entonces sí dispararía a matar. A pesar de la tentación que experimentaría de dejarte librada a tu destino –ella chasqueó la lengua–. Probablemente bastaría con un disparo de advertencia –concedió él.

—El sonido era por tu hospitalidad, no por tu política con la fauna salvaje.

—¿Pasa algo con la comida? –preguntó, mostrándose obtuso adrede.

—No. Está deliciosa, pero es demasiada para una persona.

—Seguro que es el modo que tiene mi cocinero de indicar que se te ve demasiado delgada.

—Pensaba que no tendría que haberlo notado.

—Tienes la tendencia a llamar la atención.

Ella se tendió de espaldas y contempló el azul perfecto del cielo a través de las ramas de los granados.

—¿Has recibido alguna noticia de Faisal? —inquirió Rose.

—Todavía no.

—¿Es posible que ya se encuentre de camino?

—Ojalá fuera así, pero Partridge aún lo busca.

—¿Y cuando lo encuentre? Entonces, ¿qué? ¿Darás una conferencia de prensa?

—¿No querrás presentar tú al nuevo emir ante el mundo?

—Sería una historia magnífica.

—Imagino que la aparición de la periodista perdida con el joven emir merecerá todos los titulares.

—Probablemente —pero ya estaba cansada de la historia. Deseaba a Hasan.

—Termina tu almuerzo, Rose.

Contrariada, ella cerró los ojos.

—Hace demasiado calor para comer. Creo que me daré un baño.

—¿Un baño? —repitió él.

¿Era su imaginación o detectó una nota de preocupación en la voz?

—Dijiste que bañarse en la corriente era una de las atracciones de este lugar. Montar a caballo, bañarse y yacer al sol. Bueno, pues ya he cabalgado, me he tumbado al sol y ahora quiero nadar. Luego comeré. Si tú no tienes hambre, puedes cantarme algo.

—No es una buena idea.

—Deja que yo juzgue eso. Después de todo, la belleza está en los oídos del oyente.

Se levantó y el caftán sencillo colgó de sus hombros. El escote era recatado y se abrochaba con diminutos botones de seda desde el cuello hasta el bajo. Comenzó a desabrocharlos desde el primero, tomándose su tiempo. Uno. Dos.

—¿Qué demonios crees que estás haciendo? —exigió él. Se había puesto de pie y acercado. Podía detenerla o quedarse quieto y observar cómo se quedaba con un sexy traje de baño. Se hallaban en tierras salvajes y alguien tenía que protegerla.

Rose se soltó otro botón. Tres.

—Voy a meterme en el arroyo —casi sintió pena por él. Cuatro.

—Puede que haya serpientes en el agua.

—¿Qué probabilidades hay de que me muerda una? —Hasan no respondió. Más botones. Cinco. Seis. El vestido comenzaba a separarse en su pecho y el sol empezaba a morderle la piel—. Y si una lo hace, ¿moriré?

—Sería doloroso.

No era diestra en desvestirse de forma seductora, pero la cara de él le indicó que lo hacía bien. Hasan quería apartar la vista. De verdad. Pero no fue capaz, no más de lo que sería capaz de mentirle. Ni siquiera para ahorrarse ese aprieto. Los dedos de Rose temblaron en el siguiente botón y bajó los ojos.

Él se había acercado. Sin mirarlo, supo que estaba cerca. Sintió unas gotas de sudor en el labio.

Las secó con la lengua y siguió afanándose con el botón. Los dedos de él se cerraron en torno a sus muñecas y la detuvieron.

—¿Qué quieres, Rose?

Lo quería a él. En cuerpo, corazón y alma.

Quería alzar la mano hacia su cara, apoyar la palma en su mejilla, descansar la cabeza contra su pecho y captar el ritmo tranquilizador de sus latidos. Lo deseaba tanto que el calor le lamía los muslos y anhelaba tenderse sobre los cojines con él a su lado, a la sombra de los árboles durante la larga tarde mientras averiguaban todo lo que había que descubrir del otro.

El momento era perfecto para ello, aunque Hasan parecía decidido a negarse a aceptar ese don. Sin embargo, la distancia que intentaba mantener entre ellos sugería que no encontraba demasiado fácil el sacrificio del deseo ante la necesidad honorable.

Avergonzada, y con un esfuerzo de voluntad que le provocó un escalofrío, sonrió.

−Solo quería tu atención, Hasan.

−La tienes −garantizó−. Abróchate esos botones y la mantendrás −Rose tuvo ganas de sugerir que dejarlos de esa manera conseguía su objetivo. Agitó la mano libre, pero él no había terminado−. Y cuando lo hayas hecho, tal vez me digas qué es lo que quieres de verdad, Rose.

Capítulo 8

Desesperada, Rose pensó que Hasan no dejaba de formular las preguntas adecuadas, pero, de algún modo, las respuestas no se relacionaban.

—Una entrevista —improvisó. Como era evidente que la seducción no se le daba bien, quizá era mejor probar con lo que mejor hacía—. Dentro de uno o dos días vas a ser el centro de las noticias y, como me tienes aquí, y yo a ti hasta que llegue Faisal, bien podemos aprovecharnos de la situación.

La mirada de él, hasta entonces clavada en su rostro, descendió y se detuvo en la abertura del escote del caftán. Sus ojos la abrasaron.

—¿O quizá siempre te desnudas para las entrevistas?

Rose contuvo una réplica aguda. No quería que pensara que hacía eso por costumbre.

—De alguna manera tenía que conseguir tu atención —logró decir.

—Créeme, la tienes —un músculo se agitó en la comisura de su boca.

—Entonces, pongámonos a trabajar.

—Ya se ha hecho con anterioridad.

—No de la forma en que yo voy a escribirla —no quería tratarlo mal—. Voy a escribir sobre ti, Hasan al Rashid, de modo que cuando Faisal sea emir puedas estar junto a su mano derecha y la gente no te recordará como un rebelde sin causa, enfadado porque no conseguiste tus deseos, sino como un leal hermano y amigo.

—¿Pretendes redimir mi destrozada reputación tú sola? ¿Con qué?

—Tiempo, paciencia. Tu cooperación. Piensas cooperar, ¿no?

—Me parece que no tengo elección —reinó una pausa larga en la que pareció que se tambaleaba ante un precipicio.

Hasan quiso desnudarla y luego vestirla solo con piedras preciosas, unirla a él con cuerdas de perlas, hacerle el amor sobre un lecho de pétalos de rosa. Durante un momento pensó que iba a perder el sentido por la desesperada necesidad que sentía por esa mujer. Era como si la hubiera estado esperando toda la vida. ¿Iba a ser siempre así? Podía tenerlo todo en el mundo menos el deseo de su corazón...

—¿Hasan?

El tono titubeante y algo ansioso de su voz lo recuperó del borde de la locura. Era hora de poner fin a esos sueños tontos.

—Lo siento. Me preguntaba... ¿Crees que ayudaría si tuvieras fotos de mi boda para acompañar el artículo?

—¿Tu boda? —comenzó a reír, pero él no la acompañó.

Hasan supo el momento exacto en que Rose reconoció que no era un comentario hipotético. Todo su cuerpo se quedó quieto, la piel se le acaloró. ¿Cómo podía resistirla? Las palabras clamaron en su cabeza. «Te amo. Te deseo conmigo, siempre». Ese «siempre» era el problema. Puede que ella lo viera en su cara, porque dio la impresión de encogerse.

—¿Boda? —repitió con incertidumbre.

—Nadim tiene razón —afirmó con una casual falta de interés—. Ahora tendré que quedarme aquí, con Faisal, y un hombre debe tener hijos. Le he pedido que me encuentre una novia apropiada. Alguien sereno, que no replique.

Hubo un prolongado y silencioso momento en el que Rose apartó las muñecas de sus manos y se cerró el vestido. El sol brillaba sobre su piel como polvo dorado, su cabello era como fuego, pero parecía tener frío y, al alzar la vista, tembló.

–¿Hijos? –repitió la palabra con desprecio–. ¿Y qué pasa si tienes hijas? –preguntó con un leve titubeo en la voz–. ¿Cambiarás a tu mujer por otra modelo?

–No, no lo haré. No tendrá sentido, ya que el sexo de la descendencia lo determina el hombre –¿qué sentido tendría cuando una mujer que no fuera Rose sería igual que cualquier otra?

–Lo sé. No estaba segura de que tú lo supieras. ¿No son los hombres primitivos los que culpan a las mujeres por la falta de hijos varones? Aunque, ¿qué naturaleza se atrevería a desafiar tus deseos?

Su burla fue salvaje. Si pudiera decirle que daría cualquier cosa por tener hijas con ella. Cada una bautizada en honor de una flor, igual que su madre. Pero no era su intención que lo considerara un hombre moderno.

–Eso está en las manos de Alá, Rose.

–Oh, comprendo. Bueno, ya veo por qué no te importa con quién te cases.

–¿Quién dijo que no importaba? Están los vínculos familiares. La tierra. La dote. Esas cosas importan mucho.

–Es decididamente medieval.

–Si crees eso, encontrarás un espíritu afín en Simon Partridge –se sintió primitivo ante la idea de que hallara un espíritu afín en cualquier hombre que no fuera él–. Afirma que voy al galope de regreso al siglo catorce.

–Entonces, ¿por qué trabaja para ti?

–No lo hace. Al menos no lo hará en cuanto traiga de regreso a Faisal. Le molestó mucho el modo en que te secuestré.

–Entonces tienes razón, Hasan. Nos llevaremos bien.

Quiso tomarle la mano, decirle que no era como quería las cosas. Intentar que entendiera que así era como debía ser. Al final comprendía lo impotente que había sido su abuelo durante esos años, y se sintió muy avergonzado por no haber sido lo bastante maduro para aceptar su decisión y hacer que las últimas semanas del anciano en la tierra fueran apacibles.

Con un gesto le indicó que se sentara.

Durante un momento ella lo desafió, luego se dejó caer en los cojines como si sus piernas hubieran cedido. Había olvidado abrocharse los botones. El vestido se abrió un poco y le ofreció una visión de encajes, atormentándolo con la suave elevación de sus pechos.

Quizá se lo mereciera, pero, necesitado de algo de distracción, tomó un poco de pan, lo llenó con el cordero, el *tabule* y la ensalada y se lo ofreció. Sospechó que Rose lo aceptó porque era demasiado esfuerzo discutir. Pero no intentó comer.

Se preparó otro para él, no porque tuviera hambre, sino porque si no ocupaba las manos temía que concluirían lo que ella había comenzado.

—Háblame de tu familia —ella había dejado el pan. Si Hasan no la hubiera contemplado, su voz lo habría engañado—. ¿Amaba tu madre a tu padre?

—Rose...

—Sé que ella no eligió con quién iba a casarse, pero ¿lo amaba? —alzó la vista y lo sorprendió con la guardia baja mientras la miraba. Hasan apartó los ojos—. ¿Lo conocía? —insistió.

—No.

—¿Nada? ¿Nunca habían hablado el uno con el otro?

—En una ocasión mi madre me comentó que era el hombre más hermoso que jamás había visto. También tenía el pelo rojo.

—Oh. Entonces, ¿lo había visto?

—Desde luego. Vivía en el palacio. En esa época las mujeres estaban más resguardadas, pero no había nada que no supieran, o vieran. Pregúntaselo a Nadim.

—Lo haré.

—¿Esto es para tu artículo?

¿Artículo? Durante un momento ella lo había olvidado. Lo escribiría porque se lo había prometido, pero no tenía nada que ver con un artículo sobre el hombre que debería haber sido emir. Lo quería saber para sí misma.

–Quiero llenar huecos de tu entorno. A los editores les gustan esos detalles; y a los lectores les encantan.

–Apuesto que sí.

–No... no en ese sentido. Sencillamente les fascina una vida que ha sido tan distinta de la suya.

–¿No deberías tener una grabadora? ¿Un cuaderno de notas?

–Por lo general, sí, pero mi bolso se quedó atrás cuando me presentaste tu urgente invitación –se encogió de hombros–. No te preocupes, te enviaré un borrador para que puedas corregir cualquier error. No quisiera escribir nada que la avergüence.

–¿A quien? –la observó.

–A tu madre.

–Oh, claro. ¿No te gustaría hablar con ella en persona? Si quieres, Nadim lo arreglará.

–¿Es Nadim quien se encarga de todo en tu familia?

–Mi hermana menor, Leila, se encuentra demasiado ocupada criando a sus hijos, y mi madre se dedica a obras de caridad, tiene una vida social ocupada –se encogió de hombros–. Nadim siempre fue diferente. Exigió que la mandaran a estudiar a Inglaterra y siguió la carrera de Medicina en los Estados Unidos.

–¿Y su padre la dejó ir?

–Su madre, nuestra madre, lo convenció. Había ido con mi padre a Escocia. Él había insistido entonces y nada se le negaba... Allí ella vio una vida diferente para las mujeres.

–¿Una que le habría gustado a ella?

–Tendrás que preguntárselo tú misma. No lo sé. Claro que todo el mundo advirtió a Nadim de que ningún hombre querría casarse con ella en cuanto abandonara la protección del hogar.

–Dudo que estuviera sola –comentó con voz seca.

—No —logró esbozar una sonrisa—. La acompañó un séquito de mujeres protectoras. Y su marido también es médico, con ideas más liberales que la mayoría de los hombres. Incluso la deja trabajar.

—¿La deja trabajar? ¿La deja trabajar? —intentó imaginar la reacción de su madre ante semejante exhibición de machismo—. Bueno, eso sí que es ser liberal.

—No tuvo mucha elección. Se negó a casarse con él hasta que aceptara. Dirige una clínica para mujeres en la ciudad. No habrá sido incluida en tu recorrido turístico de Ras al Hajar; las necesidades de las mujeres normales jamás figuraron muy alto en la lista de prioridades de Abdullah —le arrojó el resto del almuerzo a los pájaros—. Háblame de tu marido.

—¿Michael? —quería preguntarle cosas sobre Nadim, la clínica, sus propias prioridades, no hablar de sí misma—. ¿Por qué?

—Para llenar tus huecos —le devolvió su respuesta. Estaba interesado en los detalles, en una vida tan distinta de la suya, donde una esposa era una compañera, no una posesión—. Tenemos toda la tarde. Puedes hacerme una pregunta y luego es mi turno. Es justo, ¿no? —tomó su silencio por una afirmación—. Dijiste que criaba caballos.

—Se supone que soy yo quien ha de entrevistarte, Hasan.

—¿Caballos de carrera?

—Sí. Caballos de carrera —afirmó tras una pausa—. ¿Tu madre amaba a tu padre?

¿Eso era todo? ¿Tres palabras? Quizá debería probar esa actitud con ella. Pero no podía. Y no sabía lo que su madre había sentido por su padre. Había sido su esposa. Era suficiente.

—El amor es una emoción occidental. Y encima, de finales del siglo veinte.

—¿De verdad lo crees?

—Es un hecho.

—Sin embargo, la literatura siempre ha gustado de los amantes... Tristán e Isolda, Lanzarote y Ginebra.

—Romeo y Julieta —añadió él—. Quizá debería haber dicho que los finales felices eran un desarrollo del siglo veinte.

—Lo catalogaré como un «No sé», ¿te parece?

—¿Quién sabe algo sobre las vidas de otras personas? —acercó un cojín y apoyó el codo en él. La tenía lo bastante cerca como para tocarla. No resultaba fácil quitarse de la cabeza a Rose Fenton. Tendría que intentar mantener la cabeza centrada en cosas más elevadas—. Háblame de tu marido —repitió, fracasando.

—Eso es demasiado general —protestó ella.

—Respondiste mi última pregunta con una palabra. En esta ocasión tendrás que esforzarte más o mi atención comenzará a distraerse —advirtió.

Rose se sirvió un vaso de té con hielo. Lo miró con expresión interrogadora, él asintió y también le sirvió uno. Ganando tiempo.

—Acababa de salir de la universidad. Me hallaba sin trabajo hasta que conseguí uno en el otoño y Tim me pidió que lo ayudara a arreglar una casa terrible a la que se había trasladado. Una noche lo acompañé durante una visita a unos establos y allí conocí a Michael —bebió té.

—¿Y?

—Atracción instantánea —se encogió de hombros—. Desde luego, mi madre dijo que solo buscaba una figura paterna.

—Me preguntaba si sería mayor que tú.

—Sus hijos eran mayores que yo —hizo una mueca—. Veintiséis y veinticuatro años, un par de jóvenes hoscos más preocupados por perder su herencia que por saber si Michael era feliz.

—¿Fue feliz? —sabía que la pregunta era imperdonable, pero a pesar del hecho de que su vida siempre había estado resguardada por el privilegio y la riqueza, había descubierto que la simple felicidad, esa sensación de despertar cada mañana alegre de estar vivo, lo había eludido toda su vida adulta.

—Eso espero. Yo lo fui. Era el hombre más encantador del mundo, y yo debí complicarle mucho la vida.

—¿Con sus hijos?

—Sus hijos, su exesposa, sus amigos. Ninguno aprobó nuestra unión. Con los hombres se reducía a una cuestión de envidia, pero las mujeres –había sido casi pánico. Si Michael podía hacerlo, también sus hombres–. Él debió saber cómo iba a ser, pero yo me lancé sobre él de forma poco decorosa –sonrió al recordar. Eran buenos recuerdos, y ese conocimiento llegó hasta lo más hondo de Hasan–. El pobre no tenía ni una oportunidad de escapar. Era demasiado caballero para dejarme caer. Demasiado amable.

—Amable –repitió. Esperaba que la joven que le eligiera Nadim pudiera decir lo mismo de él. Pero cuando miró a Rose, supo que la amabilidad no bastaba–. Rose... –su nombre era como una cerilla a una mecha, y al acercarse para reducir la distancia que los separaba, comprendió que sin importar lo mucho que se opusiera, la explosión había sido inevitable desde el momento en que la vio.

—No... –el deseo de ser abrazada por él, amada, la recorrió como un fuego en un bosque, y una hora atrás se habría lanzado a sus brazos sin pensar en el sentido común o en la razón.

Pero en ese momento no. Iba a casarse. ¿Qué importaba que lo hiciera con una mujer a la que no conocía, que no le importaba? Estaría mal, sería lujuria en vez de amor.

Aun cuando él le quitó el pañuelo que con tanto recato se había pasado en torno a la cabeza en un gesto que la dejó sintiéndose desnuda, aun al inclinarse para pegar los labios a su pecho y arder por él, sabía que en esa ocasión no debía ceder a la terrible necesidad que experimentaba por Hasan.

—No, Hasan... –las dolorosas palabras salieron de su interior y apartó su mano mientras se ponía de pie, encendida–. Suéltame –se protegió con el vestido. ¿Cómo había podido olvidar abotonárselo? Sin duda, él pensaría que era algo deliberado.

Quizá lo fuera. El cielo sabía lo mucho que se había esforzado por mantener la distancia. Pero ella se había desabrochado el vestido, atormentándolo, e incluso entonces, cuando la detuvo, se había sentado a su lado con el escote abierto para provocarlo...

Ardiendo de vergüenza, Rose unió los bordes y, aferrándolos con una mano, corrió al agua hasta que le cubrió la cintura, y solo entonces soltó la tela para meter las manos y refrescarse la cara y el cuello, los pechos y los hombros, hasta que quedó empapada.

Al volverse supo que había dado igual. Hasan se hallaba detrás de ella.

Al ver los ojos enormes y el pelo en mechones mojados sobre su cara, Hasan sintió que se quedaba sin aliento. La seda fina se pegaba a ella y la definía como mujer.

Era alta, esbelta, asombrosamente hermosa. Era su igual. Su pareja perfecta. Sus hijos serían fuertes. Las hijas que tanto anhelaban reflejarían su belleza.

Pero para tenerlos, para tener a Rose, tendría que abandonar su hogar, vivir en su mundo, verla partir para abarcar la última noticia en algún lugar con problemas, fuera de su vista, de su protección. No podría hacerlo.

No debía hacerlo. En su país lo necesitaban. Pero gimió al alargar los brazos y pegarla a él.

Durante un momento Rose se resistió.

—No, Hasan.

La voz sonó ronca con una necesidad similar a la que él sentía en su cuerpo, aunque dio la impresión de que también ella al fin había reconocido la necesidad de luchar contra dicha atracción.

Él emitió el tipo de sonidos amables que aplacarían a un caballo nervioso.

—Te oigo, Rose. Está bien. Lo entiendo. Pero ahora ven. El agua está demasiado fría.

O quizá solo se trataba del frío que atenazaba su corazón. Pero ella parecía incapaz de moverse, de modo que la alzó en vilo y la sacó del arroyo para recorrer el sendero pedregoso hasta la tienda. El lugar estaba vacío; sus hombres habían encontrado excusas para alejarse.

Nada podría haber indicado de manera más directa que aprobaban su elección. Los hombres mayores habían sido padres sustitutos para él, y le habían enseñado tal como se enseña a los hijos. Y sus hijos eran sus amigos de la infancia.

Habían visto en Rose las mismas cualidades que él admiraba: coraje, determinación y una voluntad indomable. Y le habían mostrado su respeto dirigiéndose a ella como *sitti*, ansiosos por complacerla.

Para ellos era tan sencillo. Él la deseaba, la haría suya y jamás se marcharía de su casa. Su abuelo no habría experimentado problema alguno con eso. «Si la deseas, tómala», habría dicho. «Tómala y reténla. Dale niños y será feliz».

Incapaz de hacerle eso, sospechaba que su propio rango quedaría seriamente reducido.

A pesar del calor, cuando entraron en la tienda Rose temblaba sin control. La dejó de pie y buscó una toalla.

—Rose, por favor, debes quitarte ese vestido —instó, y se puso a hurgar en la cómoda la suave túnica que su madre le había regalado a su padre cuando se casaron y que lo acompañaba a todas partes. Al volverse, vio que se afanaba por terminar lo que había empezado con los botones, pero sin éxito.

—Lo sien... siento —tartamudeó—. Me tiemblan mu... mucho las manos.

—Shh, no te preocupes. Yo lo haré.

—Pero...

—Yo lo haré —sin embargo, los ojales se habían cerrado en torno a los botones y costaba soltarlos. Desesperado, asió los bordes de la seda, con los dedos ardiendo contra el frío de la piel de Rose, y los arrancó; el peso del agua hizo que cayera al suelo.

Había arreglado que la mujer de uno de sus hombres fuera al centro comercial a comprar ropa interior para Rose. Al comprobar su elección, tuvo que reconocer que había gastado el dinero de manera imaginativa.

Al desabrochar el encaje que sostenía sus pechos y bajarle las braguitas a juego por las caderas, agradeció haberse metido también en el agua fría, los pantalones mojados que mantenían la mecha casi apagada.

–Ven –dijo, introduciéndola en la calidez de la túnica azul para envolverla con ella; sabía que en unos momentos entraría en calor. Quería seguir abrazándola. Pero tomó la toalla y le secó el pelo. Luego apartó la colcha y la metió en la cama. Habría dado cualquier cosa para tumbarse con ella, pero la cubrió y la arrebujó–. Te traeré algo caliente para beber.

–Hasan... –él esperó–. Lo siento. Lo siento mucho. Suelo pensar en lo que deseo y voy a buscarlo. Le hice lo mismo a Michael. Lo necesitaba y no se me ocurrió que quizá él no me necesitara a mí...

–Sshhh –se plantó a su lado en un instante–. No digas eso. Fue el hombre más afortunado del mundo. Un hombre que pueda morir con tu nombre en sus labios no podría lamentar nada... –ella le tomó la mano y la apoyó en su mejilla.

–¿El nombre de quién tendrás tú en los labios, Hasan? –no podía decirlo. No debía. Pero daba igual. Ella lo sabía–. No debes hacerlo, Hasan. No puedes casarte con una pobre chica que te amará...

–¡Rose! –demasiado tarde intentó detenerla.

–Una chica que te amará porque no podrá evitarlo, Hasan. Te amará, te dará hijos y tú no la amarás, le romperás el corazón.

–Los corazones no se rompen –mintió–. Estará satisfecha.

–Eso no basta. No para toda una vida.

No. Nunca bastaría. Retiró la mano y trató de devolverle un viso de cordura a una situación que escapaba de todo control.

–¿Preferirías que pasara las noches solo? –preguntó con aspereza.

—Preferiría que recordaras tu honor.

¿Honor? Empezaba a hablar como su hermana... y recordó su estúpida aceptación de que el matrimonio podría ser el único modo de redimirse. Durante un momento la llamada de sirena de la tentación llenó su cabeza. Pero no había honor en ese sendero resbaladizo. Era hora de poner fin a la situación.

—Recordé mi honor, *sitti* —repuso con frialdad, decidido a alejarse—, cuando tú habías olvidado el tuyo.

—¿Es así? —se ruborizó enfadada y se apoyó en un codo—. Bueno, lamento contradecir a mi señor, pero yo diría que aquel día quedamos nivelados.

Entonces recordó algo. Hasan aún estaba en deuda con ella, Nadim lo había dicho.

Oro, sangre u honor. Tenía derecho a elegir.

Ese día había empleado los patrones de Hasan para retenerlo a su lado. ¿Podría utilizarlos para poner fin a esa tontería de un matrimonio arreglado? Era una locura, pero ¿no había dicho Nadim que él nunca sería feliz con una novia tradicional?

¿Matrimonio? Tenía que estar loca. Había tomado demasiado sol. Era muy pronto para pensar en eso. No obstante, lo había sabido con Michael. No había permitido que personas mezquinas o que la disección psicológica que había hecho su madre de la relación le estropearan el breve tiempo que habían disfrutado juntos.

En la mente de Hasan también debía figurar el matrimonio, si no, ¿por qué se resistía a ella con tanto empeño? Entonces la ira se evaporó.

—Quédate conmigo, Hasan —pidió con una voz que apenas reconoció. Se echó sobre los cojines—. Quédate conmigo.

—Rose... por favor... no puedo.

—*Sidi*, debes quedarte —insistió implacable.

—Debo cambiarme, tengo la ropa empapada... —se excusó débilmente.

—Entonces será mejor que te las quites o serás tú quien se enfríe —aguardó un momento y, al ver que no se movía, continuó—: ¿Puedes arreglarte solo? ¿O necesitas algo de ayuda con los botones?

—No son los botones los que me plantean problemas. Eres tú —pero se sentó en un taburete y se quitó las botas mojadas. Luego se dirigió a la cómoda, abrió uno de los cajones y comenzó a buscar algo seco que ponerse.

Rose lo contempló unos momentos, luego se quitó la suave túnica.

—Prueba esto —ofreció.

Hasan se volvió y soltó una palabra breve y desesperada al ver la túnica azul que le entregaba, cálida de haber estado en contacto con su cuerpo. Se le secó la boca, el corazón le martilleó con fuerza y el tirón de la necesidad se tornó tan intenso que incluso moverse era una tortura.

—¿Qué quieres, Rose?

—No paras de preguntarme eso, pero ya conoces la respuesta —yacía sobre los cojines con el pelo húmedo alrededor de la cara, los hombros desnudos como seda cremosa contra el algodón blanco, el cuello suplicando ser enmarcado entre perlas—. Tienes que saldar cuentas conmigo antes de poder siquiera pensar en matrimonio, *sidi*. Estás en deuda.

—¿En deuda? —¿podía fingir que no entendía?

—Dijiste que podría tener lo que quisiera.

—Y hablaba en serio. Estipula tu precio. El deseo de tu corazón.

—Quiero...

«Que sean diamantes. O su peso en oro...».

Ella dejó caer el vestido, extendió la mano hacia él y murmuró su nombre en una caricia imperceptible.

—Hasan.

El sonido de su propio nombre llenó su cabeza, reverberó hasta que la piel le tembló por el impacto. Alcanzó algo profundo en él, todas sus añoranzas, la necesidad...

Ella había mirado en su alma, había visto el vacío y la llamada de la sirena de sus labios prometía que en sus brazos nunca más tendría que estar solo.

Sus dedos se tocaron, se enlazaron y no se soltaron.

Capítulo 9

Con la cabeza apoyada en la mano, Hasan yacía de costado y observaba el suave subir y bajar de sus pechos. Rose dormía como una niña, boca arriba, indefensa, como convencida de que nada en el mundo podía lastimarla.

Sus pestañas se movieron y suspiró, se estiró y sonrió en su sueño. Para un hombre acostumbrado a la idea del amor, los últimos días habían sido una revelación, un despertar, y ese era el momento de romper los vínculos, de obligarse a alejarse de ella, de su calor, de su amor.

Todo había cambiado pero, al mismo tiempo, nada lo había hecho. Eran dos personas distintas y, sin embargo, permanecían encerradas en sus propias culturas, en sus propias expectativas.

Ella seguiría marchándose, porque su vida verdadera estaba en otra parte. Él seguiría en Ras al Hajar, porque a pesar de todo aún era su hogar.

Los recuerdos que tenían de esos últimos días y noches juntos tendrían que bastar para toda una vida, ya que su situación carecía de solución, solo les esperaba el inevitable dolor de corazón por un sueño imposible.

–¿Hasan?

Se volvió a regañadientes. Rose, envuelta en la túnica azul, el pelo bendecido por la luz de las estrellas, era todo lo que un hombre podía desear.

–Lo siento, espero no haberte perturbado.

–Es demasiado tarde para sentirlo –rio en voz baja–. Me perturbaste en cuanto te vi –apoyó la mano en su mejilla y la acarició.

Era una invitación que solo podría resistir un hombre sin corazón, y si algo había aprendido en los maravillosos días que pasó con ella, era que tenía corazón.

Pero tal vez ella percibió la distancia que él tanto se afanaba por establecer, porque al rato se apartó un poco y lo miró.

–Has encontrado a Faisal, ¿verdad? –preguntó.

Directa al grano, sin rodeos. Ya era capaz de leerlo como si fuera un libro abierto. Costaría engañarla.

–Sí. Viene de camino a casa –no pudo evitar mirarla y ver el efecto que surtía en ella el reconocimiento de que el idilio se hallaba próximo a su fin.

–Debe ser un alivio para ti –le acarició la manga en un gesto de consuelo.

–Sí –y no. Había comenzado a sufrir la loca ilusión de que podrían quedarse donde estaban para siempre. Aunque no hubiera podido encontrar a Faisal, en algún momento tendría que haber llevado a Rose a su casa. Su madre había llegado con el equipo de noticias de la cadena de televisión y no esperaba con paciencia mientras Abdullah se retorcía las manos y afirmaba que sus hombres hacían todo lo posible por encontrarla. Según Nadim, Pam Fenton le hacía la vida bastante difícil a Su Alteza. Después de conocer tan bien a su hija, no habría esperado menos.

–¿Y qué pasó con la chica con la que se encontraba? –preguntó Rose.

–¿La chica? –no se le había ocurrido preguntarlo, y Simon, dominado por la prisa, no lo había mencionado–. Estoy seguro de que Partridge se ocupará de que regrese sana y salva a su casa... –hizo una pausa y añadió–: Con una compensación adecuada por las vacaciones interrumpidas.

—Sí, no me cabe duda de ello –se preguntó qué compensación se consideraría adecuada para la interrupción de sus vacaciones. Sangre, oro u honor. Lo primero resultaba impensable. Lo segundo, insultante. Se apartó de él y salió al exterior.

—¿Adónde vas? –alargó la mano para detenerla.

—Allí arriba –señaló hacia la elevación que había más allá del campamento–. Ven conmigo. Quiero estar de pie allí y mirar el cielo –lo observó, le quitó la mano del hombro y no la soltó–. Parece tan cerca aquí en el desierto, como si pudieras tocar las estrellas.

—¿Quieres tocar las estrellas?

—La luna. Las estrellas...

—¿Eso es todo? De paso, ¿por qué no un par de planetas?

—¿Por qué no? Contigo alzándome sé que podría hacer cualquier cosa.

La sonrisa de él se desvaneció.

—Hay algo en ti, Rose, que hace que crea que es posible.

«No dejes ese pensamiento, Hasan», pensó mientras caminaban juntos hasta la cima de la elevación, donde el cielo era una cúpula enorme llena de estrellas. «No abandones ese pensamiento».

Rose se detuvo cuando lejos, hacia el oeste, un meteorito surcó el horizonte en una lluvia de estrellas fugaces.

—Mira... ¡Mira eso! –susurró–. Es tan hermoso. ¿Has realizado un deseo?

La mano de él se apretó de forma imperceptible sobre la de ella.

—Nuestro destino está escrito, Rose –bajó la vista y la miró–. ¿Y tú?

—Creo que era mi destino estar aquí de pie contigo esta noche justo en el momento en que pasó esa estrella. Era mi destino realizar un deseo –él aguardó, sabiendo que se lo contaría–. No ha sido nada dramático. Siempre es el mismo. Que la gente a la que amo sea feliz y esté sana.

—¿Nada para ti?

«¿Es que esperaba que dijera que deseaba quedarse allí para siempre? ¿Acaso lo esperaba, un poquito?».

–Era para mí. Si son felices y están sanos, no importa nada más –entonces sonrió–. Además, las cosas pequeñas, puedo manejarlas por mí misma. Llegué aquí en el momento adecuado, ¿no?

–Eres tan... tan... –las palabras estallaron de su boca.

Rose pensó que no se sentía exactamente enfadado, sino que no conseguía entender su actitud directa hacia la vida, su decisión de adaptar los acontecimientos a su voluntad.

–¿Tan... qué? –preguntó. No tendría que provocarlo, no estaba acostumbrado a eso–. ¿Tan confiada, quizá? –no pudo resistir la tentación. Al no obtener confirmación, suspiró de forma exagerada–. No, ya me lo parecía. Piensas que soy obstinada, ¿verdad?

–Decidida –contradijo con voz suave–. Íntegra –le apartó un mechón de la cara–. Bendecida con fuego y espíritu.

–Es lo mismo –musitó Rose.

–No del todo –en absoluto. Una enfurecía y la otra encantaba, y no tenía duda de cuál de esas palabras se aplicaban a Rose Fenton. Era encantadora y resultaba evidente que él estaba hechizado, porque en su cabeza otras palabras lucharon por salir y ser reconocidas. Inesperada, única, hermosa... como una rosa en el desierto. Y en ese momento supo cuál de sus posesiones le entregaría. Una muda declaración de su amor, algo que, siempre que la mirara, la tocara, le recordara ese momento–. ¿Has visto alguna vez una rosa del desierto? –inquirió.

–¿Una rosa del desierto? ¿Nace entre las piedras? –miró alrededor, como si esperara ver una entre sus pies–. Mi madre tiene una amarilla que crece...

–No, no se trata de una flor, tampoco de una planta de ningún tipo. Es una formación de cristal. Selenita –inesperada, única, hermosa–. A veces son rosadas y los cristales parecen pétalos. Si sabes dónde buscar, las encuentras en el desierto.

–¿Y?

«¿Y qué?». Su mente le jugaba trucos; se hallaba demasiado cerca de revelar su corazón ante esa mujer.

—Y nada, salvo la coincidencia con tu nombre. Se me acaba de ocurrir que te encontré en el desierto, eso es todo. Como una rosa del desierto —pensó que quizá ella había sonreído, pero soltó un leve suspiro.

—Tendremos que irnos mañana, regresar a la ciudad, ¿verdad? Volver al mundo real.

—Ojalá las cosas fueran diferentes, pero no tenemos elección. Ambos sabíamos que esto no podía durar.

Él había decidido que no podían durar; Rose prefería tomar sus propias decisiones. Siempre había elecciones, pero hacía falta un coraje especial para quebrar las dificultades que parecían insuperables; coraje, confianza y la convicción de que nada podía destruirte salvo tus propias dudas. Su madre le había enseñado eso. Su madre no había querido que se casara con Michael, pero le había dado la fortaleza para resistir los prejuicios de la gente mezquina que se había quejado por la diferencia de edad y declarado que todo terminaría en lágrimas.

Podía conseguirlo otra vez.

Ambos podían ceder un poco y sus pequeños sacrificios serían recompensados con creces. Ella lo sabía. Sospechaba que Hasan necesitaría que lo convencieran.

Sin embargo, él tenía razón sobre el día siguiente. Nada podía impedir que la vida real irrumpiera en su entorno, pero aún les quedaba el resto de la noche, unas pocas horas de magia antes de que el mundo los invadiera.

—No nos preocupemos por el mañana, mi amor —alzó la mano hacia sus labios—. Ahora mismo deberíamos aprovechar el poco tiempo de que disponemos.

***

Lo hicieron, y la ternura con que realizaron el amor casi provocó lágrimas en él. Pero aunque le rompería el corazón dejarla, le pondría fin allí mismo. Ese sería siempre su lugar especial y los recuerdos que habían establecido permanecerían inmaculados ante el inevitable choque de sus mundos.

Salió de la tienda temprano, y en esa ocasión, extenuada, ella no se movió, ni siquiera cuando le apartó un mechón de pelo de la mejilla. La besó con suavidad. Le dijo adiós. Y depositó su pequeño regalo en la almohada junto a su cabeza.

No era algo valioso. La habría bañado con piedras preciosas, cualquier cosa que deseara el corazón de Rose, pero sabía que se sentiría insultada, ofendida por esas cosas. Si algo había descubierto de Rose Fenton, era que un regalo del corazón valía más que el oro. Y saber que tendría una parte de él lo consolaría en los años solitarios que le aguardaban.

Rose se movió, despertó y al instante supo que se hallaba sola. No le sorprendió. La noche anterior Hasan había sido tan delicado, pero, aun así, se había marchado.

Y la gente decía que ella era obstinada.

¿Qué haría falta para convencerlo? Quizá debería insistir, decirle a Tim que exigiera que se casara con ella, así no le quedaría más alternativa. Pero la idea de que Tim se plantara ante Hasan para recordarle su deber hizo que sonriera, y era un asunto serio.

Además, él tenía que tomar la decisión por sí solo. Alargó la mano para acercar la almohada y su mano se cerró en torno a algo áspero, duro. De inmediato supo qué era. Una rosa del desierto. Le había dejado una rosa del desierto... y una nota.

Esta es una parte de mí para que te lleves contigo, un pequeño intercambio por los recuerdos que dejas atrás.
Hasan

Alzó la rosa en la palma de la mano, pequeña, de forma exquisita, pero tan diferente de los capullos con los que la había inundado Abdullah. No tenía nada blando, nada que pudiera marchitarse y morir. Era algo inmutable.

¿Comprendía Hasan el mensaje que transmitía? ¿Que representaba una traición inconsciente de sus sentimientos? Sostuvo el cristal largo rato, y de pronto temió que nada de lo que pudiera hacer conseguiría que él cambiara de parecer. Temió que su voluntad fuera como la roca, que no le permitiera acercarse lo suficiente para intentarlo.

–¿Señorita Fenton?

La figura que había al pie de su cama osciló ante sus ojos. ¿Lágrimas? ¿Qué sentido tenían? Jamás solucionaban nada.

–¿Rose? –ella parpadeó y una mujer alta y esbelta, con el pelo negro veteado de plata adquirió nitidez–. Hasan me pidió que viniera a recogerla y la llevara a casa.

–¿Casa? –¿a Londres, tan frío y desolado? No, esa era su casa. Con Hasan–. No entiendo –entonces lo comprendió. Estaba impaciente por sacarla de su país...

–Su madre la espera.

¿Su madre? Entonces comprendió quién era la mujer.

–Usted es la madre de Hasan, ¿verdad? Y de Nadim. Veo la semejanza.

–Hasan dijo que quería hablar conmigo.

–Ha sido muy amable al recordarlo... lo siento, lo siento, no sé cómo llamarla...

La mujer sonrió, se acercó y se sentó en la cama.

–Aisha. Me llamo Aisha.

–Aisha –no parecía suficiente para esa mujer de porte tan real–. Hasan debe tener cosas más importantes de las que preocuparse. Y usted también, con la llegada de Faisal.

–Ya he hablado con Faisal... Me llamó desde Londres. ¿Qué tiene ahí?

—Es un regalo de Hasan —abrió la mano para que ella lo viera.

—Vaya —la mujer mayor alargó la mano pero detuvo los dedos antes de tocar la rosa—. Hace tiempo que no la veo —levantó la vista y sorprendió a Rose con el poderoso impacto de su mirada, como la de Hasan.

—¿La tenía hace mucho?

—Toda su vida —la sonrisa de Aisha surgió desde lo más hondo de su ser—. Su padre me la regaló... hace tanto tiempo. Antes de que nos casáramos...

—¿Antes? —la madre de Hasan se llevó un dedo a unos labios que se curvaron en una sonrisa que contaba su propia historia. Era una sonrisa que lo sabía todo sobre el amor—. Y usted se la dio a Hasan... cuando se casó con su segundo marido.

—Le di todas las cosas de Alistair. Su ropa. Esta túnica —rozó la suave prenda que había sobre el pie de la cama—. Todas las cosas que él me había dado, todas las que yo le había dado. No se pueden llevar los recuerdos de un amor a la casa de otro hombre. Tengo entendido que usted ya ha estado casada, de modo que lo entenderá.

—Lo comprendo —después de enterrar a Michael, abandonó su casa y todo lo que había en ella para que su familia se peleara por las pertenencias, se quitó los anillos que él le había puesto y reinició su vida tal como la dejó desde el día en que lo conoció. Se había casado con el hombre, no con sus posesiones. Entonces asimiló las palabras de Aisha—. ¿Cómo sabía que he estado casada?

—Su madre me lo contó cuando ayer almorcé con ella. Una mujer muy interesante...

—¡Está aquí!

—Llegó hace dos días. ¿Sabía que Hasan le envió un mensaje? Ella no sabía que era de él, desde luego, y yo no se lo conté. Solo sabía que alguien la había llamado para informarla de que usted se hallaba a salvo y bien. Le pidió que no se lo revelara a nadie y ella no lo hizo.

–¡Mi madre! –Rose intentó levantarse pero se dio cuenta de que estaba desnuda y, ruborizándose, se detuvo.

Aisha recogió la túnica azul y se la entregó.

–Tómese su tiempo, Rose. Daré un paseo. Hace mucho que no vengo al desierto.

En cuanto Aisha salió, Rose se levantó de la cama; no tenía tiempo que perder. ¿Su madre se hallaba en Ras al Hajar? ¿Había oído hablar de Hasan? ¿Por qué él no se lo había contado? Porque no quería que supiera que le importaba. Necesitaba pensar, relajarse, considerar todas las posibilidades.

Sin duda su intención al dejarle la rosa era la despedida. No había sido capaz de convencerlo. ¿Podría convencer a las mujeres de su vida... a su madre, a sus hermanas? ¿La ayudarían?

Se secó el pelo y luego, a diferencia de la Rose Fenton que se habría puesto los vaqueros más a mano para ir en pos de la historia, se sentó ante el espejo y con cuidado se aplicó maquillaje. Habían lavado su *shalwar kameez*, doblado con pulcritud en uno de los cajones de la cómoda. Se lo puso alrededor de la cabeza.

Cuando estuvo lista, Aisha había regresado de su paseo y la esperaba sentada en el diván, bebiendo café. Se volvió, la miró y sonrió.

–Se la ve encantadora, Rose. ¿Quiere un poco de café?

–Estupendo. Y, si disponemos de un poco de tiempo, me gustaría que me aconsejara.

El avión se dirigió hacia la terminal del aeropuerto con la bandera del emirato ondeando en su morro. Hasan, de pie en segunda posición en la fila para recibir al emir que regresaba, miró a su primo. Abdullah tenía la mandíbula rígida, pero ante la cantidad de periodistas de todo el mundo allí presentes poco podía hacer salvo esperar para recibir a su joven sucesor.

Detrás de él era consciente de Rose, que sobresalía de entre todos los periodistas, no con la ropa informal que por lo general usaba en los lugares peligrosos desde los que informaba, sino parecida a una princesa con su atuendo de seda. Parecía dominar la situación. Incluso los periodistas más veteranos daban la impresión de cederle espacio. Solo se había permitido mirarla una vez, y eso había bastado para saber que nunca sería suficiente.

El avión se detuvo y se acomodó la escalerilla ante la puerta, que se abrió para que Faisal saliera ante una andanada de fogonazos de las cámaras. Llevaba unos vaqueros y una camiseta que declaraba su apoyo a su equipo favorito de fútbol americano. Hasan se sintió indignado. ¿Cómo podía tomarse el momento tan a la ligera? ¿Cómo lo había permitido Simon Partridge? Ambos sabían lo importante que sería ese momento.

Entonces, detrás de Faisal, apareció la figura esbelta de una mujer. Una rubia de California con una sonrisa tan ancha como el Pacífico. La siguió Simon Partridge, con una expresión que era una súplica muda que pedía comprensión.

Faisal descendió con agilidad y se dirigió hacia Abdullah, para realizar una inclinación de respeto sobre sus manos. Durante un instante Abdullah se mostró triunfal. Pero entonces Faisal, con toda la confianza de la juventud, extendió las manos y esperó que su primo le devolviera el honor, lo reconociera primero como su igual, luego como su señor.

Abdullah mostró unos instantes de vacilación y Hasan contuvo el aliento, pero Faisal no movió un músculo, sencillamente esperó, y tras un momento que pareció estirarse una eternidad, el regente terminó por ceder ante su rey.

Luego Faisal se situó ante Hasan y extendió las manos, pero en esa ocasión con una sonrisa irónica, como si fuera consciente de la reprimenda que le esperaba. La inclinación de Hasan ocultó una expresión pétrea, en la que se ocultaba un considerable grado de respeto. El niño se había convertido en un hombre. E incluso sin los atavíos de un príncipe para conferirle dignidad, había obligado a retroceder a Abdullah.

Rose observó todo desde cierta distancia, presentando a los personajes del acto como una voz de fondo incorpórea para las imágenes que eran transmitidas vía satélite a su cadena de televisión. Notó, sin expresarlo en voz alta, que la joven mujer que lo acompañaba fue desviada a una limusina mientras Faisal continuaba con la ceremoniosa llegada.

Entonces, mientras el emir se dirigía a su coche con Hasan a su lado, Rose preguntó:

–¿Está contento de hallarse en casa, Su Alteza?

–Muy contento, señorita Fenton –se detuvo y se acercó a su micrófono. Hasan, desgarrado entre el deseo de dejar una distancia segura entre ellos y mantener las riendas firmes de su joven protegido, al final lo siguió, pero permaneció a dos metros de ella, con la vista clavada en algún punto encima de su cabeza–. Aunque, como puede ver, mi viaje fue bastante sorpresivo, de ahí mi atuendo informal. Todos hemos estado bastante preocupados por usted –hizo que sonara como si su súbita desaparición hubiera provocado su repentino regreso.

–Lamento haberlo importunado –había achacado su desaparición a la inesperada recaída de su enfermedad, sin recordar nada hasta que despertó bajo los amables cuidados de unas tribus nómadas que no hablaban inglés, pero que al fin habían llegado hasta un poblado lejano en el que había un teléfono.

En ningún momento había titubeado al contar esa historia y nadie se mostró lo bastante indiscreto como para formular preguntas incómodas.

La sonrisa de Faisal era cálida.

–Me complace descubrir que su reciente aventura no ha tenido ningún efecto pernicioso en usted.

–Todo lo contrario. El desierto es un lugar maravilloso, señor, y la hospitalidad de su pueblo infinita.

—Entonces debemos ocuparnos de que vea más de ambos. Hasan organizará una fiesta; tenemos mucho que celebrar.

—Será un placer asistir —aunque no tuvo el valor de mirar a Hasan a la cara. Y no preguntó nada sobre la bonita rubia. Tampoco hacía falta. Aisha le había contado la historia.

Hasan observó cómo el coche de Faisal se alejaba del aeropuerto, luego se dirigió al coche que lo esperaba a él.

—En nombre del cielo, ¿en qué pensabas, Partridge? Sé que no figuro en tu lista de amigos, pero ¿tenías que hacerme eso?

—Yo no...

—¿No podrías haberle encontrado un traje para que se pusiera? Y en cuanto a traer a su amiga, las miradas se clavaron en ella con más rapidez que pistolas cuando salió del avión detrás de él. Si tenía que venir, podrías haberlo conseguido con un poco más de discreción... —contuvo las palabras. Con la fragancia de su amor en su piel no tenía derecho a darle lecciones de discreción a nadie—. ¿Quién es?

—Se llama Bonnie Hart. Parece que Faisal se casó con ella hace dos semanas.

—¡Casado!

—Usted... nosotros... interrumpimos su luna de miel.

—¿Estaban de luna de miel? Disponiendo de todo el mundo para elegir, ¿tuvo que decidirse por una cabaña en las Catskills?

—Las Adirondacks.

—No importa dónde...

—Esa es la impresión que me causó a mí. Y no fueron lejos porque Bonnie debía regresar a la universidad a la semana siguiente.

—¡Universidad! Por favor, que tenga fuerzas. ¿En qué planeta vive Faisal?

—Yo diría que tiene los pies firmemente plantados en este. Es una joven encantadora, brillante. Es ingeniero agrónomo...

–No me importa lo que es. Faisal no tendría que haberse casado con ella –se suponía que debía casarse con la mujer que le había sido cuidadosamente escogida. Alguien con todos los contactos políticos adecuados, que aportaría honor a su casa–. Por favor –suplicó–, por favor, Simon, dime que es un engaño.

–¿Por qué iba a hacerle eso?

Por Rose... Se pasó las manos por la cara.

–No hay motivo. ¿Qué demonios vamos a hacer con ella?

–¿Darle una amplia parcela de desierto con la que pueda jugar? –sugirió el otro–. Tiene unas ideas magníficas. Al parecer, Faisal la conoció cuando fue a visitar la planta hidropónica que usted le pidió que viera.

–¿Quieres decir que todo es por mi culpa?

–No, señor. Faisal ya no es un muchacho. Es un hombre. Y posee unas ideas muy claras sobre lo que quiere. Le sugerí que los vaqueros no recibirían su aprobación. Me contestó, con mucha educación, que me ocupara de mis cosas.

Capítulo 10

Faisal y su mujer habían sido llevados a la fortaleza y ambos esperaban la llegada de Hasan en su salón privado. Eso solo rompía las reglas de la etiqueta social, pero él se mostraba impasible.

–Bonnie, este es mi hermano mayor, Hasan. Gruñe, pero no muerde. Al menos no si no se lo provoca demasiado.

–Entonces, cariño, será mejor que saques el botiquín de primeros auxilios, porque yo diría que acabas de ganarte una medalla de oro en provocación –Bonnie, que se había duchado y quitado los vaqueros para ponerse unos pantalones cortos aún más dudosos, sonrió con expresión amistosa y extendió la mano–. Me llamo Bonnie Hart. Lamento que hayas tenido que enterarte de nuestra boda una vez consumada, pero Faisal dijo que, si lo quería, lo mejor era que me decidiera rápidamente, porque en cuanto lo tuvieras de vuelta en casa y encerrado en tu palacio, sería demasiado tarde.

Hasan sabía cuándo aceptar algo que ya no tenía solución y sonrió con elegancia.

–Mi hermano bromeaba. Como emir, puede hacer lo que desee. Recibe mi más efusiva bienvenida a Ras al Hajar, Alteza.

–¿Alteza? ¡Por favor! Soy americana. Llevamos a cabo una revolución para poner fin a ese tipo de cosas...

–Bonnie, cariño, ¿por qué no vas a descansar un rato mientras me pongo al día con Hasan? Querrás tener tu mejor aspecto cuando empiecen a llegar visitas.

—Y vendrán —aseguró Hasan—. Cuando la princesa Aisha se entere de la nueva...

—¿Aisha? Hablamos por teléfono desde Londres —dijo Bonnie—. Estoy impaciente por conocerla. Y a Nadim y a Leila. Nombres maravillosos.

¿El único en no participar del secreto era él? ¿Era tal monstruo que su familia había conspirado para reservárselo? ¿Pensaban que no iba a entenderlo? Cinco días atrás quizá hubieran tenido razón.

—Si tanto te gustan sus nombres, tal vez te gustaría que te ayudaran a elegir un nombre oficial para ti antes de ser presentada a tu pueblo.

—Hmm, no sé si... —miró a Faisal.

—Ahora no, cariño. Hasan está impaciente por abrir las puertas del infierno sobre mí, pero no puede hacerlo con una dama presente.

—Claro —ella rio—. Sé cuando no se me quiere. Simon, ¿por qué no me muestra los alrededores?

—¿Te importaría, Simon? —preguntó Faisal.

—Por el amor del cielo, Faisal, es tu esposa —protestó Hasan mientras la carcajada de ellos reverberaba por el pasillo—. No puede ir por ahí mostrando las piernas al mundo de esa manera.

—¿Crees que les provocará un ataque de corazón a los viejos?

—No solo a los viejos.

—Pero ¿no son estupendas? Dime, Hasan, ¿cómo eran las piernas de la señorita Fenton? Tengo entendido que no perdiste el tiempo para cubrirlas.

—Rose Fenton se pone lo que ella desea —repuso con los dientes apretados—, pero comprende muy bien lo que es aceptable. Y ahora debo insistirte en que te pongas algo más aceptable para el *maylis*. Estará atestado esta noche —todo hombre importante de Ras al Hajar asistiría para presentar sus respetos al nuevo gobernante. Nadie querría que se notara su ausencia.

–Quiero que aceptes el *maylis* en mi lugar esta noche, Hasan.

–La entrega de poder es un momento peligroso, Faisal. O es una buena idea confundir a la gente.

–No voy a confundir a nadie. Vas a recibir el *maylis* porque yo me presentaré ante las cámaras de televisión.

–¿Sí? ¿Y cuándo lo arreglaste?

–Durante el transbordo en Londres. Hablé con Nadim y dijo que había establecido una conexión con la cadena de la señorita Fenton.

–Comprendo. ¿Y qué pretendes comunicar?

–Quizá tú quieras ayudarme. ¿Cómo ves el avance del país, Hasan? ¿Qué te gustaría cambiar?

Hasan quedó sorprendido. No se había atrevido a esperar que Faisal tomara tan rápidamente las riendas.

–¿De verdad quieres saberlo?

–Desde luego. Quiero saber qué es lo que pensáis todos. Sé lo que desea Nadim, y Bonnie también tiene grandes ideas. Quiero decirle a la gente, Hasan, quiero que el pueblo sepa que tiene un responsable de Estado que antepone su bienestar al suyo propio.

–En realidad, esa no es mala idea. En cuanto te vean por televisión nadie dudará de quién es el emir.

–Esa es mi intención.

«Y en cuanto eso se solucione», decidió Hasan, «me encargaré de que Nadim le explique la etiqueta a la revolucionaria de las piernas desnudas». Era lo menos que podía hacer su hermana, después de ocultarle el matrimonio de Faisal.

–Había empezado a preguntarme si tendrías dudas, Faisal. Permaneciste lejos de casa más tiempo del que deberías. Eso le dio ideas a Abdullah...

–¿Por qué alguien iba a tener dudas, hermano mayor? –Faisal sonrió–. Ahora yo soy el emir, y no tengo por qué soportar que me reprendas por nada. Ni siquiera por mi elección de esposa.

–Tu esposa es un problema. En cuanto a lo demás, ni lo sueñes.

***

Hasan recorría la sala de audiencias del palacio, repasando los planes radicales que había trazado, preguntándose si causarían júbilo o indignación.

Nadim y su marido habían tenido ideas para mejorar los servicios médicos, en particular para las mujeres y los niños. Leila se había mostrado inesperadamente directa sobre el tema de la educación obligatoria para las mujeres. La contribución de Bonnie había sido un estudio sobre el desarrollo de la hidropónica. Bueno, no había escasez de agua procedente de las montañas; tenía sentido, aunque cualquiera sabía lo que pensaría la gente de una princesa que se dedicaba a la agricultura.

Cómo deseaba que Rose hubiera podido estar presente. Tenía tanto que ofrecer... Se controló. No se ganaba nada pensando en algo que jamás podría ser; tomó el mando a distancia y subió el volumen del televisor.

Faisal lucía una túnica tradicional, pero aun así lograba parecer un futbolista estadounidense. En el último año había ganado musculatura, tanto mental como física. Se había convertido en un hombre y estaba orgulloso de él.

Faisal comenzó tal como habían planeado, dándole las gracias a su primo Abdullah por el meticuloso trabajo realizado para el país. Luego prometió que siempre antepondría el bien de la nación. Después comenzó a explicar los planes que tenía para Ras al Hajar, su estrategia para convertirlo en un país abierto en el que las mujeres desempeñarían un papel integrado.

–Esta noche –concluyó– he firmado los estatutos para un nuevo departamento del gobierno, de modo que no se produzcan demoras en poner en marcha estos planes. Oiréis más sobre el tema en los siguientes días y semanas, pero ahora mismo os comunico que este departamento para mujeres estará dirigido por una mujer.

Hasan frunció el ceño. ¿Estatutos? Habían discutido el tema para un departamento para asuntos femeninos, pero sin acordar nada, menos aún quién lo dirigiría. No figuraba en el borrador final que habían convenido.

Se volvió cuando Simon Partridge se unió a él.

—¿Qué es esto? —exigió—. ¿Qué esta haciendo Faisal?

Rose, de pie a un lado del estudio observando los subtítulos a medida que las palabras de Faisal eran traducidas al inglés, fue abordada por un mensajero real que le entregó un sobre grueso con el sello de la casa real.

Siguió mirando el monitor mientras rompía el sello y extraía un documento. Luego apartó la vista para leer la breve carta que lo acompañaba.

Estimada señorita Fenton:
Tanto mi madre como mi hermana creen que usted será una brillante adición a nuestro país. Hasan la necesitará. Por favor, quédese.
Faisal.

Gordon se hallaba a su lado.

—¿Qué es eso? —susurró cuando abrió el documento.

Fue a responderle, pero cerró la boca y meneó la cabeza, guardando la carta y el contrato con la rapidez que le permitieron sus temblorosas manos.

—Luego te lo contaré. ¿Qué sucede?

—Está terminando. ¿Lista para el cierre en Londres?

«Hace muchos años, al saber que se moría, mi abuelo me eligió como sucesor», Rose observó las palabras aparecer en la pantalla, luego miró el sobre y tuvo una premonición.

—Oh...

—¿Qué?

Se llevó los dedos a los labios y meneó la cabeza.

—Sabía, todo el mundo sabía, que yo no era su primera elección. Sin embargo, la necesidad política se impuso. He sido emir durante un día, y en ese período de tiempo, con la ayuda de mi familia, he disfrutado mucho llevando a este país a una nueva época. Continuaré haciéndolo toda mi vida, aunque no como vuestro emir, sino como su más fiel servidor y súbdito...

Hasan miró fijamente a su secretario.

—¿Sabías que iba a hacerlo?

—Me obligó a jurar que guardaría silencio.

—Tú eres mi secretario.

—Sí, Excelencia. Pero Faisal es el emir, o lo es hasta esta medianoche.

—No permitiré que lo haga, Simon.

—Bueno, estoy seguro de que Abdullah se mostrara encantado de recuperar el puesto, si usted se lo permite —se volvió hacia el televisor cuando Faisal concluía su discurso.

—A partir de esta medianoche, renuncio libre y gustoso a mi derecho al trono de Ras al Hajar y le entrego la pesada carga al justo heredero y sucesor de mi abuelo, su primer nieto, mi hermano, Hasan. Es un lugar solitario y me brinda enorme placer deciros que mi último acto como emir será firmar un contrato de matrimonio para el príncipe Hasan. Le deseo toda la felicidad a él y a su princesa elegida, junto con mi juramento y promesa de apoyarlo y honrarlo como emir de Ras al Hajar.

Estaba atrapado. El *maylis* se hallaba a rebosar. Al parecer no había ni un hombre en el país que no quisiera ofrecer su obediencia al nuevo señor.

Faisal había sido muy inteligente al llegar en vaqueros y camiseta con una esposa extranjera a su espalda. Hasta los más reacios estaban contentos de poder aferrarse a la tradición que Hasan siempre había respetado.

¿Qué harían si supieran que mientras estaba sentado ahí, reconociendo por igual a amigos y enemigos, obligándose a darle nombres a caras apenas recordadas, admitía que su hermano menor tenía más valor en el dedo meñique que el que él había mostrado? Que lo único que deseaba era encontrar a Rose y decirle... decirle... que la amaba y que le suplicaba que se quedara.

Era más de la una cuando todo terminó, pero se dirigió de inmediato al teléfono.

—Tim Fenton —la voz sonaba adormilada—. ¿Es el potrillo?

—No. Soy Hasan. Debo hablar con Rose. Ahora.

—Bueno, no puede —Fenton sonó complacido—. No está aquí.

—¿Dónde se encuentra? No puede haberse marchado aún...

—No creo que su paradero sea asunto suyo, Alteza. Y, a propósito, dimito —colgó.

Una hora antes su fortaleza había estado llena de gente; en ese momento se hallaba de pronto vacía, salvo por los criados y los guardias. Faisal se había llevado a Bonnie a quedarse con Aisha antes de la emisión. En ese momento entendía por qué.

Nadim... bueno, le había pedido a su hermana que arreglara una boda sin pérdida de tiempo. Sin duda al día siguiente lo llamaría para informarle sobre quién había elegido como novia. No tenía prisa por averiguarlo.

Rose pasó un día con el tipo de cuidados que solo había soñado. Trataron su cuerpo de pies a cabeza. Le dieron un masaje con aceites esenciales, le pintaron las uñas con arabescos exquisitos. Pam Fenton también se hallaba en su elemento, tomando notas.

—Querida, de verdad que eres la hija más maravillosa. Una absoluta inspiración. Primero te casas con un hombre lo bastante mayor como para ser tu padre, brindándome suficiente material para un libro. Y ahora esto.

–¿Qué es lo que te complace en especial de esto?

–La mujer moderna con una carrera en que lo tiene todo abandona su vida para vivir en un harén.

–Escribe un libro que me refleje de esa manera y te demandaré.

–¿En serio? Sería estupendo para las ventas

–No es verdad, madre. Nadim lleva una vida profesional plena y activa, como bien sabes. Y yo voy a dirigir un nuevo departamento del gobierno creado para mejorar la situación de las mujeres; Abdullah jamás hizo algo por ellas. ¿Por qué no te quedas y estudias eso? Incluso puedes ayudarnos.

–Oh, por favor, cariño. Ni siquiera hablas su idioma. Y estarás rodeada de bebés en poco tiempo.

–Ya hablo francés, alemán y español, y mi árabe mejora a pasos agigantados.

–¿Y los bebés?

–A ti jamás te frenaron.

–Es cierto. Eso permitirá que escriba un libro aún mejor...

–¡Rose Fenton! ¿Rose Fenton va a dirigir el nuevo departamento? –el corazón de Hasan amenazaba con estallar.

–¿Se te ocurre alguien más apropiado? –ni en un millón de años. Pero esa no era la cuestión; sin duda él podía verlo. Al no responder de inmediato, Faisal se encogió de hombros–. Por supuesto que no. Es la elección perfecta, Hasan. Conoce bien los medios, sabe cómo comunicarse con la gente. Y me sorprende la celeridad con la que aprende nuestro idioma –titubeó–. Bueno, quizá no tanto. Cuando has tenido un profesor particular... Piensas que va a ser incómodo para ti, ¿verdad?

¿Incómodo? ¿De qué tonterías hablaba? La amaba. Verla, saber que estaba cerca, que nunca podría tocarla, jamás abrazarla. La incomodidad podría manejarla. Pero esa sería su peor pesadilla.

—¿De qué duración es su contrato?

—De un año. Pensé que necesitaría ese tiempo para montar el departamento y ponerlo en marcha. Después, bueno, quizá no quiera quedarse. A menos que se te ocurra algún modo de convencerla.

—Faisal...

—¿Sí, Alteza? —su tono inocente no conmovió a Hasan.

—Creo que será mejor que te vayas. Llévate a tu bonita esposa y desaparece uno o dos años. Por ese entonces quizá haya superado este intenso deseo de retorcerte el cuello.

—Te doy una corona, una novia y una reina de los medios de comunicación en un solo día y estas son las gracias que recibo —repuso disgustado—. Algunas personas son imposibles de complacer.

—¡Vete!

Faisal alzó las manos rindiéndose.

—Ya me voy —retrocedió hasta la puerta—. Hmm... te veré en la boda.

—No habrá ninguna boda —las palabras salieron desde lo más hondo de su ser mientras se ponía de pie—. No habrá ninguna boda —sin importar lo que hiciera falta, la detendría. Si no podía tener a Rose, no tendría a nadie. A nadie

Nadim se apartó y sonrió.

—Deslumbrante. Estás absolutamente deslumbrante. ¿No te parece, Pam?

—No lo sé. No puedo verla.

—Bueno, no sería correcto para Hasan que la vieran antes de que se prometan. La ropa y las joyas bastan para indicar que la joven que hay debajo es adecuada para un emir –se volvió al oír un movimiento más allá de las cortinas de la habitación–. Ha llegado –susurró–. Rápido, apártate de su camino, Pam.

Hasan aguardó con impaciencia a su hermana. Había ido a detener esa tontería, sin importar el coste. ¿Cómo diablos podrían haber planeado y tramado esos dos una situación en que rechazar a la novia que le habían elegido podría provocar más ofensas y resentimientos...?

–Nadim –dio la vuelta y rápidamente se acercó a su hermana al verla salir de entre las pesadas cortinas.

–Hasan –le tomó las manos–. Me alegra verte tan impaciente. Estamos listas para ti.

–No. Lo siento, pero he venido para decirte que no puedo continuar con esto. Es imposible que pueda seguir adelante con este matrimonio.

–No entiendo. Me pediste que lo arreglara sin demora –pareció sorprendida–. Los contratos se han firmado.

–Faisal se excedió.

–Pensaba en ti, Hasan. Durante esta última semana todos hemos estado pensando en ti.

–Lo sé –no pudo mirarla a la cara–. Lo sé. Es mi error, solo mío, pero mi honor tiene una prioridad que no puede saldarse salvo mediante el matrimonio.

–¿Rose? –preguntó–. ¿Te refieres a Rose?

–Claro que sí. ¿Qué otra podría ser?

–Pero me aseguraste que tú te encargarías de eso...

–Pensé que podría. Pensé que lo había hecho. Me equivoqué.

–Hasan, he visto bastante a Rose como para tener la certeza de que ella jamás te obligaría de un modo que resultara inaceptable para ti. ¿Quieres que hable con ella?

–No –luego, con más gentileza, repitió–: No. Daría lo mismo.

Sea cual fuere su respuesta, jamás seré libre. Verás, creo que no puedo vivir sin ella.

—Entonces, ¿la amas?

—Ella está... —cerró los puños y los apoyó en su corazón—. Dentro de mí.

La sonrisa de Nadim fue amable al tomarle la mano.

—Lo comprendo, Hasan. Y también lo comprenderá la mujer que te espera. Debes explicarle tus sentimientos, abrirle tu corazón...

—Nadim, por favor...

—Lo entenderá; te lo prometo.

—Pero...

—Confía en mí —entonces, con la más dulce de las sonrisas, afirmó—: Soy doctora —sin soltarle la mano, apartó la cortina por él.

Detrás, en el centro de la estancia, se hallaba una mujer joven, alta y esbelta con una túnica de seda de un rojo intenso y bordada con hilos de oro. A la cintura llevaba un cinturón de malla de oro. Sobre la cabeza lucía un velo tan denso que no le permitía ver nada de sus facciones, de su expresión.

Demasiado tarde se dio cuenta de que ni siquiera conocía su nombre; amagó con volverse, pero vio que la cortina ya se había cerrado.

Detrás del velo Rose lo observaba. No le había gustado el plan de Nadim. Era imposible que se casara con Hasan sin que él supiera quién era ella. Nunca podría casarse con un hombre que pudiera aceptar semejante emparejamiento.

Pero no tendría que haberse preocupado. Nadim comprendía a su hermano mejor que él mismo. Había sabido que jamás aceptaría un matrimonio así. Y en ese momento lo tenía delante con las instrucciones de abrir su corazón, confesar el amor que sentía por otra mujer.

Pero el dolor que lo embargaba le desgarraba el corazón. No

podía dejar que siguiera. Ya había oído suficiente, por lo que le extendió la mano.

–*Sidi* –musitó.

Tenía las manos pintadas; estaba vestida como su novia. ¿Cómo iba a explicarle...?

–Señor –dijo ella en inglés, y algo se agitó dentro de Hasan.

–¿Quién eres? –dio un paso hacia ella.

–Me conoces, señor.

–Rose... –no podía creerlo. Pero la mano de ella encajó en la suya como un dulce recuerdo–. En una ocasión dijiste que si un hombre era lo bastante afortunado para tenerte, dedicarías tu vida a garantizar que no deseara a otra...

–Lo dije en serio.

–No ha hecho falta una vida entera... –le alzó el velo–. Te amo. Eres mi vida. Quédate conmigo, Rose. Para siempre. Vive conmigo, dame hijos, sé mi esposa y mi princesa.

–¿Quieres que me quede en casa y eduque a tus hijos, Hasan? –¿es que había cambiado?

Las manos de él la aferraron por la cintura y la acercó con expresión grave.

–Eso suena demasiado bueno –notó que se ponía rígida en sus brazos, pero empezaba a aprender a bromear–. ¿Crees que podrías acoplar eso a tu nueva y ajetreada carrera como cabeza de un departamento de gobierno?

–¿Lo sabes ya?

–Hace una media hora Faisal confesó lo que había hecho.

–¿Y no te importaría?

Sí le importaba. No quería perderla de vista ni un minuto. Pero si era el precio por tenerla, aprendería a vivir con ello.

–Tienes un contrato firmado por el emir de Ras al Hajar. ¿Quién soy yo para cuestionarlo?

–¿Y si tengo que viajar al extranjero, asistir a conferencias...?

–Lo odiaré –reconoció–. Pero te amo, Rose... te tendré a ti o a nadie. Del modo que sea. La pregunta es, mi amor, ¿quieres tenerme tú a mí?

–Tienes un contrato firmado por el emir de Ras al Hajar –repuso Rose, alzando la mano para tocarle los labios–. Nuestro destino está escrito, Hasan, ¿quién soy yo para cuestionar el destino?

UN MARIDO DE ENSUEÑO

LIZ FIELDING

Capítulo 1

Nash Gallagher sabía que estaba loco. Su intención no había sido quedarse. Solo había pasado por allí para ver por última vez el jardín, antes de que las máquinas lo destruyeran. Cumplía con la promesa hecha a un anciano.

Había sido un error.

Esperaba haber encontrado todo tal y como estaba en su memoria. Ordenado, perfecto, el único lugar en el que se había sentido seguro dentro de este confuso mundo.

Estúpido.

Los jardines no eran algo estático.

La cocina de piedra había sobrevivido a la ruina, pero no el jardín del que su abuelo había huido y que había estado cerrado durante dos años. El lugar se había vuelto salvaje...

Se pasó la mano por el rostro en un vano intento de borrar la imagen. Se había jurado a sí mismo que no se dejaría embaucar por el chantaje emocional de su abuelo, pero quizás el hombre lo conocía mejor de lo que se conocía a sí mismo.

Fue el melocotonero el que lo motivó todo.

Al recordar cómo, de niño, lo habían elevado en brazos hasta allí para que tomara la primera fruta madura. Recordaba su sabor y cómo el jugo le corría por la barbilla...

El recuerdo fue tan fuerte que Nash incluso se restregó la barbilla contra el hombro, como para limpiarse el zumo. Luego arrancó con rabia un manojo de mala hierba que estaba ahogando al árbol centenario.

Un acto estúpido pues, en pocas semanas, todo habría desaparecido.

Los viejos árboles estaban cargados de frutas jugosas gracias a la repentina ola de calor, negándose a darse por vencidos, a pesar de la falta de abono o de las malas hierbas que devoraban sus raíces. Igual que su abuelo se negaba a aceptar lo inevitable. No podía dejar aquellos frutos allí.

Quería que los hombres de las apisonadoras supieran que iban a destruir algo que a él le había importado mucho tiempo atrás. No tardaría tanto. Podía dedicarles un día o dos a aquellos melocotones.

Sin embargo, no se trataba solo de ellos. Estaban también los invernaderos con sus viejas estufas de carbón, lugares maravillosos para jugar cuando hacía frío fuera, sitios mágicos, cálidos, llenos de aromas a tierra.

Y, aun a pesar de los destrozos del abandono, seguían siéndolo. Una gata escuálida había dado a luz a un montón de gatitos detrás de la estufa. La gata llevaba a una pequeña criatura en las fauces, mientras que los cachorros más audaces se aventuraban entre los trozos de cristal roto y basura que había en el suelo.

Quitó los trozos más grandes para que no se hicieran daño y agarró una vieja escoba. Barrió el resto de los fragmentos de cristal roto, mientras pensaba en lo rápida que era la naturaleza en reclamar lo suyo. De pronto, un balón que entró por el techo interrumpió sus pensamientos, mientras una infinidad de fragmentos de vidrio caían sobre él como una lluvia, obligando a los pequeños gatitos a volver a su guarida.

Durante unos segundos miró la pelota. Era grande, brillante, roja, una intrusa. Se enfureció. La gente era tan descuidada. ¿Es que nadie sabía cuánto tiempo llevaba todo aquello allí? ¿Es que a nadie le importaban las generaciones de hombres que habían pasado toda su vida trabajando allí, amando aquel lugar tanto como él lo amaba?

Se sacudió el cristal del pelo y se quitó cuidadosamente la camiseta antes de ir a por la pelota, con la intención de salir y decirle al idiota que había lanzado aquel objeto sin pensar en las consecuencias qué era, exactamente, lo que pensaba de él.

–¡Mamá, Clover ha vuelto a lanzar la pelota por encima del muro!

Stacey no podía atender en aquel momento al reclamo de su hija. Se encontraba en mitad de una delicada operación, colocando el picaporte en una puerta recién pintada.

–Dile que tendrá que esperar –le respondió, mientras trataba de manejar el picaporte, el destornillador y un tornillo con vida propia. A veces tenía la sensación de que dos manos no eran suficientes. Claro que tampoco estaba ella muy acostumbrada a tener que hacer aquel tipo de cosas.

Si le daban algo grande y sólido como una pala o un azadón, se sentía perfectamente cómoda. Podía hacer un cuadro de hortalizas o hacer una montaña de estiércol sin sudar ni una gota. Pero con un destornillador se sentía una inútil.

Y no solo era el destornillador. Tampoco las brochas eran santo de su devoción. Había más pintura en su ropa y en su piel que en la puerta.

–¡Mamá!

–¿Qué? –el tornillo aprovechó la ocasión para escaparse de entre sus dedos. Golpeó el suelo de mármol, botó y desapareció detrás del aparador. Stacey tenía solo cuatro tornillos, lo que implicaba que tendría que mover el aparador repleto de porcelana para sacarlo. Estupendo. Se metió la mano en el bolsillo y buscó el segundo tornillo. Entonces recordó que su hija la quería para algo–. ¿Qué pasa, Rosie?

–Nada. Clover dice que no te preocupes, que ella puede escalar el muro para ir a por la pelota.

–Bien –farfulló ella, con el destornillador entre los dientes. Con que pudiera meter un tornillo, todo lo demás sería mucho más sencillo. Lo clavó con firmeza en el agujero para que permaneciera en su sitio mientras lo apretaba con el destornillador. Pero, de pronto, se dio cuenta de lo que su hija le había dicho–. ¡No!

Se dio la vuelta para ver a dónde había ido y el picaporte aprovechó para darse la vuelta a su vez y trazar una marca sobre la pintura fresca.

Demasiado perpleja como para soltar una de esas palabras que las madres no deben usar, miró el arañazo.

La verdad era que lo que sentía eran ganas de gritar, pero, ¿qué sentido tendría? Si sucumbía a la tentación y se dejaba llevar cada vez que algo iba mal, tendría que pasarse todo el tiempo gritando. Así que, en lugar de eso, dejó el destornillador en la caja de herramientas, respiró profundamente y, tratando de mantener la calma, salió al jardín.

No era el fin del mundo. Algún día lo conseguiría. Algún día terminaría la cocina. Algún día pondría los baldosines del baño y arreglaría el comedor. Lo haría porque tenía que hacerlo. Aquella casa era imposible venderla en las condiciones que estaba. Ya lo había intentado.

La gente podía mirar mal un papel pintado de hacía veinte años, pero existía el reto de que la casa resultara atractiva tal y como era. Sin embargo, una casa a medio arreglar simplemente se encontraba con el rechazo frontal de la gente.

Si Mike hubiera sido capaz de haber terminado algo antes de empezar con lo siguiente... Pero él había sido así. Siempre había un mañana. Solo que se quedó sin «mañanas»...

–¡Mamá! ¡Clover lo está consiguiendo!

Clover tenía nueve años y crecía a toda prisa, como una mala hierba. Se había subido al manzano y, desde allí, había saltado al muro del que estaba colgada cuando su madre llegó.

—¡Clover O'Neill, baja ahora mismo de ahí!

Desde la altura miró a su hermana y le dijo algo desagradable, pero acabó por hacer lo que le decían y se dejó caer al suelo, aplastando un par de dedaleras en el proceso.

—Lo siento —dijo la niña, mientras trataba de reparar el daño enderezándolas.

Stacey suspiró, arrancó las flores aplastadas y apretó la tierra que rodeaba las plantas. La ventaja de plantar lo que para la mayoría de los vecinos no eran sino malas hierbas era que podían resistir los envites de dos niñas.

—¿Cómo se te ha ocurrido subirte ahí arriba?

—Dijiste que no te molestáramos mientras arreglabas la puerta, así que iba a recoger la pelota yo misma —dijo Clover, como si fuera lo más razonable del mundo. Clover podría haber ganado una medalla olímpica solo aludiendo «razones» de por qué se la merecía.

—Eso es muy considerado por tu parte, cariño, pero me molestaría más una pierna rota —respondió ella, reprimiendo un escalofrío. Aquel muro tenía más de doscientos años, al menos algunas partes, y estaba sujeto por una musgosa uña de gato.

—No quiero que nunca, me oyes, nunca se te ocurra volver a subirte a ese muro. Es peligroso —le dijo con un gesto dramático—. Y lo digo en serio.

—Pero ¿cómo vamos a recuperar la pelota? —preguntó Rosie.

Clover miró a su hermana.

—Si hubieras mantenido la boca cerrada, ya la tendríamos.

—¡Ya está bien! A callar. Recuperaremos la bola —la agarraría como siempre lo hacía. Ella misma escalaría el muro cuando ellas no estuvieran, para no ser un mal ejemplo—. Estoy segura de que alguien la verá y nos la lanzará de vuelta. Lo hicieron la última vez.

—Pero eso no sabemos cuándo ocurrirá —protestó Rosie—. Ya nadie entra en esa casa desde que está cerrada.

Era cierto que la zona de jardín que colindaba con el de ellas se había convertido en un lugar salvaje desde que, por causa de una grave enfermedad, Archie Baldwin, el anciano que llevaba aquel vivero, se había visto obligado a retirarse hacía ya dos años.

Tenía que sacar tiempo para ir a visitarlo pronto. Se sentía culpable de no haberlo hecho. Le había ensañado tantas cosas. Lo mínimo que podía hacer ella era ir a visitarlo y contarle los últimos cotilleos del pueblo. Quizás podría preguntarle sobre el deprimente rumor que había corrido de que le había vendido la parcela a una constructora.

A ella le resultaría más fácil vender la casa si las vistas desde allí pudieran ser descritas como «rurales».

Atractiva casa de estilo victoriano, en mitad del campo, perfecta para ser renovada. Interesante jardín de flores silvestres.

Sonaba atractivo. Hasta que alguien la viera y entendiera realmente lo que significaba «perfecta para ser renovada», la cantidad de dinero que eso significaba. Y, como su hermana le había dicho en más de una ocasión, la gente solía querer erradicar las margaritas y los ranúnculos de sus jardines.

Pero el jardín no era el verdadero inconveniente. El problema era la casa. La inmobiliaria a la que le había pedido que la tasara había sido muy clara. Necesitaba arreglos importantes para poder venderla al precio que le correspondía, y tener un montón de casas o de naves industriales interrumpiendo la vista no iba a ayudar en absoluto. Quizás debería olvidarse de sus bonitas flores y empezar a plantar un seto de crecimiento rápido que bloqueara las vistas.

—¡Mamá!

Se olvidó de sus preocupaciones de futuro y se centró en el presente.

—Lo siento, Clover, pero no deberías haber lanzado la pelota al otro lado, eso lo primero.

—No se puede jugar al fútbol sin darle patadas a la pelota —apuntó Clover, con amabilidad, como alguien que no esperaba ser comprendido—. Vamos, Rosie. Mamá nos la conseguirá. Siempre lo hace. Solo que no quiere que la veamos escalar ese muro tan grande y peligroso.

—Clover O'Neill, eso es...

—No es necesario que finjas, mami. Te vi la última vez.

Stacey no tenía reparos en falsear la verdad si era por una buena causa, pero no tenía sentido hacerlo sin sentido, así que no lo negó.

—Se suponía que debías haber estado en la cama —se limitó a decir.

—Te vi desde la ventana del baño —respondió Clover—. Vas a ir a por ella, ¿verdad?

Puesto que ya la habían pillado, no tenía mucho sentido esperar a que las niñas estuvieran en la cama.

—De acuerdo. Pero hablo en serio cuando te digo que no quiero que lo hagas tú. ¿Me lo prometes?

—Te lo prometo —dijo Clover poniéndose la mano sobre el corazón, tal y como solía hacer Mike cuando le prometía que arreglaría algo al día siguiente. Tal y como solía hacer cuando le aseguraba que tendría cuidado al montar en su moto.

Stacey tragó saliva.

—De acuerdo —soltó las flores y se aproximó al muro. Saltó y se agarró al borde, hasta alzarse sobre los ladrillos inestables y sentarse en la parte más alta.

El abandonado jardín central había sido, tiempo atrás, la cocina exterior de una gran casa que, desde hacía mucho tiempo se había convertido en el cuartel general de una multinacional.

Desde arriba se podían ver el muro sur y los árboles de melocotones. Había un par de invernaderos que habían perdido una gran parte de los cristales por causa del mal tiempo. Había ido muchas veces a por semillas, porque Archie le había dicho que podía tomar cuantas quisiera.

Pero el lugar tenía un aspecto triste, se había convertido en algo salvaje a toda velocidad y se había empezado a llenar de malas hierbas que crecían por todas partes.

Miró a las niñas.

–Quedaos ahí y no os mováis –les dijo, y saltó al otro lado, pisando un montón de margaritas y ranúnculos, y se puso a buscar la pelota.

Era grande y roja y sería fácil encontrarla. El problema era que cualquier cosa la distraía. Primero fueron un montón de amapolas con pétalos de terciopelo escarlata. Fantástico. Volvería a por semillas a finales del verano. Si es que todavía estaba allí para entonces. Quizás ya habría vendido la casa, o quizá no.

Cualquiera de las dos cosas le resultaba igual de deprimente.

Se detuvo a mirar una enorme peonía. No es que le encantara esa flor, pero le dolía pensar que pudiera ser arrollada por una apisonadora. En cualquier caso, si la trasladaba tampoco sobreviviría. A las peonías no les gustaba que las cambiaran de sitio. Tampoco ella quería cambiarse de sitio. Estaba a gusto donde estaba, había echado raíces allí. Pero, como las peonías, no tenía más remedio.

Al menos en su caso el cambio no tendría consecuencias fatales. Solo sería doloroso. Y era el final de su sueño de poner una clínica para plantas.

Continuó por el camino bordeado por grandes plantas, buscando la pelota. Se estaba preguntando qué tan lejos se habría ido, cuando vio algo rojo entre unos arbustos enormes. Grande, rojo y apetitoso.

***

Nash salió del invernadero y miró de un lado a otro. Nada. No había nadie. En ese momento, al otro lado del jardín, vio a alguien mirando por encima del muro. Era una niña. Su rabia se esfumó con ella.

No lo había hecho con mala intención. Había sido un accidente. El lugar estaba en estado de ruina y no podía hacerle mucho más daño. Comenzó a caminar hacia el muro, con intención de devolver la pelota.

Estaba a mitad de camino, cuando vio que otra chica, mucho mayor, aparecía. Llevaba unos pantalones cortos anchos, por lo que podía verle con cierto detalle las piernas. No era ninguna niña, pues rellenaba la camiseta con atributos nada infantiles. Él sonrió al ver que saltaba sobre las flores, mientras el sol le iluminaba el cabello castaño. Algunos mechones se habían escapado del prendedor con que se sujetaba el pelo.

Estaba demasiado ocupada buscando de un lado a otro como para notar que él estaba allí. Se detenía ocasionalmente a mirar alguna flor, pero no las cortaba, simplemente las observaba, tocaba los pétalos de las alegres margaritas, de las relucientes amapolas, como si les dijera hola.

Definitivamente, no era una gamberra.

De pronto, se detuvo junto a la peonía y el sol iluminó su rostro. Las comisuras de sus labios dibujaron una sonrisa complacida, que luego se transformó en un gesto de tristeza. No era una chica, sino una mujer.

Él dio un paso y abrió la boca para llamarla, pero ella se volvió de repente. Entonces supo que había visto las fresas.

***

«Sería un desperdicio dejarlas ahí para que se las comieran los bichos», pensó Stacey. Las desagradables criaturas ya campaban por sus respetos en el jardín a pesar de todos sus intentos, siempre muy ecológicos, por deshacerse de ellas.

«Es justo que lo compartan», se dijo, mientras se arrodillaba y alcanzaba unas fresas de las más grandes para Clover y Rosie.

Luego, eligió una para ella y se la comió, caliente como estaba por el sol, tal y como debían comerse las fresas siempre. El jugo se deslizó por su barbilla y se lo quitó con los dedos que luego se chupó. Era un sabor celestial. No entendía cómo los bichos y los pájaros no se las habían comido todas, pero se alegraba de que no lo hubieran hecho y tomó una más.

De hecho, si el jardín iba a ser destruido para construir en él, podía volver cuando Clover y Rosie estuvieran en el colegio y seleccionar algunos esquejes para poder tener sus propias fresas el próximo año. Pero, de pronto, se detuvo.

¿Qué sentido tenía? No estarían allí el próximo año.

De acuerdo, llevaba diciendo eso ya dos años, pero ya no podía esperar más. Si bien era cierto que no tenía la carga de una hipoteca, no había ninguna posibilidad de que vendiera suficientes plantas salvajes para sobrevivir con eso. Si se limitaba a criar petunias, podría, también, conseguir trabajo en una oficina. Con aquel triste pensamiento retrocedió alejándose de las fresas.

De pronto, notó que algo le obstruía el camino. Se detuvo y frunció el ceño. No había observado antes que hubiera nada en el camino. Confundida, se dio la vuelta.

La obstrucción llevaba un par de botas raídas y unos gruesos calcetines enrollados por encima.

Por encima de las botas aparecieron dos largas y musculosas piernas, con las rodillas llenas de cicatrices, unos muslos llenos de vello, continuando con unos pantalones cortos, desgastados, que se ajustaban al tipo de caderas que deberían llevar un aviso diciendo «perjudiciales para la salud».

−¿En qué puedo ayudarla? −la voz que acompañaba a las piernas sonó dulcemente grave.

Stacey se ruborizó. Que la pillaran entrando en una propiedad privada ya era bastante malo. Pero tener la mano llena de fresas, como una prueba clara de su falta, era realmente vergonzante. Estaba aún pensando en algo que decir, cuando Clover la rescató.

−¡Mami! −su hija mayor, obedeciendo las órdenes de que no se subiera al muro, estaba en la rama de un árbol igualmente viejo.

Debería haberse enfadado, pero la aparición de su hija le devolvió la dignidad perdida. Era una mujer respetable, era madre. Una madre viuda, además. ¿Qué podía haber más respetable que eso?

Giró la cabeza, dispuesta a enfrentarse a su propia vergüenza y se encontró ante el tipo de hombre que debería llevar una advertencia de «perjudicial para la salud» no solo en la espalda, sino en el torso, en los brazos y en aquellos hombros anchos y fuertes.

Eso, sin decir nada de su rostro moreno, sus ojos azules y ese tipo de pelo lleno de mechas que siempre le había provocado un temblor en las rodillas. Por eso se había casado a los dieciocho y había sido madre a los diecinueve, y se había dedicado a hacer puré de verduras para Clover, en lugar de aprender a cultivarlas en la universidad local.

Era evidente que aquel delicioso hombre no tenía una advertencia de lo perjudicial que era para la salud ni en sus extremidades ni en ninguna otra parte de su cuerpo, pues, con la excepción de un impresionante bronceado, unos bermudas, unos calcetines y unas botas, no llevaba nada más puesto. Y no le cabía la menor duda de que los pies y los tobillos debían hacer juego con el resto, y que pertenecían a la variedad de «irresistibles». Igual que su sonrisa.

−¿Era esto lo que estaba buscando?

–¿Buscando? Oh, buscando... –Stacey, con un gran esfuerzo, levantó la mirada de la cesta de fresas que llevaba en las manos y trató de controlar sus rodillas–. Esto... sí.

–Estaba en uno de los invernaderos y entró por el techo –levantó la pelota sobre un dedo, mientras la hacía girar y la volvió a sujetar con la palma de la mano–. Menuda patada –miró la distancia entre el muro y el tejado de cristal roto–. Muy fuerte para una niña –sonrió a Clover que estaba todavía en el árbol–. ¿Tu padre es un jugador profesional?

–No. Mi padre está en el cielo.

Aquel si era un modo de parar una conversación.

–Clover, si no te bajas ahora mismo de ahí, dejaré la pelota aquí –le advirtió Stacey, volviendo la cabeza para evitar la perturbadora visión de aquellos hombros musculosos. Mike también había tenido unos hombros así, todo músculo y nada de cerebro, eso era lo que le decía su hermana. Dee había sido siempre la inteligente.

Pero ella no aprendería jamás.

Clover desapareció.

–Algo me dice que esa chica es un demonio.

–No, para nada. Solo es una fanática del fútbol –otras mujeres tenían niñas delicadas que reclamaban zapatillas de puntas y un papel principal en el Royal Ballet. Stacey se debatía entre el orgullo y la mortificación de no poder darle a su primogénita, que era tremendamente habilidosa con el balón, y que avergonzaría a los chicos de primaria, unas botas de fútbol. Pero eso era algo que no podía permitirse una viuda–. Es la capitana del equipo del colegio. ¿Ha provocado muchos daños?

–¿Daños? –preguntó él.

–En el invernadero.

–No creo que otro cristal roto sea un problema –él sonrió.

–No... supongo que no –respondió ella. Una sonrisa como aquella debería de haber estado prohibida. De pronto, algo nerviosa continuó–: ¡Espero que no...! Quiero decir... –no, claro que no estaba herido. Su piel dorada estaba intacta. Bueno, eso aparte de una pequeña cicatriz blanca en el cuello.

Entonces fue cuando vio el resplandor de un pequeño cristal sobre su pelo y, sin pensar, estiró la mano y se lo quitó.

Capítulo 2

Stacey miró el trozo de cristal brillante que tenía sujeto entre los dedos y sintió que se ruborizaba.

No podía creer que había hecho aquello. Y, ¿qué debía hacer a continuación?

A pesar del hecho de que era totalmente incapaz de mirarle a los ojos, él debió de darse cuenta de qué era lo que pensaba, pues la agarró de la muñeca con una mano firme y le quitó el cristal de entre los dedos. Después lo arrojó al suelo y lo hundió en la tierra con el tacón.

–Gracias –dijo ella, con la voz temblorosa.

–Creo que soy yo el que debo darle las gracias a usted –seguía agarrándole la muñeca, transmitiéndole un calor que le derretía los huesos. Durante un rato, la mantuvo prisionera hasta que, de pronto, la soltó, como si se hubiera quemado. Se pasó la mano por el pelo para mantenerla ocupada. Luego, se miró la mano.

–¿Lo ve? Siempre hago esto. Podría haberme cortado.

Ella se encogió de hombros.

–Es por culpa de ser madre –comenzó a decir ella–. Uno no puede evitarlo –tragó saliva y trató de ignorar el peligroso cosquilleo que sentía en aquel lugar en que sus dedos habían tocado su muñeca. No sentía nada precisamente maternal. No, claro que no–. Me he permitido recolectar algunas fresas –dijo ella, sacando el tema antes de que él lo hiciera–. Espero que no le importe.

—Me ha parecido muy precavida al no llenar la cesta. ¿Están ricas? –¿había estado allí, observándola? Se ruborizó una vez más.

—¡Mami! –otra desesperada súplica.

—Creo que la capitana del equipo quiere seguir adelante con el juego –le dijo él, ofreciéndole la pelota.

—¿Cómo? ¡Ah, no! Esa es Rosie. Tiene solo siete años. Clover la pone en la portería, pero no es muy buena –alcanzó el balón y se lo puso bajo el brazo–. Trataré de mantenerlas bajo control, pero cuando han estado en el colegio todo el día...

—No se preocupe. Estaré por aquí un par de días. Si la pelota vuelve a caer, me dan un grito desde el jardín y yo se la lanzo.

—Puede que se arrepienta de haber propuesto eso –se obligó a distanciarse de él y se negó a ceder a la tentación de quedarse mirándolo. Pero él caminó a su lado y ella se dirigió hacia el muro.

¿Iba a ofrecerle ayuda para saltar al otro lado? Trató de no pensar en lo que podría ser sentir sus manos alrededor de la cintura, su respiración en el cuello.

—¿Qué le va a suceder a este lugar? –le preguntó rápidamente para distraerse–. ¿Lo sabe? –miró hacia atrás–. He oído que iba a ser vendido a uno de esos horribles constructores –él no respondió–. ¡Oh, Dios santo! ¿Es usted?

—¿Sería eso un problema? –la comisura de su labio se alzó en una sonrisa y él la miró de reojo.

Ella deseó en aquel momento tener mejor aspecto, no haberse limitado a sujetarse el pelo con una de las gomas de las niñas. Se podría haber puesto un poco de máscara en las pestañas, haberse pintado los labios.

«¿Todo eso para pintar una puerta? Vamos, Stacey, sé realista. Este tipo es un tiarrón y tú no eres más que una madre viuda con dos niñas», se dijo ella.

—Nos va a quitar las vistas –dijo ella rápidamente. No es que aquello le fuera a importar a ella durante mucho tiempo. Un prado de flores silvestres en el colegio público no podía considerarse una carrera profesional. Tenía que dejar de engañarse con la idea de que algún día podría llegar a hacer de aquella pasión que sentía por las flores silvestres un negocio lucrativo, y de que llegaría a arreglar la casa para poder venderla. Miró al jardín que se elevaba por la colina–. Quizá no consigan los permisos para construir.

–Ya los tienen.

–Vaya –se lo esperaba pero, a pesar de todo, no dejó de sentirse descorazonada–. ¿Casas? –preguntó esperanzada.

–Naves industriales.

–Vaya –repitió–. ¿Trabaja usted para la constructora?

Él negó con la cabeza.

–Trabajo para mí mismo. Soy Nash Gallagher –dijo, presentándose y tendiendole la mano para estrechársela. Pero, entre la pelota y las fresas, tenía ambas ocupadas. Probablemente, era lo mejor. Todavía no se había recuperado del tacto de sus dedos sobre la muñeca. Si encima se trataba de juntar palma contra palma, aquello iba a hacer que la cabeza empezara a darle vueltas, y le iba a resultar imposible escalar el muro.

Pero no podía negarse a decirle su nombre.

–Stacey O'Neill. Y, seguramente, ya habrá deducido que esas dos «molestias» son Clover y Rosie.

–Bien, me alegro de haberla conocido. Como ya he dicho, me quedaré aquí durante unos días. Lo digo por si, al ver luz, piensan que pasa algo y se les ocurre llamar a la policía.

–¿Se va a quedar? ¿Va a acampar? ¿Aquí? –vio que en un rincón había una tienda de campaña de una sola plaza y se preguntó si tendría permiso. Luego decidió que eso no era asunto suyo.

–Esto resulta de lo más lujoso si lo comparo con algunos de los lugares en los que he estado –le aseguró él, mal interpretando, claramente, su preocupación–. Tiene agua corriente y esas cosas...

Ella se contuvo, y no preguntó a qué tipo de sitios se refería, y se preguntó si habría entrado en la oficina para utilizar el agua y los servicios. ¿Qué más daba?

–Pero va a dormir en la tienda. Supongo que se estará bien, siempre y cuando no llueva. Esta ha sido una primavera muy lluviosa.

–¿Está sugiriendo que este repentino buen tiempo no va a durar? –le preguntó él, con un toque de ironía en la voz y levantando las cejas.

–Ya lleva así toda la semana, y en este verano, eso ha sido todo un récord –inmediatamente, dio marcha atrás–. Aunque según el hombre del tiempo, no tendrá que preocuparse en un par de días.

Alzó la vista y miró al cielo limpio de nubes.

–Esperemos que así sea.

–¡Mami!

–Se están impacientando –lanzó la pelota por encima del muro–. Trataré de que no vuelva a caer aquí.

–No hay problema si ocurre, de verdad.

Quizá no, pero ella sí tenía uno. Mientras saltaba por encima del muro, tratando de mantener su dignidad intacta, él se quedó allí mirando sus piernas pálidas por la falta de sol del invierno, un blanco moteado por las salpicaduras azules de la pintura de la puerta, por la rozadura de un ladrillo polvoriento, y un toque verdoso de plantas aplastadas en las rodillas, de haber agarrado las fresas.

Miró las frutas que llevaba en las manos y se arrepintió de no habérselas dejado a los insectos. Por su causa, tendría que pasar por encima del muro con una mano o tirarlas.

–¿Puedo ayudarla? –se ofreció él. Otra vez.

Se imaginó aquellas dos grandes manos levantándola, o dándole un empujón en el trasero.

–Pues... –aquello empezaba a resultar realmente ridículo. Estaba ya demasiado cerca de los treinta. Tenía dos niñas. Solo las adolescentes se ruborizaban...–. Tal vez podría sujetarme las fresas mientras escalo –le sugirió.

Él no hizo el más mínimo amago de recogerlas. En lugar de eso, unió las manos y se las colocó a la altura del pie para que las usara de escalón. Ella se sintió momentáneamente decepcionada, pero reaccionó de inmediato y puso la playera sobre sus manos. Se agarró al muro y logró llegar a la cumbre sin la raspadura de rodilla habitual.

–Gracias –dijo ella.

–De nada –respondió él, mientras ella pasaba las piernas al otro lado–. Pásese cuando quiera.

Ella fingió que no lo había oído, y descendió apresuradamente hasta su jardín, acabando de aplastar definitivamente la dedalera, y no sin mancillar la deliciosa apariencia de las fresas. A pesar de la ayuda, se las había arreglado para convertirlas en zumo.

Nash Gallagher observó cómo su adorable vecina pasaba las piernas por encima del muro hacia el otro lado, y desaparecía rápidamente. Era evidente que había estado pintando. Tenía restos de pintura azul en las piernas, en la ropa y en los dedos. Al fijarse en el protector modo con que sujetaba las fresas, había notado también el azul de sus cutículas. ¿Es que le divertiría hacer ese tipo de cosas?

Con un «papá» en el cielo, daba la impresión de que no le quedaba mucha elección.

Stacey estaba triturando las fresas para mezclarlas con helado y dárselas a Clover y a Rosie como postre, cuando el picaporte de la puerta, aún colgante y medio atornillado, decidió caerse al suelo con gran estruendo.

Clover, que acababa de tomarse la última cucharada de judías blancas, lo miró.

–Lo que esta casa necesita es un hombre habilidoso –dijo la niña. Stacey le retiró el plato y le puso el helado delante–. O un hombre con mucho dinero.

–¡Clover!

–Es verdad –añadió Rosie–. Eso es lo que dice la tía Dee.

Dee tenía toda la razón, pero ella, personalmente, habría preferido que se reservara su opinión para sí misma. O, al menos, que no lo promulgara a voces delante de las niñas.

Pero su hermana estaba empeñada en buscarle un marido, alguien que encajara en la idea que ella tenía de lo que era adecuado para su hermana, y no confiaba en que ella misma tuviera la capacidad de elegir bien. Necesitaba alguien estable. Alguien que, bajo ninguna circunstancia se dedicara a montar en moto.

Un administrativo, por ejemplo. O, aún mejor, un actuario de seguros, como su marido. Un hombre genéticamente programado para no arriesgar su vida innecesariamente.

Por desgracia, aunque le caía muy bien su cuñado, no le atraía en absoluto la idea de casarse con su clon. Su pensamiento se dirigía más bien al campamento montado por aquel extraño en un rincón del jardín y se sorprendió a sí misma con una sonrisa en los labios. Había cosas que no podía sustituir el dinero.

Pero, mientras le daba Stacey el helado, se prometió a sí misma que, para cuando llegara a comer el sábado, ella ya tendría la puerta bien pintada y los muebles en su sitio.

La verdad era que su encuentro con Nash Gallagher le había dado una idea. Bueno, más de una, pero se refería a la única realista. Hacer el amor ente un montón de fresas estaba muy bien cuando se era joven y libre, pero no era adecuado para una madre responsable. Las madres necesitaban tener sentido común.

Se libró de la fantasía y se centro en lo que era razonable. Tal vez su casa no fuera, precisamente, la viva imagen de las que aparecen en las revistas de decoración, pero era habitable. Y tenía una habitación de sobra. Dos, si consideraba el ático. A Nash podía no importarle dormir en una tienda, pero la mayoría de la gente no le hacía ascos a un baño con agua caliente y a unas sábanas limpias. Quizá podría alquilarle las habitaciones a un par de estudiantes.

Al paso que iba, tardaría algún tiempo en conseguir que la casa tuviera un aspecto aceptable y dos estudiantes le ayudarían a pagar sus facturas. Y si fueran un par de muchachos o de chicas que supieran la diferencia entre el mango del destornillador y lo que destornilla, mejor que mejor. Estaría muy contenta de darles, a cambio, comida casera. Dos estudiantes podrían traerle los mismos beneficios que un hombre habilidoso, sin las desventajas del tipo de marido que una mujer de casi treinta años, con dos niñas, solía atraer.

Nash se encontró a sí mismo sonriendo, mientras limpiaba los restos de cristales rotos, al recordar el modo en que Stacey se había ruborizado cuando la había sorprendido con las fresas en la mano. Habría jurado que las mujeres modernas ya no se ruborizaban.

Debería haberse sentido culpable por haber avergonzado de aquel modo a una joven viuda con dos hijas.

Se sintió mal, pero aquel rubor había merecido la pena.

Luego, su sonrisa se esfumó, mientras lo miraba.

Naves industriales.

Iban a ser naves bajas. En papel no había sonado tan mal. No le había parecido tan duro lo de apartarse de sus raíces. No sentía un apego especial hacia el pasado. Su infancia no había sido de esas que uno echa de menos.

Pero estando ahí, rodeado de un montón de hermosos recuerdos, le resultaba mucho más complicado sentir desapego por todo aquello.

***

—No es que vayas siendo cada vez más joven, precisamente, y los niños son un lujo caro.

—Graba un disco. Te evitará un daño en las cuerdas vocales —dijo Stacey sin rencor alguno. Sabía que su hermana lo decía con buena intención.

—Lo haría si supiera que lo ibas a escuchar. Necesitas un marido y las niñas necesitan un padre.

—Yo no necesito un marido. Solo necesito un manitas. Y las niñas tienen un padre. Nadie puede sustituir a Mike.

—No —Dee, que se disponía a hacer algún comentario al respecto, de pronto dudó—. Pero Mike ya no está, Stacey —dijo con un tacto del que solía carecer, lo que le hizo sospechar a Stacey que iba detrás de algo—. Tienes que encontrarles a alguien que represente la figura paterna —dijo ella rápidamente—. Alguien que les aporte ciertas cosas —Stacey empezó a limpiar la mesa, tratando de no oír lo que venía inmediatamente después—. Lawrence Fordham, por ejemplo.

Así que aquella era una de aquellas charlas en las que va implícito un «haz lo que debes hacer».

—¿Lawrence? —repitió ella—. ¿Quieres que me case con tu jefe?

—¿Por qué no? Es un hombre estupendo. Estable, de confianza, maduro —adjetivos que no habrían podido aplicarse a Mike. Pero a los dieciocho años aquello había sido algo que no importaba. Además, ella tampoco los tenía—. Es un poco tímido, eso es todo.

—Solo un poco —afirmó ella. La habían sentado recientemente al lado de él en una comida en casa de su hermana. Así que de aquello se trataba. Ella no estaba dispuesta a hacer ningún esfuerzo, de modo que su hermana lo iba a hacer por ella. Debería haberle resultado divertido. Pero una vez que a su hermana se le metía una idea en la cabeza, era muy difícil quitársela–. Hay que sacarle las palabras con cuenta gotas.

–No es justo que digas eso. Una vez que se le conoce...

–Es un hombre encantador –si a uno le divertía hablar de la producción de quesos y yogures–. Pero no era mi intención llegar a nada más íntimo.

–De acuerdo, no es precisamente excitante, pero seamos realistas, ¿cuántos hombres que se mueran por ti están haciendo cola a tu puerta, suspirando por una cita?

–¿Está suspirando? –preguntó Stacey con maldad–. ¿Lawrence?

–¡Claro que no! –dijo Dee–. ¡Sabes a lo que me refiero!

Claro que lo sabía. Ella ya había tenido al hombre de sus sueños y solo tocaba uno así por vida, nada más. Seguramente, era justo. Sabía que tenía que empezar a ser razonable. Pero la perspectiva vital de salir con hombres como Lawrence el resto de su vida, o, aún peor, acabar compartiendo su vida con alguien así, le resultaba realmente deprimente.

–Es una persona sólida, Stacey. Jamás te dejaría en una mala situación.

Lo que significaba que si fuera lo suficientemente desconsiderado como para morirse, no la dejaría con una casa que se tragaba el dinero y dos niñas a las que criar ella sola, sin muchas posibilidades económicas.

–No podría decepcionarme, Dee, porque solo somos «conocidos», nada más –añadió ella, para dejar clara su postura.

–Pero eso está a punto de cambiar –dijo Dee, sin considerar cuál era la posición de su hermana en todo aquello–. Le he dicho que serías su pareja en la cena de empresa del próximo sábado.

–¿Que has hecho qué? –Stacey no esperó a que su hermana repitiera lo que había dicho–. ¡Tienes que estar de broma!

–¿Por qué? Es muy presentable. Tiene todavía todo el pelo, tiene dientes y no tiene malos hábitos –Stacey se preguntó si su hermana estaría preparada para garantizarle eso por escrito, pero no quería prolongar la conversación–. Sería, exactamente, el marido que necesitas.

–¿Marido? Pensé que estábamos hablando de una cita.

–De eso estamos hablando. Pero los dos sois personas maduras. Tú serías estupenda para Lawrence, lo sacarías de la rutina que tiene, y él sería bueno para ti. No le importaría que convirtieras su jardín en un *collage* –porque, probablemente, no se daría cuenta–. Tú sola lo estás haciendo lo mejor que puedes, pero no me niegues que no es una lucha continua que no te lleva a ninguna parte –Stacey estaba a punto de negarlo, pero no tenía sentido, porque Dee podía ver lo que pasaba con toda claridad–. Vendrás el sábado, ¿verdad?

–Pero Dee...

–Por favor –¿por favor? ¿Estaba tan desesperada?–. Prometo no volver a hablar de ello en un mes si vienes –le aseguró.

–Dios santo, es tentador. Pero no tengo nada que ponerme –dijo Stacey.

–Puedes ponerte mi vestido negro.

–¿Tu vestido negro? –debía de haberse imaginado que su hermana iba a ofrecerle una solución a cuantas excusas pudiera imaginar. Se quedó boquiabierta–. ¿No te referirás a «tu vestido» negro?

–Por supuesto que me refiero a él –dijo Dee con calma, y Stacey soltó una carcajada.

–Ahora sí que estoy realmente preocupada. Dime, ¿es que te van a dar una enorme bonificación si le consigues una cita a Lawrence para esa cena?

Dee levantó las cejas.

–¿Lo harías si así fuera?

–¿Lo repartirías conmigo? –de inmediato rectificó–. No me respondas. No quiero que me tientes.

–Venga, Stacey, se trata solo de salir una noche. Un maravilloso restaurante, comida deliciosa, un acompañante rico. ¿Cuántas ofertas como esa recibes al día? –no muchas. Realmente, ninguna–. Es un hombre entrenado para estar en casa, te lo aseguro –pero ella no quería nada así. Lo que quería era alguien como Nash Gallagher. De acuerdo, no «alguien como él», sino que lo quería a él–. Estarás a salvo. Tim y yo estaremos allí.

La noche prometía. Una velada en compañía de don correcto, doña generala y don aburrido.

–Si tú vas a la cena, yo no tendré a nadie con quien dejar a las niñas –había muchas ocasiones en las que ella habría agradecido que sus padres no se hubieran retirado y se hubieran marchado a envejecer a España, pero aquella no era una de ellas. Y Vera, su vecina, que cuidaba de las niñas muy de vez en cuando, trabajaba los sábados por la tarde en la gasolinera.

–Clover y Rosie se pueden quedar en nuestra casa –respondió Dee, con toda la firmeza de una mujer de negocios que no estaba dispuesta a aceptar un no por respuesta–. Ingrid está deseando tenerlas –dijo con la seguridad de una mujer de negocios que ha llegado a lo más alto y que tiene una *au pair* que es una joya–. Y también te voy a llevar a que te hagan una limpieza de cutis y una manicura.

–Eso es tentador –dijo Stacey. Se miró las manos, y se quitó una mancha de pintura azul que se había quedado impresa sobre la uña. Su hermana le había regalado, hacía tiempo, una carísima crema de manos para jardineros; tal vez ya era hora de que la usara. Y quizás Dee tenía razón. Después de tanto trabajar, se merecía que la trataran bien.

Una comida que no tendría que cocinar ella, una manicura y la posibilidad de ponerse un vestido de diseño eran reclamos tentadores.

–¿De verdad que me prestarías tu vestido negro?

–Te lo traeré mañana.

–Pero Dee, la cena no es hasta el próximo sábado.

Dee sonrió.

–Lo sé. Tiempo suficiente como para que te inventes una docena de excusas. Pero una vez que tengas el vestido en el armario ya no vas a ser capaz de resistirte a la tentación de ponértelo.

–Eso es cruel –pero quizás, podría ponérselo y hacer que Clover lanzara la pelota al otro lado del muro. La voz de Dee la sacó de su ensoñación.

–Haré lo que sea para sacarte de esta casa –sonrió–. Puedes regalarme alguna de esas fresas o las guardas para las niñas. Miró a donde estaban Clover y Rosie, en el césped, adornando a su primo pequeño, Harry, con margaritas.

–Tómatelas todas. Las niñas han comido ya un montón.

Dee se sirvió la fruta en un tazón.

–Son las mejores que he probado este año. ¿De dónde las has sacado?

–Pues... de un vecino –Stacey notó que se ruborizaba. No había visto a Nash desde la tarde que había escalado el muro y la había pillado con las manos llenas de fresas. Pero el resplandor de una hoguera que había visto por la noche le decía que él estaba allí.

Antes de irse a la cama, Clover había lanzado una bola al otro lado del muro una vez más. Pero ella estaba orgullosa de su determinación de no pedirle a Nash que la buscara. Claro que, en aquel momento, no tenía la promesa de un vestido de Armani.

No. Estaba decidida. No estaba buscando a don perfecto, y ya había tenido la experiencia de vivir con don error y tenía consecuencias suficientes para lo que le quedaba de vida. Las niñas tendrían que esperar a que él se diera cuenta. Y, si tardaba, Clover aprendería a ser más cuidadosa.

Pero no tardó.

Clover, muy pronto, se encontró la bola en una bolsa, enganchada en la rama de un manzano, junto con una paquetito lleno de fresas.

Dee abrió los ojos sorprendida.

—¿Un vecino? ¿Qué vecino? —la mirada inquisitorial de su hermana solo empeoró las cosas—. Pensé que eras tú la única que tenía este tipo de cosas por aquí. ¿Por qué te ruborizas?

Stacey se cubrió las mejillas con las manos.

—No seas tonta, es solo el calor —dijo rápidamente—. Y he estado pensando...

—¿Pensando? —Dee alzó las cejas.

—He estado pensando —repitió Stacey, ignorando el tono sarcástico de su voz—. Podría alquilar una de mis habitaciones a un estudiante. ¿Qué te parece?

Stacey sabía exactamente lo que su hermana iba a pensar. Pero tenía que cambiar de tema rápidamente.

—Creo que deberías vender la casa por lo que te dieran. Con un poco de suerte, los futuros compradores se quedarán tan sorprendidos con tu rosal que no se fijarán en que la pintura se cae a trozos —hizo una pausa—. Si cortaras el césped, ayudaría.

—Si alquilo habitaciones a un par de estudiantes —continuó Stacey—, mi situación financiera cambiaría radicalmente. Sería capaz de arreglar la casa y, si decido venderla... bueno, cuando decida venderla —se corrigió a sí misma rápidamente—. Conseguiré un precio más alto.

—Llevas diciendo eso desde que Mike murió.

—Lo sé. Pero es que hay mucho que hacer.

—Eso no te lo discuto —se encogió de hombros—. De acuerdo, ya he fastidiado bastante por hoy —se levantó—. Creo que estás loca, pero vamos a ver qué puedes ofrecer.

Su hermana estaba sacudiendo la cabeza ante un montón de baldosines caídos en el baño, cuando Stacey vio a Nash al otro lado del muro. Llevaba una carretilla llena de basura hacia un lugar del que salía una tímida columna de humo. El sol se reflejaba sobre su piel sudorosa y resaltaba la curva de sus bien esculpidos bíceps. Como si hubiera presentido su mirada, se volvió y sus ojos se encontraron.

–Sí, tienes razón –dijo, y sacó a su hermana del baño. Sabía, exactamente, qué opinión le merecería Nash Gallagher a su hermana. Era el tipo de tentación sobre dos piernas por la que ya había perdido la cabeza una vez–. Yo me cuido mucho de no salpicar, pero no puedo esperar que los demás lo hagan –miró por última vez a la ventana–. Ya veré lo que hago. ¿Podrías poner un cartel en la universidad cuando vayas hacia casa?

–Si insistes. Quizá también deberías poner uno en la tienda. O tal vez en el periódico... –Dee recordó, de pronto, que tenía otros planes para Stacey–. ¿O casarte con Lawrence y no volver a preocuparte por el dinero nunca más?

–¿Por qué piensas que él querría casarse conmigo? No soy precisamente un «premio» para un hombre de su posición –la maligna sonrisa de su hermana le dijo que no era la única a la que estaban manipulando. Casi sentía tentaciones de sentir cierta empatía por él, pero ella tenía sus propias preocupaciones.

Por ejemplo, le preocupaba qué habría hecho Nash con el bizcocho que Clover le había dejado sobre el muro a modo de regalo de agradecimiento por haberle devuelto la pelota. En realidad el bizcocho lo había hecho para Archie.

Para cuando se dio cuenta de que el bollo había desaparecido y Clover admitió lo que había hecho, ya era demasiado tarde.

Capítulo 3

–¿Te has enterado de lo que le va a pasar al antiguo vivero? –preguntó Dee, mientras caminaban hacia su carísimo coche italiano.

No quería admitir lo que sabía sobre las naves industriales, porque ya la había fastidiado bastante.

–Hay alguien trabajando allí –se limitó a decir.

–Entonces deben de haber conseguido todos los permisos –Dee suspiró y agitó la cabeza–. Ya te lo advertí. Esta casa no va a valer nada a menos que la vendas de prisa.

–Si hubiera podido venderla de prisa, lo habría hecho.

–No, querida, no lo habrías hecho. Has estado retrasando lo inevitable con la vana esperanza de que sucediera un milagro o algo así, para no tener que moverte de aquí.

–Eso no es verdad. No tengo suficiente para jugar a la lotería.

Dee la miró sorprendida.

–¿Tan mal van las cosas? Oye, por favor...

–¡No!

–De acuerdo, de acuerdo –dijo, dando marcha atrás en la oferta de dinero que estaba a punto de hacer–. Pero sabes lo que quiero decir. Tú no te quieres ir de esta casa. Todo eso de querer arreglar los destrozos que Mike le hizo a la casa no es más que una excusa. Tienes que dejar que el pasado se vaya...

Stacey tomó a su sobrino en brazos y lo metió en el coche, fingiendo no oír lo que su hermana le decía.

–¿Estás bien, Harry? –Harry sonrió–. Eres una dulzura –retrocedió–. Me encantaría tener un pequeño como tú.

–¿Sientes que vuelve a despertarse tu espíritu maternal? –preguntó Dee–. Cásate con Lawrence y estoy segura de que él cumplirá.

–¿De verdad? ¿Tiene que ser un pacto permanente? Porque yo me sentiría feliz solo con el bebé.

–Como si no tuvieras ya suficientes problemas –pero su hermana se llevaba impresa en la cara una sonrisa sospechosa. Estaba convencida de que las hormonas de Stacey se encargarían de hacer el trabajo sucio–. Te traeré el vestido.

–De acuerdo.

–No me dirás que no en el último momento, ¿verdad?

–No puedo prometer que vaya a ser «la noche de Lawrence», pero... –pensó una vez más en la sugerencia de su hermana de que las niñas se quedaran con Harry, bajo los cuidados de Ingrid, y se dio cuenta de que podía tener una nada inteligente interpretación. No era posible que hiciera algo así a cambio de nada. Tenía que buscarse su propia niñera–. Pero no te fallaré. No te olvides de poner un cartel en el tablón de anuncios de la universidad.

–¿Estás segura de que quieres hacer esto? Puede resultar un inquilino insoportable.

–Siempre y cuando pueda pagar la renta, me vale.

Stacey le dijo adiós a su hermana que se alejaba con el coche, en nada convencida de que fuera a poder fiarse de ella en cuanto a lo del cartel. Su hermana tenía unos planes completamente diferentes. Quería que se casara con alguien que le pagara a sus hijas un colegio privado y que les proporcionara una casa con todo tipo de lujos, una casa en la que los estantes los hubiera colocado un carpintero.

Sabía que sus intenciones eran buenas.

Stacey se volvió a mirar a su casa. La adoraba, pero tenía que admitir que era una ruina.

Sin duda, necesitaba un buen arreglo desde que Mike la había heredado de su tío. Por desgracia, él no había sido el hombre adecuado para semejante trabajo.

Mike solo había sido bueno en una cosa. Pero un padre y un marido necesitaba algo más que un diez en sexo.

−¿Qué miras, mami?

Stacey volvió al presente y se puso de cuclillas junto a Rosie.

−Algún pájaro ha hecho su nido bajo las tejas. ¿Lo ves?

−¡Guau!

−Si crían ahí, volverán cada año −no se trataba de un huésped de alquiler, pero era igualmente bienvenido−. Corre a buscar a Clover, que quiero ir al centro. Por si acaso Dee no quería arriesgarse a que algún inoportuno estudiante le estropeara sus planes, Stacey había decidido poner un anuncio en la tienda antes de perder los nervios.

Y, cuando regresara, cortaría el césped. Bueno, al menos cortaría las margaritas, que era todo lo que su cortadora podía hacer.

Los estudiantes universitarios seguramente no se darían ni cuenta, pero no podía arriesgarse a decepcionar a nadie.

Querido Nash:

Mamá dice que tengo que esperar hasta que encuentres mi pelota, pero eso puede tardar toda la vida si no sabes que la he perdido. Así que te pido que me la lances a través del muro otra vez. Lo siento. Con cariño, Clover.

P.D. Por favor, no le digas a mamá que he escrito esto. Se supone que debo ser paciente y esperar.

Nash vio la nota en una de las grietas del muro al salir de su tienda al amanecer. Tardó un poco en encontrar el balón, pero no le importó. Había estado esperando una oportunidad para poder conocer más a fondo a Stacey O'Neill. Esperaba que las fresas lo ayudaran.

No había respondido directamente, pero el bizcocho sugería que no le iba a importar que se asomara al otro lado del muro para decir hola. El sonido de una cortadora de césped decrépita era la excusa que necesitaba.

Stacey estaba llenando el depósito de gasolina de la insaciable cortadora, cuando algo le hizo levantar la cabeza. Nash Gallagher estaba sentado en la parte superior del muro, observándola. Sus increíbles piernas parecían esperar una invitación para saltar y sentirse en su jardín como en casa.

–¿Necesita ayuda? –le preguntó.

–Lo que necesito es una nueva cortadora –dijo ella, con el rostro congestionado y el cuerpo inclinado sobre la máquina–. Solo espero tener suficiente gasolina para terminar de cortarlo todo.

Las seis pulgadas de altura que tenía la hierba no ayudaba mucho.

Él saltó al jardín sin esperar más a la invitación y se aproximó al artefacto. Lo empujó, como si probara algo.

–¿Tiene una llave?

–Sí, claro que sí –dijo ella y él esperó a algo–. ¿Quiere que la traiga?

–Puede ser una buena idea. A menos que la tenga entrenada para que venga cuando le silba –su boca se torció lateralmente en algo que era mucho más que una sonrisa.

¡Cielo santo! Aquel hombre era su tipo. Se había casado con uno de ellos, pero seis años de vida con un embelesador al que se le iban los ojos detrás de las mujeres no la habían inmunizado.

–No hace falta –dijo ella rápidamente–. De verdad, me las puedo arreglar.

–Hasta que se quede sin gasolina –alzó los ojos y se protegió del sol con la mano–. Si se siente en deuda por ello, siempre podrá hacerme otro bizcocho.

—Ya —sabía que el bizcocho provocaría un malentendido—. Ese fue un regalo de Clover, en agradecimiento por haberle devuelto la pelota.

—¿De verdad? —no parecía decepcionado. Se volvió hacia Clover—. Estaba muy rico, Clover. ¿También sabes hacer té?

Clover se rio.

—Mamá hizo el bizcocho. Yo solo lo puse en el muro para darle las gracias. Pero hacer té es muy fácil.

—Pues estoy seguro de que tu madre agradecería una taza. Y, puesto que vas a prepararlo, el mío me gusta con tres cucharadas de azúcar.

Clover se rio de nuevo. Stacey trató de no reírse con ella. Clover tenía una excusa: contaba con solo nueve años de vida. Pero a los veintiocho, a Stacey se le presuponía cierto juicio.

Agradeció la escapada al garaje para buscar la caja de herramientas, porque eso le dio la oportunidad de controlar sus gestos.

—He traído la caja —dijo, dejándola en el césped, junto a él. La habían heredado con la casa y no había nada que tuviera menos de cincuenta años—. Seguro que hay algo que sirve.

Él se inclinó, abrió la caja y rebuscó dentro, y probó un par de llaves.

—Bien, manos a la obra —dijo. Stacey lo observó, sin poder evitar morderse ansiosa el labio inferior, mientras veía cómo desmontaba la cortadora. Mike solía empezar así, con mucha confianza en sí mismo. Nash la miró y notó su expresión de preocupación—. No se preocupe. Luego volveré a poner las piezas en su sitio.

Stacey tragó saliva. Mike también solía decir eso.

—Bien, yo... seguiré cortando los bordes del césped.

Él se limitó a sonreír y continuó desmontando su preciada cortadora. No podía soportar la visión. Así que se puso a trabajar con unas tijeras podadoras que, demasiado tarde, descubrió que estaban sin afilar. La verdad era que no estaba muy centrada en la apariencia que deberían tener los bordes del césped.

Luchaba por disimular su inquietud ante lo que Nash estaba haciendo.

Había aprendido a morderse la lengua antes de hacer determinadas peticiones como: «realmente necesitaría un estante» o «¿has visto la grieta que hay en el baño?» o «vamos a decorar el comedor».

Mike se lanzaba ciegamente a todo, pero su entusiasmo y su capacidad no se correspondían. Cuando las cosas empezaban a fallar, su entusiasmo se desvanecía. Pero su marido había muerto hacía tres años, y había perdido la costumbre de enfrentarse a alguien así.

Miró por encima del hombro a Nash. Si le estropeaba la cortadora, iba a tener un terrible problema. No se trataba de mantener el jardín impecable, pero sí de tener un lugar en el que las niñas pudieran jugar. La hierba no dejaba de crecer porque la cortadora no funcionara.

Clover dejó una taza de té justo detrás de su madre y le llevó la otra a Nash. Se quedó a su lado viendo lo que hacía.

—¡Clover, no molestes! —le dijo ella.

—No molesta en absoluto —Nash le hizo un gesto de que se sentara a su lado y comenzó a explicarle lo que era cada pieza y para qué servían. Rosie, que no quería quedarse fuera, se sentó también a su lado—. Esto es una arandela y esto es una tuerca —se las fue mostrando para que las miraran con detenimiento—. Este tornillo pasa por aquí, ¿lo veis? Después hay que poner la tuerca al final. ¿Quieres hacerlo tú, Rosie? —Rosie se rio—. Tú eres Rosie, ¿no?

—Su verdadero nombre es Primrose —dijo Clover—. Pero nadie la llama así.

—Me gusta Primrose —protestó Rose.

—Seguro que tu cumpleaños es en marzo.

—Pues sí, lo es —dijo ella, sobrecogida por la atención que le prestaba.

—De acuerdo, Primrose —le pasó la arandela y ella la puso donde él le había indicado—. Ahora la tuerca va ahí. Clover, ¿puedes tú hacer eso por mí? —Clover enroscó la tuerca cuidadosamente en su sitio—. Haremos esto enseguida.

Stacey miraba a sus hijas sintiendo un cierto dolor. Así deberían haber sido las cosas para ellas. Su padre no había tenido nunca tanta paciencia.

Nash alzó la vista y la vio observándolos. Levantó las cejas en un gesto interrogante de «¿lo que estoy haciendo está bien?». Stacey forzó una sonrisa y, luego, apartó el rostro y continuó cortando los bordes del césped.

—Mamá, el té se te está enfriando.

—Lo siento —se detuvo, alcanzó la taza y no pudo evitar volver a mirar—. ¿Tienes niños, Nash? —la pregunta la formularon sus labios antes de que ella pudiera pensar.

—No, no tengo niños, ni mujer —le pasó a Clover otra tuerca y alzó la vista—. Me paso la vida viajando. Nunca he parado en ningún sitio lo suficiente como para formar una familia.

Ella recordó que él había dicho que había estado en sitios peores que aquel vivero abandonado.

—¿Dónde?

—En todas partes —debió de leer la siguiente pregunta en sus ojos, o quizá ya sabía lo que estaba a punto de llegar—. Empecé como voluntario en el sudeste de Asia.

—Sí, he oído hablar de ello —había pensado en haber hecho algo parecido después de la universidad. Pero conoció a Mike y nada le pareció tan importante como estar con él.

—Estuve un par de años con ellos antes de meterme en un proyecto con Oxfam. Luego me trasladé a Sudamérica. He vivido allí durante cinco años.

—Y ahora ha vuelto a casa.

Pensó en ello durante un momento.

—Sí, supongo que sí —parecía sorprendido, como si él mismo

no se lo pudiera creer–. Bien, chicas, creo que esto ya está casi terminado. Vamos a probarlo.

Guardó las herramientas en la caja y puso la cortadora en marcha. De pronto funcionaba sin aquel espantoso ruido que tenía antes, que ella había asumido se debía a la vejez del aparato y que se trataba de algo con lo que, sencillamente, tenía que vivir.

–Suena diferente –le dijo Stacey–. ¿Qué le ha hecho?

–Nada excepcional. Había algo enganchado en las aspas. Lo he limpiado. Ya no tendrá más problemas –miró a las tijeras de podar–. Si quiere se las puedo afilar. Tengo un buril –señaló hacia el muro y el pelo le cayó sobre la frente. Se lo apartó dejándose una marca de grasa sobre la frente. Ella tuvo que contener las ganas de estirar la mano y limpiársela.

–Bueno...

–Si usted quiere...

Tenía la incómoda sensación de que su boca estaba abierta.

–No quiero causar problemas.

–No es un problema –sonrió él–. Lo puedo hacer ahora, mientras termina de cortar el césped.

Ella temía que le pudiera ofrecer aquello. No porque ella tuviera ninguna aversión a que la ayudaran, sino porque, sencillamente, no estaba habituada a que nadie se ofreciera.

Sus padres habían preferido retirarse a un lugar alejado de sus nietos y, aunque su hermana le ofrecía dinero de vez en cuando, Dee estaba demasiado ocupada en su vida de ejecutiva como para ponerse un mono y aparecer por su casa con una brocha en la mano y dispuesta a ayudar.

Hacerlo todo una misma era realmente solitario. Quizá Dee tenía razón. Necesitaba a un hombre en la casa.

Nash tomó las tijeras podadoras.

–Solo tardaré un momento. Gracias por el té, Clover –puso las tijeras sobre el muro y, acto seguido, saltó él, con un movimiento fluido y pasó al otro lado.

De pronto, el jardín pareció realmente vacío sin él.

–¿Se podría quedar a cenar Nash, mami? –le preguntó Rosie.

–Supongo que estará ocupado –respondió Stacey. Seguramente demasiado ocupado como para pasar la noche con una mujer que no se aplicaba crema de manos y que necesitaba kilos de crema hidratante para mantener la piel mínimamente fresca.

Con lo atractivo que era, seguro que tenía a todas las mujeres solteras del vecindario, agitando las pestañas a su paso. Seguramente, algunas no solteras, también.

–Pero se lo vas a pedir, ¿verdad? –le preguntó Clover.

Era una tentación. Después de todo, ella era humana. Pero había aprendido lo que era tener un poco de sentido común a lo largo de los años. Al menos, el suficiente para no caer por segunda vez en la trampa de unos pantalones bermuda. Debía ser razonable, aunque, tal vez, no le gustase, pero el no serlo ya le había causado ya demasiados problemas.

–Ya veremos –dijo ella y se puso a segar el césped zanjando así la conversación.

Acababa de terminar, cuando él reapareció en lo alto del muro.

–Nash, mamá dice que te puedes quedar a cenar si tú quieres –dijo Clover antes de que Stacey pudiera detenerla.

–Por favor, di que sí –le rogó Rosie.

Nash miró a Stacey y se dio cuenta de que Clover había puesto a su madre en un compromiso. Había pensado, sencillamente, devolver las tijeras y luego regresar a su lugar. No quería molestarla. Era una viuda con dos niñas y era normal que desconfiara de un extraño que había plantado su tienda en el jardín de al lado.

–¿De verdad? –preguntó él, no dejándole otra opción que la de confirmar la invitación de su hija. No se sentía orgulloso de sí mismo, pero tenía que tomar lo que le dieran. No pensaba estar allí durante mucho tiempo.

–No he hecho nada excesivamente excitante –dijo ella rápidamente–. Son espaguetis a la boloñesa –luego, al darse cuenta de que no había sonado precisamente entusiasmada, rectificó–: Pero es el plato favorito de las niñas.

–El mío también. Pero no quiero ser una molestia. Solo había venido a dar las gracias por el bizcocho –eso sí que había sido un golpe bajo. Ella no tendría más remedio que repetir la invitación.

–Y me ha arreglado la cortadora. Funciona como si fuera nueva.

Él se encogió de hombros.

–No ha sido nada. Cuando estás siempre a dos días de la ciudad más próxima, aprendes a arreglar las cosas.

¿Así era como funcionaba?

–Bien, le estoy muy agradecida. De verdad, será bienvenido si quiere quedarse a cenar con nosotras.

Stacey pensó que realmente lo era, claro que solo porque estaba tratando de ser una buena vecina. Si él se hubiera trasladado a la casa de al lado no se lo habría pensado dos veces. Pero quizás era el momento de que empezara a pensarse las cosas antes de abrir la boca. Claro que su hermana estaría en desacuerdo con todo aquello... Aquel pensamiento fue más que suficiente para incitarla a sonreír.

–¿Le gustaría quedarse?

–¿La verdad? Me encantaría. No he tomado una comida casera desde hace meses. ¿A qué hora?

–A las seis.

–No llegaré tarde –le dio las tijeras afiladas, relucientes y recién engrasadas. Su hermana, definitivamente, tenía razón. Tener un hombre habilidoso en la casa no sería tan mala idea, siempre y cuando fuera el hombre que ella eligiera.

Stacey se miró las manos, gruñó y agarró la lima, mientras se hacía la promesa de portarse bien y utilizar guantes en el jardín. También empezaría a aplicarse la crema que le había regalado su hermana. De verdad que estaba dispuesta a hacerlo, en cuanto pudiera encontrarla.

Se miró en el espejo y se quitó la goma que le retiraba el pelo de la cara. Gruñó otra vez. ¿Por qué no había utilizado una de las gomas de Rosie? ¿Aquella que tenía un puñado de margaritas? ¿O la de las mariposas? ¿En qué demonios estaba pensando cuando se había recogido el pelo con una figura de plástico de un pato con un traje de marinero?

Pues no había estado pensando en nada. La verdad era que no pensaba en sí misma como una mujer. No había pensado en ella como mujer desde hacía mucho tiempo. Era una madre. Y una mujer loca que plantaba malas hierbas en su jardín y las ponía en tiestos, esperando que la gente las comprara. Pero, eso sí, tenía un jardín muy especial...

Pero estaba totalmente desacostumbrada a pensar en sí misma como en una mujer.

Mientras se quitaba los restos de hierba de los dedos, se dijo que tenía que intentarlo. Olvidándose de Nash Gallagher, tenía que darse cuenta de que si Lawrence Fordham la veía así el sábado por la noche, saldría huyendo a toda prisa en dirección al bar, con vestido de diseño o no.

¡Estaba hecha un desastre! Se lavó las manos y se pasó los dedos húmedos por el pelo. Se lo había lavado aquella misma mañana, pero no se había preocupado por echarse un poco de acondicionador. Se acercó al espejo. Se notaba. Bueno, era muy tarde ya. Así que se lo recogió con una goma de terciopelo. No era exactamente sofisticada, pero cualquiera sería mejor que la del pato.

¿Y qué se iba a poner?

Se estiró y miró su propio reflejo en el espejo.

—¿A quién crees que estás engañando, Stacey O'Neill? —se preguntó—. Da exactamente igual que no te hayas cuidado las uñas desde hace meses. Da igual que no te hayas puesto suavizante en el pelo. Nash Gallagher no lo va a notar.

Además, se moriría de vergüenza si él notaba que ella había hecho un esfuerzo especial. Lo último que quería era que pensara que se había fijado en él. Seguramente acabaría por avergonzarlo más de lo que ella estaba.

No era más que un hombre amable que le había reparado la cortadora de césped, en agradecimiento por un bizcocho. Clover y Rosie lo habían acorralado y obligado a quedarse a cenar. Al menos, podrían comer pronto, de modo que él podría escapar a tiempo de poder seguir con su vida.

Unos vaqueros. Eso era lo que debía ponerse. Se pondría sus vaqueros buenos. Lo de «buenos» no significaba «sexys y de diseño», sino los únicos que no estaban destrozados. Estaría bien, porque así podría ocultar sus rodillas de jardinera. Pero ese era un gesto vanidoso. No, no era vanidad, sino amabilidad. Sus rodillas podrían llegar a quitarle las ganas de comer espaguetis.

Se pondría los vaqueros con una camiseta ancha. Perfecto.

Pero tenía las piernas irritadas por el sol, y los vaqueros le picaban y se sentía incómoda.

Bien. No había problema. En algún lugar tendría una falda, una cosa un tanto vieja, de color crema, pero que estaba limpia. Sin embargo, quedaba muy mal con la camiseta.

Tenía un suéter rojo que Dee le había pasado. No estaba mal. Quizás un pequeño toque de máscara en las pestañas. No quería que pensara que no había hecho un esfuerzo, no sería educado por su parte. Pero, desde luego, nada de carmín. Nada. Se miró al espejo.

Bueno, un poquito de brillo.

Mientras se pintaba los labios, vio en sus mejillas un fugaz rubor.

Era representativo de la tensión que sentía en la boca del estómago, la urgente necesidad de tragar saliva.

–¡Clover, Rosie! –las llamó, al llegar a la cocina. Aparecieron a una velocidad sospechosa, demasiado dispuestas a colaborar. Las dos sabían que tenía todo el derecho a estar enfadada con ellas, pero no lo estaba. Solo estaba enfadada consigo misma–. ¿Podéis poner la mesa, por favor?

–Ya la hemos puesto –Dios santo, la habían puesto. Y se habían molestado en sacar la mejor mantelería y la porcelana. Incluso habían colocado las servilletas de tela. Bueno, tal vez no importaba. Quizás él pensara que siempre comían así–. ¿Podemos cortar unas flores? –preguntó Rosie. ¿Flores? No tendría por qué pensar que ella estaba «barriendo hacia dentro» solo porque hubiera unas flores en la mesa–. Por favor –le rogó la niña.

Clover se unió a la súplica de su hermana.

–¿Podemos cortar unas rosas silvestres?

–Rosa canina –la corrigió su madre.

Definitivamente tenía que decir que no.

–Te vas a pinchar con las espinas, y se te caerán los pétalos antes de llegar aquí. Será mejor que pongas algo más colorido y alegre. Puedes usar el jarrón de cerámica.

Tenía un aspecto un tanto infantil que estuviera de acuerdo con la promotora de la idea.

Las niñas salieron a toda prisa, mientras Stacey se ponía el delantal, llenaba el cazo de agua y lo ponía al fuego para hacer los espaguetis. La salsa ya la tenía hecha en la nevera. Esperaba que cundiera lo suficiente. Sería mejor que preparara la tarta que tenía prevista para el día siguiente. Sacó un litro de leche de la nevera y empezó a hacer una crema pastelera.

El reloj del recibidor marcó la hora. ¡Maldición! Se le había hecho muy tarde con tanto vestirse y tanto maquillaje. Tendría que darle conversación mientras terminaba la comida. ¿De qué hablaban dos personas adultas?

Si al menos hubiera tenido alguna bebida que ofrecerle. Pero solo había una botella de licor de jengibre que le había tocado en una tómbola. La única alternativa era el mosto sin azúcar, que evitaba la caries. De pronto, presintió algo y levantó la vista.

Nash ya estaba en el jardín. Llevaba unos vaqueros y una camisa oscura. Se sentía como si tuviera diecisiete años otra vez, como cuando Mike la esperaba con la moto a la puerta y su padre lo miraba con un gesto tan agrio que podría haber cortado la leche.

—Cuidado —le dijo a Rosie, mientras llenaba de agua el jarrón en el fregadero. Pero continuó dándole vueltas a la crema, sin apartar los ojos de Nash, que atravesaba el jardín. Se detuvo a mirar unas hierbas que ella tenía plantadas.

Luego, se volvió y la pilló con una estúpida sonrisa dibujada en el rostro. Él sonrió también confirmando con su gesto que tenía unos dientes estupendos.

Detrás de ella, se oyó un grito y un quebrar de loza.

Capítulo 4

Nash se detuvo al entrar y vio el desastre: un jarrón roto, flores y agua por todas partes, y Rosie a punto de llorar.

–¿He llegado demasiado pronto?

Stacey, en condiciones normales, habría previsto el posible desastre en el que desembocaría el que una niña de siete años pusiera flores en la mesa. Tendría que haberla estado observando de cerca. Claro que no podría haberse imaginado nunca que una araña se le posaría sobre la mano mientras atravesaba la cocina con el jarrón en la mano.

–Puedo darme una vuelta por el jardín y fingir que no he visto nada de esto, si lo prefiere.

Stacey, que estaba recogiendo meticulosamente los restos de cerámica rota, alzó la vista. No debería de haberse molestado en impresionarlo. Los niños tenían la facultad de bajarte a la tierra siempre.

–No, pase. Si puede encontrar algún lugar seguro en el que posar el pie.

–¿Puedo ayudar en algo? –debió notar la sorpresa de ella–. Puedo manejar una fregona.

–¿De verdad? –aquel hombre era como una fantasía femenina hecha realidad. ¿Encima podía usar una fregona? Stacey se sintió momentáneamente tentada a hacer la prueba, pero controló la inyección de hormonas que la revelación le había provocado–. No, gracias, no hace falta –se levantó y tiró los trozos de jarrón roto en la basura, mientras ayudaba a Clover a recoger las flores–. Ya casi estamos. Me acabo de dar cuenta de que no tengo nada de beber, a menos que quiera mosto –dijo, preguntándose si se le notaba lo nerviosa que estaba–. Es una de esas bebidas estupendas, con vitamina C.

–Es una oferta tentadora –dijo él–. Pero he encontrado esto en mi bodega y me preguntaba si querría compartirlo conmigo antes de que caduque.

Señaló una botella de vino tinto que había dejado sobre la mesa.

Vino. Eso era tan... adulto. Había estado viviendo en un mundo infantil durante tanto tiempo, que se le había olvidado en qué consistía.

Vino. ¡Cielo santo! Trató de controlar el pánico. Tenía un sacacorchos en algún lugar. Pero no recordaba dónde lo había visto por última vez.

–¿Tiene una bodega en la tienda? –preguntó, mientras ganaba tiempo para pensar.

–¿No la tiene todo el mundo? –Nash sacó una navaja múltiple, la abrió y apareció un sacacorchos.

Era evidente que era un hombre preparado para enfrentarse a cualquier imprevisto. Las hormonas gritaba desesperadas contras los barrotes de la cárcel, ansiosas por ser liberadas.

–Nosotras también tenemos una bodega –dijo Rosie–. Pero está vacía. Solo hay arañas –la niña se estremeció.

–Ha sido una araña la causante de la catástrofe de las flores –le explicó Stacey–. A Rosie no le gustan.

–Pero las arañas no tienen nada malo, Primrose. Son muy beneficiosas –la niña no pareció muy convencida–. De entrada, se comen a los mosquitos. Cuando estaba en la selva... –sacó un par de latas de cola de su bolsillo y miró a Stacey–. ¿Pueden tomarla?

Propio de un hombre, preguntar cuando la cosa ya no tiene

remedio. Era inútil que protestara, así que tuvo que decir que sí. Tenía que sentirse agradecida por cualquier signo de que no era perfecto. Aunque su cabeza le decía continuamente que la perfección no existía, no por ello su cuerpo parecía convencido del hecho.

—Solo por esta vez —le advirtió. No porque pensara que aquello volvería a ocurrir.

Antes de que pudiera decir «no bebáis de la lata», Clover ya le había dado un trago, se había limpiado la boca con la mano y miraba a Nash intrigada.

—¿De verdad que estuviste en la selva, Nash?

—Sí, claro que sí. Y, cuando estaba allí, una araña me salvó la vida —continuó él.

—¿Cómo? —preguntó Rosie en un susurro. Era como si le fueran a sacar un diente dolorido: horrible pero irresistible.

Nash sacó el corcho y dejó la botella sobre la mesa.

—¿Estás segura de que puedes con esta historia? La araña era muy grande.

—¿Cómo de grande? —preguntó Clover.

Nash dibujó un círculo en el aire.

—Tan grande como un plato —respondió. Al notar que Rosie se estremecía, rectificó sobre el tamaño—. Bueno, era como un plato de café y se llamaba Roger.

Maravilloso, domesticado, con visión de las cosas y capaz de pensar muy rápido... ¿Cómo podría nadie tener miedo de una araña llamada Roger?

—¿Cómo sabes que se llamaba Roger? —preguntó Stacey, animándolo a que siguiera por el mismo camino—. ¿Te lo dijo él?

—No, claro que no. Las arañas son unas criaturas muy reservadas y tienen su protocolo respecto a estas cosas. Un loro nos presentó —Clover se rio y Rosie también—. Le encantaban los sándwiches de queso.

—¿A quién? ¿A Roger?

—No —la miró por un momento y fue como si estuvieran solos en el planeta. Conocía aquel sentimiento. Le había ocurrido antes. De haber estado solos, la comida se le habría quemado—. Al loro.

—Ya —dijo ella. Estaba confusa y tenía la garganta reseca. Había olvidado lo que se podía sentir...

—Me gustan los loros —dijo Rosie, apartándose de la puerta.

Stacey se dio la vuelta, metió las flores en un jarrón de porcelana y lo puso en mitad de la mesa. Luego sacó un par de vasos del armario. Tenía el pulso firme. ¿Cómo podía ser, cuando el resto de su cuerpo temblaba como un flan?

Nash sirvió el vino y le dio un vaso a ella.

Su pulso también era firme, como el de una roca. Pero ¿qué le estaría pasando por dentro?

Tragó saliva. No tenía ni idea y, realmente, prefería no saberlo.

—¿Podríamos tener un loro? —preguntó Clover.

—No. No podríamos —dijo Stacey, demasiado secamente. Luego, rectificó—: Quizás un periquito australiano o una cacatúa, cuando nos cambiemos de casa.

Si lo decía muchas veces en alto, tal vez acabaría acostumbrándose a la idea.

—¿Se van a cambiar de casa? —preguntó Nash.

—¡No! —Rosie la miró—. Claro que no. Vamos a quedarnos aquí para siempre.

Stacey tragó saliva. Ya había estado pensando sobre eso ella misma, y odiaba la idea de tener que trasladarse a un piso pequeño en la ciudad, abandonando el jardín y su pequeño invernadero, y a ese nuevo extraño que había aparecido en su vida... Ese era un problema que no había previsto. Ya tenía más de los que podía asumir.

Realmente, no necesitaba a Nash Gallagher haciendo estragos en sus hormonas.

–¿Tienes alguna mascota, Primrose? –le preguntó Nash, tratando de apaciguar la tensión creciente.

Clover se rio y Rosie la miró.

–No. Papá quería un perro, pero les tenía alergia –dijo ella–. ¿Tú crees que tendrá un perro ahora que está en el cielo?

Nash sintió que Rosie era una niña que necesitaba que le dieran mucha seguridad. Perder a su padre debía de haber sido realmente doloroso.

Clover parecía mucho más dura.

–No sé por qué no –dijo con toda seguridad–. No creo que en cielo se sufran alergias.

Miró a Stacey, pero ella apartó la mirada rápidamente, antes de que él pudiera captar su expresión. ¿Todavía penaba por la muerte de su marido? Ella dejó el vaso sobre la mesa y se levantó a comprobar si los espaguetis ya estaban cocidos.

Nash se preguntó cuánto tiempo haría que él había fallecido.

–Enseguida está la comida –dijo Stacey–. Que se siente todo el mundo mientras tanto.

–¿Hay algo que yo pueda hacer? –preguntó él.

–No, gracias –ella se volvió con una sonrisa–. No estoy acostumbrada a tratar con hombres «domesticados».

–En mi caso ha sido pura necesidad. ¿Quizá podría ayudar a fregar?

–Puede volver otra vez –dijo ella y, de inmediato, se ruborizó. No mucho, solo un ligero rubor en las mejillas y un inesperado acaloramiento.

Lo más razonable sería poner cierta distancia entre ellos, cuanto antes. Ella no dejaba de ser una joven viuda con dos niñas y demasiadas complicaciones para un hombre al que le gustaba viajar continuamente.

Pero había algo respecto a Stacey que le había llamado la atención desde el primer momento. Desde el instante en que la vio descender por el muro, no había podido quitársela de la cabeza.

Stacey no podía creer que le había dicho lo que le acababa de decir. ¡Pero si casi parecía que estaba flirteando! Definitivamente, había llegado el momento de cambiar de tema.

—Siento que tengamos que comer en la cocina —dijo ella—. Pero el comedor lo estamos redecorando.

Clover la miró sorprendida. Estaba a punto de decir que siempre comían en la cocina, cuando vio la mirada de advertencia de su madre y cambió de opinión.

—¿Tienes perro, Nash?

—Nunca estoy en un mismo sitio el tiempo suficiente como para tener animales —dijo él—. Tuve uno cuando tenía tu edad.

—¿Qué raza?

—Un chucho, pero con mucho de dálmata.

Rosie suspiró.

—Me encantan los dálmatas —dijo.

—En realidad, lo que le gusta es la película —rectificó Stacey.

—¿Podemos verla después de cenar? ¿Le gustaría verla?

—Seguro que el señor Gallagher tiene cosas mejores que hacer, que ver una película contigo.

—Llámame Nash, ¿de acuerdo? —dijo él. Luego sonrió—. No hay nada que me impida estar un rato con ella. No me importa si tú quieres seguir decorando.

—¿Decorando?

—El comedor.

No había duda, Nash Gallagher era un bromista. Bromeaba con las niñas y también con ella. Pero ¿cuántos años pensaba él que tenía ella? Aquel tipo de cosas estaba bien cuando se era joven y simple y no había que preocuparse de dónde sacar el dinero para pagar el recibo de la luz.

Estaba bien si buscabas diversión sin ataduras. Ella tenía que ser razonable y pasar de largo delante de Nash.

Él estaba en su mejor momento mientras que ella... Bueno, las mujeres envejecen antes.

Por supuesto que era atractiva. De hecho, si se pasaban por alto sus manos de jardinero y el hecho de que sus senos ya no estuvieran tan turgentes como antes de tener bebés, todavía tenía muchos atractivos.

Era muy trabajadora, independiente y, gracias a Clover, le había demostrado que no cocinaba nada mal.

Quizá por eso estaba tan decidido a convencerla de que estaba domesticado. Quizás, veía las ventajas: una mesa bien puesta en el hogar de una alegre viuda era una buena perspectiva a disfrutar mientras estuviera allí.

¡Encima pensaría que le agradecía las atenciones!

Dee tenía razón. Debería estar buscando más en un hombre que un cuerpo de escultura griega y una sonrisa que derretía el hielo. Haría un esfuerzo por ser agradable con Lawrence el sábado, se lo prometía a sí misma.

–¿Parmesano? –dijo ella, ofreciéndole el queso que Dee le había traído de sus vacaciones de primavera en Italia, junto con la cuchara para que se lo sirviera.

Nash se dio cuenta de que estaba abusando de su suerte. Durante unos momentos había conseguido que ella se divirtiera con el juego. Luego la había hecho sentir culpable. Una madre viuda no podía divertirse.

Supo que eso era lo que estaba pensando en el momento en que ella le pasó el queso.

–Esto está delicioso –le aseguró después de unos segundos de incómodo silencio. Incluso las niñas parecían haberse dado cuenta de que era mejor que se mantuvieran calladas y concentradas en la comida.

–Gracias. Clover, por favor, ¿quieres echarte el refresco en el vaso? –se volvió hacia él–. Y dime, Nash, ¿qué es lo que has estado haciendo en Sudamérica?

Su tono de voz cambió por completo. Su actitud corporal se hizo tensa, y la acompañó una repentina y brusca cortesía. Había dejado de ser dulce y amable, y se había empezado a comportar de repente como la anfitriona de una fiesta. La vulnerabilidad que había intuido, y a la que había respondido como las flores le responden al sol, había sido suprimida. Estaba siendo profesionalmente amable y educada.

¿Tan vulnerable era?

—Estaba buscando plantas.

—¿Buscando plantas? —lo miró interesada. Bueno, estaba claro que era una entusiasta de la flora del lugar.

—Soy botánico. La selva tropical está llena de plantas que nadie ha clasificado jamás. Yo estaba recolectando ejemplares.

—¿Durante cinco años?

—Es un lugar muy grande —él se dio cuenta de que ella trataba de unir la idea de él como botánico con la del hombre que trabajaba en el terreno de al lado.

Alcanzó la botella y le llenó el vaso.

—La botánica no está bien pagada —dijo él.

Ella levantó una ceja en un gesto escéptico.

—Obviamente no lo debe estar, si tiene que trabajar en lo que trabaja.

Así es que no lo creía del todo. Bueno, eso no era un problema.

—Es peor que eso. Nadie te contrata hasta que no tienes experiencia y no puedes tener experiencia hasta que no te contratan. Por eso hice trabajo voluntario.

—A pesar de todo, seguro que podrías conseguir un trabajo mejor.

—Probablemente. Mi padre dice que debería dejar de andar de arriba abajo y conseguirme un empleo como es debido.

—¿Y en qué tipo de trabajo piensa?

—Pues cosas serias y razonables —ella se rio. Estaba claro que ella entendía que eso era imposible. Él sabía que ella lo entendía—. Mi padre es una de esas personas siempre serias y razonables —de hecho, se había casado por dinero, no por amor. Eso era serio y razonable–. Piensa que debería prestarle más atención al futuro, hacerme un plan de pensiones.

–Yo tengo una hermana que es también así. Puede que tengan razón.

–Puede, pero a mí me gusta estar al aire libre.

–Pues eso es una ventaja, teniendo en cuenta que estás durmiendo en una tienda de campaña.

–Es que no hay ningún sitio en el que me pueda quedar por aquí. A menos que conozcas a alguien que pudiera compadecerse de un botánico sin casa.

–Me temo que no –dijo Stacey a toda prisa, antes de que Clover le ofreciera la habitación que tenían libre. A primera hora del lunes iría a la tienda y quitaría el anuncio que había puesto para que no lo viera. Podría arreglárselas con un estudiante, peor no con Nash paseándose en pantalón corto–. Si me entero de algo, se lo diré.

–Gracias –ella dio un sorbo de vino, revolvió los espaguetis con el tenedor y se ruborizó ligeramente.

«¿Acaso piensa que le estoy rogando por una cama?», se preguntó Nash. «¿O que me estoy ofreciendo a llenar la suya de matrimonio?».

Bueno, tal vez lo estuviera haciendo. La idea de meterse entre las sábanas de una blanda y dulce cama, provocaba en su cuerpo efectos nada adecuados para una cena familiar.

–¿Y tú, Stacey? –le preguntó él en un esfuerzo por distraerse–. ¿Trabajas?

–Soy jardinera.

–Sí, ya veo que el tema te gusta. No sabía que eras una profesional.

–Bueno, no llego a tanto –se encogió de hombros–. Empecé a estudiar horticultura, pero la vida me impidió seguir.

Matrimonio y niños. O quizá fuera al revés.

–Deberías volver a la universidad y terminar lo que empezaste. Podrías conseguir una beca, ¿no?

—Quizás. Pero... No puedo volver. Y ya he podido aplicar todo lo que aprendí. Ya he empezado a vender algunas de mis plantas. Pero necesito una vía adecuada de comercializarlas. Las prímulas y las violetas se venden muy bien en la tienda del pueblo –pero con lo que sacaba no llegaba ni a cubrir los gastos del agua–. Pero es un mercado muy limitado.

Stacey se detuvo. Se iba a cambiar a una casa pequeña en la ciudad, conseguiría un trabajo en una oficina y renunciaría a sus estúpidos sueños.

—¿Flores silvestres? –le preguntó Nash.

—Es mi sueño –un sueño estúpido. Sonrió–. Quizás tú encuentres alguna especie protegida de flor silvestre y no puedan construir allí.

Hubo un pequeño silencio.

—Mantendré los ojos bien abiertos.

Ella lo miró, interrogante ante su repentina gravedad. Él no estaba sonriendo. Al menos, no parecía estar sonriendo.

—¿Cómo van las cosas? ¿Se sabe ya cuándo van a empezar a trabajar?

—No, todavía no.

Lo peor era que aquello era divertido. Clover y Rosie parecían subyugadas, Stacey avergonzada y Nash... bueno, Nash se arrepentía de no haber podido vencer el impulso de dejarles las fresas con el balón, y de haberle reparado la cortadora.

Stacey, por su parte, se maldecía en silencio. Lo único que había hecho Gallagher había sido ser amable, y ella no hacía sino sacar las peores conclusiones, darle a sus acciones los peores motivos. Vació el vaso y forzó un sonrisa.

—Come –le dijo animadamente–. Hay pastel de grosellas de postre.

***

Nash se levantó.

–Estaba todo riquísimo. Muchas gracias.

–De nada.

–Vamos, Clover, Primrose. Vamos a recoger la cocina y hacerle a vuestra madre una taza de café.

–No hace falta, de verdad.

–No estoy de acuerdo. De hecho, creo que deberías ir al salón y sentarte allí tranquilamente, mientras nosotros fregamos.

–Pero...

–Hazme caso, soy doctor.

–¿Doctor?

–Sí, tengo un doctorado.

¿Y estaba trabajando en el terreno de al lado? Sí, claro. Que no le tomara el pelo. No estaba segura de si sentirse halagada porque trataba de impresionarla o de si enfadarse por la mentira.

–¿Cuenta un doctorado en Botánica? –preguntó ella, sin molestarse en ocultar su incredulidad.

Él sonrió, sin sentirse, aparentemente, ofendido.

–Bueno, es más que suficiente para lavar los platos. Mientras nosotros fregamos, prepara el vídeo. Enseguida iremos para allá.

Protestar con más fuerza sería absurdo. Cuando logró encontrar la película y ponerla en el vídeo, Nash ya estaba allí con una bandeja con sus mejores tazas y una cafetera de café recién hecho.

Se sentó en el sofá, esperando que las niñas se acercaran a ella y se acurrucaran a su lado, tal y como hacían siempre. Pero Nash se le adelantó. Puso la bandeja en la mesita pequeña y se sentó a su lado. Hacía mucho que no compartía un sofá con un hombre. Encima, aquel viejo diván tenía la desfachatez de empujarlos al uno contra el otro. Nash olía a aire limpio, como una colada de ropa limpia.

–¿No preferirías sentarte en sillón, Nash?

Él miró hacia donde ella señalaba y luego la miró a ella de nuevo.

—Veo mejor desde aquí.

Rosie y Clover no la ayudaron, pues agarraron los cojines y se sentaron a sus pies.

Así debería de haber sido si Mike hubiera seguido vivo: los cuatro juntos. Quizás. Su mirada se apartó de la pantalla y se posó en el hombre que tenía al lado, ese hombre de pelo rubio con un cuerpo de ensueño. Él se inclinó y sirvió el café, rozándole el brazo.

—¿Leche? —le preguntó—. ¿Azúcar?

Sin duda, su sonrisa podía derretir el hielo.

—Solo leche —respondió ella. Él le dio la taza—. Gracias.

—De nada —se sentó tranquilamente, sintiéndose totalmente como en casa, con el café en una mano, su otro brazo estirado sobre el respaldo del sofá, pero sin tocarle los hombros.

Ella trató de imaginarse a Lawrence Fordham sentado en aquel mismo lugar, viendo una película de Walt Disney con Rosie y con Clover, riéndose juntos, disfrutando de la malvada Cruella de Ville...

Su imaginación se negó a hacer el cambio.

Capítulo 5

–De acuerdo, niñas. Ya es hora de dormir –no faltaron las habituales súplicas y excusas de que era sábado y que no tendrían colegio al día siguiente. Pero Stacey se mantuvo firme–. Dadle las buenas noches a Nash. Tenéis cinco minutos para asearos y meteros en la cama.

–Buenas noches, Nash –Rosie se abrazó a él. Nash se levantó con ella en brazos y la llevó hacia las escaleras, la subió y la dejó en el escalón de arriba.

–Buenas noches, dulzura.

Clover, al ser mayor, parecía más reacia a mostrar sus sentimientos.

–¿Vendrás otra vez mañana, Nash? Podríamos jugar al fútbol.

–¡Clover! –la invitación de la niña estaba acompañada de una sonrisa brillante, pero detrás de aquel gesto había una patente necesidad–. Seguro que Nash tiene cosas más importantes que hacer que jugar al fútbol.

Pero Clover tenía el tipo de sonrisa que podía con todo, incluida su madre. La pequeña quería un padre... lo que no era lo mismo que querer un hombre.

–No hay nada que me gustaría más que jugar contigo al fútbol, pero mañana no puedo porque tengo que visitar a alguien.

Clover pareció decepcionada.

–¿El lunes, entonces?

—Clover —dijo Stacey otra vez—. No seas pesada. Y no te olvides de cepillarte los dientes.

Las niñas se marcharon desganadas y dejaron a Stacey a solas con Nash.

—Lo siento, por favor no... —comenzó a decir ella.

—No te preocupes, no lo haré —dijo él, antes de que ella pudiera terminar. ¿Qué era lo que no iba a hacer? Su expresión le resultaba difícil de leer. ¿No iba a permitir que Clover lo manipulara? ¿O le estaba prometiendo que no se convertiría en una molestia?—. Me marcho, para que puedas meter a las niñas tranquilamente en la cama. Gracias, Stacey, ha sido una velada muy agradable.

Algo dentro le decía que no tenía por qué acabar. Quería que se quedara. Podría meter a las niñas en la cama, preparar un poco de café y, tal vez, podrían probar el licor de jengibre.

Pero su boca no dijo nada de eso.

—Eres fácil de complacer.

—¿Eso crees?

Hubo una pausa en la que cualquier cosa podría haber sucedido y Stacey se encontró a sí misma ansiando un beso de Nash, un deseo que se vio seguido del pánico de que pudiera cumplirse.

Había pasado tanto tiempo desde la última vez. No habría sabido qué hacer, cómo reaccionar...

—¡Mamá! ¡No hay pasta de dientes!

El momento se evaporó gracias a la mundana intervención, pero la profunda decepción que sintió fue lo suficientemente ácida como para que no le quedara duda de cuál de los dos sentimientos había sido más fuerte.

—Vete a ver, Stacey. Yo me iré solo.

No la había tocado y, sin embargo, sentía como si sus dedos le hubieran tocado la mejilla. No la había besado y, sin embargo, sentía su boca caliente y palpitante. Se le había olvidado lo que era el deseo, lo que hacía, y el modo en que te robaba la razón y te convertía en una necia.

***

Nash se tumbó, metido en su saco de dormir, mientras contemplaba las estrellas del cielo preguntándose qué demonios estaba haciendo. Siempre se había propuesto tener una vida sin complicaciones.

Después de una niñez vivida con unos padres que disfrutaban haciéndose infelices el uno al otro, tenía cierta aversión a las complicaciones, y había llegado hasta los treinta y tres sin encontrar motivo alguno para cambiar de opinión.

Estaba allí de paso, eso era todo. Iba a pasar un día o dos con su abuelo, haciendo las paces con él antes de que el hombre se marchara. Pero por lo que había visto, estaba claro que si aceptaba liderar el viaje a Sudamérica, no volverían a verse otra vez.

Sin embargo, su abuelo no estaba tan mal como para morir de inmediato. Tal vez estaba frágil, pero no por eso dejaba de divertirle controlar las cosas, manipular a la gente. Y Nash había sido indulgente con él, le había permitido que creyera que tenía el control. Era lo mínimo que podía hacer por un anciano como él...

–Tienes que pasarte por el vivero, Nash. Alguien debe hacerlo. Solo para decir adiós. Me sacaron de allí en una camilla –el viejo sabía cómo mover los hilos del corazón–. Pensó Nash y sonrió para sí mismo. Luego su abuelo añadió–. Yo iría si pudiera, pero no me dejan salir de aquí –Nash estuvo tentado de ofrecerse a sacarlo a hurtadillas, pero pensó que era mejor que el viejo no viera el modo en que el jardín se había deteriorado sin su constante amor y atención–. Vuelve el domingo y cuéntame cómo está. Entonces firmaré los papeles.

Nunca nada era tan simple. Desde luego no para su padre. Por supuesto, no lo había engañado. Podía leer el subtexto con toda facilidad: «Cuando vuelvas de haber visto el pasado, firmaré esos papeles de compromiso con una constructora. Pero no te voy a dejar escapar tan fácilmente. Quiero que, antes de tomar una decisión, te enfrentes con el pasado».

Sabía lo que le esperaba pero, a pesar de todo, le resultó realmente impactante enfrentarse a ello. ¿Cuánto tiempo habría pasado allí, regodeándose en la nostalgia del pasado, si Stacey O'Neill no hubiera saltado el muro y se hubiera encontrado a sí mismo hundiéndose en ese par de ojos de color miel?

Los melocotones podrían haberle tocado alguna fibra sensible, un deseo de recobrar un tiempo pasado mucho más simple, en un lugar en el que había sido feliz. Pero los ojos de Stacey y su sonrisa, su rubor, lo habían tentado con la idea de que tal vez podría volver a ser feliz otra vez.

Sabía que era complicado. Realmente complicado. No era solo una muchacha a la que podría amar y luego abandonar si descubría que no era lo que esperaba. Era una mujer con dos hijas. Eran un paquete completo y, una cosa que sabía, por encima de todo, era que los niños no debían sufrir por causa de los adultos.

Lo más sencillo y lo más sensato era marcharse de allí. Alejarse del jardín, de Stacey, de Rosie y de Clover.

Entonces, ¿por qué seguir haciendo que las cosas fueran simples, había perdido, de pronto, su atractivo?

¿Por qué le costaba tanto no escalar el muro de la casa y complicarse realmente la vida?

Se iría al día siguiente. Haría las maletas y se iría al día siguiente. Llamaría a la residencia, tal y como había prometido, y continuaría con su vida sin complicaciones, tal y como había planeado.

El sol había hecho florecer la madreselva y olía maravillosamente bien.

Stacey se quedó en la puerta trasera, negándose a cerrarla e irse a la cama.

Ella agitó la cabeza. ¿Se estaba engañando a sí misma? Su inquietud no tenía nada que ver con la madreselva. Era el hombre que estaba al otro lado del muro el que la tenía allí, de pie, en la oscuridad del jardín como una niña tonta esperando a que el caballero de la armadura apareciera de un momento a otro, y le prometiera toda clase de emociones excitantes.

Ya le había ocurrido antes. Bueno, quizás no exactamente, pero la motocicleta de Mike era lo más próximo a eso. Lo suficientemente excitante como para que una romántica adolescente de diecisiete años se dejara embelesar.

Pero ya no tenía diecisiete años. Ya había llegado el momento de que se enfrentara a la realidad. Nash Gallagher se marcharía de allí en un par de semanas. El tipo de citas que tendría con Lawrence Fordham era lo más emocionante que iba a vivir.

Cerró la puerta y se metió en la cama, decidida a olvidarse de Nash, de su pelo rubio y de su sonrisa embriagadora.

Pero el olor a madreselva se coló por la ventana y la perturbó una vez más.

Para un hombre capaz de dormir en cualquier parte y en cualquier circunstancia, aquella estaba resultando una muy mala noche. Después de un rato, dejó de intentarlo, se puso las manos bajo la cabeza y se puso a pensar en el pasado y en su jardín. Los mejores recuerdos que tenía procedían de allí.

Algunas cosas nunca cambiaban.

Stacey dio vueltas y vueltas hasta que tuvo el camisón tan retorcido que se vio obligada a salir de la cama para desenredarlo. La noche era tan corta que los árboles ya empezaban a distinguirse con toda claridad, dibujados contra el cielo. Tenía ganas de hacer algo energético y ruidoso para luchar con los sueños que la perturbaban.

Miró al reloj. Eran solo las cuatro de la mañana de un domingo. Demasiado temprano para hacer ruido.

Quizá si preparaba un poco de té y se daba una vuelta por el jardín para despejarse la cabeza, podría volver a dormir.

Abrió la ventana algo más para que entrara el aire de la mañana y se apoyó en el alféizar. Vio que había un ligero resplandor al otro lado del muro. Le hacía sentirse menos sola saber que no era la única alma despierta.

¿Qué estaría haciendo él? Tal vez estaría leyendo o escribiendo sus notas. Quizás estaba planificando su próximo viaje.

¿Un viaje de investigación? ¿Un botánico? Agitó la cabeza renegando de su credulidad. El hombre trabajaba allí limpiando la basura. ¿Es que nunca aprendería a no dejarse engañar?

Aparentemente, no. Se puso unos pantalones de chándal y una camiseta y bajó las escaleras, para poner la tetera. Cuando el agua hirvió, preparó té y lo llevó fuera.

—¿Nash? —su susurro sonó como un trueno en mitad del silencio del amanecer. Un pájaro rechistó en un árbol. Su corazón latía aún más sonoramente que el susurro.

Nada. No hubo respuesta. Seguramente, se habría dormido con la linterna encendida. Considerando el modo en que le latía el corazón, aquello era, probablemente lo mejor. Aquello era lo más estúpido del mundo...

—¿Nash?

—Stacey, ¿pasa algo?

¡Cielo santo! No lo había oído acercarse, pero su voz, grave, urgente, resonó al otro lado del muro. Aquello sí que le aceleraba el corazón.

—No. Vi tu luz encendida. He preparado un poco de té y he pensado que, tal vez, quieras un poco. Asoma la cabeza y te pasaré la taza.

Nash se quedó allí, de pie, en mitad de la oscuridad. ¿Realmente quería que el muro continuara entre ellos, o era una invitación?

Pensó que sabía la respuesta, pero no estaba seguro de que ella la supiera. Se alzó en el muro y vio su rostro: dulce, inocente, dudoso. Bueno, ya eran dos los que dudaban. Pero preferiría dudar estando a su lado.

–Espera, voy a pasar a tu jardín. Será más fácil –ella no puso ninguna objeción, y él saltó al otro lado. Notó que hacía un gesto de dolor al ver que él pisaba una de sus plantas favoritas–. Tal vez, debería poner una puerta.

Hubo una breve pausa.

–Claro que no tiene mucho sentido, teniendo en cuenta que te vas a marchar –era una tácita pregunta a la que no podía ofrecerle respuesta alguna, así es que continuó–. ¿No podías dormir?

–No –respondió ella, mientras observaba su pelo rubio, sus hombros plateados y su torso desnudo bajo la luz de la luna–. Es este repentino calor –dijo ella, sintiendo, de repente, mucho calor–. Pensé que estarías acostumbrado al calor.

Lo estaba. Hacía falta mucho más que eso para despertarlo, pero Stacey era ese «mucho más». El modo en que lo había mirado antes de que Clover reclamara su atención, no solo lo había mantenido despierto, sino que le estaba procurando todo tipo de pensamientos perturbadores.

Pero ¿cómo se podía hacer el amor a una mujer con dos niñas?

La respuesta parecía ser: «Cuando se acerca a ti antes del amanecer». Quizá, pero no si estás planeando tomar un avión en dirección a una lejana selva tropical en un futuro muy próximo.

–Hay cosas a las que uno nunca se acostumbra –dijo, y tomó la taza que le estaba ofreciendo–. ¿Nos sentamos en el banco que hay junto a la puerta trasera? Por si acaso se despiertan las niñas.

Acababa de invocar a sus dos carabinas durmientes, las que los obligaban a seguir el camino correcto. Él dio un sorbo a su té y lideró el camino hacia la casa, lejos de la tentadora llamada de la suave hierba bajo sus pies desnudos. Al oír la voz de Stacey, se había apresurado a su encuentro, sin detenerse ni tan siquiera a ponerse las botas.

—Tu jardín huele maravillosamente bien.

—Sí, es la madreselva.

—Cuéntame ese proyecto que tienes de vender plantas silvestres —dijo él.

Ella lo miró, como si le sorprendiera que él se acordara.

—No es un proyecto. Es solo un sueño.

—¿Crees que tienes suficiente mercado?

—Probablemente no. Pero ayudaría que dejara de cultivar verduras que la gente del pueblo obtiene gratis y construyera unos cuantos viveros.

—Estoy seguro de que la tienda de víveres te lo agradecería.

—Sí —Stacey miró su taza.

Pero los viveros requerirían dinero. Archie y ella habían hablado de ellos. Él iba a haberla aconsejado. Pero antes de poder hacer nada, se lo había encontrado, sobre el escritorio de su despacho, víctima de un ataque al corazón..

Tenía que sacar tiempo para ir a visitarlo. La residencia estaba demasiado lejos para ir en bicicleta, pero quizá pudiera persuadir a Dee para que la llevara. O, incluso, puede que le dejara el coche durante unas horas. Después de todo, Dee le debía un favor.

—¿Stacey?

Ella negó con la cabeza.

—Olvídalo, Nash. Yo ya lo he olvidado.

—¿De verdad? —no lo estaba mirando, y él, sin embargo, quería desesperadamente encontrar sus ojos.

Stacey sentía su presencia con una fuerza que la impulsaba a hacer algo estúpido, a decir algo estúpido. Algo del tipo «No quiero hablar de mis viejos sueños, quiero hacer realidad alguno nuevo».

Estaba controlando con tal vehemencia lo que sentía, que saltó en el momento en que la tocó.

—No te creo.

«Piensa... piensa... Di algo para detener esto».

Pero sus dedos le acariciaron la mejilla, abrasándole la piel. Y ella se volvió, sin poder evitarlo, a enfrentarse a sus ojos, oscuros e ilegibles bajo la tenue luz del amanecer.

—No te creo —repitió él.

—Quizá no —admitió ella y se dio la vuelta—. Pero no tiene sentido llorar por la luna.

—No tiene sentido llorar por ella. Tratar de alcanzarla es otra cosa. No renuncies a tus sueños Stacey.

—¿Cuáles son los tuyos, Nash?

Él bajó la mano y ella se volvió entonces.

—No soy ningún soñador.

—¿No? —ella forzó una sonrisa—. Pero si eres botánico —permitió que la duda tiñera su voz—. Seguro que debes estar ansioso por descubrir alguna especie de planta nueva a la que pondrían tu nombre. Es un tipo de inmortalidad.

—Sí, quizás —sonrió educadamente y dejó la taza en la bandeja—. Será mejor que me vaya y siga adelante con mis planes. Gracias por el té.

—De nada —dijo ella, mientras veía cómo se alejaba en dirección al muro—. Vuelve cuando quieras.

—Mamá, ¿qué estás haciendo?

—Pensando.

—¿Acerca de qué?

Sobre baldosines y esa misteriosa sustancia llamada cemento, y sobre el color que debía aplicar en las paredes del baño para darle luminosidad. Pero se preguntaba si con sus esfuerzos de pintora aficionada lograría realmente que tuviera mejor aspecto. ¿O acabaría por empeorarlo?

—No mucho —dijo, y se volvió hacia Rosie que llevaba en la mano un gran ramo de flores–. ¿De dónde las has sacado? –preguntó. Como si no lo supiera.

–Estaba en los escalones de la puerta trasera –claro. No había abierto aquella puerta desde su aventura al amanecer. De hecho, había estado evitando salir al jardín, aunque no tenía muy claro el porqué. Pero no pudo resistir la tentación de tocar los sedosos pétalos de las flores y de sacar una de ellas del ramo. *Leucanthemum vulgare*. Una margarita. Adoraba las margaritas, especialmente aquellas tan altas, con un centro grande y amarillo–. Seguro que lo ha dejado Nash.

–Supongo.

–Le gusta tomar té con nosotras –dijo Rosie–. Ha dejado una nota –¿una nota? Su corazón no se había enterado aún de que había una cosa que se llamaba «ser razonable», y dio un inesperado vuelco–. ¿Qué nota?

–Solo decía: *Gracias por lo de anoche* –se encogió de hombros–. O algo parecido.

–Y ¿dónde está la nota?

–En la cocina. Sobre el aparador.

Stacey contuvo las ganas de bajar corriendo a leerla. Se podía decir mucho sobre un hombre por su letra.

–¿Por qué no pones las flores en agua?

–Vale.

–Y, Rosie... trata de no romper el jarrón.

–Esta vez no. Nash decía en la nota que ya había comprobado que no había arañas entre las flores –Stacey no pensaba que su hija menor pudiera haber leído algo así. Rosie notó el gesto dudoso de su madre, porque dijo–: Ha sido Clover la que la ha leído.

–De acuerdo –Stacey tragó saliva. Habría querido salir al jardín, asomar la cabeza por el muro, darle las gracias e invitarlo a desayunar. Bueno, y un montón de cosas estúpidas más, en las que no se atrevía ni a pensar, y mucho menos, a decir en alto.

Se dirigió hacia el baño, retorciendo las flores entre los dedos.

«Amarillo y blanco», pensó. «Como las margaritas». Eso le daría al baño un aspecto fresco y soleado. Alegre.

Iría en bicicleta a la residencia más tarde, mientras las niñas estaban en el entrenamiento de fútbol. Miró el reloj. Mucho más tarde, porque solo eran las ocho en punto.

Terminó de preparar unas plantas que ya estaban listas para ser vendidas, por si encontraba algún sitio donde venderlas. En la gasolinera que había a la salida del pueblo le habían dicho que le admitirían unas cuantas flores silvestres si podía suministrarles también, plantas más propias de jardines normales. No es que tuviera nada en contra de ese tipo de plantas, pero, para eso, prefería un trabajo en una oficina. Agarró unas cuantas plántulas de prímulas y soñó un poco.

Finalmente, las niñas se marcharon a su entrenamiento, pero, en el momento en que Stacey se estaba montando en la bicicleta, apareció su hermana. Le llevaba el vestido de Armani, un traje de seda y un par de suéteres, muy delicados, con una falda que dejó sobre el sofá. Luego, volvió a su coche y sacó un par de zapatos que todavía estaban en su caja.

Su hermana no había elegido un buen momento, pues Stacey no estaba de humor para aguantar los «paternalistas» consejos de su hermana, ni aun cuando viniera con un montón de etiquetas de marca bajo el brazo.

La ropa de diseño no resultaba muy útil cuando una se ganaba la vida como jardinera. Lo que se necesita es un buen par de botas, unos pantalones de trabajo y jerséis de rebajas.

Miró la ropa con desconfianza.

—¿Qué es lo que quieres?

—¡Stacey! —le dijo Dee herida—. Tenía que traerte el vestido y, mientras buscaba en el armario pensé que, tal vez, te podría servir todo esto —hizo que sonara como si su hermana le hiciera un favor quitándoselo de las manos—. Están un poco pasados de moda, ya sabes.

—¿De verdad? —miró los zapatos. Eran una talla más grande que la que usaba su hermana—. ¿También te han encogido los pies?

Dee se ruborizó ligeramente.

—Los compré un día mientras esperaba a Harry —dijo rápidamente—. Me parecía un desperdicio verlos allí, en el escaparate.

—Sí, tienes razón —dijo Stacey y Dee se sintió aliviada—. Estoy segura de que, si los llevas a la tienda, te devolverán el dinero.

—Los compré hace mucho tiempo. Y no sé qué he hecho con los recibos.

¿Eso decía una mujer que archivaba los recibos del supermercado en orden?

—Quizá deberías mirar en el bolso —le sugirió Stacey secamente. Había visto aquellas elegantes sandalias en la zapatería favorita de Dee la última vez que había estado en la ciudad. Repitió la pregunta—: ¿Qué quieres?

—De acuerdo —dijo—. Lo admito. Necesito que me hagas un favor, un gran favor.

—Quieres que me acueste con Lawrence el sábado por la noche.

—¿Lo harías? —preguntó Dee esperanzada.

—No, Dee, no lo haría.

—Quizá tengas razón. Deberías tratarle con calma.

—¿Por qué? ¿Es que es virgen? —no esperó a que le respondiera. No quería saber nada sobre Lawrence Fordham—. Venga, vamos. ¿Me puedes llevar a la residencia de ancianos y te dejaré que elijas los baldosines de mi baño?

—¿Del baño?

—Tú me dijiste que necesitaba baldosines nuevos.

—Pero no quería decir... —de pronto, encontró una nueva táctica—. Si me ayudas, pagaré a alguien para que lo haga.

—Entonces nunca aprenderé —respondió Stacey—. Además, las niñas me van a ayudar. Puede resultar divertido.

—¿De verdad? De acuerdo. Vamos a comprar pintura.

Y así lo hicieron.

¡Dios santo! ¿Sonaba tan convencida o Dee solamente le estaba tomando el pelo?

Una vez que sugirió el modo más barato y limpio de usar baldosines blancos y amarillos para crear un bonito efecto, volvió al tema que le interesaba.

—Verás, hay una recepción en el Town Hall mañana por la noche.

—¿Sí? Qué bien. ¿Cuántas cajas de baldosines voy a necesitar?

Dee sacó una calculadora del bolso.

—Tenía la esperanza de que acabaras diciendo eso —comenzó a marcar unas cuantas cifras—. Lawrence está en el comité de Twinning y le prometí que iría con él.

—¿Y? ¿Se supone que debería estar celosa?

Dee ignoró la pregunta.

—El problema es que ha surgido un ataque de pánico en Europa por un nuevo yogur orgánico que va a salir al mercado y tengo que volar a París a primera hora de la mañana. Puede que tenga que estar allí un par de días.

—¿Y te vas a perder la recepción? Eso debe ser realmente duro para ti —dijo Stacey.

—No para mí, pero sí para Lawrence. Le he pedido que se una al comité por las conexiones que tenemos con Europa, pero si yo no voy, estoy segura de que pondrá alguna excusa para no asistir.

¿Era capaz de hacer eso? A lo mejor no era un idiota total, después de todo.

—¿Es que no puede hacer nada sin tenerte a ti a su lado?

—Sin tenerme a mí a su lado seguiría teniendo una pequeña tienda de productos lácteos en lugar de una macrocompañía. Sus productos son maravillosos, pero carece completamente de una visión de negocios. Por cierto, necesitarás seis cajas de baldosines amarillos y cinco de blancos. ¿Me vas a ayudar?

Stacey le enseñó a su hermana el muestrario de pinturas.

–Este amarillo se parece al de los baldosines. Y, si resultas tan imprescindible al lado de Lawrence, ¿por qué no me voy yo a París y te quedas tú aquí?

Dee miró el color con detenimiento y agitó la cabeza.

–No. Va a ser demasiado amarillo. Deberías poner una base blanca y un estarcido amarillo –¿estarcido? Stacey ya tenía suficientes problemas con la pintura lisa como para complicarlo más–. Supongo que tú podrías ir a París –continuó Dee dudosa, mientras elegía unas cuantas plantillas y las ponía en el carro–. Pero, ¿cuánto sabes tú sobre el mercado de los yogures orgánicos –le preguntó y esperó. Al no recibir respuesta, sonrió–. ¿Tanto? –agarró una lata de pintura blanca–. Asumo que puedo decirle a Lawrence que irás con él.

Stacey puso la pintura blanca de nuevo en el estante y agarró un bote de color amarillo.

–Lo haré –dijo, mientras volvía a poner las plantillas en su sitio original–. Pero necesito un favor también –su hermana la miró desconfiada–. Puesto que no vas a usar el coche este lunes, ¿podrías prestármelo?

Dee se puso pálida.

–No pensarás poner tus herramientas en la maleta, ¿verdad? ¿O mancharme las alfombras de barro.

–Bueno, lo quería usar para transportar un par de sacos de estiércol de caballo... ¡No, claro que no voy a llenarte de barro las alfombras! Solo quiero ir a ver a Archie Baldwin, el hombre que solía llevar el vivero de al lado. Está en una residencia de ancianos al otro lado de Maybridge, demasiado lejos para ir en bicicleta, y tardaría todo el día si me voy en transporte público.

–¿Sabrá algo sobre lo que le va a ocurrir a su terreno?

–Solo voy a ir a visitarlo, Dee. Es un amigo.

Dee se encogió de hombros.

–De acuerdo. Lo necesitaré esta noche, pero lo dejaré aquí cuando vaya de camino al aeropuerto. Me marcho a una hora intempestiva, así que te dejaré las llaves en el buzón.

–Gracias.

–De nada. Así podrás ir a la peluquería –Stacey abrió la boca para protestar–. Tienes todos los gastos pagados. Esto son negocios. Ponte el traje de seda y los zapatos.

Protestar era realmente innecesario en aquel momento.

–Sí, mi señora. Lo que usted diga, mi señora.

–La respuesta perfecta, querida. Solo por eso te mereces la cortina.

–¿Qué cortina?

–Esta cortina de baño que ayudará a matizar un poco todo ese amarillo.

Mientras Dee la metía en el carrito, Stacey tuvo que resistir la tentación de tirarse al suelo y sufrir una pataleta.

Capítulo 6

—¿Está realmente mal?

Nash miró a través de la ventana las explanadas meticulosamente cuidadas de la residencia.

—¿Quieres que te lo diga con toda sinceridad, Archie? ¿De verdad? —se volvió a mirar al frágil hombre que estaba sentado en una silla de ruedas—. Ya sabes lo que les pasa a los jardines cuando se descuidan.

—Ya lo sé. Pero no estaba seguro de que tú lo supieras. Y no solo les ocurre a los jardines. La gente también necesita cariño y cuidado. ¿Va a haber melocotones este año?

Su abuelo estaba tratando de despertar sus recuerdos. Él se negaba a ceder a la tentación.

—No si pasan las apisonadoras.

—Eso es verdad —el viejo se rio—. Pero esa no es una decisión mía —la risa degeneró en un espasmo de tos—. Siempre insistías en probar el primero. ¿Te acuerdas?

—Sí, claro que me acuerdo —recordaba el modo en que lo levantaba para que alcanzara la fruta aterciopelada con sus manos. Clover y Rosie disfrutarían mucho haciendo eso. Y Stacey. Se preguntó qué sentiría besándola, a qué sabría el dulce jugo de sus labios, cómo sentiría su piel, cálida por el sol, bajo sus manos. Y luego se preguntó si se estaba volviendo loco—. ¿Tienes que vender la tierra a unos constructores?

–¿No quieres que lo haga? Puedes impedirlo cuando quieras.

Sí. Pero solo si estaba dispuesto a jugar a los juegos de su abuelo. A hacerlo todo a su modo. Su abuelo era tan manipulador como su padre, cuando le ofrecía un puesto en la junta directiva. No había dinero suficiente para eso.

Su abuelo sabía que había solo una cosa que lo podría hacer volver al hogar de su infancia: aquel jardín en el que tanto tiempo había pasado. Pero si se dejaba tentar, le ocurriría como a la mosca con el frasco de miel. Terminaría atrapado.

–Un montón de naves industriales arruinarán el paisaje del pueblo –dijo él.

–Quizá los residentes de la zona estén más preocupados por tener trabajo que por tener buenas vistas –dijo su abuelo, mientras se acercaba en la silla de ruedas–. ¿O es que estás pensando en alguien en particular? Dime, ¿es que esas niñas siguen lanzando su pelota por encima del muro? –Nash no respondió–. Su madre solía ayudarme cuando yo estaba muy ocupado.

–¿Sí? –Nash se preguntó si también saltaría el muro cuando iba a trabajar.

–Tiene los dedos verdes. ¿Has visto su jardín?

–Cultivar malas hierbas no te pone los dedos así –dijo él.

–Una mala hierba no es más que una flor que crece en el lugar equivocado. Su jardín no está en el lugar equivocado. Si lo has visto, que sé que lo has hecho, te habrás dado cuenta de eso.

–Quiere comercializar plantas silvestres. ¿Tú crees que eso es una buena idea?

–Especializarse es el único modo en que puede sobrevivir el pequeño comerciante. Especializarse y vender por correo, estar en Internet –Nash sentía la mirada de su abuelo fija en él. Su cuerpo podría estar destruido, pero su mente estaba intacta.

–Eso suena demasiado grande para Stacey.

–Solo necesita a alguien que la anime. Alguien que le dé confianza en sí misma. Su marido se mató en un accidente de moto algún tiempo atrás. Quizá te lo ha contado –Nash ni lo confirmó ni lo negó–. Se quedó destrozada durante un tiempo. Seguramente, le vendría bien un trabajo tan cerca de casa...

–Habla de mudarse.

–Ya –aquella única palabra contenía más conocimiento sobre la naturaleza humana que un libro entero–. Las cosas le deben estar yendo muy mal. La casa está en ruinas, pero ella no dejaría su jardín a menos que no tuviera más remedio que hacerlo.

–No será fácil de vender si hay un polígono industrial justo al lado –en cualquier caso, no era fácil de vender. Su abuelo tenía razón. Aquella casa estaba en ruinas.

–Bueno, es tu decisión.

–O me convierto en el nieto pródigo o vendes aquel lugar. Menuda decisión. Soy botánico, no jardinero.

–Lo único que haces es huir, Nash. La selva no es un lugar para un hombre joven como tú.

–Menos aún para un hombre viejo –respondió él–. Hace falta algo más que un chantaje sentimental para hacer que me quede aquí. Si me voy, no regresaré. Así que, ¿por qué habría de preocuparme por lo que le ocurra a este lugar?

¿Sí? Hasta hacía una semana era un hecho...

–Porque lo adoras, por eso.

–Lo adoraba, abuelo, lo adoraba –había sido su refugio, el único lugar en el que nunca nadie estaba enfadado–. Ya no soy un niño. Además, aunque quisiera, que no quiero, no podría llevar un vivero.

–Es una pena. La jardinería es una nueva forma de sexo, o al menos eso es lo que he leído en el periódico –Archie sufrió un nuevo ataque de tos–. Es una pena que esté tan enfermo y no pueda aprovecharme –dijo con una mueca–. Podrías contratar a alguien para que te ayudara.

–¿Qué sentido tendría?

–Dímelo tú, que eres el que tiene esa cara tan rancia –miró los documentos que había sobre la mesa junto a él–. Dime qué es lo que quieres y lo haré. Te quedas o te vas. Es tu decisión.

Sí, era su decisión y debía haberla tomado el fin de semana pasado, negándose a dejarse afectar por emociones que venían del pasado. Entonces, ¿por qué no la había tomado?

–Debías de haberle dado la tierra a mi madre. Es tu pariente más próxima.

–Eso es lo que ella insiste en recordarme –él sonrió–. Una vez que te lo haya cedido a ti no habrá nada que te impida hacerlo tú. Te aseguro que ella no se va a poner sentimental por un trozo de tierra con árboles frutales. Tampoco le importa en exceso el paisaje.

–Yo no... No –su madre no sabía el significado de esa palabra–. Tú no quieres que haga eso, ¿verdad?

El viejo se encogió de hombros como si le diera igual, pero no logró engañar a Nash ni por un segundo.

–¿Cuándo te marchas?

–No me voy hasta el jueves. Me han pedido que dé una charla en la universidad mientras esté aquí. De hecho, me han pedido que acepte la nueva cátedra de botánica.

–¿De verdad? –si hubiera tenido alguna esperanza de impresionar al viejo, estaba claro que se habría sentido tremendamente decepcionado. Tomó los papeles y se los guardó en el bolsillo–. En tal caso, esto puede esperar. Vuelve cuando hayas tomado una decisión. Y tráete una botella de whisky.

–¿Te permiten beber whisky?

–No, pero no te preocupes, hace falta mucho más que eso para matarme.

Se detuvo en la tienda del pueblo para comprar un poco de pan y leche. Estaba cerrada, pero el anuncio que vio en el escaparate le llamó la atención.

Habitación de alquiler. Adecuada para un estudiante. Contactar con Stacey O'Neill, el Lodge, Prior's Lane.

Solo podía haber dos razones por las que no se lo había dicho. No se fiaba de él, o no se fiaba de sí misma. Y él se había portado muy bien aun cuando los ojos de ella le habían rogado en silencio que se portara mal.

Quizá debería parar en su casa y preguntarle cuál de las dos razones era. Aceptar aquella invitación.

No, claro que no debía hacerlo. Sabía que no debía.

Si hubiera estado preparada para alquilarle una habitación se lo habría dicho cuando se lo había preguntado.

Pero no sería amable por su parte avergonzarla, no lo sería.

Pero, al diablo con ser amable, cuando se había pasado un montón de noches en el duro suelo, dando vueltas de un lado a otro, preocupado por las dificultades que ella tendría para vender la casa, si él le robaba las vistas.

Eso, además del desconcertante efecto de la idea de encontrarse a la señora O'Neill a primera hora de la mañana, con el pelo revuelto y los ojos vulnerables. Eso era suficiente para darle a cualquier hombre todo tipo de extrañas ideas.

Se montó en su Harley, y ya estaba a mitad de camino por Prior's Lane, cuando recordó que se iba a marchar el jueves, justo después de la charla. Si le decía a Stacey que le dejara aquella habitación, sabía que no se marcharía a ningún sitio.

El suelo podía ser duro y su saco de dormir solitario, pero para un hombre dispuesto a evitarse complicaciones, era más seguro.

Stacey estaba lijando la pintura de la ventana, cuando oyó una moto que se aproximaba. El corazón se le encogió y levantó la cabeza para escuchar ese sonido especial que hacía el motorista al cambiar de marcha.

Pero la moto redujo la velocidad antes de acercarse a la casa. Seguro que era alguien que se había equivocado.

Algún tiempo atrás solo el sonido de una Harley habría sido suficiente para que se pusiera a llorar. Sin embargo, en aquella ocasión se limitó a seguir lijando.

Había querido a Mike. Lo había querido mucho más de lo que él la había querido a ella. Había sido un inútil, un marido infiel, y un padre no demasiado bueno. Ella había madurado. Él no. Pero nunca había renunciado a seguir intentándolo y durante un tiempo lo había echado de menos. Pero su hermana tenía razón. Había llegado el momento de dejar escapar el pasado.

Desde la ventana, pudo ver lo que ocurría al otro lado del muro. Nash acababa de entrar en jardín con una gran Harley. ¿Había sido aquella la moto que había oído?

Ella lo observó, sabiendo que él no era consciente de ello, mientras se desabrochaba la cazadora. Recordó el olor a cuero y a gasolina, a hombre dispuesto a amar. Nash era uno de esos hombres por los que una mujer podía perder la cabeza.

Pero ninguna mujer en su sano juicio volvería a cometer el mismo error.

Miró al jarrón lleno de margaritas que se había llevado hasta el baño para que la inspiraran. Lawrence Fordham no le regalaría margaritas. Seguro que era uno de esos individuos que regalaban las tradicionales rosas rojas, si es que regalaba flores. Y estaba segura de que no le iba a gustar que su acompañante tuviera las manos más rudas que las de él. Suspiró y se puso los guantes.

Nash se quitó la cazadora y sacó una cerveza de la nevera portátil, le quitó la arandela y se sentó dispuesto a enfrentarse a sus opciones. Pero el fresco aroma de un jardín frutal lo embriagó.

Después de haber limpiado la base de los árboles, no había podido evitar seguir adelante.

Le había dicho a su padre que no era un jardinero, pero seguro que habría aprendido algo de él durante todos aquellos años en los que lo había seguido a lo largo de su santuario, haciendo pequeños trabajos que él le encargaba.

La verdad era que había aprendido mucho. Su abuelo siempre le había respondido a cuantas preguntas le había hecho.

Si se quedaba, aquel jardín centenario sería suyo. No tenía otra atadura que la promesa de cuidar de aquel santuario.

Pero ¿cómo podría hacer eso si estaba en el otro extremo del mundo?

En Centro América podría encontrar la inmortalidad. Le daría su nombre a alguna especie milagrosa de planta. Aparecería en los periódicos científicos, y en las listas de los grandes buscadores de plantas de todos los siglos. Una semana atrás estaba convencido de que aquello era lo que quería.

Pero es que una semana atrás aún no había conocido a Stacey.

Quizás debería sugerirle a Archie que le diera el jardín a ella. Seguro que lo apreciaría más que nadie. También se lo podía dar él una vez que estuviera en su poder. La idea le resultaba realmente atrayente. Podría hacer realidad su sueño...

Aunque se sentía muy atraído por la idea, tuvo que volver a la realidad. Ya tenía bastantes problemas. Restaurar un lugar así costaba mucho dinero. Por supuesto, no había ningún motivo que le impidiera hacer eso por ella. Tenía todo el verano para hacerlo. Podría arreglar la oficina, instalar un ordenador y contratar a alguien para que le diseñara una página web. Podría poner una puerta en el muro.

Comenzó a darle vueltas a la idea. Se levantó y se dirigió hacia el invernadero.

No estaban tan mal. Podrían estar restaurados en unas cuantas semanas. Le dio una patada a un baldosín suelto, que había sido levantado por la incontrolable fuerza de una planta, que había aprovechado una grieta para fijarse. Se arrodilló y la colocó en su lugar. No estaba tan mal. Se puso de cuclillas y pensó sobre ello. Poco a poco fue tomando conciencia del maullido de los gatitos.

Stacey se arrepintió de haber empezado. Preferiría mil veces cavar en la tierra antes que lijar. Y estaba aún en la parte fácil.

Clover y Rosie ya la habían abandonado. Había empezado con mucho entusiasmo, pero se habían aburrido. En cuanto empezaron a hacer una cadena de margaritas para dársela a Nash, entendió que las había perdido y las mandó a recoger guisantes.

Se levantó el borde de la camiseta y se quitó el sudor de la cara. Cuando alzó la vista vio que Nash había dejado una caja de cartón encima del muro. El sol resplandecía como oro sobre sus hombros. ¿Es que aquel hombre nunca se ponía camiseta? ¿No sabía el efecto que provocaba sobre una mujer su torso desnudo?

Claro que lo sabía. Mike incluso paseaba con el torso desnudo cuando estaba todo nevado.

Daba muy mal ejemplo saltando de arriba abajo sin camiseta. Si pensaba visitarlas a menudo, tendría que ponerse camiseta y entrar por puerta principal, como todo el mundo. Se lo iba a decir.

Pero no en aquel preciso instante. Estaba demasiado ocupada. Tenía que seguir lijando la madera y obviarlo a él y a su caja con lo que contuviera. Seguro que lo que pretendía era que lo volvieran a invitar a tomar té. Pues no iba a conseguirlo.

–Stacey –Nash estaba de pie bajo la ventana, con la caja en la mano–. ¡Stacey! –la llamó de nuevo, negándose a ser ignorado.

–Estoy muy ocupada, Nash. Y si lo que tienes ahí son mas flores, te diré que ya no tengo jarrones.

–No son flores. Mira, ¿puedes bajar? Tengo un problema –¡vaya, tenía un problema! Tendría que probar a vivir un día de su vida. Se iba a enterar–. Necesito tu consejo.

¡Seguro! ¿Es que parecía tan tonta?

Ella lo ignoró, pero él no esperó una respuesta. Entró en la casa como si fuera suya.

¡Qué cara! Porque le hubiera arreglado la cortadora... porque lo hubiera invitado a té...

Se apartó de la ventana y se dirigió a la cocina. Para cuando llegó, Nash no solo estaba allí, sino que estaba sacando la leche del frigorífico.

—¿Qué estás haciendo? —le preguntó. Y entonces los vio. Eran tres... no, cuatro bolitas de pelo, arropadas en su camiseta que maullaban desesperadas.

—Lo siento, pero no tenía leche. ¿Crees que debería calentarla?

—¿La leche? —ella levantó la cabeza—. ¿Dónde está su madre?

—No lo sé. Pero no la he visto desde ayer. Iré a buscarla. Pero estas cositas están realmente hambrientas. ¿Tendría que calentar la leche? —repitió.

—Sí... no... —se apartó unos mechones de pelo de la cara—. Solo templarla un poco. Sacó a uno de los gatitos de la caja. Era de color pardo y blanco, con un una marca negra en la nariz—. ¡Qué dulzura! Es precioso.

—Mami, ¿ha venido Nash? —Clover entró en la cocina con una cesta llena de guisantes, seguida de Rosie. Se detuvieron de golpe al ver a Nash. Rápidamente repararon en la caja llena de gatitos—. ¡Guau!

Stacey intercambió una mirada con Nash. «Esto va a ser una catástrofe», decían los ojos de ella. «Lo siento, no pensé que...», decían los de él. Sabían exactamente lo que estaban pensando. Ese era un mal signo.

—Todavía son muy pequeños —dijo ella rápidamente—. ¿Tú crees que sabrán beber solos.

—No lo sé —su boca sonreía, pero sus ojos estaban haciendo otra cosa. Algo que le provocaba un vuelco en el estómago—. No se lo he preguntado.

¡Maldito! ¿Cómo se atrevía a hacerle aquello? No podía entrar en su casa con una caja llena de problemas. Si no podían beber solos y la madre estaba muerta en alguna carretera, los pequeños no sobrevivirían y a Rosie y a Clover se les partiría el corazón.

—Averigüémoslo —dijo ella, quitándole la leche y echándola en un cazo.

Les llevó un buen rato, un montón de intentos con los dedos impregnados de leche y mucho líquido esparcido hasta que el instinto y el hambre los llevó a beber del plato.

Finalmente, una vez satisfechos, limpios y exhaustos, fueron devueltos a su caja donde se durmieron.

Nash miró a Stacey.

—Van a sobrevivir, ¿verdad?

—Puede que sí. Lo que no sé es si yo voy a poder ocuparme de ellos. Tengo que salir mañana —tenía que ir a la peluquería por la mañana. Ir a ver a Archie y luego salir con Lawrence por la noche. Ni siquiera le había preguntado a Vera si podría quedarse con las niñas.

—Estarán dormidos la mayor parte del tiempo, y yo puedo vigilarlos si me dejas una llave —¿una llave? Ese era un gran paso—. O quizá prefieras que me los lleve conmigo al invernadero.

—¡No! —no le sorprendió que a Rosie y Clover no les gustara la idea.

—Supongo que estarán mejor aquí —dijo ella—. Si de verdad no te importa ocuparte tú de ellos.

—Puesto que te he molestado con todo esto, te daré algo a cambio —él sonrió—. Quizá pueda ofrecer fruta en pago por tu hospitalidad —Stacey se rio—. ¿Qué? Hay muchísima, y pensé que...

—Sé exactamente lo que pensaste. Pensaste que tal vez podría hacer un pastel e invitarte.

—Esa idea jamás se me pasó por la imaginación.

—¿No?

Él la miró como si se sintiera ofendido, lo que no la engañó a ella ni por un momento.

—Pero si me invitaras, no te diría que no. Es imposible hacer pastelería en una hoguera.

—¡Nash! Estoy pintando el baño. No tengo tiempo de ponerme a hacer repostería.

—¿Estás pintando? Bueno, pues entonces, nada —se levantó a toda prisa y ella se encontró con sus maravillosas piernas, una visión que la privó momentáneamente de la capacidad de hablar, aunque su cerebro estaba gritando: «No seas idiota, dile que se quede».

Llegó hasta la puerta, pero, una vez allí, se dio la vuelta y se aproximó a ella.

—A menos... —dijo él, mirándola a los ojos. No era justo. Se estaba aprovechando de la situación—. A menos que tú hagas un pastel mientras yo pinto.

Podía decorar el baño entero, el recibidor, decorar lo que le viniera en gana, si seguía mirándola con aquellos ojos azules. Podía, incluso, pintarla a ella, toda entera, de arriba abajo, con una sedosa emulsión de azafrán amarillo... Frenó de golpe la imaginación.

—Pensé que tendrías algo importante que hacer hoy —dijo ella, tratando de sonar firme, pero no lo consiguió. Seguía en el país de los sueños, fantaseando sobre la pintura.

—Ya he terminado. Soy todo tuyo —ella no lo dudó ni por un momento. Estaba recibiendo el mensaje alto y claro. Sería toda suya hasta que la atracción que sentía por su pastelería se desvaneciera y fuera en busca de otra atracción mayor.

Podía leer su pensamiento como si se tratara de un libro abierto.

—¿Estás seguro?

—Un par de horas pintando a cambio de un par de horas cocinando. A mí me suena a un buen trato.

—Es más de un par de horas. Todavía estoy lijando.

—Lijar es mi trabajo favorito —dijo él, con un gesto sereno.

«¡Dios santo!», pensó Stacey. «¿Qué tipo de trato estoy sellando?». Y, lo que era peor, a qué estaba diciendo que sí.

Él estiró el brazo y la tomó de la mano. Ella sintió que estaba en el cielo.

—¿Por qué no me enseñas lo que quieres que haga? —la ayudó a levantarse.

Sin poder decir nada, le permitió que continuara tomándola de la mano y subieron las escaleras.

Stacey había empezado a lijar, pero quedaba mucho.

—¿Qué vas a hacer con esto?

—Pintarlo... —dijo Stacey una vez que consiguió desenredar la lengua—. Va a ser todo amarillo y blanco, como las margaritas.

Las flores estaba atadas entre sí, formando una cadena. Aquella era la idea que tenían Clover y Rosie de lo que era ayudar. Las agarró, mientras Stacey le explicaba sus planes, le contó que había comprado baldosines y algo sobre una cortina.

Una de las cadenas de flores estaban atadas formando un círculo, una especie de corona que él tomó en sus manos.

Ella miró a las flores nerviosamente.

—Como verás, aquí tienes mucho más trabajo del que tienes al lado. No tienes por qué hacer esto, de verdad...

—Sí, sí que tengo que hacerlo —levantó la corona de margaritas y se la puso sobre el pelo. Ella iba a quitársela, pero él le sujetó la muñeca—. Déjatela. Es perfecta. Tú eres perfecta.

La tomó de la cintura, acercó su cuerpo e hizo lo que había deseado hacer desde la primera vez que la había visto.

Dejó a un lado la sensatez y la cordura, y todas esas palabras tras las que se había estado ocultando durante demasiado tiempo, y la besó, con suavidad y con pasión.

Capítulo 7

Stacey pensaba protestar. En el momento en que volviera a tener control sobre su boca iba a decirle a Nash Gallagher que era injusto lo que había hecho, reblandeciendo su corazón con un montón de gatitos indefensos, ofreciéndose a decorar el baño, y aprovechando que sus defensas estaban bajas para, entonces, besarla.

De verdad que iba a hacerlo. Solo que su boca estaba ocupada, y Nash había empezado a tomarse todo tipo de libertades con su lengua, deleitándose con su labio inferior, invitándola a una voluntaria participación en aquella dulce seducción.

Bien, no estaba dispuesta a colaborar. Aquello no era lo que ella quería. Bueno, lo era, pero se había hecho el propósito de ser razonable y de no dejarse llevar, no importaba cuán grande fuera la tentación.

Puso la mano sobre sus hombros para dejarle claro que quería que parara.

Pero, bajo su palma, sintió el calor sensual de su piel sedosa, y su mano se arqueó en el dibujo sinuoso de su cuello.

Él le soltó la muñeca y, por un momento, ella pensó que la iba a dejar ir, y entonces se dio cuenta de que tampoco quería que se alejara.

Stacey estaba confusa pero, por suerte, Nash parecía tener muy claro lo que estaba haciendo, porque la rodeó con el otro brazo, en un gesto que sugería que no iba a permitir que se marchara en mucho tiempo.

Stacey pensó, entonces, que ya se preocuparía de ser razonable más tarde.

Sus labios traidores actuaban por su cuenta, y se habían abierto bajo el suave empuje de su enemigo. El resto de su cuerpo estaba cediendo con idéntica prontitud.

Habían pasado años desde la última vez, pero su memoria no la había abandonado. Había estado trabajando desde el instante mismo en que se lo había encontrado con todas aquellas fresas en las manos, mostrándole pequeños fragmentos de lo que era el deseo cálido, urgente y dulce.

Pero los fragmentos se habían fundido en un momento de realidad y ella se iba acercando cada vez más deprisa a ese punto en el que derretirse de placer parecía inevitable.

De pronto, Nash dejó de besarla, se apartó ligeramente y ella gimió una pequeña protesta, hasta que se encontró con sus ojos azules y ardientes...

—¿Alguna vez has...? —comenzó a decir. Luego se detuvo, como si necesitara respirar. Podía sentir su corazón latiendo a toda prisa, notaba el subir y bajar de su torso, mientras, como ella, trataba de recobrar el aliento. Habría querido poder apoyar su cabeza sobre su pecho, haber podido sentir el calor, pero algo le dijo que él trataba de decirle algo importante.

—¿Qué? ¿Si alguna vez he...?

—Si alguna vez has probado el sabor de un melocotón recién caído del árbol.

Podría haber esperado cualquier cosa, excepto aquello. Confusa, se apartó de él y lo miró a la cara, tratando de descubrir el significado oculto que había tras sus palabras.

Detrás de ellos, estaba Clover, en la puerta, con uno de los pequeños gatitos entre las manos, y los ojos muy abiertos, en un gesto pensativo.

¡Maldición! ¿Qué habría visto? ¿Qué estaría pensando?

–Clover –empezó a decir, mientras su cabeza daba vueltas tratando de encontrar algo que decir–. ¿Qué estás haciendo con el gatito?

–Se ha despertado. Tiene hambre otra vez –de pronto cambió de tema–. ¿Es que Nash va a ser mi nuevo papá?

Hubo un largo y doloroso silencio antes de que Stacey lograra soltar una carcajada y apartar el brazo de Nash de su cintura. Él no trató de detenerla en ningún momento. Probablemente estaba tratando de decidir entre salir corriendo o tomar una ruta más directa y saltar por la ventana abierta.

–¿Tu nuevo padre? –repitió Stacey, incapaz de mirar a Nash.

–Te estaba besando. Papá también te besaba así.

Pobre hombre. Un solo beso y su hija ya lo estaba apuntando con una pistola.

–Sí, bueno... es que me sentía un poco triste porque los gatitos han perdido a su madre –improvisó ella–. Nash solo trataba de consolarme.

Y desde luego que había logrado consolarla...

Clover no pareció muy convencida. Ya tenía diez años y era lo suficientemente mayor como para entender las diferencias entre consolar a alguien y un beso como aquel.

–Cuando a la madre de Sarah Graham empezaron a consolarla así, Sarah se encontró con un nuevo padre y una hermana bebé.

¡Estupendo! Finalmente, miró a Nash en espera de un poco de ayuda.

Él estiró la mano, y pasó un dedo por la pequeña cabeza del gatito.

–¿Te gustaría tener una hermanita? –le preguntó a Clover.

¡Vaya forma de ayudar!

Al menos, Clover no la traicionó.

–¡Para nada! –dijo, sin dudarlo un momento–. Ya tengo una hermanita y es un rollo –Stacey respiró aliviada demasiado pronto, antes de lo que estaba por venir–. Pero no me importaría tener un hermanito como Harry, mi primo.

No, no sería moreno, como Harry, sino con la piel dorada como el brillo del sol y el pelo rubio.

–Clover, llévate ese gatito abajo y ponlo en la caja con los demás. Luego, lávate las manos con jabón y agua caliente.

–De acuerdo –Clover hizo un amago de moverse, pero no salió–. ¿Dónde está la mamá de los gatitos? –le preguntó a Nash. Stacey notó que él la estaba mirando y ella se negó a ver la expresión de sus ojos. Probablemente, sería de pánico absoluto. No obstante, estaba esperando a que ella lo guiara–. A lo mejor está herida –continuó Clover, antes de que Stacey pudiera pensar en algo que decir. No le resultaba fácil pensar claramente cuando su hija de nueve años acababa de pillarla comportándose como una adolescente atolondrada–. Deberíais estar buscándola.

–Clover, cariño –comenzó a decir Stacey, mientras pensaba en todas las pequeñas víctimas que veía en la carretera cuando salía a pasear en su bicicleta.

–¡A lo mejor no está muerta!

–Tienes razón, Clover –le dijo Nash rápidamente–. Iré a buscarla. De hecho, eso era lo que pensaba haber hecho en cuanto me asegurara de que los gatitos estaban bien.

Ya estaba. No necesitaba saltar por la ventana del baño. Su hija le había ofrecido una salida menos arriesgada.

–Sí, vete. Ya me las arreglaré yo con el baño.

–¿Puedes? –sonrió ligeramente–. ¿Significa eso que me he quedado sin repostería?

–Ya sabes que los dulces son perjudiciales.

–¿De verdad? –se encogió de hombros. Estaba claro que la acampada al aire libre y la repostería eran incompatibles–. Pero no dejes que la fruta se estropee.

No esperó a que ella le diera las gracias. Le revolvió los rizos a Clover y se dirigió hacia la escalera.

Stacey agarró la lija como si fuera un salvavidas y ya que sus piernas parecían dos esponjas que se negaban a sujetarla, se puso a trabajar en el rodapié.

Así no podría dejarse vencer por la tentación de mirar a Nash por la ventana, mientras buscaba a la gata por el jardín. Y no iba a recolectar fruta. No estaba dispuesta a volver a saltar por encima de ese muro otra vez.

—¡Mami, mami! —poco a poco fue tomando conciencia de la voz de Rosie—. ¿Dónde se ha ido Nash?

Maldición, maldición, maldición. No había sido su intención haber hecho lo que había hecho. No había tenido intención alguna de besarla. Había sido una locura. No quería complicarse la vida, verse sumido en un laberinto de compromisos emocionales.

Si estaba solo, nadie podría hacerle daño. Así era como había vivido desde que había tenido la madurez suficiente para entender los juegos en los que se metían los hombres y las mujeres, las estrategias que usaban para hacerse daño mutuamente. Le había servido. Al menos hasta entonces.

Se puso de cuclillas y apoyó la espalda sobre el muro cálido, sintiendo un miedo profundo dentro de él al reconocer cuánto se había alejado de la soledad en los últimos días.

Era fácil estar solo cuando no deseaba nada. Es fácil mantener los ojos fijos en el camino que tienes delante, cuando nadie te distrae, cuando nadie te hace sentir que deseas los caminos adyacentes.

Pero ¿qué se podía hacer cuando el cuerpo ardía, cuando te pedía que dejaras de huir con la promesa de que no te arrepentirías? No había que creerlo, no si se seguía el sentido común.

Pero ¿qué se hacía cuando el corazón te decía que querías perderte en los brazos de una mujer y darle, a cambio, a ella y a sus hijas todo lo que tenías, darle el hijo que tanto deseaba? ¿Qué se podía hacer cuando, de pronto, eso parecía lo más importante del mundo?

Sufrir, eso era lo que se podía hacer.

Se sentía furioso e inútil. Reconocía un vacío y una frustración inexistentes hasta hacía tan solo unos días, en una vida que, hasta entonces, había transcurrido sin problemas, como si se tratara de un tren expreso que se dirigiera hacia una gran ciudad.

De pronto, un día, una bola había llegado volando, y había originado un cambio de ruta. Un solo segundo más en brazos de Stacey y, quizás, ya no se habría dado cuenta de nada hasta que hubiera sido demasiado tarde. Y quizás ya no le habría importado.

Nash se levantó y se apartó del muro.

Había llegado el momento de dejar de ser sentimental, y de empezar a sentir con la cabeza una vez más. Se iba a marchar el jueves. Estaría lejos al menos durante un año. No tenía tiempo para nada de aquello. Tenía que olvidarse de los melocotones dulces, de los labios cálidos y de esa clase de amor que él buscaba en sus sueños más profundos.

Stacey, decidida a no pensar más en Nash, comenzó a frotar la lija con fiereza. Más tarde fue a ver cómo estaban los gatitos, y se preparó una taza de té. Luego pensó en todas las frutas dulces y maduras que había al otro lado del muro. Sí, estaba muy bien que asegurara con toda determinación que no iba a pasar allí, pero sería criminal dejar que toda esa fruta se pudriera o fuera aplastada por una apisonadora.

Le había dicho que tomara cuanta quisiera, que no dejara que se estropeara en el árbol.

Le concedía mucha libertad sobre un lugar que solamente estaba limpiando.

A pesar de todo, tenía que reconocer que era un buen trato. Vera estaría muy contenta si se encontraba un par de pasteles en el frigorífico, a cambio de haber cuidado a las niñas el lunes por la noche. Y cuando él regresara, si es que Nash regresaba, tendría hambre.

Escaló el muro, recolectó fruta suficiente para hacer una docena de pasteles. Y, cuando ya no había más fruta, no pudo evitar pasear de un lado a otro como si esperara que él apareciera y la encontrara allí. Un beso y todo su sentido común se había esfumado.

Se dio una vuelta por el jardín. Nash lo había limpiado, incluso había preparado el terreno para volverlo a sembrar. El lugar empezaba a recuperar el aspecto que tenía antaño, cuando Archie llevaba aquel lugar y vendía siemprevivas a gente lo suficientemente lista como para ir hasta allí a comprarlas. Las verduras y frutas que cultivaba casi siempre las regalaba.

Ella le decía que ese no era modo de llevar un negocio, y él respondía que no necesitaba mucho.

¿Qué demonios estaba pasando allí?

Si el jardín iba a acabar aplastado por una apisonadora, ¿por qué Nash se estaba molestando en limpiarlo y en cuidarlo? Realmente, ¿para qué necesitaban un hombre que hiciera nada allí, cuando una máquina podría acabar con todo aquello en unas cuantas horas?

De pronto se encontró con más preguntas que respuestas, pero Nash no regresaba y ella tenía un montón de fruta que limpiar.

Cuando terminó de hacerlo, tenía las manos tintadas de zumo rojo y las uñas negras. Con un poco de suerte, cuando Lawrence Fordham llegara al día siguiente, la miraría de arriba abajo y saldría corriendo. Después, le diría a su hermana Dee que preferiría morir en celibato, antes de llevar a su hermana a la cena del sábado.

Nash seguía sin aparecer.

Llegó la hora en que les pidió a las niñas que dejaran a los gatos, que se dieran un baño y se metieran en la cama.

Ella se limpió las manos con agua caliente y se le pusieron rojas. Tal vez era de tanto restregarse. Le daba igual. Se metió en la cama y se durmió.

Nash tardó varias horas en encontrar a la gata. Caminó varias millas en dirección a la ciudad, buscando a ambos lados de la carretera. Después, con la linterna, buscó por los caminos de tierra. Podía estar muerta, pero no soportaba la idea de que estuviera malherida y agonizante.

Estaba a punto de darse por vencido, cuando un par de ojos reflejaron la luz de su linterna. La había encontrado. Se había enganchado en una alambrada, pero aún estaba viva.

Stacey se despertó al oír unas piedrecitas que golpeaban el cristal de su ventana. Al principio, no supo qué era.

Luego, una piedra golpeó de nuevo y ella se levantó a ver de quién se trataba.

—¿Nash? —si pensaba que podía regresar en mitad de la noche, mientras las niñas estaban dormidas...

—Stacey, tengo a la gata.

—¿Viva?

—Pues claro que está viva —protestó él. No iba a haber traído el cuerpo sin vida del animal—. Déjame entrar, por favor.

Ella bajó las escaleras y abrió la puerta con los dedos temblorosos.

—El veterinario le ha cosido las heridas y le ha dado antibióticos —la pobre criatura estaba envuelta en una manta. No entendía cómo no la habían dejado con el veterinario toda la noche—. Me dijeron que se recuperaría antes si sabía que sus gatitos estaban bien.

—¡Oh, Nash! —nunca había sido una gata bonita, pero con la mitad del pelo afeitado, y todas aquellas hileras de puntos negros, parecía una versión felina de Frankenstein–. ¿Dónde la has encontrado?

–En el camino de la granja de Bennett. Estaba enganchada en una alambrada.

–¡Pero eso está a kilómetros de aquí! –cuando entró en la cocina, notó que tenía los brazos heridos él también, no sabía si por las zarpas de la gata o por la alambrada–. ¿Y tú? ¿Te has puesto la antitetánica?

–No te preocupes, llevo la vacuna al día –puso a la gata en la caja, junto a sus gatitos, y ambos observaron cómo los lamía.

–Vamos –dijo Stacey–. Vamos a limpiar esas heridas.

Buscó un líquido antiséptico.

–Pero si ya me había lavado en la consulta. Además, la alambrada estaba limpia.

–¿Y desinfectada?

Él sonrió.

–Lo dudo.

–Eso era lo que me imaginaba –le agarró la muñeca y comenzó a limpiarle las heridas–. Pero esto te tiene que haber dolido.

–Sobreviviré –al sentir sus dedos fríos sobre la muñeca, y su pelo revuelto de recién levantada de la cama, pensó que podría hacer mucho más que eso.

Por encima del intenso olor a antiséptico, había un aroma a sábanas limpias y a cepillo de dientes, mucho más atractivo que un exótico perfume.

Mientras ella se detenía para sujetarse de nuevo el pelo con la goma, justo antes de volver a su tarea, Nash decidió que las últimas horas habían valido la pena solo por aquello.

–¿Tienes hambre? –le preguntó ella. Sí, claro que tenía hambre. Pero no era comida lo que necesitaba, era a Stacey, allí mismo, en sus brazos–. ¿Has cenado?

Aquello era ridículo. No necesitaba a nadie, nunca había necesitado a nadie.

—No, pero tengo...

—¿Huevos?

—Stacey...

—Están muy bien, los consigo a cambio de mis verduras. Son orgánicos, sin colesterol —le explicó.

—¿Tus verduras?

—No, los huevos. ¿Los quieres revueltos?

Stacey se dio cuenta de que estaba hablando demasiado. Siempre lo hacía cuando estaba nerviosa. Y, desde luego, en aquel momento estaba nerviosa. Porque había decidido que Nash no se iba a ir, se iba a quedar con ella.

—Stacey, es muy tarde. Será mejor que me vaya, si tú te las puedes arreglar sola.

Comprobó que la gata estaba bien, y evitó la mirada de Stacey. Porque le provocaba algo dentro, le hacía sentir algo que no quería sentir. No quería ser tan vulnerable, odiaba esa necesidad que sentía de ella.

Ella se arrodilló a su lado. La gata estaba medio dormida y los gatitos se acurrucaban junto a su vientre.

—Stacey —se volvió y lo miró. Iba a decirle que se marchaba, que el jueves se habría ido, pero las palabras se murieron en su boca. Estiró la mano y la posó sobre su mejilla.

—¡Stacey!

Ella se levantó de golpe y se dio la vuelta.

—¡Dee!

—He traído el coche. Iba a meter la llave en el buzón pero, al ver luz, pensé que pasaba algo.

—No pasaba nada, al menos, de momento —Stacey tragó saliva, sintiéndose como una adolescente a la que su madre había pillado in fraganti—. Tenemos una enferma. Es una gata.

—¿Una gata? —Dee miró a Nash—. ¿Pero tú no tienes gato?

—No. Vive en el jardín de Archie, el viejo vivero. Tiene gatitos. ¿Quieres uno para Harry?

—No, claro que no. Y, ¿desde cuando unos gatos son una emergencia? —Dee no miraba para nada la caja, pues su atención estaba fija en el hombre que estaba junto a la caja.

Nash se estiró.

—Ha sido una alambrada la que ha provocado el problema.

—¿Y usted quién es?

«¡Oh, no!», pensó Stacey.

—Soy Nash Gallagher —le tendió la mano, pero ella lo ignoró.

—Nash está trabajando en el terreno de al lado —dijo Stacey—. Está limpiando el jardín.

—¿Limpiando el jardín? ¿Quieres decir que es un peón?

—¡Dee!

Él las sujetó del brazo.

—Tranquila, Stacey. No es algo por lo que tenga que pedir disculpas —se volvió hacia Dee—. Sí, señora, estoy limpiando el jardín de Archie —luego sonrió—. Stacey lo único que ha hecho ha sido ofrecerme de vez en cuando una taza de té y ocuparse de unos gatitos sin madre.

—No lo dudo. Ella siempre ha tenido una especial debilidad por los seres indefensos... y los hombres musculosos.

Stacey protestó en silencio. Dee parecía su madre el día en que se encontró por primera vez con Mike.

—Nash —intervino Stacey—. Esta es mi hermana, Dee Harrington. Iba de camino al aeropuerto.

Esperaba que su hermana captara la indirecta y se marchara.

—Señora Harrington —dijo él, en un saludo cortés hacia la mujer que acababa de impedir que cometiera el peor error de su vida. Sabía que tenía que sentirse agradecido, pero no le ofreció su mano de nuevo. Ella asintió y esperó con toda frialdad a que él se marchara. Durante unos segundos tuvo la tentación de explicarle que no se dedicaba a limpiar jardines normalmente, tuvo tentaciones de decirle quién era. Pero el sentido común venció—. Os dejaré solas.

En cuanto se marchó, Dee la interrogó:

–¿De dónde ha salido?

–Ya te lo he dicho. Está trabajando aquí al lado, en el vivero.

–Sabes que no es eso lo que te estoy preguntado.

Lo sabía.

–Está acampado en el terreno de al lado.

–¿Y suele con frecuencia venir en mitad de la noche con algún animal herido?

–¡No! –la única respuesta de Dee fue levantar las cejas–. Ha traído a los gatitos mientras se iba a buscar a la madre. Está mal, Dee, muy mal. Ha tardado horas en encontrarla y la traía del veterinario.

–¿A las cuatro de la mañana?

Stacey se estaba cansando de aquel empeño de Dee por ejercer de hermana mayor.

–No creo que la gata sepa la hora.

–No has aprendido nada, ¿verdad?

–Por favor, Dee...

–No me lo puedo creer. Ese hombre es exactamente igual que Mike: mucho músculo, nada de cerebro y cero en ambición. Cuando eras una niña, se te podía excusar, pero ahora...

–No es como Mike. Es un... –estaba a punto de decir que era botánico, doctor en filosofía, pero algo le impidió hacerlo. Nash no se parecía en nada a Mike. Quizás físicamente, y podía entender que Dee dedujera el resto de ahí. Pero no se parecía en aquello que era importante–. No es como Mike, Dee.

–Claro que lo es. Me he dado cuenta de cómo lo mirabas. No lo hagas –le advirtió.

–¡No he hecho nada! –no pudo evitar ruborizarse al recordar el modo en que había respondido a su beso.

–¿No? No es más que un semental, Stacey. Solo quiere divertirse contigo, y estoy segura de que será divertido. Pero ¿y después qué? Se marchará. Tú eres madre y tienes responsabilidades.

Aquel razonamiento estaba demasiado próximo al suyo, como para poder discutírselo.

—Estás sacando las cosas de quicio. De verdad que no ha pasado nada —solo había habido un beso. ¿Qué era un beso?

No había sido muy convincente. Dee le puso la mano en el hombro.

—Por favor, Stacey, escúchame. Noto la atracción que hay entre vosotros. Si se quedara, ¿qué tipo de futuro te esperaría? Tendrías que empezar otra vez, desde el mismo sitio en que te quedaste cuando estabas casada con Mike. Estarías con un hombre perdido en el camino hacia ninguna parte. Solo que, esta vez, ya tienes treinta años.

—Veintiocho —dijo ella, cansada con el maldito argumento de sus treinta años. Todavía le faltaban dos semanas para cumplir los treinta y siete. No era vieja. Aún quedaba todo un año para los treinta—. Se va a marchar dentro de dos días, y yo mañana voy a salir con Lawrence, bueno, mañana no, esta noche.

—Por favor, haz un esfuerzo, Stacey —le dijo Dee, dejando las llaves del coche sobre la mesa—. Tim me está esperando fuera. Me tengo que ir. Te sugiero que te metas en la cama. Necesitas dormir para recuperar cuanto puedas de tu belleza.

Vaya, ese comentario no había sido muy alentador.

—Pásatelo bien en París.

—No voy a pasármelo bien, Stacey. Voy a trabajar. Algunos nos tomamos la vida en serio, ¿sabes? Quizás ha llegado el momento de que tú también lo hagas. Quizá no sea Lawrence, pero tienes que marcarte un objetivo en la vida. Antes de conocer a Mike, tenías cerebro. ¿Por qué no tratas de ponerlo en marcha otra vez?

Capítulo 8

«Bien», pensó Stacey en mitad del silencio que siguió a la partida de su hermana.

En las últimas horas había tenido todo tipo de consejos, la mayor parte de ellos contradictorios: no abandones tus sueños, tíralos a la basura, déjate llevar, toma control de la situación. Alcanza la luna.

Desde su habitación vio un resplandor lejano, más allá del muro del jardín y pensó en sus sueños. Pero Nash se iba a marchar en cuestión de dos días. Quizás había llegado el momento de que ella también lo hiciera.

Quizás debería escribir una lista. A Dee le encantaban las listas. Debería escribir lo que era realmente importante para ella. Las cosas pequeñas. Las cosas grandes. Lo absolutamente imposible. Lo totalmente estúpido.

De acuerdo, eran las cuatro de la mañana y tenía que dormir para estar hermosa al día siguiente, pero estaba amaneciendo y estaba despierta. Podía tratar de poner su vida en orden.

Buscó un cuaderno que se había comprado para escribir todos esos pensamientos que a uno le asaltan en mitad de la noche.

Lo abrió por primera vez en meses, preguntándose qué ideas la habían asaltado en el pasado.

Comer más arroz y pasta, vio escrito. ¿Acaso eso era tan importante como para escribirlo en mitad de la noche?

Después de leer unas cuantas cosas, llegó a la nota final: un recordatorio de que debía comprar leche.

Arrancó las hojas y, sobre una nueva, escribió:

PLAN DE VIDA

1. Acostarme con Nash Gallagher antes de que se vaya.

Bien, aquello era absoluta y totalmente estúpido, pero era lo primero que tenía en mente, así que debía escribirlo.

2. Quedarme con la casa.
3. Terminar el baño para poder alquilar una habitación.
4. Alquilar una habitación para poder quedarme con mi casa.
5. Casarme con Lawrence Fordham, solo si acepta vivir aquí para poder quedarme en mi casa.
6. Comenzar mi negocio de plantas silvestres.

Se detuvo ahí, y miró la lista. Tenía que tachar dos de aquellas cosas: la que era completamente estúpida y la que era completamente imposible. Así que trazó una línea sobre la número uno y la número cinco.

Eso la dejaba con la clara determinación de que no iba dejar su casa, y el reconocimiento de que sus sueños no se iban a esfumar, no importaba cuánto insistiera su hermana mayor.

Por eso, decidió reescribir la opción número uno antes de ir a ver cómo estaban los gatos.

—¿Puedo pasar sin peligro?

Stacey cerró rápidamente el cuaderno cuya lista había adoptado proporciones épicas en las últimas horas.

El sonido de su voz fue suficiente para causar todo tipo de estragos en su estómago, un sentimiento que le creaba graves conflictos con su firme propósito de mantener los pies sobre la tierra, mientras trataba de alcanzar la luna.

Hizo lo que pudo por ignorar aquellas sensaciones. Pero no debía de estar tan sujeta a la tierra como ella quería creer. Una simple sonrisa de Nash Gallagher era suficiente para que sintiera el calor del deseo recorriéndole todo el cuerpo.

–¿Sin peligro? ¿Qué peligro? –preguntó, en un tono de voz que se presuponía debía de ser amigable y ligero. La cuestión era que, aunque había vacilado respecto a la primera opción, sus hormonas eran las que mandaban.

Nash se apartó un mechón de pelo de la frente y eso le obligó a utilizar toda su fuerza de voluntad.

–Tu hermana no parecía muy contenta con mi visita en mitad de la noche –dijo él, con una sonrisa en los ojos–. Pensé que tal vez habría traído un perro guardián para alejar cualquier tentación.

Así que pensaba que era irresistible. Bueno, tal vez tenía razón.

–Creo que a Dee no le gustarías a ninguna hora del día –y Stacey empezaba a pensar que su hermana tenía razón. Nash Gallagher no iba a ocasionarle más que problemas. A pesar de todo, no le resultaba fácil resistirse a sus encantos–. Pero no te preocupes. Se ha marchado a París. Iba camino al aeropuerto y ha parado aquí solo para dejarme el coche.

–¿Va a estar mucho tiempo fuera? –le preguntó.

–Lo siento, pero mañana mismo estará de vuelta. Ha habido una crisis en su estrategia de ventas de yogur –él levantó las cejas–. Es la directora comercial de Fordham Foods.

–¿Sí? Bueno, la verdad es que no me sorprende.

Stacey se encogió de hombros.

–Ella es el cerebro de la familia.

«Mientras que yo soy la que se deja embobar por unos músculos», pensó Stacey, mientras le daba una llave de la puerta trasera, con mucho cuidado de que sus dedos no se rozaran. Fue inevitable: se tocaron, y surgieron todo tipo de urgentes deseos en pugna con todo tipo de razones para no dejarse llevar. Se cuidó muy mucho de no mirarlo, para no acrecentar las sensaciones que le había provocado un simple roce–. He llevado a la gata al sótano. Está bien alimentada y tiene todo lo que necesita –no sabía si él recordaba la promesa que le había hecho de cuidar de la gata–. Si puedes, ven a verla de vez en cuando. Yo volveré antes de que las niñas salgan del colegio.

–¿Vas a estar fuera todo el día?

–No tengo el coche de mi hermana muy a menudo, así que tengo que aprovechar. ¿Querías algo?

Sus ojos le dijeron exactamente lo que quería.

–Iba a aceptar esos huevos revueltos que me habías prometido.

–Sin problemas. Hazte lo que quieras –dijo ella–. Están en la nevera.

Los dos sabían que no era a eso a lo que se refería. Pero ella tomó sus bolsas, las llaves y se dirigió hacia la puerta, antes de tener tentaciones de ofrecerle un desayuno en la cama.

–Hay té en la tetera.

–Stacey –ya casi estaba a salvo y en la puerta–. Si te tienes que ir ahora, quizá podríamos hacer algo esto noche.

¿Algo? ¿Qué clase de «algo»?

–¿Qué te parece si compro algo de comida y vengo más tarde?

¿Más tarde? ¿Es que le estaba pidiendo que saliera con él? ¿O más bien le estaba pidiendo que se quedara en casa con él?

Él continuó:

–Puedo venir después de que hayas metido a Clover y a Rosie en la cama –añadió, para que Stacey no tuviera ninguna duda de qué era lo que él quería.

La vida no era justa. Aunque, quizás, la vida y su hermana trataban de decirle lo mismo.

–Lo siento Nash, pero voy a salir esta noche.

—¿Vas a salir? –dijo él claramente celoso, lo que hizo que sus hormonas femeninas se alteraran particularmente.

—No es nada excitante. Una recepción en Maybridge –le habría encantando poder decirle que, sin duda, prefería la opción que él le proponía, pero que no había ningún futuro en su propuesta–. Quizás en otro momento.

Los dos sabían que no habría otra oportunidad.

Y Stacey se sentía realmente frustrada. Llevaba tres años siendo viuda y ni en una sola ocasión en todo aquel tiempo se había sentido atraída por nadie.

Sin embargo, una sola mirada por parte de Nash era suficiente para desencajar toda la maquinaria. Le resultaba tan difícil marcharse. Pero tenía que seguir con su vida. Ya la había fastidiado una vez con un hombre que le provocaba aquel tipo de sensaciones. Repetir otra vez el mismo error era realmente estúpido.

—Hay un pastel en el frigorífico –le dijo ella–. Sírvete lo que quieras.

Él frunció el ceño.

—Stacey, ¿acaso hice algo malo ayer?

—Ayer fue... –ella contuvo la respiración–. Ayer fue ayer. Lo siento, pero me tengo que ir o voy a llegar tarde.

Cerró la puerta rápidamente.

Nash vio cómo se marchaba y pasaba por delante de la ventana. Se estaba alejando de él. Bien. Eso era lo que él quería, ¿no? No quería compromisos. Se sirvió una taza de té y se frió un par de huevos. Recogió y fue a comprobar que la gata estaba bien.

Estaba a punto de marcharse, cuando alguien llamó a la puerta. Era una chica de unos diecinueve o veinte años, con el pelo rubio y mirada inteligente.

—He oído que alquilan una habitación aquí. Espero no haber llegado demasiado tarde –todo en ella era una invitación y, en otro tiempo, nunca había evitado aquel tipo de fiestas. Pero no respondió a su mirada interesada y a su sonrisa dispuesta. Solo quería a Stacey–. Estoy un poco desesperada.

–Pues, lo siento, no puedo ayudarte. Tendrás que volver cuando regrese la señora O'Neill. Estará aquí a eso de la cuatro.

–¿Puedo dejar mi número de teléfono? Quizá pueda llamarme –algo le decía que la sugerencia no tenía nada que ver con la habitación.

Él se encogió de hombros y miró la nota.

–De acuerdo

Cerró la puerta y todo lo que pudo hacer fue preguntarse cómo iba a pasarse el resto del día sin Stacey.

A Stacey le hicieron una limpieza de cutis, la peinaron y le hicieron la manicura.

Una vez que estuvo lista, se pasó por el banco a ver qué opinaban de darle un crédito para un negocio de flores silvestres.

Puede que fuera el pelo, o la manicura, pero algo la ayudó a que el director del banco al menos no se riera. Tampoco es que se mostrara entusiasmado, pero le dio un montón de papeles sobre cómo iniciar un negocio y le dijo que volviera cuando tuviera un plan de empresa. Un plan de vida no era suficiente.

Se comió un sándwich y luego se fue a visitar a Archie. Tenía un aspecto muy frágil, pero se alegró mucho de verla.

–¿Has conseguido hacer algo de dinero, muchacha?

–No, por desgracia. ¿Por qué?

–Porque no has venido en tu bicicleta. No puede ser, si tienes ese aspecto.

–Es que mi hermana me ha prestado el coche.

–Maldición. Tenía la esperanza de que hubiera un nuevo hombre en tu vida.

–Pues siento decepcionarlo –dijo ella.

—Los hombres de hoy en día son tan lentos en darse cuenta de dónde hay algo bueno. Yo no habría dejado escapar a una viuda guapa y joven como tú —el anciano se rio y, una vez más, su carcajada se convirtió en una tos seca—. Bueno, bueno. ¿Y cómo está mi jardín?

—La verdad es que cada vez tiene mejor aspecto.

—¡Vaya! —el hombre alzó la cabeza y Stacey pudo ver una chispa de interés en sus ojos.

—¿Qué pasa, Archie? ¿Es verdad que van a construir naves industriales ahí, o es solo un rumor?

—¿Un rumor?

—He preguntado en la oficina del ayuntamiento, y han aprobado un plan para la construcción de una serie de naves —su silencio parecía una aserción—. Entonces, ¿por qué hay alguien limpiando los caminos, abonando los frutales y volviendo a organizar todo aquello?

—¿Es eso lo que está sucediendo? —su rostro arrugado se arrugó aún más con una sonrisa—. Bien, bien, bien.

—Tú sabes lo que pasa allí, ¿verdad?

—¿Te preocupa que pongan naves industriales allí?

—No me entusiasma la idea. Pero es algo más que eso. Si el vivero va a ser abierto otra vez, me gustaría saberlo. Estoy buscando una salida comercial porque me he decidido entrar en el negocio de las plantas silvestres.

—Te gustaría alquilar el terreno, ¿es eso?

—Bueno, me parece una opción un poco ambiciosa. Pero tal vez podríamos llegar a algún tipo de acuerdo...

—No hay nada malo en ser ambiciosa. Si vas a meterte en un negocio serio, necesitarás espacio, probablemente más del que hay en los viveros. Pero lo siento, Stacey, no es algo que esté en mis manos. Tendrás que preguntárselo a la persona que está trabajando allí. ¿Cómo se llama?

—Nash Gallagher —esperó alguna reacción que no obtuvo—. Ya

le he preguntado y se limita a decirme que está limpiando el lugar –lo que era cierto–. ¿Puedo preguntarte a quién le has vendido el vivero? Así podré averiguar qué está pasando.

–No lo he vendido, Stacey.

–Pero...

Un cuidador apareció en aquel momento.

–Ya se ha terminado el tiempo de visitas, Archie. Es la hora del baño.

–Vete a ver al señor Gallagher otra vez. Pregúntale qué es, exactamente, lo que está haciendo allí. Después, vuelve y me cuentas lo que te ha respondido –dijo el anciano mientras se alejaba en su silla de ruedas.

No lo entendía. Si Archie no había vendido el jardín, entonces, ¿qué?

El sudor le corría por la cara, pero ya casi había terminado. Nash abrió una botella de agua y dio un par de tragos. Luego se la echó por la cabeza. En ese momento, oyó las voces de Rosie y Clover que acababan de llegar del colegio.

–Mamá, ¿va a venir Nash a merendar esta tarde? –preguntó Rosie, mientras mecía a uno de los gatitos en sus brazos.

«Se están acostumbrando a él demasiado deprisa», pensó Stacey. Hacía bien en no complicar más las cosas.

–Hoy no. Voy a salir, ¿recordáis? Ya os lo dije.

–¿Tienes que irte?

–Os lo pasaréis bien. Vera va a venir a cuidaros. Dice que tiene una nueva película de Walt Disney que os va a encantar.

–Quizás Nash pueda venir a verla con nosotras.

«Vera seguro que estaría encantada», pensó Stacey, y subió las escaleras a toda prisa, dispuesta a cambiarse de ropa.

Se quitó la falda y se desabrochó la camisa. Abrió la puerta del baño y se detuvo de golpe.

Estaba todo amarillo, el tipo de amarillo que hacía juego con las margaritas que Nash había cortado para ella. Y los muebles estaban todos blancos, bien pintados.

Nash se había dado la vuelta al sentir que la puerta se abría, y estaba esperando algún tipo de comentario. Difícil, cuando ella estaba sin habla...

–Nash, es maravilloso. No me lo esperaba. No tenías por qué...

–Lo sé –dijo él y tragó saliva–. Pero es que el pastel estaba muy bueno.

–¿De verdad? –se rio ella–. No tendrías que haber estado trabajando.

–Eso es lo que he estado haciendo. Está casi terminado. Vendré mañana y te pondré los baldosines –agarró unas cuantas brochas y unos botes de pintura–. Ahora me marcho, para dejar que te prepares para tu fiesta –la miró de arriba abajo–. Aunque, personalmente, para mi gusto estás perfecta así.

Ella bajó la vista y gimió avergonzada. Rápidamente, se cubrió con la camisa que llevaba en la mano.

Él se rio.

–Trata de no salpicar.

Nash se pasó las manos por la cara. Estaba cansado. Había estado despierto casi toda la noche, primero buscando a la gata, luego en el veterinario. Después, se había pasado todo el día haciendo algo por Stacey, para que cada vez que entrara en el baño se acordara de él, se acordara del modo en que la había besado.

Estaba agotado, pero inquieto al mismo tiempo.

Sí, le había tomado el pelo por su inesperada desnudez pero, en realidad, no había sido algo gracioso, sino profundamente perturbador. Nunca había deseado a una mujer del modo en que la deseaba a ella.

Dio un sorbo de la botella de agua y se echó el resto sobre la cabeza, en un esfuerzo de aclarar su mente. No lo ayudó en exceso. No hizo sino certificarle que era algo más profundo que un deseo pasajero.

Si solo era sexo lo que quería, podría haber aceptado su tácita invitación.

De acuerdo que quería sexo, pero aquello era algo más, mucho más. Se preocupaba por Stacey, le importaba lo que le pudiera ocurrir. Quería verla. Se puso de pie y miró al muro. Apretó el puño dentro del bolsillo, en un gesto de frustración porque ella se iba.

¡La estudiante! Se le había olvidado decirle lo de la estudiante. Aunque fuera a salir, seguro que querría saber que alguien estaba interesado en alquilar la habitación.

Stacey no estaba segura de si ponerse o no el traje de seda. Tampoco estaba muy convencida de su pelo. Se parecía demasiado a su hermana así. No parecía ella misma.

Bueno, quizás eso fuera una buena cosa, después de todo.

Estaba segura de que a Lawrence no le gustaría que fuera descalza, con sus rizos alborotados malamente recogidos en una goma de niña.

El timbre sonó. Se miró por última vez al espejo y decidió que no había forma de que pudiera hacer bien el papel de «señora Stepford».

Lawrence estaba en la puerta, con un ramo de rosas rojas en la mano. Seguro que su hermana le había dicho que las comprara para causarle buena impresión. Puede que hasta hubiera interrumpido alguna reunión importante para hacer el pedido ella misma por él.

Stacey lo rescató, agarrándoselas.

—Gracias —dijo él agradecido, y claramente aliviado por no habérselas podido entregar sin más preámbulos, totalmente ajeno al hecho de que debería de haber sido ella la que diera las gracias, y no a la inversa.

—Has llegado un poco pronto, Lawrence. La niñera aún no está aquí.

—Lo siento —se disculpó—. No sabía exactamente dónde vivías y no quería llegar tarde —miró al reloj—. La recepción es a las siete.

—Tenemos mucho tiempo —le aseguró—. No conoces a mis hijas, ¿verdad? Son Clover y Rosie.

—Me llamo Primrose —la corrigió Rosie—. Mi madre nos puso nombre de flores silvestres. Mamá las cultiva, ¿lo sabía?

—¿Sí? —les habló en ese tono paternalista que usan los hombres que no están acostumbrados a los niños—. Si hubierais sido niños, ¿qué habríais hecho?

—Si hubiéramos sido niños nos habría llamado Lousewort y Frogbit.

Stacey miró a las niñas en silencio, advirtiéndoles que se comportaran y luego sonrió a Lawrence.

—Vente a la cocina y cuéntame qué es exactamente lo que pasa esta noche —dijo ella, para salvarlo de sus hijas. Estaba claro que no le perdonaban que las hubiera privado de la compañía de Nash.

Llenó un jarrón con la intención de hacer que aquellas flores tan tiesas tuvieran un aspecto medianamente natural. Hizo lo que pudo y se volvió a él.

—Ha sido un detalle muy bonito, Lawrence...

Las palabras murieron en su boca al ver apostado en la puerta a Nash.

Tenía el pelo y la camisa mojados, los pantalones cortos sucios y las botas llenas de pintura amarilla. El contraste con la pulcra apariencia de Lawrence era innegable.

Lo único que ambos hombres tenían en común era su expresión de sorpresa, mezclada con la de desaprobación.

–Nash –dijo ella–. ¿Has venido a ver a la gata?

Él apartó la vista de Lawrence y la miró a ella.

–Bonitas flores –afirmó, queriendo decir «caras, aburridas y predecibles». Exactamente lo mismo que ella pensaba–. Y te has arreglado el pelo. Antes no me di cuenta. Supongo que estaba distraído.

Se ruborizó por completo al recordar que era lo que lo había distraído.

–¿Stacey? –Lawrence le tocó el codo como si tratara de darle seguridad, pero no ayudó en absoluto.

Ella no sabía qué hacer.

–¿Qué quieres, Nash?

Le mostró un trozo de papel.

–Nada. Había venido a darte esto. Alguien vino esta mañana a ver la habitación –dijo él, con un la voz afilada como el filo de un cuchillo.

Ella no hizo ni el más mínimo amago de ir a por el papel, así que él se acercó y se lo puso en la mano.

Olía a tierra mojada y a césped y a pintura y ansió poder apretar su cuerpo contra el suyo y haber hecho que la besara y que el mundo desapareciera para siempre.

–Dejó su nombre y su número de teléfono.

–Nash –la cosa cada vez iba a peor–. Estaba buscando a alguien para mucho tiempo. Tú dijiste que estabas de paso.

–No necesito explicaciones, Stacey. Fue un error –miró a Lawrence–. Veo, exactamente, cómo son las cosas –se sacó las llaves del bolsillo–. Aquí están tus llaves.

–No.

–No voy a poder cuidar de la gata mañana.

Se dio la vuelta y salió.

–¡Nash! –ella lo siguió, apartándose de Lawrence, sin importarle qué pensara.

Necesitaba explicarle a Nash lo de la habitación y lo de su cita.

—¡Nash, maldito seas! —él no se volvió—. Yo soy la que tiene que cuidar de la gata, cuando procede de tu jardín.

Él se detuvo y se volvió, como si fuera a retroceder. Pero no lo hizo.

Miró por encima del hombro y vio a Vera aparecer por un lado de la casa con un vídeo y una bolsa de patatas.

—Si no te las arreglas bien, llévala al refugio de animales.

—¡Jamás haría eso! —Stacey estaba furiosa.

Vera la observaba boquiabierta, mientras Lawrence miraba el reloj, claramente ansioso de haber podido estar en otro lugar en aquel momento.

Ella no tuvo más opción que dejarlo, al menos por el momento. Más tarde, iba a hacer que la escuchara.

—¿Nos vamos? —le dijo a Lawrence.

Él le abrió la puerta del coche, un Mercedes, por supuesto. Sabía que debía sentirse impresionada, pero no lo estaba. Le daba lo mismo.

Prefería caminar con Nash que disfrutar de todo el lujo del mundo con Lawrence, que no olía a otra cosa más que a colonia cara.

Quería aire fresco y ropa cómoda, y se sentía terriblemente mal porque Nash pensaba que iba a haber algo entre Lawrence y ella. Tal vez eso era lo que estaba en la agenda de su hermana, pero no en la suya.

Lawrence se aclaró la garganta.

—Todavía hace mucho calor, ¿verdad? No vendría mal un poco de lluvia para limpiar el aire.

¡Cielo santo! Estaba hablando del tiempo. El tema favorito de un convencional hombre inglés. Bueno, al menos no iba preguntarle quién era Nash. No. Era demasiado correcto.

—Supongo que no habrás oído el pronóstico del tiempo, ¿verdad?

—Pues no. Me lo he perdido —¡maldición! Tenía que acordarse

de oírlo para el sábado. Le daría un tema de conversación para la cena–. ¿Te importaría que abriera la ventana?

–No hace falta –le dio a un botón y la temperatura bajó a toda prisa–. Hay aire acondicionado –Stacey había sido capaz de darse cuenta de eso por sí misma. Cuando se disponía a explicarle que prefería abrir la ventana, él intervino una vez más–: Sé cuanto os molesta a las mujeres que se os revuelva el pelo.

No sabía nada.

Ella necesitaba que se le revolviera el pelo. Quería la cara libre de maquillaje, quería quitarse los zapatos y aquellas malditas medias, y tumbarse en el césped frío.

Pero no con Lawrence Fordham.

Capítulo 9

Nash llegó hasta el final del jardín de Stacey. Pero estaba temblando de tal manera, que no podía escalar el muro, así que se vio obligado a enfrentarse a sus sentimientos. No tenía ninguna duda de cuáles eran.

Estaba celoso. Y, de no haberse salido cuando lo hizo, habría acabado dándole un puñetazo al tipo de la camisa almidonada en el momento en que le había tocado el codo.

Luego, le habría dicho que no necesitaba peluquerías, ni maquillajes ni trajes de seda para estar hermosa.

Estaba maravillosa con el pelo sujeto atrás en con una goma de Rosie, con una camiseta corta y unos pantalones anchos, y las uñas llenas de pintura azul.

Pero seguro que no quería saber nada de eso.

Teniendo en cuenta el claro esfuerzo que había hecho con su apariencia, estaba claro que estaba haciendo el gran número para el hombre de la camisa almidonada.

¿Y por qué no? Después de todo, estaba claro que tenía dinero.

El dinero era un fuerte incentivo. Su padre seguro que se había casado con su madre por dinero, pues había muy poco amor en su relación.

Pero él había pensado que Stacey quería algo más. Claro que el tipo de la camisa almidonada podría darle a Rosie y a Clover un montón de cosas caras, pero eso no podía sustituir al amor. Él era un experto en el tema.

Evidentemente, aquella recepción no era tan simple como ella le había dicho. Iba a haber muchos peces gordos.

Dio un puñetazo a la pared y ni siquiera notó el dolor, pues el de su corazón era el único con el que podía enfrentarse su cabeza.

Se había pasado toda la vida tratando de evitar aquello. Pero dicen que uno nunca oye la flecha cuando se va aproximando.

La verdad era que eso no era cierto. Había sabido que la herida era mortal desde el momento en que la había mirado por primera vez. Desde entonces, no había estado más que tratando de engañarse, diciéndose que podía manejar la situación.

Se tendría que ir al día siguiente. Alquilaría una habitación en la ciudad, daría su charla en la universidad y le diría adiós a Archie. Dejaría que construyeran las naves industriales o lo que quisieran. A Stacey le daría lo mismo, y a él también, ya que ella tenía otros planes.

Él se iba a marchar del país en cuanto tuviera la oportunidad.

Finalmente, Stacey tuvo que admitir que la noche no había resultado tan desastrosa como ella había esperado.

Lawrence encontró una versión femenina de sí mismo, que procedía de Bruselas, y que sentía el mismo entusiasmo que él por los productos lácteos, mientras que ella charlaba con el director de su banco.

En un terreno neutral, parecía mucho más proclive a darle esperanzas. Incluso le presentó al director de la revista *Maybridge*. Le dio su tarjeta y le dijo que, cuando iniciara el negocio, lo llamara, para que hicieran algo.

Quizás, después de todo, Dee tenía algo de razón, pues la noche había sido muy productiva. Para cuando Lawrence anunció que era ya hora de irse, se dio cuenta de que la noche había acabado mucho más deprisa de lo que se habría imaginado nunca.

Pero tenía ganas de volver a casa y dormir durante diez horas.

Necesitaba hacer las paces con Nash, pero dormir era una prioridad. Iba a necesitar tener la cabeza bien clara para enfrentarse a él.

Nash estaba fuera de la tienda, tumbado en su saco de dormir.

Hacía demasiado calor dentro. Aún en el exterior la atmósfera era opresiva y no hacía falta oír al hombre del tiempo para saber que estaba a punto de cambiar. Definitivamente, había llegado el momento de cambiar.

Oyó el coche fuera de la casa de Stacey.

Momentos después el automóvil se alejó.

Había estado conteniendo la respiración, mientras se preguntaba si le ofrecería pasar a su casa para tomar un maravilloso trozo de su tarta, con el que probarle que sería una buena esposa.

Pero no había habido tiempo para nada.

Diez minutos después, la luz de la habitación de Stacey ya estaba encendida. Luego la del baño. Ella estaba en casa, a salvo y durmiendo sola. Cerró los ojos.

¿Y si ponía todas las cartas sobre la mesa, le explicaba la situación, le ofrecía el jardín... y le pedía que lo esperara?

Una ráfaga de viento lo despertó. La puerta de la tienda se había soltado y agitaba el aire bruscamente. Mientras se metía en el interior, grandes gotas de lluvia comenzaron a caer.

Stacey se despertó sobresaltada, y se sentó en la cama antes de haberse podido despertar del todo.

Había visto una lívida ráfaga de luz...

El estallido de un trueno justo encima de la casa le reafirmó que no era más que una tormenta de verano.

Las cortinas se agitaban con fuerza y, al llegar a la ventana para cerrarla, descubrió que la moqueta estaba mojada.

La lluvia se deslizaba por los cristales y ella apoyó la cara en el cristal, mientras se preguntaba qué tipo de daños ocasionaría aquel diluvio en su pobre y vieja casa.

Hubo otro rayo, que iluminó su jardín y se reflejó sobre el césped húmedo.

Unos segundos después hubo otro trueno y pensó en Nash. Se preguntó si estaría bien. Estúpida pregunta. Estaría empapado.

Era posible que todavía no quisiera hablar con ella, pero no estaba dispuesta a dejarlo allí fuera, mojándose.

Se puso los pantalones del chándal, comprobó que Rosie y Clover estuvieran bien. Rosie estaba profundamente dormida, pero Clover se despertó.

–¿Qué ha sido ese ruido mamá?

–Hay una pequeña tormenta, cariño. Nada de lo que preocuparte. Está lloviendo con mucha fuerza, y voy a ver si Nash quiere venirse a dormir aquí. ¿Os quedáis un momento solas?

–Sin problema –a pesar de los truenos, Clover cerró los ojos y volvió a dormirse.

Stacey no se preocupó por ponerse un chubasquero, se limitó a buscar una linterna que había detrás de la puerta.

La lluvia caía con fuerza, pero no tenía tiempo de preocuparse por eso. Atravesó el jardín corriendo, calándose de agua hasta los huesos antes de llegar al muro. No se había imaginado nunca que fuera posible mojarse tanto fuera de la ducha.

–¡Nash! –le gritó–. ¡Nash!

No hubo respuesta, pero no estaba segura de que pudiera oírla con el sonido de la lluvia.

Se colgó la linterna en el brazo y saltó al otro lado del muro.

Sus dedos fríos y húmedos resbalaban sobre la piedra, pero al fin logró alzarse encima. Agarró la linterna, la encendió e iluminó en dirección al campamento. No veía la tienda.

–¡Nash! –volvió a gritar. Seguro que la habría oído o la habría visto. No podía estar durmiendo con la que estaba cayendo.

Agitó la linterna enérgicamente, tratando de sujetarse al muro con fuerza. Durante un momento pensó que había visto algo moverse y miró para abajo. Nada. De pronto, al mismo tiempo que un rayo atravesaba el cielo, el muro comenzó a moverse y, antes de que se diera cuenta, se estaba desmoronando.

–Eres una irresponsable –Stacey estaba en una ambulancia que la llevaba al hospital local–. ¿Qué estabas haciendo?

Nash estaba lleno de barro. Tenía la cara manchada y las manos con sangre, pero le estaba acariciando la frente, y se sentía bien.

–Estaba lloviendo –dijo ella–. Pensé que te ibas a pillar una neumonía o algo así.

–¿Te importa lo que me ocurra?

–Por supuesto que me importa –pero al sentir que sonada demasiado como una declaración añadió–: Me habías prometido terminarme el baño mañana. ¿O es ya hoy?

De pronto sintió pánico y trató de moverse, pero el enfermero la contuvo.

–Será mejor que no se mueva, señora O'Neill, hasta que no sepamos qué está roto.

¿Roto? La intervención del enfermero la había distraído momentáneamente de su preocupación.

–¿Con quién están Clover y Rosie?

–Con Vera. Estaba mirando la tormenta desde la ventana y fue ella la que llamó a la ambulancia antes de venir a ayudar a sacarte de entre los escombros.

–¿Sí? Me veo haciendo pasteles durante el resto de mis días.

–No vas a hacer absolutamente nada en un par de semanas. No hace falta una radiografía para saber que te has fracturado el tobillo.

Ella protestó.

–Dee no me lo va a perdonar. Tengo que ir a una cena con Lawrence el sábado. Me ha prestado su vestido de Armani...

–No te preocupes de eso ahora.

«¡Dios! Seguro que piensa que estoy delirando», pensó ella.

–Lo digo en serio.

Nash le apretó la mano y ella se dio cuenta de que llevaba un rato haciéndolo y de que le provocaba una cálida y reconfortante sensación.

–Estoy segura de que lo comprenderá. ¿Quieres que lo llame?

–¿A Lawrence? ¡No!

–¿Y a tu hermana? ¿Estará ya en casa?

–No lo sé. Pero no tiene sentido que la llamemos en mitad de la noche. Lo único que hará será echarme la bronca por estropearle sus planes.

¿Sus planes?

–No lo hará. Si va a gritarle a alguien, será a mí.

–Entonces, definitivamente no vas a llamarla. No quiero que se divierta con todo esto –comenzó a reírse, pero la carcajada se convirtió en tos–. ¿Estás seguro de que no es más que mi tobillo?

–Te has librado de milagro, porque podía haber sido realmente grave.

Y Nash pensó que no podría haberse perdonado a sí mismo si así hubiera sido.

La ambulancia se detuvo a la puerta del hospital.

–¿Me voy a tener que quedar aquí, Nash? –le preguntó–. Alguien tendrá que cuidar de Clover y de Rosie, y de la gata y los gatitos.

–Yo lo haré –dijo él y se lo repitió a sí mismo, mientras se la llevaban en una silla de ruedas.

Le pareció que habían pasado horas la siguiente vez que la vio.

–Solo tiene una fractura de tobillo y unas pocas contusiones –dijo la enfermera–. Pero va a estar dolorida durante unos cuantos días, señora O'Neill. Estamos tratando de conseguirle una cama, pero no hay ninguna libre. El problema es que el hospital está lleno.

−Yo no quiero una cama, quiero irme a mi casa.

−¿Tiene alguien que la cuide allí?

−Me las arreglaré.

La enfermera no parecía muy convencida. Miró a Nash buscando algún tipo de confirmación.

Pero aquello no sería un problema. Después de todo, si no llega a ser por él, el accidente no habría sucedido.

−No se preocupe. Yo me quedaré con ella hasta que pueda andar.

−Pero...

Nash la cortó.

−Venías a ofrecerme una habitación cuando te sucedió esto. Bueno, eso espero, porque el viento se había llevado mi tienda.

−¿Lo has perdido todo?

−No. Me llevé todo a la oficina antes de que empezara a soplar con demasiada fuerza.

−Así que ahora te sientes culpable y por eso insistes en cuidarme. Pues no tienes por qué hacerlo. Tú querías irte...

−Y tú querías alguien para mucho tiempo −dijo él−. Pero, si quieres, puedo compartir la habitación con la estudiante, y así tendrás a alguien permanente cuando me haya ido.

−¡Pero si es una chica!

−No pensarías que iba a compartir una cama doble con un hombre −el auxiliar de clínica llegó para llevarla hasta la salida−. ¿Qué me dices?

−¿Idiota? −respondió ella.

−Tomaré eso como un sí −miró a la enfermera−. Entonces, ¿la puedo llevar a su casa? ¿Dónde puedo organizar lo del transporte?

−Sígame y le muestro dónde −salieron de la sala y la mujer lo miró con cierta distancia. Nash se encogió de hombros.

−Lo de la estudiante no era más que una broma, ¿de acuerdo?

La enfermera no se mostró en absoluto impresionada.

—¿Quiere decir que no sería suficiente con decirle a la señora O'Neill que está enamorado de ella?

—¿Enamorado? ¿Como en «hasta que la muerte os separe»?

Nash tuvo, de repente, la misma sensación que debió de sentir en el preciso instante en que el muro se desplomaba: algo así como un «esto no puede estarme sucediendo a mí».

Pero sí, claro que le estaba sucediendo.

Aquello no le gustaba. No podía estar allí, en la cama, por la mañana, mientras todos los demás corrían de un lado a otro.

—Mamá, ¿dónde están mis pantalones cortos?

—En la cesta de la ropa para planchar.

—¿Quieres decir que no están planchados? —bajó las escaleras a toda prisa—. ¡Nash, hay que plancharlos! ¿Sabes planchar?

—¡Rosie, te los puedes poner sin planchar! —gritó ella mientras su hija bajaba las escaleras—. ¡Nash, no hace falta que se los planches!

Pronto oyó que sacaba la tabla y gruñó.

Acto seguido, escuchó la voz de su hermana, y trató de esconderse debajo de las sábanas al oír que subía las escaleras.

No funcionó.

—¿Qué demonios está pasando aquí? Ese hombre dice que te has roto un tobillo. ¿Sabes que está en la cocina planchándole los pantalones cortos a la niña?

—No tenía por qué hacerlo.

Dee se sentó al borde de la cama y la miró.

—¿Qué ha pasado?

—Tuve una pequeña caída el lunes por la noche.

—¿El lunes? ¿Todo esto pasó el lunes? Estoy fuera un par de días, y todo se derrumba.

—Todo no, solo el muro. Y no ha sido nada, de verdad.

—He visto el muro. No pareció que hubiera sido «nada». Además, tienes un ojo morado.

—Gracias, necesitaba saber eso —había estado durmiendo todo el martes y todavía no se había acercado a un espejo.

—¿No deberías estar en el hospital?

—No tenían camas suficientes.

—¡Pero eso es espantoso!

—No, de verdad, estoy bien. Tenía dos opciones, que me pusieran en una camilla en mitad de un pasillo o que Nash me trajera a casa.

—¡Deberías haber llamado a Tim! Mira, te vamos a llevar a casa de inmediato. Ingrid se puede encargar de las niñas, mientras yo estoy trabajando...

—No, Dee.

—Sé razonable.

—No me voy a mover de aquí. Estoy bien. Nash lo está haciendo muy bien. Me va a llevar abajo cuando las niñas ya estén en el colegio, para que pueda desayunar en el jardín.

—¿Y qué va hacer aquí ese hombre?

—Su nombre es Nash Gallagher, Dee. Me va a poner los baldosines del baño —se movió ligeramente. Sentía todo el cuerpo dolorido—. Las llaves de tu coche están en el cajón.

Dee se levantó.

—Vendré luego. Si es que estás segura de que te encuentras bien —no se marchó—. ¿Quieres que te traiga algo?

—Unas uvas —estaba ansiosa de que su hermana se marchara.

—¿Nada más?

—Nada.

—Bueno, si estás segura —finalmente, preguntó lo que estaba ansiosa por preguntar—. ¿Conseguiste ir a la recepción?

—Sí, Dee. Lawrence me trajo unas rosas rojas, tal y como tú le indicaste, y lo pasamos bien.

—¿Bien?

Sin duda se había excedido en su comentario.

—Dejémoslo en que fue una noche muy útil. Él se pasó toda la noche hablando con una mujer belga sobre lácteos, y yo con el director del banco. Deberías estar orgullosa de ambos.

Dee la miró con desconfianza y se dirigió hacia la puerta.

—Te veré más tarde —abrió el bolso y volvió—. Toma, por si lo necesitas —era su móvil—. Por si acaso.

Estuvo tentada de preguntarle por si acaso qué, pero ya sabía la respuesta.

—No seas tonta, Dee. Si me quedo con tu móvil, me voy a pasar toda la mañana contestando llamadas para ti.

—Puedo desviar las llamadas.

—¿De verdad? Qué lista eres. Te lo agradezco, pero de verdad que no lo necesito. Nash ya me ha dejado el suyo —dijo ella, y se lo enseñó. Era pequeño y muy moderno.

—Vaya —dijo Dee.

—¿Qué puedo hacer por ti?

—Quiero que me saques de esta cama. Necesito lavarme los dientes, entre otras cosas.

—De acuerdo. Pon el brazo alrededor de mi cuello —se inclinó para que pudiera agarrarse y se sentó. Dijo unas cuantas palabras mientras se levantaba, motivadas por el dolor de los golpes que tenía en todo su cuerpo—. Eso ha sido muy instructivo.

—Cállate y ayúdame a levantarme.

El camisón se le subió por detrás.

—Tu trasero está tomando un color muy interesante.

—No quiero saberlo. Y no deberías estar mirando.

—Lo siento —dijo, mientras la llevaba en brazos hasta el baño. Cortó un trozo de papel y se lo puso en la mano. Ella estuvo a punto de decirle que se las podía arreglar, pero se dio cuenta de que eso, de entrada, era engañarse a sí misma.

–Grita cuando hayas terminado y vendré para ayudarte a lavarte.
–No hace falta.
–De acuerdo, como quieras. Vendré a recogerte del suelo cuando te hayas lavado. ¿O prefieres ir a casa de tu hermana?
–Está bien, te llamaré, te llamaré.

No tuvo otra elección. No podía levantarse.

Tal vez, debería haber sido una situación embarazosa, pero no lo era. Se sentía muy cómoda, como si lo conociera de toda la vida. Mientras ella estaba sentada, él llenó el lavabo con agua. Le lavó la cara con una esponja, luego el cuello, la espalda, los brazos, mientras ella se tapaba los senos con una toalla.

–Es como ser una niña –dijo ella, mientras él le pasaba de nuevo la esponja enjabonada para que ella misma se ocupara de partes más íntimas. Luego la ayudó a ponerse un camisón limpio y a levantarse para poderse lavar los dientes.

Le hizo la cama y, a pesar de su insistencia en que quería bajar al jardín, ella se sintió muy cómoda en el momento en que se vio en la cama limpia y ordenada.

La peinó cuidadosamente.

–¿Quieres que te recoja el pelo?
–Sí, por favor. Encontrarás una goma en la cómoda.

Entre un montón de cosas, encontró la foto de un hombre muy atractivo con una camiseta de rugby, que se reía de algo.

–¿Era tu marido? –le mostró la foto para que la viera desde la cama.
–Sí, ese era Mike.
–Debes echarlo de menos –hubo un largo silencio–. Lo siento. Seguramente no quieres hablar de él.
–No hay problema. En realidad, para quien es más duro es para Clover y Rosie –dijo–. Les cuesta eso de no tener un padre. Sé que muchos niños están viviendo con uno de los dos padres. Pero las mías ni siquiera tienen el consuelo de ir a ver al otro a otra casa, alguien que les malcríe y compita por su amor.

—Créeme, es terrible.

—¿Tus padres se separaron?

—¡Oh, no! No eran gente tan civilizada. Se limitaron a vivir juntos y hacerse la vida imposible.

—Lo siento, Nash.

—No te preocupes. En el fondo tuve suerte. Tenía un abuelo al que recurrir cuando las cosas se ponían realmente mal –puso la foto de nuevo en su sitio–. Y ahora, dígame, señora mía. ¿Quiere el pato, las margaritas o las rosas?

—Las margaritas, por favor.

—¿Y para desayunar?

—Ya no recuerdo la última vez que desayuné en la cama.

—Pues aprovecha. ¿Un huevo pasado por agua y tostadas?

Ella se rio, pero se contrajo ante el dolor de sus heridas.

—Estoy feliz –dijo con una mueca–. En serio.

Él le recogió el pelo cuidadosamente, pasándole la mano y levantándoselo de la nuca.

Estaba absolutamente feliz.

Capítulo 10

Stacey desayunó, tomó unos analgésicos, y se durmió de nuevo. Cuando se despertó, había una enorme cesta llena de flores junto a la cama. No necesitaba leer la tarjeta para saber quién se lo había mandado.

Con todo mi cariño. Espero que te recuperes pronto.
Lawrence.

Seguro que lo que ponía en la tarjeta lo habría escrito su hermana. Debía de haber parado en la tienda de flores de camino a la oficina.

—¡Nash! —lo llamó ella.

Él apareció tan rápidamente que le dio la sensación de que hubiera estado esperando en la escalera a que lo llamara.

—Por favor, llévate estas flores. Me están poniendo dolor de cabeza.

—¿Y no esperará verlas cuando venga a visitarte?

—Si viene, ya me las traerás —le dijo.

—¿Dónde quieres que las ponga?

—En el comedor. Hace más frío y durarán más tiempo.

—De acuerdo —dijo él y se frotó la barbilla contra el hombro, dejándose una mancha de yeso sobre la camiseta. Ningún hombre tenía derecho a parecer tan sexy, tan deseable. No era justo que una mujer decidida a ser razonable se encontrara con una situación tan difícil.

—¿Qué? —preguntó él.

Ella lo miró y negó con la cabeza, decidida a no decir lo que estaba pensando.

—Tienes yeso en el pelo.

—¿De verdad? —alzó la mano, pero la bajó antes de quitarse nada—. Luego me lo quitas tú.

Stacey se dio cuenta de que los dos estaban pensando en lo ocurrido en el jardín, cuando ella le quitó el trozo de cristal que le había caído sobre la cabeza y estuvieron a punto de lanzarse el uno en brazos del otro, dos minutos después de haberse conocido. Quizá debería recapacitar sobre lo de llamar a su hermana y decirle que se iba a su casa.

Tanto cuidado implicaba que tenían que tocarse.

Aquello estaba poniendo a prueba su tan elaborado plan de futuro.

—¿Quieres comer algo, o prefieres esperar a que traiga a las niñas del colegio? Me han pedido varitas de pescado para cenar. Pero quizá tú quieras comer algo de adultos.

El móvil sonó en ese momento. Stacey se lo pasó a Nash.

—Será para ti.

Nash lo alcanzó y respondió. Era una voz femenina.

—¿Doctor Gallagher?

—¿Sí?

—Soy Jenny Taylor, de Investigación Botánica Internacional. Hemos recibido su mensaje de que tiene que demorar su partida. El director quiere saber si estará disponible para viajar a finales de mes, para poder organizarlo todo.

El final del mes estaba a solo diez días vista. Miró a Stacey. Pensó sobre lo de pasar un año en Sudamérica. No respondió.

—Lo siento. Tengo otros compromisos. Si tienen mucha prisa, tendrán que buscar a otra persona.

Hubo un momento de silencio. Ni él mismo se creía que había dicho lo que acababa de decir.

−Ya lo llamaremos −dijo ella.

Colgó el teléfono y lo desconectó. Podría dejarle un mensaje. Le devolvió él teléfono a Stacey, que lo miraba con curiosidad.

Ella no se creía que él fuera botánico. No le había importado hasta entonces tratar de convencerla. Pero de pronto, sí importaba. Si quería estar con él. Si lo que buscaba era una buena cuenta bancaria, entonces Lawrence era el hombre que necesitaba.

−Era de Investigación Botánica Internacional −le dijo−. Quieren que guíe una expedición.

−¿Investigación Botánica Internacional? −Stacey lo miró, tratando de leer su cara. Mike había sido una persona fácil de leer. Nash no lo era en absoluto. Era mucho más profundo y complicado−. ¿Y les has dicho que no?

−Tú me necesitas.

−¡Sí, claro! −se lo estaba inventando. Lo habrían llamado para trabajar unos cuantos días en algún sitio. ¿Podría permitirse el rechazar trabajo? Quizás ella debería intentar esforzarse un poco más para arreglárselas sola−. ¿Me ayudas? Necesito ir al baño.

Él se inclinó para que ella enganchara el brazo alrededor de su cuello.

Stacey pensó que ya estaba mucho mejor, porque ya no le dolían tanto los músculos al moverse. Pero quizás era porque estaba demasiado ocupada tratando de superar las sensaciones que le provocaba el roce de su mejilla contra el pecho de él, como para sentir nada más.

Él la miró.

−¿Estás bien? −le preguntó.

No, claro que no estaba bien, pero lo miró a la cara y se esforzó por sonreír. Pero no lo consiguió. Él tampoco estaba sonriendo. Por un momento, pensó que la iba a besar. Lo hizo. Le rozó la frente suavemente con los labios.

—No trates de hacer más de lo que puedes.

—Puedo, de verdad.

Al final, él la tomó en brazos y la llevó hasta el baño.

En ese momento, ella descubrió que él no había estado sentado en la escalera esperando a que lo llamara. Por eso tenía escayola en la cabeza. Había estado arreglando el baño, los baldosines estaban en su sitio y quedaba muy bonito. Incluso había puesto la cortina y unas margaritas encima de una repisa. Stacey acarició los pétalos.

—Me encantan —dijo.

—*Leucanthemum vulgare* —dijo él. Luego, levantó la mirada—. Lo he mirado en un libro.

—Ya —¿por qué no lo creía? ¿Por qué el corazón le latía a toda prisa? Como si aquellas palabras hubieran sido mucho más importantes que un beso—. Puedes bajarme.

La dejó en el suelo, sin dejar de sujetarla para que no perdiera el equilibrio.

Desde la ventana, vio que había hombres recogiendo los escombros del muro.

—¿De dónde han salido?

—¿Quién? —Nash miró hacia el mismo lugar que ella—. ¿Esos trabajadores? Han llegado esta mañana. Supongo que habrá sido el constructor. Te van a dar una indemnización por el accidente. Bueno, eso me imagino.

—¿Una indemnización?

—El muro estaba en un estado muy peligroso. Se podría haber caído en cualquier momento encima de Clover o Rosie.

—Pero eso no ocurrió. El accidente fue culpa mía. No debería haberme subido. Ya se lo había advertido a las niñas —suspiró—. Seguro que ahora pondrán una valla de alerce.

—No te quieres marchar de aquí, ¿verdad?

Ella negó con la cabeza.

—¿Harías cualquier cosa para quedarte?

—Es que me pienso quedar. Pensaba que no podría hacerlo, pero el lunes tomé una decisión.

—Ya.

—Claro que ahora no puedo hacer nada al respecto.

—Pero pronto podrás. ¿Te las puedes arreglar sola aquí? —de pronto estaba ansioso por poner cierta distancia entre ellos.

—Sí, gracias —ella se agarró al lavabo y miró el baño—. ¿Nash?

—¿Qué? —su respuesta fue mucho más seca de lo que había esperado. De pronto, no le pareció buena idea pedirle que la ayudara a meterse en el baño. Un cuerpo lleno de arañazos no era algo divertido de ver para un hombre.

—No te olvides de bajar las flores al comedor.

Nash abrió la puerta del comedor y se quedó sorprendido. No había estado allí antes.

Alguien había empezado a arrancar el papel, pero al ver que el temple también se caía, lo había dejado tal cual. El resultado era una auténtica catástrofe decorativa.

Miró al carísimo centro de flores que tenía en la mano. ¿Seguro que ella quería que lo dejara allí? ¿No ofendería eso a Lawrence?

Realmente, aquella le pareció una muy buena razón para dejarlo allí.

Así lo hizo, cerró la puerta y se dirigió a la cocina a preparar té.

Dee Harrington estaba sentada en la cocina cuando él entró.

Él se detuvo en la puerta.

—Hola. No la oí llegar. Stacey está en el baño.

—No he venido a ver a Stacey. He venido a hablar con usted. A mí no me impresiona en absoluto con toda esa demostración de que es un «hombre moderno».

Él acercó una silla y se sentó a la mesa.

—¿Qué es lo que le preocupa?

—Usted, señor Gallagher. Me preocupa usted. A Stacey ya le rompieron el corazón una vez y no quiero que vuelva a pasar por eso.

—¿Y qué le hace pensar que le voy a romper el corazón?

—Es inevitable. Usted es el clon de Mike, su marido: rubio, ojos azules y musculoso.

—No es algo que a mí, en particular, me preocupe demasiado. Es una simple combinación de características genéticas y trabajo duro.

—Mike también trabajaba duro y jugaba duro. Nunca dejó de jugar: al rugby, al baloncesto... Cuando debería haber estado en su casa, cuidando de su mujer y sus hijas. También le gustaban los juguetes de mayores. Las motos eran sus favoritos. En segundo término estaban las muñecas de carne y hueso. Stacey fue una buena esposa, leal a él. Lloró mucho cuando murió. Creo que se merece algo mejor esta vez.

—¿Y su intención es que lo consiga en esta ocasión?

—¿No haría usted lo mismo, si fuera su hermana? —se inclinó hacia delante—. Lawrence Fordham es un buen hombre que puede proporcionarle una buena vida. Necesita ir hacia delante. Usted es un paso atrás en su vida.

—Creo que nos está infravalorando a los dos, señora Harrington. Y ahora, si me perdona —se levantó—. Tengo que ayudar a Stacey antes de ir a por las niñas al colegio. ¿Le digo que ha venido a verla? ¿O prefiere que mantenga este pequeño encuentro en secreto?

Ella se levantó, con el rostro congestionado por la rabia.

—¡Está tan seguro de sí mismo! Ha encontrado un lugar confortable, una viuda necesitada con una casa, y está dispuesto a hacerse indispensable. Se lo advierto, señor Gallagher, mi hermana puede que no tenga redaños, pero yo sí. Será mejor que se invente alguna excusa y se marche ahora, porque voy a averiguarlo todo sobre usted.

—Bien, pues quédese usted aquí y cuide de ella —era un reto—.

¿O quizá sea el señor Fordham el que venga a remangarse para quitar el polvo?

–Váyase, y me la llevaré a casa conmigo –le dijo–. Hay mucha gente que puede cuidar de ella.

–No lo creo. Como usted dice, aquí tengo todo lo que he querido siempre –agarró a un pequeño gatito que se estaba escapando y lo puso de nuevo junto a su madre.

–¡Nash! –gritó Stacey desde arriba–. Ya puedo bajar.

–Pues será mejor que estés decente, porque tienes visita –sonrió a Dee–. Ya ve. Siempre hay algo que hacer.

–Lawrence... No hacía falta que te desviaras para venir aquí. Ya habías mandado las flores. Siéntate.

Stacey estaba tumbada en el sofá, como una heroína decimonónica.

Las niñas estaban con ellos, viendo los dibujos animados.

Estaba claro que a Lawrence lo ponían nervioso.

–¿Dónde está Nash? –les preguntó, extrañada de que no estuvieran a su vera.

–Está arreglando algo –dijo Clover–. Nos ha pedido que no saliéramos al jardín en media hora.

Bueno, seguramente, lo mejor era que Lawrence las viera en sus peores momentos.

Estaba sentado al borde del sillón, claramente incómodo.

–¿Cómo estás, Stacey? Sabía que habías tenido un accidente, pero no sabía que hubiera sido tan grave.

¿Tenía un aspecto tan terrible?

–Parece peor de lo que es. Siento no poder ir contigo a la cena del sábado.

–No pasa nada. Cuando me dijo Dee que no vendrías, llamé a Cecile, que está encantada de venir en tu lugar.

Parecía realmente contento con el cambio de planes.

–¿Cecile?

–La señora Latour. La conociste el lunes por la noche en la recepción.

–¿Sí? –¿se refería a la dama con la que había estado hablando toda la noche? ¡Vaya!–. Sí, ahora recuerdo.

–Llegará el sábado por la mañana.

–¿Viene desde Bruselas solo para una cena?

–Bueno, no para una cena. Para pasar todo el fin de semana –un ligero rubor tiñó sus mejillas.

–Me alegro mucho por ti, Lawrence, lo digo sinceramente. ¿Se lo has contado a Dee? –él la miró con pánico, pero Stacey le agarró la mano–. No temas, no puede matarte.

Sin duda, le reservaba ese destino a su hermana, que era demasiado lenta y no sabía aprovechar sus oportunidades.

Nash tenía dos opciones: sentarse y mirar con odio a Lawrence Fordham o hacer algo más por Stacey.

Calculaba que tendría dos semanas antes de que su hermana averiguara quién era él. No era mucho tiempo, y estaba determinado a lograr que Stacey lo eligiera a él, y no a Lawrence, antes de que se desvelara el secreto de su identidad.

Mientras tanto, había mandado a las dos niñas dentro, para poder arreglar el tejado.

–Stacey, tengo que salir mañana por la mañana –le dijo a ella mientras la metía en la cama–. ¿Estarás bien sola o quieres que avise a Vera, o a tu hermana?

–¡A mi hermana no!

–Entonces a Vera. Preferiría que alguien se quedara contigo.

–Me siento mucho mejor, Nash. Y tengo las muletas para ir al baño –había estado practicando por la tarde.

—Te dejaré el teléfono.

—Gracias. Supongo que tendré que acabar comprándome uno, si voy a empezar el negocio.

—¿Vas a empezar un negocio?

—Fuiste tú el que me instaste a ello. Me dijiste que tratara de alcanzar la luna. Por desgracia, el director del banco insiste en que necesito un plan de empresa antes que nada. Y Archie asegura que necesito más tierra.

—¿Archie?

—Archie Baldwin, el anciano que solía llevar el vivero. Fui a verlo. Pensé que, tal vez, él sabría qué iban a construir en el antiguo jardín –decidió ir un poco más allá–. Pensé que, tal vez, iba abrirlo de nuevo y que yo podría negociar algo.

—¿Y qué te dijo Archie?

—Nada. Siempre había creído que él era el dueño de ese lugar, pero, por lo que me dijo, me pareció que, en realidad, era alquilado. Me sugirió que te preguntara a ti.

—¿Y por qué no lo has hecho?

¿Por qué no lo había hecho? No estaba segura, así que hizo una mueca.

—Bueno, el lunes estuve corriendo todo el día. Y, cuando viniste a darme el número de teléfono, estabas de mal humor –se encogió de hombros–. Desde entonces, he estado en la cama dolorida.

—Lo siento –se arrodilló junto a la cama y le tomó la mano. Estaba realmente serio, lo que a ella la perturbó.

—¿Lo sientes?

—Debería habértelo dicho. No sé por qué no lo hice.

—¿Decirme qué? Nash, por favor...

—Verás, yo no estoy limpiando ese lugar para nadie. Es que Archie es mi abuelo.

—¿Archie? –se quedó atónita.

Pero aún le sorprendió más no haberse dado cuenta, pues había un gran parecido entre ellos.

–¿Por qué no me lo dijo? –preguntó ella, profundamente herida. Pensaba que Archie era su amigo. También pensaba que Nash lo era–. ¿Y por qué no me lo has dicho tú?

Él le tomó la mano y se la puso sobre su propia frente, como sí así pudiera entender de algún modo lo que sentía.

–Solía pasar todo mi tiempo en el jardín cuando era niño. Era el único lugar en el que me sentía a salvo –se quedó en silencio un momento–. Pero, hace unos veinte años, hubo una gran pelea en mi familia. Archie acusó a mi madre de haberme descuidado. Todo el mundo dijo demasiadas cosas que no quiero recordar aquí. Yo tenía trece años y era el único miembro de la familia al que todo el mundo hablaba. Entonces me negué a ser el mensajero de mi madre o de mi padre. Prefería no hablar con ninguno de ellos.

–¡Oh, Nash! ¡Eso es espantoso!

–Cuando Archie se enfermó, hice las paces con él. Se lo llevaron de su oficina en una camilla.

–Lo sé. Yo fui la que lo encontré.

–Entonces fuiste tú la que le salvaste la vida –le besó los dedos y la miró–. Gracias. Nunca me habría perdonado...

–Está bien, no te preocupes –le susurró–. Está bien...

–Cuando vi cómo estaba el lugar... –se detuvo, como si le costara explicar tantas cosas–. Pensé que debía limpiar los árboles. Siempre me levantaba en brazos para que agarrara un melocotón.

–¿Sí? –le vino a la mente la dulce imagen de un niño mordiendo la fruta madura y recordó aquella pregunta que no había comprendido: «¿Has probado el sabor de un melocotón maduro recién caído del árbol?». Después, la había besado mientras pensaba en aquel recuerdo infantil.

Había algo tremendamente tierno en todo aquello.

–Y, de pronto, apareciste tú, saltaste por encima de aquel muro, y tuve la sensación de que ya no me podría apartar de ti –Nash sabía que eso había sido un golpe bajo. Injusto. Lawrence Fordham no tenía la oportunidad de compartir el silencio de la noche con ella. Pero, en cuestiones de amor, todo era justo... Y Nash estaba, sin duda alguna, enamorado de aquella mujer. Lo que había dicho no había sido más que la verdad.

–Stacey...

–Shh... Ven aquí –se movió para dejarle sitio en la cama.

A él se le secó la boca. Deseaba aquello, lo deseaba demasiado como para cometer un error.

–¿Estás segura?

–Solo quiero abrazarte, Nash.

Él se quitó los zapatos y la abrazó. Su contacto fue cálido y dulce y sintió ganas de hacerle el amor de ese modo tierno que los poetas describen en sus libros.

Pero ella solo quería que la abrazara. Con eso se conformaría.

–Perdona... –dijo ella. Él se sobresaltó. ¡Había cometido algún error! Había malinterpretado algo–. ¿Es que no te quitas los calcetines para meterte en la cama?

¿Meterse en la cama? ¿No se trataba de estar solo encima de la cama?

–Generalmente, me lo quito todo.

–Entonces, sugiero que lo hagas –sus ojos eran una dulce invitación–. Por favor, apaga la luz. Con el aspecto que tengo en este momento, preferiría que nos limitáramos al sentido del tacto.

Capítulo 11

–Mamá, es muy tarde.

–¿Tarde? –Stacey abrió los ojos y parpadeó, al sentir la luz del sol. Clover la estaba mirando fijamente–. ¿Cómo de tarde? –miró el reloj que estaba en la mesilla–. ¿Dónde está el reloj?

–Está allí –dio la vuelta a la cama, hacia la otra mesilla–. Hola, Nash –agarró el reloj y se lo llevó a su madre–. Son las ocho y cuarto, mira.

Stacey miró. Clover tenía razón. Luego se dio cuenta de lo que estaba sucediendo. Se incorporó rápidamente, sin apenas notar el dolor que sentía. Él se giró y la estaba mirando.

¡Maldición! ¿Cómo le iba a explicar aquello a su hija de nueve años?

–Mami, si Nash va a dormir aquí contigo, ¿puedo quedarme yo en la habitación que sobra? Soy demasiado mayor para compartir mi dormitorio con Rosie.

¿Así de simple?

–Ya hablaremos de eso más tarde. Vete a lavar y asegúrate de que tu hermana está despierta... –Nash estaba sonriendo–. ¡No tiene gracia!

Le besó la pierna aún llena de moratones.

–No, claro que no. Estoy muy serio, ¿no me ves? Tú lo sabes.

Stacey no sabía nada, solo que era muy tarde y que, seguro, Clover anunciaría mañana la inminente llegada de un hermanito.

–Ayúdame –le dijo–. Solo conseguiremos que las niñas lleguen al colegio a tiempo si nos ponemos en marcha los dos.

–Me las puedo arreglar solo –salió de la cama, se puso la ropa que había dejado en el suelo la noche anterior y se dirigió hacia la puerta–. Quédate aquí. No muevas un músculo. Enseguida vuelvo.

Así lo hizo. Volvió con una taza de té, una tostada y un beso, antes de llevar a Clover y a Rosie al colegio.

Stacey estaba segura de que solo eso habría causado todo tipo de cotilleos, antes de que hubiera motivo para ellos.

Se levantó de la cama y, con la ayuda de las muletas, se dirigió hacia el baño. No era tan divertido como que la llevara él, pero tenía que hacer el esfuerzo.

Ya se había aseado para cuando él volvió. Se quedó impresionado de sus avances, pero no deshizo sus planes de tener a alguien para que la ayudara.

–He visto a Vera cuando venía hacia aquí. Le he pedido que venga a ayudarte.

–No hace falta.

Miró las muletas.

–Te puedes caer. Y yo no sé cuánto tiempo voy a tardar.

–Pensé que solo ibas a estar fuera por la mañana.

–Más bien hasta después de comer –dijo, mientras se disponía a afeitarse–. Necesito ir a ver a Archie, también.

–Dale recuerdos de mi parte –dijo ella, mientras lo veía afeitarse.

Hacía mucho que no veía a un hombre afeitándose, y siempre había pensado que era una de las acciones más sensuales del mundo. Era como el amor: un pequeño error y...

–Nash –él se volvió–. Gracias por lo de anoche.

–Fue un placer –sonrió y le dio un beso en la frente, dejándole un poco de espuma. Se la quitó con el dedo–. Esta noche lo intentaremos otra vez.

—Pero ¿y Clover y Rosie?

—No son ningún problema —estarían felices—. A quien sí vas a tener que pensarte cómo decirle que me quedo es a tu hermana.

—¿Te quedas?

Él hizo una pausa y la miró a través del espejo.

—¿No quieres?

—Sí —dijo ella. Aquel no era momento para juegos y fingimientos—. Claro que quiero que te quedes. Pero pensé que tu vida consistía en ir de un lugar a otro.

—Pues he encontrado un lugar en el que quedarme —limpió la maquinilla de afeitar en el agua.

Ella trató de mantener el rostro sereno, pero no pudo evitar una sonrisa complacida.

—¡Pobre Dee! —se dio la vuelta con las muletas y se dirigió a la puerta—. Nash...

—¿Sí?

—¿Esta noche podrías ayudarme a darme un baño?

Dejó de afeitarse.

—Realmente, sabes cómo hacer que un hombre quiera volver a toda prisa a casa.

Stacey se preguntó si Nash habría reconsiderado la oferta de trabajo del día anterior. Asumiendo que no fuera eso de liderar una expedición en el Amazonas. Pero no podía ser, pues se iba vestido con unos vaqueros, una camiseta verde y su cazadora de cuero.

La besó y la abrazó, y ella no pudo evitar estremecerse.

—¿Qué te pasa?

—Nada —dijo ella, pero él continuó mirándola—. Es que no me gustan las motos.

—¿No? —se puso el casco—. Quizás haya llegado la hora de pensar en algo más razonable, algo para cuatro.

—¿Un Volvo? Dicen que son muy seguros —se rio ella—. Quizás uno amarillo. Dicen que la gente tiene menos accidentes.

—Eso suena interesante.

—Lo siento. Sé que sueno totalmente estúpida. No tienes que cambiar por mí, de verdad.

—Ya solo el haberte conocido me ha cambiado, Stacey. Amarte como te amo... no hay palabras para describir lo que me ha hecho.

«Amarte como te amo».

Era fácil de decir, difícil de vivir.

Stacey se entretuvo pensando en qué haría Nash, exactamente, cuando no estaba limpiando el jardín de Archie.

Luego, mientras cojeaba lentamente alrededor de la casa, vio todo lo que había hecho por ella. No había sido solo el baño, sino que había repintado la puerta de la cocina y le había puesto el picaporte.

Aquello era lo que Nash hacía. Había estado equivocada respecto a él. No era en absoluto como Mike. Quizá se pareciera físicamente, pero eso no significaba nada. Mike había sido un hombre guapo solo en la superficie.

Nash no era así. Era hermoso por fuera y por dentro. No esperaba a que se le pidieran las cosas. Cuando hacía falta algo, él lo hacía. Así le había arreglado el baño. Así le había hecho el amor, lentamente, dando, no quitando.

Quizá no tuviera dinero, como Lawrence Fordham, pero la amaba y podía confiar en él. La quería a ella y a sus niñas. Eso era todo lo que quería de un hombre.

—¿Stacey? —Vera asomó la cabeza—. ¡Ya estás levantada y andando! Eso es estupendo.

De pronto, la miró dudosa.

—¿Qué pasa?

Vera se rio.

–Estaba pensando que, si yo tuviera el enfermero que tú tienes, seguro que me aprovecharía un poco –Stacey se ruborizó y Vera soltó una carcajada–. De acuerdo, entendido. Es demasiado pronto para hablar de nada de esto. ¿Un café?

Ya estaban en la segunda taza cuando Dee llegó, con un ejemplar del diario *Maybridge*.

–¿Por qué no me lo dijiste? –se debatía entre el enfado y la risa. Una muy mala combinación en el caso de su hermana.

Stacey suspiró y dejó la taza sobre la mesa.

–¿Decirte qué?

–Lo de Nash Gallagher.

¡Cielo santo! No podía haber salido en el periódico de la mañana. Miró a Vera, que parecía tan perpleja como ella.

–Viene en la primera página.

Dejó el periódico sobre la mesa.

El heredero de Baldwin dará una conferencia en la universidad.

–Nash Gallagher es el nieto de Archer Baldwin.

¿Archer? ¿Se refería a Archie? Stacey siempre había asumido que era el diminutivo de Archibald.

–Nash Gallagher es el nieto de Archer Baldwin –continuó su hermana–. Y me dejaste que le tratara como a un peón.

–¿Qué? –la cabeza de Stacey trataba de entender lo que decía su hermana, de encontrarle sentido a la fotografía que aparecía en primera página. Parecía recién salido de algún pantano en el que hubiera encontrado algún espécimen raro de planta–. Fue Nash el que te permitió que lo llamaras peón. Yo traté de impedírtelo, no porque considerara un insulto el que fuera un peón, sino porque estabas siendo realmente maleducada. Pero todavía no entiendo nada. Archie no es rico.

—Estarás bromeando —Dee la miró como si acabara de llegar de otro planeta—. Este pueblo era parte de sus posesiones hace algún tiempo. Todo el mundo que vivía aquí, trabajaba para él. El tío de Mike, por ejemplo, consiguió su casa porque trabajaba para él—. Archie Baldwin les regaló a sus trabajadores las casas en las que vivían. Se las dio, Stacey, no se las vendió ni se las alquiló —Dee se sentó—. ¿Queda algo de café?

Vera le sirvió una taza.

—Dee tiene razón, Stacey. Mi madre también trabajaba limpiando. Así fue como conseguimos la casa.

—Tú eres muy joven para recordarlo, pero yo sí que me acuerdo —dijo Dee—. Apareció en los periódicos.

—¿El qué?

—Que desheredó a su hija, acusándola de no ser una Baldwin porque había descuidado a su hijo. El hombre vendió sus posesiones y regaló millones. Luego se desvaneció, se convirtió en una especie de recluso.

—Dee, Archie llevaba el vivero que hay al otro lado del muro. Yo solía ayudarlo cuando estaba muy ocupado. Llamé a la ambulancia cuando le dio el ataque al corazón.

—¿Archie? ¿Te refieres a que ese anciano era Archer Baldwin?

—Claro que es él —miró una pequeña fotografía en la que aparecía Archie mucho más joven—. Fui a verlo el lunes, cuando me dejaste el coche —se levantó lentamente. Siempre había pensado que era un jardinero, y que Nash era...—. ¿Una conferencia? ¿Qué conferencia?

Vera leyó en alto.

—«El doctor Gallagher, nieto de Archer Baldwin, ha venido a Maybridge para dar una conferencia a los estudiantes de biología. El doctor Gallagher ha pasado los cinco últimos años recolectando y catalogando nuevos especímenes de plantas...». Y escucha esto: «Al doctor Gallagher le han ofrecido la cátedra de botánica de la universidad». ¿Sabías algo de esto, Stacey?

—No —Stacey le quitó el periódico—. No sabía nada. Me ha estado mintiendo.

—¡Vamos, Stacey! —dijo Dee.

—De acuerdo, lo diré de otro modo: no me ha dicho toda la verdad.

Incluso en su confesión de la noche anterior, no le había contado toda la verdad sobre su familia.

Ya no le extrañaba que su hermana no supiera si reír o llorar.

Ella quería, claramente, llorar, pero no antes de encontrarlo y decirle lo que pensaba de él.

—Me voy a vestir y voy a ir a la universidad.

—¿Te parece prudente? —preguntó Dee.

—No sé. Lo voy a hacer, igualmente. ¿Me llevas o pido un taxi?

—Te llevo, a ver si así puedo impedir que cometas una estupidez. Estoy segura de que, si no te ha dicho nada, es porque tiene un buen motivo.

—¿De verdad? ¿Como cuál?

Se volvió bruscamente ayudada por la muleta, con tan mala suerte que, en ese preciso instante, uno de los gatitos salió de la mesa. Era o el gato o ella, no había opción.

—Stacey, cariño... —ella abrió los ojos y vio a Nash inclinado sobre ella. Por un momento notó una cálida y reconfortante sensación—. ¿Qué ha pasado?

De pronto, el sentimiento de felicidad se evaporó.

—¿No te lo ha dicho Dee?

—Se ha ido corriendo a por las niñas al colegio. Solo me dijo que te habías caído otra vez.

—Fue de nuevo lo mismo. Tenía tanta prisa por encontrarte que no vi el peligro hasta que ya era demasiado tarde.

—¿Encontrarme? Pero si sabías que iba a volver.

—Sí, pero lo que te tenía que decir no podía esperar. Tenía mucha prisa, porque quería asesinarte. Ha debido de ser tu día de suerte, porque se me cruzó uno de los gatitos y me caí, dándome un golpe en la cabeza. Esta vez, no me dejan irme a casa, así que estás a salvo. Por ahora.

–No te muevas –le dijo, mientras trataba de sentarse. Él la contuvo con una mano.

–Eres un canalla, Nash. Yo confié en ti y tú abusaste de esa confianza. ¿Por qué me mentiste? –él abrió la boca dispuesto a contestar, pero ella no lo dejó–. Te he visto en el periódico, así que no me mientas.

Nash podría haber dicho que no le había mentido, que, sencillamente, no lo había creído cuando le había dicho la verdad. Pero eso tampoco habría sido cierto. Le había ocultado muchas cosas y ambos lo sabían.

–Lo siento, de verdad. Al principio no me pareció importante. Luego... luego quise asegurarme de que me querías a mí, no los míticos millones de un Baldwin.

–Pero eso es despreciable.

–Sí, lo sé. Pero mi padre se casó con mi madre por dinero. Quería empezar un negocio, y así fue como lo hizo.

–¿Y pensaste que yo iba a hacer lo mismo? –no podía creerse lo que estaba oyendo–. ¿Tiene que ver con los esfuerzos de Dee por juntarme con Fordham? Pensaste que me iba a casar con el hombre que me había traído aquellas espantosas rosas.

–Parecías bastante complacida con ellas –ella lo miró como pensando que estaba loco. Él se encogió de hombros–. Lo siento, Stacey, pero hasta que te he encontrado a ti, no ha habido un amor incondicional en mi vida.

–¿Ni siquiera el de Archie?

–Cuando era pequeño, sí. Pero al final, me utilizó para herir a mi madre. Ha seguido manipulando las cosas, tratando de que me quedara aquí.

–¿Y te vas a quedar?

—No hay dinero, Stacey. Archie lo regaló todo, excepto el jardín —hizo una mueca—. Bueno, debió de guardarse algo para poder crear una cátedra de botánica en la universidad. Sigue manejando los hilos. ¿Lo entiendes?

—Y ¿vas a hacer lo que él quiere? ¿Te vas a quedar?

—Los profesores de universidad no ganan mucho dinero, Stacey. No podría darte...

—¡Vete al infierno, Nash! —estaba demasiado cansada y dolorida—. Vuelve cuando hayas madurado.

Cuando volvió a abrir los ojos, él no estaba. No sabía si habría madurado o no, porque no regresó.

Estuvo en el hospital una semana, tras la cual Dee insistió en que pasara con ella una semana en una casa que había alquilado en Dorset. El aire puro la ayudó a terminar de recuperarse y a levantar el ánimo un poco.

—Mañana volvemos a casa. ¿Qué vas a hacer? —Dee se dejó caer en la silla que tenía al lado—. ¿Lo has pensado?

Stacey suspiró, tratando de no censurarse por haber sido tan dura con Nash.

Pero la vida continuaba, y ella tenía que seguir adelante con su plan. Y pensando en planes...

—La verdad es que necesito un plan de empresa. ¿Tienes alguna idea de lo que es eso?

—Bueno, lo primero que necesitas es dinero.

—Tengo la casa.

—Y puedes perderla si el negocio va mal.

—Lo sé. Pero si no trato de alcanzar la luna... no puedo conseguir las estrellas.

Dee frunció el ceño.

—No sé...

—¿Puedo usar tu teléfono? —Dee le dio el móvil. Marcó el número de Nash. Estaba fuera de servicio, así que dejó un mensaje–. Nash, te llamo para decirte que en tres semanas ya has tenido tiempo más que suficiente para crecer. Estaré en casa mañana y, si no me estoy equivocando, te veré allí.

Cuando devolvió el teléfono a su hermana, estaba sonriendo.

–Esto es parte de otro plan –le dijo Stacey–. Ahora vamos a hablar de negocios.

Una cosa era llamarlo a distancia y dejar un mensaje, y otra estar a solo una milla de casa, con el corazón acelerado, impaciente por llegar y temerosa de que él no estuviera.

Entraron en la calle. La casa pareció sonreírles, pero no había señales de Nash ni de su moto.

–Está preciosa, ¿verdad?

–Pero... –dijo Stacey mientras Vera abría la puerta–. No lo entiendo. ¿Quién ha hecho todo esto?

–¿Pasamos? –dijo Dee.

Clover corrió a ver a los gatitos.

–¿Qué ha pasado aquí, Vera? –le preguntó–. ¿Quién ha hecho todo esto?

–¿No se suponía que tenían que hacerlo? –preguntó Vera con total inocencia–. Trajeron una carta. Algo sobre una indemnización por el accidente. También han arreglado el comedor y han puesto una ducha. Yo me he encargado de supervisarlos. Pensé que te parecería bien.

–Sí, me parece muy bien, pero le dije a Nash... –Archie era el propietario del muro. Cualquier compensación tenía que venir de él. El corazón se le encogió. Así que eso era todo el compromiso que Nash estaba dispuesto a asumir.

–¿Por qué no te vas a tumbar? –sugirió Dee–. Seguro que estás cansada. Me llevaré a las niñas conmigo, si quieres. Ingrid se ocupará de ellas y te las traeré de vuelta mañana.

Stacey no se había imaginado lo vacía que le iba a parecer la casa. Hasta aquel momento, había estado convencida de que él estaría allí, esperándola. Pero, seguramente, ya estaría de camino al Amazonas.

–Sí, gracias, Dee. Eso sería estupendo.

–Yo estaré al lado, para lo que necesites –le dijo Vera–. ¿Puedes subir sola a la habitación?

Ella asintió.

–Sin problema.

Pero Vera esperó hasta que hubo llegado arriba.

Dee se llevó a las niñas y se hizo un silencio total.

No pudo evitar estremecerse al abrir la puerta del dormitorio. La habitación estaba en penumbra, así que se acercó a la ventana para abrir las cortinas.

Alguien había empezado a cortar el césped, pero lo habían dejado a medias. Lo habían cortado aquí y allí, dejando un mensaje...

Stacey, te quiero. ¿Te quieres casar conmigo?

Se tapó la boca con la mano, los ojos se le llenaron de lágrimas y comenzó a reírse a carcajadas. Abrió la ventana y comenzó a gritar:

–¡Sí, Nash! ¡Sí!

No hubo respuesta. Esperaba que él hubiera aparecido por el nuevo muro del jardín... pero se dio cuenta de que había una puerta.

–¡Nash! ¿Dónde estás? ¡Te quiero conmigo, ahora!

–Aquí me tienes.

Stacey se dio la vuelta y él estaba allí, de pie, en el vano de la puerta.

–¡Ven aquí! Te he echado de menos. ¿Por qué has estado tanto tiempo alejado de mí? Él obedeció sin pensárselo. Atravesó la habitación y la tomó de la mano.

–Me dijiste que no regresara hasta que no madurara. No he tardado tres semanas, pero sí pensé que quería arreglar la casa antes de hacerte la gran propuesta, por si me decías que no.

–Tonto –dijo ella, mientras él la abrazaba.

–Lo soy –respondió él–. Pero debo haber hecho algo bueno. Mira lo que tengo –la besó lentamente, como un hombre que tuviera todo el tiempo del mundo. Después, se metió la mano en el bolsillo y sacó una caja. La abrió. Dentro había un anillo con un diamante increíble.

–Nash, tú no... no...

–Lo sé, cariño. Pero hay un momento para las margaritas y otro para los diamantes. ¿Te quieres casar conmigo, Stacey?

Su respuesta no dejó género de duda.

Los melocotones estaban totalmente maduros y Nash levantó a Clover para que agarrara uno. Luego subió a Primrose. Finalmente, fue el turno del pequeño niño de piel tostada y el pelo rubio. Lo habían llamado Archer, como su padre, pero las niñas se empeñaban en llamarlo Froggy.

Violet estaba en la cuna. Era demasiado pequeña para comer melocotones.

Stacey le acarició la mejilla. Bebés y melocotones, todo era maravilloso.

Nash la miró, dichoso de verla feliz.

–¿Vas a comerte un melocotón, Nash?

–No, cariño. Mamá y yo nos los comeremos más tarde.

Por encima de las cabezas de los niños, intercambiaron una mirada que llevaba escrita una promesa de amor que, año tras año, crecía como las margaritas, y que, como los diamantes, era para siempre.

VIDAS SOÑADAS

LIZ FIELDING

Prólogo

—No te vayas —dijo Mike, apretándola contra su pecho—. Me encanta que tú seas lo primero que veo al despertarme por la mañana.

A Willow también le encantaba. Era un placer despertarse sobre el pecho de Mike, sus brazos rodeándola, el pelo de color maíz cayendo sobre la frente masculina. Lo amaba. Y, abrazados en la oscuridad, los besos de aquel hombre hacían que le resultara difícil resistir la tentación de cerrar los ojos y dejarse llevar.

Levantarse de la cama un domingo por la noche y tener que conducir hasta su casa no era precisamente muy divertido. Y tampoco lo era para Mike. Por eso Willow prefería ir en su propio coche y marcharse cuando tenía que hacerlo, sin molestar.

—Lo siento, cariño —murmuró, besándolo en la frente antes de levantarse—. Si me quedo, tendré que levantarme al amanecer para ir a cambiarme a casa. Los lunes son suficientemente horribles sin tener que andar corriendo de un lado para otro.

—Deberías traer algo de ropa —protestó Mike, apoyándose sobre un codo—. Así no tendrías que salir corriendo.

No era la primera vez que Mike sugería aquello, pero Willow no estaba dispuesta a hacerlo. Había conseguido evitar el asunto del cepillo de dientes comprando un mini neceser que llevaba siempre en su bolso, junto con un par de braguitas y medias de repuesto. Ella era periodista y tenía que estar preparada para cualquier eventualidad. Incluso en un periódico local, como el *Chronicle*.

Dejar ropa en el armario de Mike era muy peligroso. Su relación se volvería confusa. Se habría hecho demasiado accesible. Antes de que se diera cuenta, estaría en su casa más tiempo que en la suya y él daría por sentado que su relación era una relación seria. Y esperaría que ella se encargase de las tareas domésticas porque, sencillamente, era una mujer. Había visto repetirse aquella situación una docena de veces.

–No serviría de nada. De todas formas, tengo que darle de comer a Rasputín y a Fang –dijo Willow, tomando el albornoz. Los dos peces de colores, que Mike le había regalado, valían su peso en oro.

–Pues tráete a los peces –replicó él–. Y también puedes traer tu colección de peluches.

–Cuando estoy en tu casa, prefiero abrazarte a ti antes que a un peluche, cariño –sonrió Willow, antes de entrar en el cuarto de baño.

Mike saltó de la cama y la siguió.

–Déjame sitio. ¿O se te ha olvidado la campaña de ahorro de agua que tú misma has organizado a través del periódico?

Así no llegaría a casa antes de amanecer, pensó Willow. Pero le dejó sitio, esperando evitar cualquier contacto físico.

–¿Qué más puedo decir? –preguntó Mike entonces, mientras enjabonaba su espalda. Muchas cosas más, pensó ella, intentando disimular el placer que le producían las manos del hombre deslizándose por su piel–. Tráetelo todo. Ven a vivir conmigo.

Willow contuvo el aliento. No era la primera vez que se lo pedía.

–¿Y por qué iba a hacer eso?

–Porque soy irresistible –sonrió Mike–. Y porque odias tener que volver a casa por la noche y eres demasiado buena como para hacer que te lleve yo.

–Eso es verdad.

—Venga, será divertido. Podemos hacer esto todos los días.

Mike la rodeó con sus brazos y la besó en el cuello, para demostrarle lo divertido que podría ser.

Tenía razón. Era irresistible. Pero, en aquel tema, Willow no pensaba ceder. Cuando Mike movió las cejas, como pidiendo una respuesta que creía conocer, ella suspiró.

Sabía que Mike no le permitiría cambiar de tema sin una explicación. Era el momento de contarle su filosofía sobre el asunto de «vivir juntos».

—Mike...

—Cuando he dicho que había que ahorrar agua, no estaba pensando en la sequía... —se quejó él entonces.

—Mike, escúchame —dijo entonces Willow. Su tono hizo que Mike dejara de sonreír—. Cariño, tú conoces a mi prima.

—¿Crysse? Es simpática. No tiene nada que ver contigo, pero...

—Y tú sabes que Crysse vive con su novio, Sean.

—Eso es lo que hace todo el mundo —dijo Mike, tomándola por los hombros muy serio—. Ven a vivir conmigo. Te prometo que nadie va a tirarte piedras por la calle...

Y entonces empezó a besarla, empujándola inexorablemente hacia la cama. Sería tan fácil decir que sí. Willow quería decir que sí...

La sonrisa de Mike había vuelto a iluminar su rostro, los ojos grises brillantes de alegría. Estaba claro que creía haber ganado.

—¡No! Escúchame, Mike —exclamó entonces Willow, poniendo freno al asunto—. Antes de que vivieran juntos, Sean y Crysse solían salir casi todas las noches. Él la invitaba a cenar, al teatro, a la ópera. Los domingos, le llevaba el desayuno a la cama y se quedaban allí todo el día, hablando sobre lo que harían cuando estuvieran casados, cuántos niños tendrían y todo eso, ya sabes.

—Bueno, nosotros aún no hemos empezado a hablar de niños, pero lo del desayuno en la cama sí podríamos hacerlo, ¿no? —rio Mike—. Mañana mismo te llevaré...

—Y entonces él sugirió que se fueran a vivir juntos.
—Te llevaré el desayuno a la cama durante toda la vida.
—Eso es lo que dijo Sean. Crysse estaba emocionada. Vendió su apartamento, redecoró el de Sean...
—Tengo la impresión de que esta historia no tiene un final feliz.
—Eso depende del punto de vista –dijo Willow–. Sean es feliz. Los viernes por la noche sale con sus amigos mientras Crysse, después de pasarse toda la semana intentando meter un poco de matemáticas en duras cabezas adolescentes, limpia el apartamento que «comparten». Y ahora, los sábados va al supermercado mientras Sean juega al fútbol con sus colegas. Y los domingos es ella quien le lleva el desayuno a la cama, donde él se queda descansando todo el día porque está agotado.
—¿Y Crysse?
—Crysse se dedica a planchar. Su ropa y la de él.
—Pues debería darle una lección. Que se vaya de casa de Sean y se mude a tu apartamento...
—Las cosas no funcionan así, Mike. Lo que pasaría es que, mientras Crysse intenta probarle que es indispensable en su vida, alguna otra chica vería al pobre Sean que no sabe qué hacer para tener su casa en orden y se pondría a limpiar y planchar para él. Y entonces Sean, que ha aprendido la lección, no dejaría que esa joya se le escapara.

Mike la miró muy serio.

—¿Eso quiere decir que no?
—No es nada personal. Si yo quisiera irme a vivir con alguien, me vendría a vivir contigo. Pero a mí me gusta mi vida...
—¿Y si yo convierto esto en algo personal?
—Mike, por favor... –empezó a decir Willow, tomando su ropa del sillón–. Se está haciendo tarde.
—¿Y si yo convierto esto en algo personal? –insistió Mike, sin moverse.

De repente, la situación era demasiado seria y Willow se sentía como al borde de un precipicio. No quería perder a Mike. Lo amaba. Pero antes de abandonar la vida que tanto le gustaba, tenía que descubrir si él la amaba del mismo modo. Si era capaz de llegar a un compromiso total.

–¿Qué estás diciendo? ¿Que o vivimos juntos o rompemos?

–No, cariño –contestó él, apartando de su frente los cortos rizos oscuros–. Lo que estoy diciendo es... quiero que vivas conmigo, Willow Blake. Quiero tenerte a mi lado cada mañana cuando me despierto. Quiero abrazarte cada noche hasta que nos quedemos dormidos. ¿Cuándo podemos casarnos?

Capítulo 1

–Necesito una respuesta hoy mismo, señorita Blake, o no podré asegurarle...

–¡Y la tendrá! –exclamó Willow.

Inmediatamente, se arrepintió. No era culpa del constructor que no pudiera tomar una decisión sobre los armarios de la nueva cocina. Y tampoco que no le importara un bledo su nueva cocina. Era una pesadilla en la que, supuestamente, tendría que cocinar tres veces al día. Como su madre...

¿Por qué le había dicho a Mike que se casaría con él? ¿Por qué no se había ido a vivir con él, como había hecho su prima Crysse? Crysse era feliz, ¿no? Planchar un par de camisas de Mike habría sido más sencillo que tener que llevar a cabo lo que su madre consideraba una boda perfecta y tener que vivir en la que el padre de Mike consideraba una casa perfecta.

Era como si los extraterrestres se hubieran apoderado de su vida.

Unos extraterrestres muy simpáticos, desde luego, pero extraterrestres al fin y al cabo. Y no tenían ni idea de lo que significaba la palabra «sencillo».

Para Willow, una boda sencilla significaba una ceremonia discreta en una pequeña ermita en el campo, un vestido sencillo de color claro, dos damas de honor que no se hicieran pipí en los pañales y un banquete para los amigos.

Pero la versión de su madre de una boda sencilla incluía una ceremonia en la catedral de Melchester, un coro de cincuenta niños cantores, pajes, damas de honor, testigos, invitados, flores como para cerrar una floristería...

Y luego estaba el banquete.

No. Willow se negaba a rendirse sobre el asunto del banquete, y a aceptar aquella tarta de boda que parecía un rascacielos. Era una pesadilla. A Willow le gustaban las cosas simples, pero aquella boda se estaba convirtiendo en un acontecimiento social.

Y la ceremonia era solo la punta del iceberg. Las auténticas complicaciones llegaron en un sobre pequeño. Un sobre blanco con el logo de un periódico de tirada nacional.

Si la vida fuera sencilla, llamaría al teléfono que aparecía en el sobre y diría que ya no estaba disponible. Habían tardado demasiado en ofrecerle el trabajo de sus sueños. Iba a casarse el sábado. Les diría eso. Pero no lo había hecho todavía.

Por eso todo era tan complicado y ella estaba tan angustiada.

—¿Te encuentras bien, Willow?

—¿Qué? —preguntó ella, sorprendida. Al volverse, se encontró con Emily Wootton, que la miraba con preocupación—. Ah, sí, no es nada. Es que me caso el sábado...

—¿De verdad? —sonrió la mujer—. Qué alegría.

Willow tenía sus dudas.

—Seguro que todo el mundo lo pasará muy bien, pero yo estoy deseando que pase esta semana y encontrarme en las playas de Santa Lucía —dijo, intentando sonreír—. Me estabas hablando sobre el chalé que el fideicomiso ha recibido de los Kavanagh —añadió, mordiéndose la lengua para no contarle sus problemas a una persona a la que había conocido dos días atrás. Pero ¿a quién podía contárselos si no? Nadie que conociera a Mike Armstrong y hubiera visto la casa en la que iba a vivir con él podría entenderlo. Ella misma no lo entendía. Si pudiera volver a la noche que le había pedido que se casara con él... Si pudiera convencerse a sí misma de que eso era lo que Mike realmente quería–. Hace falta dinero para convertirla en una residencia para huérfanos, ¿no?

–No, eso ya está hecho. Lo que falta es pintarla y necesitamos voluntarios –sonrió Emily–. Supongo que es imposible convencerte para que renuncies a tu luna de miel, ¿verdad? Las Antillas tampoco son tan interesantes...

En ese momento, una lágrima empezó a rodar por la mejilla de Willow.

–Willow, ¿qué te pasa?

–Nada –contestó ella, buscando un pañuelo–. Es que estoy nerviosa por la boda.

La boda y el esfuerzo que estaba haciendo para que nadie viera que odiaba la casa que el padre de Mike les había regalado. Un edificio enorme de ladrillo rojo con cinco dormitorios, tres cuartos de baño y un acre de jardín que tendría que cuidar cuando no estuviera planchando o cocinando.

Mike y ella no habían llegado a una decisión sobre dónde iban a vivir. Ni en su apartamento ni en el de él. Los dos eran convenientes, céntricos, perfectos para una pareja. Y entonces... ¡plaf! Una invitación de los padres de Mike para comer en el campo, al lado de aquella casa infernal. La clase de mansión digna de una perfecta ama de casa, no una mujer que acababa de conseguir el trabajo de sus sueños. Eso, si no se casaba el sábado.

Willow estaba empezando a ver que, como esposa de Mike, no podría seguir haciendo su vida.

Willow Blake desaparecería para convertirse en la esposa de Mike Armstrong, heredero del propietario de una editorial. Y, con el tiempo, se convertiría en la madre de los correspondientes niños, con una vida dedicada a las causas benéficas. En diez años, se habría convertido en su gran pesadilla, una copia perfecta de su madre.

Seguiría trabajando durante un tiempo, por supuesto, pero el periódico solo le encargaría crónicas sociales, entrevistas con celebridades locales y cosas por el estilo. Hasta que llegaran los niños. Aquella casa tenía que estar llena de niños. El padre de Mike ya hablaba de uno de los dormitorios como de «la guardería». Como si la decoración infantil no les hubiera dado una pista.

Y en cuanto a Mike, Willow no sabía lo que pensaba. De repente, se había vuelto distante, raro.

Y por eso, la carta en la que le ofrecían el trabajo de sus sueños seguía en su bolso, sin ser contestada. Era su salvavidas.

–Es una casa... más bien grande, Mike. No es tu estilo. No se parece nada al taller de Maybridge –estaba diciendo Cal.

–Eso depende de lo que uno considere grande –replicó Michael Armstrong, intentando cortar cualquier discusión sobre su estilo de vida. Cal era su mejor amigo y se conocían demasiado bien–. Willow creció en una mansión de diez habitaciones.

La emoción de Willow al ver la casa que les había regalado su padre lo había hecho darse cuenta de que no podía dar marcha atrás.

–Ya. Bueno, si a los dos os gusta, eso es todo lo que importa –dijo Cal–. ¿Cuándo vais a mudaros?

Mike miró la monstruosidad de casa que su padre le había regalado. Ni siquiera le había consultado antes de hacerlo porque sabía cuál sería la respuesta. El viejo zorro había dejado que Willow hiciera el trabajo sucio por él. Y como a ella le había encantado el regalo, Mike había tenido que tragarse un «no, gracias, papá». No podía rechazar aquel regalo.

Dándose cuenta de que Cal lo estaba mirando con cara de preocupación, Mike intentó sonreír.

–La casa estará lista cuando volvamos de la luna de miel.

–No pareces muy... –su amigo dudó, como buscando la palabra apropiada– optimista –dijo por fin. Pero Mike no aceptó la invitación para sincerarse–. Muy bien. Seguro que Willow y tú podéis vivir sin moqueta durante un mes. Y no hay prisa en amueblar la habitación de los niños –añadió, intentando aliviar la tensión–. A menos que haya algo que no me has contado. Eso explicaría el retorno del hijo pródigo.

–Mi padre estuvo unos días en el hospital. Por eso volví –explicó Mike–. Nunca fue mi intención quedarme en Melchester.

–Hasta que conociste a Willow –asintió Cal–. ¿Sabe ella que no piensas seguir con el periódico? Solo lo pregunto porque cuando estuvimos tomando una copa la semana pasada, tuve la impresión de que te veía como el empresario del año –añadió–. No le has contado lo de Maybridge, ¿verdad?

–Ocúpate de tus asuntos, Cal.

–Voy a ser testigo de tu boda. Esto es asunto mío.

–Ya la conoces. Willow pertenece a una de las mejores familias del país. Solo estaba haciendo tiempo escribiendo artículos de sociedad en el periódico hasta que uno de los amigos de su padre le ofreciera convertirse en lady Algo.

–¿Perdona? ¿Has leído algo de lo que tu novia escribe en el periódico?

–Vivo con el *Chronicle*, Cal. Pero no estoy preparado para dormir con él –murmuró Mike–. Bueno, vale. Si dieran premios por escribir sobre la Asociación de Jardines locales, ella se los llevaría todos, pero supongo que entenderás por qué no le he pedido que se instalara en mi taller de Maybridge y viviera de lo que gano con mis propias manos.

–¿Lo que no estás dispuesto a hacer por tu padre estás dispuesto a hacerlo por amor? Si yo estuviera en tu pellejo, admito que haría lo mismo –sonrió Cal–. Quizá la guardería debe ser una prioridad después de todo.

–Mi padre cree que ha sido sutil dándonos pistas.

–¿El infarto no ha conseguido calmarlo?

–¿Infarto? Estoy empezando a sospechar que no era más que una indigestión.

Pero había conseguido lo que quería. Mike había vuelto a casa a toda prisa para dirigir el *Chronicle* y la revista *Country Chronicle* mientras su madre se llevaba al viejo Armstrong de vacaciones. Unas largas vacaciones. Debería haber salido corriendo cuando su padre, que odiaba ir de vacaciones, aceptó hacer un crucero de seis semanas.

–No sé. Quizá estoy siendo demasiado cínico. Fuera lo que fuera, le ha recordado que también él es mortal.

–¿Eso es todo? ¿No hay ningún otro problema?

Mike se pasó la mano por la cara.

–Bueno, tengo que cortarme el pelo antes del sábado –contestó, intentando apartar de sí aquella sensación de angustia.

Amaba a Willow. Ella había sido la única luz en la oscuridad cuando se vio obligado a volver a casa y tomar las riendas del negocio familiar.

Había entrado en la oficina aquella mañana, con un ánimo tan negro como la tinta del periódico, cuando se chocó con ella. El móvil que Willow llevaba en la mano había caído al suelo y después de comprobar que no se había roto, ella lo miró con expresión furiosa.

–¿Por qué no mira por dónde va?

Mike había estado a punto de replicar que era ella quien no miraba cuando, de repente, todo pareció pararse, incluido su corazón. Entonces Willow había sonreído, burlona.

–Ah, perdón. Qué mal educada soy. No se le debe gritar al jefe hasta, al menos, haber sido presentados. Porque tú eres Michael Armstrong, ¿verdad? Hay una fotografía tuya en el despacho de tu padre y...

–Mike –corrigió él, cuando consiguió despegar la lengua del paladar–. Y no soy el jefe. Solo voy a ocupar el puesto de mi padre durante unas semanas.

–Muy bien, Mike. Yo soy Willow Blake –sonrió ella, ofreciendo su mano–. Adiós. Llego tarde.

Mike se quedó mirándola con una sonrisa que hubiera hecho sentir complejo de inferioridad al gato de *Alicia en el país de las maravillas.*

Él solo había querido flirtear un poco. Y ella lo había mantenido a raya durante más tiempo del que esperaba. La caza había sido divertida y atraparla fue... como encontrar algo que hubiera perdido mucho tiempo atrás. Pero la había perseguido como Michael Armstrong, el jefe provisional del periódico para el que ella trabajaba. Willow era una chica difícil y Mike había tenido que echar mano de todas sus armas.

Cuando por fin la consiguió, no le pareció necesario explicar que solo estaba en Melchester provisionalmente.

Y entonces le había pedido que se casara con él.

Y lo había dicho de verdad.

El «sí» de Willow casi lo hizo gritar: «¡Que paren las máquinas... que cambien la primera página... tengo una gran noticia!». Y eso ahogó una vocecita en su interior que le decía que Willow creía estar a punto de casarse con el heredero de un imperio editorial. No un hombre que, en su vida real, vivía en lo que una vez había sido un establo. Un sitio en el que su vida era completamente diferente.

¿Tenía miedo de que ella no amara al verdadero Michael Armstrong? ¿Por eso no se lo había contado?

Una vez que su padre los había llevado a la casa, con el plano envuelto en papel de regalo, era demasiado tarde.

–Solo tienes una vida, Mike –dijo Cal, interrumpiendo sus negros pensamientos–. Tienes que vivir tu sueño. Se supone que es la novia la que debe estar nerviosa.

–Te aconsejo que esperes a que te pase a ti antes de decir esas cosas.

–A mí me parece que estás empezando a arrepentirte.

Mike se sintió tentado de confesarle su angustia, pero las cosas habían ido demasiado lejos.

—Pensaba que sería más fácil. Pensaba que casarse solo consistía en llegar a tiempo a la iglesia y no perder los anillos.

—Puedes dejarme esos detalles a mí. En cuanto al resto... —Cal miró su reloj—. Es casi la hora de comer. ¿Por qué no vas a buscar a Willow y os tomáis la tarde libre para dedicaros a... lo que más os guste?

—No tengo tiempo. Voy a estar alejado del negocio durante un mes —contestó Mike. Aunque no iba a seguir siendo «el negocio», sino «su negocio». Se conformaría y aceptaría dirigir el periódico. Y su padre firmaría los papeles de cesión en cuanto la tinta del registro civil se hubiera secado.

—¿Mike?

Llevaba una hora esperándolo, terminando el artículo sobre la residencia para huérfanos, haciendo cosas de última hora... Intentando imaginar cómo iba a hablarle sobre el trabajo que le habían ofrecido.

Dejar el periódico sería como una patada para Mike y su padre. Tendría que ir a Londres todos los días y no siempre podría volver a casa por la noche. Aunque cuando el director del *Globe* se enterase de que estaba a punto de casarse, quizá no seguiría interesado en ella...

—¿Qué pasa, Willow? —preguntó Mike entonces, levantando la cabeza de la calculadora.

—Nada. No pasa nada.

Willow no esperó respuesta. Lo que hizo fue salir del edificio. Su coche estaba en el taller y Mike se había ofrecido a llevarla a casa de Crysse. Obviamente, lo había olvidado y ella prefería caminar antes de interrumpir su historia de amor con la calculadora. Eso era lo que pasaba cuando una se enamora de un contable.

Willow apretó la correa del bolso. Daría un paseo para olvidarse del constructor y de las incesantes preguntas de su madre sobre los detalles de la boda. Le daba igual el color de las cintas en los bancos de la iglesia o si habría rosas suficientes. En un mundo en el que hay niños que nunca han tenido vacaciones y nunca las tendrían a menos que alguien como Emily Wootton lo hiciera posible, ese tipo de cosas no eran más que tonterías.

Pero ir andando fue un error. Llevaba zapatos nuevos y después de caminar un kilómetro tenía una ampolla en el talón. Si cojeaba en la iglesia, su madre la mataría. Aunque eso resolvería todos sus problemas de un tirón. La otra opción era tomar el autobús. Cuando llegó a la parada, apoyó su peso sobre el otro pie y esperó.

–¿Puedo llevarla a alguna parte, señorita?

Willow no pudo evitar que le diera un vuelco el corazón al escuchar la voz de Mike. Cuando se volvió, lo vio con su flequillo color miel cayéndole sobre la frente mientras le abría la puerta del jeep negro.

–Mi madre me ha dicho que no suba nunca al coche de un extraño –contestó, consciente de las miradas de envidia de las mujeres que había en la cola del autobús–. Creí que estabas demasiado ocupado.

–Y lo estoy. Y tengo un dolor de cabeza espantoso. Por eso se me había olvidado que tenía que llevarte a casa de Crysse.

–Espero que la despedida de soltero mereciera la pena.

–No estoy seguro.

La despedida de soltero no había sido divertida. Ni todo el alcohol del mundo, ni las bromas de Cal y sus amigos habían conseguido hacerle olvidar el lío en el que se había metido.

–Por favor, sube, Willow –insistió, observando los rostros expectantes que observaban el pequeño drama.

–¿Cómo sabías que no había pedido un taxi?

–Estabas enfadada –contestó Mike. Y no podía culparla–. Si yo hubiera estado enfadado, también habría ido andando.

–Pues habrías cometido un error –murmuró Willow, entrando

en el coche. Estaban llamando demasiado la atención y no le hacía gracia–. Me ha salido una ampolla en el pie.

–Oh, pobrecita. Ven aquí –murmuró Mike, olvidando a los espectadores. Cuando la tomó en sus brazos, ella apoyó la cabeza en su hombro como un gatito–. Lo siento mucho.

Cuando se apartó un poco para mirarla, los ojos azules de Willow lo hicieron desear haber escuchado a Cal y haberse tomado la tarde libre para estar con ella en la cama. Hasta el día siguiente.

–¿Tienes que ir a casa de tu prima?

–Me temo que sí. Tenemos que ensayar la entrada y a una de las damas de honor se le ha descosido el vestido. Además, quedan tarjetas por escribir...

–¿Sabes una cosa? –la interrumpió él.

–¿Qué?

–Si hubiera sabido antes en la que nos estábamos metiendo, no te habría pedido que te casaras conmigo.

–Créeme, si yo lo hubiera sabido te habría dicho que no –replicó ella. Por un segundo, Mike vio un brillo extraño en sus ojos azules. Casi como si deseara que hubiera sido así–. Estoy intentando tomarme esto como una visita al dentista. Es angustioso, pero después...

No terminó la frase, como si esperase que Mike lo hiciera por ella: «Pero después todo es maravilloso» o algo así.

–Ponte el cinturón –dijo él, sin embargo, antes de arrancar y perderse entre el tráfico.

Cualquier cosa mejor que pensar en aquel «después» tras un escritorio, en una oficina, llevando la contabilidad de un periódico.

–Me han ofrecido un trabajo, Crysse.

–¿Qué clase de trabajo? –preguntó su prima, sin levantar la mirada de un dobladillo descosido–. ¿No será en el *Evening Post*? Aunque, la verdad es que trabajar con tu marido no es muy buena idea. Veinticuatro horas al día de felicidad es más de lo que cualquier mujer puede soportar. Aunque yo no esté en posición de juzgar eso.

—La verdad es que casi nunca veo a Mike en la oficina. Además, no es el *Evening Post*. No podría trabajar para un periódico rival. ¿Recuerdas que envié mi currículum al *Globe*?

—¿El *Globe*? Pero eso fue hace meses. El año pasado, antes de conocer a Mike. Creí que te habían dicho que no estaban interesados.

—No. Me dijeron que se pondrían en contacto conmigo y acaban de hacerlo. Tienen un nuevo editor y un suplemento en la edición de los viernes y quieren que me una al equipo.

Crysse clavó la aguja en la tela de raso.

—A ti todo te sale bien.

—¿Cómo?

—Nada —murmuró su prima—. Felicidades.

—¿Qué te pasa?

—Nada —contestó Crysse, encogiéndose de hombros—. Todo. Estoy celosa de ti.

—¿Celosa?

—Lo sé. Es horrible, pero no puedo evitarlo —se disculpó su prima, poniéndose colorada—. Tú lo tienes todo. Un novio por el que se moriría cualquier mujer, un hombre que cree en el matrimonio, una boda que va a salir en los periódicos, una casa fabulosa cortesía de tu suegro... y sin embargo no dejas de quejarte. Cualquiera diría que no quieres casarte con Mike.

—No... —empezó a decir Willow. Quizá se había quejado para que Crysse la hiciera reír, para que le diera la vuelta a las cosas y le hiciera ver lo feliz que debería sentirse—. No estaba quejándome tanto, ¿no?

—Mucho. Y encima te ofrecen el trabajo con el que siempre habías soñado —siguió Crysse. Willow observó con horror que los ojos de su prima se llenaban de lágrimas—. Y yo qué tengo, ¿eh?

Llevo cinco años con Sean, cinco años. Y sigue sin querer casarse. Estoy a punto de cumplir los treinta y quiero un hogar, Willow. Una casa con jardín, niños...

—¡Oh, Crysse! —exclamó Willow, abrazando a la joven—. ¿Has hablado con Sean? No puedes seguir así. Tienes que decirle lo que sientes.

Parecía la columna sentimental del *Chronicle*: «Habla con tu pareja». «Explícale tus preocupaciones sobre vuestra relación».

—¿Para qué? ¿Para qué va a casarse cuando ahora tiene todo lo que quiere? Debería haber sido como tú, Willow. Tú sabías lo que querías y lo has buscado. Tú siempre has sido más inteligente. Nunca te conformarías con menos de lo que quieres.

Willow pensó que llevaba dos semanas deseando haber aceptado irse a vivir con Mike. Pero en el estado de Crysse, seguramente creería que no era verdad, que solo lo decía para consolarla.

—Muy bien. Pues si no te gusta lo que tienes, es hora de que te preguntes qué es lo que quieres de verdad.

Crysse se secó las lágrimas con la mano.

—Yo creí que esto era lo que quería. Pero no es suficiente.

—Entonces, deja a ese desagradecido. Has perdido demasiado tiempo lavando los calcetines de un hombre que cree que un compromiso es apoyar a los Melchester Rovers cuando juegan en casa. Haz lo que quieras con tu vida antes de que sea demasiado tarde.

—Hace falta mucho valor para dejar atrás una relación de cinco años, Willow. Es como un divorcio. Sin papeleos, sin abogados, pero da igual. Hay que empezar otra vez, cinco años después y mucho menos fresca —dijo su prima, sonándose la nariz—. ¿Y tú? ¿Qué piensa Mike del trabajo que te han ofrecido?

Crysse había cambiado de tema, dispuesta a no seguir hablando sobre su vida. No quería dejar a Sean, solo quería que él cambiase de forma de pensar.

—Aún no se lo he dicho –contestó Willow–. No se lo he contado a nadie más que a ti.

Crysse levantó las cejas.

—¿Y no crees que deberías hacerlo?

—Estaba esperando que mi prima favorita me ofreciera unas sabias palabras.

—Estabas esperando que te dijera que puedes tenerlo todo.

—¿Qué quieres decir?

—Quiero decir que Mike vive aquí, en Melchester. Y espera que te dediques a él y a vuestra futura familia. Te recuerdo que vas a casarte el sábado. ¿O lo has olvidado? –preguntó Crysse, tomando su mano–. Eso es lo que quieres, ¿no es así, Willow?

¿Eso era lo que quería? Una casa, hijos... Amaba a Mike, pero la idea de escribir «ama de casa y madre» en la casilla de «ocupación» no estaba en su proyecto de futuro. Ni en sus sueños. Willow había soñado con tener su propia columna en un periódico nacional antes de cumplir los treinta.

La carta del *Globe* le ofrecía exactamente eso. Tardaría algún tiempo en tener su propia columna, pero allí podría hacerse un nombre.

Mike lo entendería.

Claro que sí.

Mike levantó la cabeza cuando Willow se sentó frente a su escritorio.

—¿Puedo invitarlo a comer, jefe? –preguntó, apoyando los codos sobre la mesa.

—¿De verdad quieres comer? –sonrió él.

—Tú eliges. Tengo una hora antes de tener que soportar una sesión infernal con mi peluquero, así que, una de dos: un bocadillo en el bar o podemos cerrar la puerta, bajar las persianas...

—No he visto la calle en una semana.

—Entonces, ¿eliges el bocadillo?

Mike se levantó y tomó su mano.

—Llámame patético, pero hacer el amor sabiendo que los empleados están echando risitas al otro lado de la puerta no me apetece nada.

—No eres nada divertido cuando te pones en plan jefe.

—Lo sé, lo sé —murmuró él, mientras se dirigían al bar—. Pero el cargo no es oficial hasta que volvamos de Santa Lucía. Quizá debería dimitir hoy mismo.

—De eso iba a hablarte precisamente —dijo entonces Willow—. He recibido una oferta de trabajo y si no empiezas a encargarme artículos interesantes, es posible que la acepte.

Le había salido aquello de un tirón, casi sin pensar. Lo había dicho. No había sido tan difícil.

—¿Qué trabajo?

—Dos bocadillos de pollo, George. Y dos zumos de tomate —le dijo Willow al camarero. Después de pedir, pagó la consumición y se sentaron frente a una mesa cerca de la ventana.

—¿Qué trabajo? —insistió Mike.

Tenía que contestar. No había salida.

—El *Globe* me ha ofrecido un trabajo.

—¿Te refieres al *Globe*, en Londres?

Willow asintió con la cabeza.

—Es un periódico nacional, con una tirada diaria de millones de ejemplares —contestó Willow. Mike no dijo nada—. Creí que te quedarías impresionado.

—Estoy impresionado —dijo él después de una pausa. Una breve pausa durante la cual el mundo se había puesto del revés—. ¿Lo habrías aceptado?

«¿Habrías?». Mike ni siquiera pensaba que pudiera aceptar, ni siquiera había pensado discutir el asunto.

—¿No crees que debo hacerlo?

—No, a menos que pienses mudarte a Londres y hacer vida de

casada solamente durante los fines de semana. ¿Es eso lo que quieres?

—Podría ir y volver todos los días —dijo Willow. Mike permanecía hermético—. ¿No te parece? —preguntó. Él no movió un músculo—. Muy bien. Llamaré a Toby Townsend esta tarde.

—¿Cuándo solicitaste ese trabajo?

—Hace meses. Tuve una entrevista, pero no me dijeron nada. Hasta el lunes, cuando recibí la carta.

En ese momento, George les llevó el almuerzo y empezó a lanzar una diatriba contra los problemas de aparcamiento que estaban cargándose su negocio. Después de aquello, el tema del nuevo trabajo no volvió a surgir.

Más tarde, de vuelta en la oficina, Willow se dijo a sí misma que Mike tenía razón. Era una idea imposible. No podía hacerlo. Llamaría al *Globe* y les diría que no podía aceptar. No pasaba nada. Estaba enamorada de Mike e iba a casarse con él. Pero una vocecita le decía que si Mike no le hubiera pedido que se casara con él, podría haberlo tenido todo. Una carrera durante la semana, Mike los fines de semana. Una novia podía hacer eso, pero estar casada significaba un compromiso. Estar casada era un trabajo a tiempo completo.

Antes de que pudiera cambiar de opinión, Willow marcó el número del periódico. Toby Townsend no estaba en su oficina, le dijeron. Debía llamar el lunes. Le escribiría, se dijo. Redactó la carta mentalmente mientras el peluquero la torturaba para colocarle la corona de flores. Y la pasó al ordenador en cuanto volvió a la oficina, guardándola en su bolso para echarla al correo. Después fue a buscar a Mike porque necesitaba que la abrazara y le asegurase que estaba haciendo lo que debía hacer.

Pero Mike había salido de la oficina después de comer y su secretaria no sabía dónde estaba.

Willow sacó el móvil del bolso y escribió un mensaje con el siguiente texto:

¿Dónde estás? ¿Podemos vernos?

Solían enviarse mensajes cuando empezaron a salir. Sobre todo Mike, cuando ella tenía que cubrir alguna noticia fuera de la ciudad. Y ella solía contestar: *Si me encuentras, puedes invitarme a cenar.* Lo único que Mike tenía que hacer era llamar al departamento de personal para comprobar dónde estaba... y siempre aparecía a tiempo.

Pero eso había sido siglos antes. O eso le parecía.

Willow miró el móvil. No tenía ni idea de dónde estaba Mike. Y decidió borrar el mensaje.

Mike abrió las puertas de su taller para que entrase la luz. Había planchas de madera apoyadas en las paredes y en las estanterías. Una mesita a la que solo le faltaba el barniz estaba colocada en el banco de trabajo, abandonada desde que recibió la llamada para informarle de que su padre estaba en el hospital.

Se había levantado con aquello en mente. Las cosas que había dejado sin terminar. Era algo que tenía que acabar antes de cerrar las puertas definitivamente a esa parte de su vida. Antes de llamar a su administrador para decirle que podía buscar un inquilino.

Mike se quitó la chaqueta, la corbata y la camisa y se puso una camiseta que colgaba de un gancho. Al hacerlo, se sintió como en casa.

Mientras miraba la mesita, recordó cómo había imaginado terminarla, la satisfacción de pasar la idea del papel a la realidad.

Se la regalaría a Willow. No le diría que la había hecho él, pero cada vez que la viera sabría que una vez había sido un hombre que hacía algo más que sumar números en un libro de contabilidad.

***

Mike estaba en la puerta de su apartamento cuando Willow llegó a casa.

—¿Más regalos?

—¿Dónde has estado? —preguntó ella, abriendo el maletero del coche—. Hueles como si hubieras estado abrazado a un árbol.

—Más o menos —suspiró Mike—. Te he traído un regalo. Un mueble —añadió, abriendo el maletero del jeep y sacando un objeto envuelto en una sábana. Una vez en el apartamento, lo dejó en el suelo—. Venga, ábrelo.

Willow apartó la sábana y contuvo el aliento. Era una mesita de madera, increíblemente moderna y elegante.

—¡Oh, Mike! Es preciosa —murmuró, pasando los dedos por la sedosa superficie—. ¿De qué madera está hecha?

—Cerezo.

—Es... no sé cómo explicarlo. Debería estar en un museo. Es una bobada, pero esa es la impresión que me da.

Mike deslizó los dedos por la pulida superficie. Algunos de sus trabajos se habían convertido en piezas de colección. Él odiaba eso.

—Está hecha para usarla, no para que la miren.

Mike quería que sus muebles fueran usados, que absorbieran la historia.

—¿Dónde la has comprado?

—Pues... la diseñó una persona que conozco.

—¿De verdad? ¿Va a venir a la boda? Quizá podríamos escribir un artículo sobre...

—No, Willow. Esta es su última pieza. Ha cerrado el taller. Ya no puede dedicarse a este oficio.

—Qué pena...

—Así es la vida —la interrumpió él—. ¿Qué tienes ahí? ¿Un exprimidor? ¿Significa eso que voy a tener zumo de naranja todas las mañanas?

Willow tragó saliva. ¿Sería esa su vida a partir de entonces?

—Es un regalo de Josie, una compañera de colegio –contestó, sin mirarlo–. Es una chica muy sana, solo come cosas naturales, zanahorias, tomates, pepinos...

—Estupendo –murmuró Mike.

¿Era estupendo de verdad o era más fácil seguir adelante con los planes de boda que salir corriendo, más fácil guardar el exprimidor que decir: «Lo siento, esto no es para mí»? ¿Seguía adelante como Crysse porque la alternativa era demasiado complicada y dolorosa?

A Willow se le daba bien dar consejos a los demás, pero ¿y ella? ¿Y Mike?

El cristal de la ventanilla le devolvía una imagen fantasmal de sí misma. Por fuera, todo era perfecto. El vestido, el pelo, el maquillaje...

—Estamos llegando. ¿Preparada?

Willow se volvió hacia su padre, muy distinguido con su frac y el sombrero de copa sobre las rodillas mientras el coche se acercaba a una iglesia llena de parientes y amigos, todos reunidos para el gran día. ¿Qué harían, se preguntó Willow, si ella no apareciera?

—Papá, ¿no te preguntaste antes de casarte con mamá si estabas cometiendo un terrible error?

—Es un gran paso y es normal estar nervioso –contestó el hombre–. ¿O hay algo más?

—No lo sé. Quizá –murmuró Willow–. Si no me hubieran ofrecido ese maldito trabajo...

La carta para Toby Townsend seguía sobre la mesa del pasillo. No la había echado al correo. Había querido hacerlo la noche anterior, después de enviar las cartas agradeciendo regalos como el exprimidor o el reloj que contaría las horas que se pasaría limpiando una casa que aborrecía.

Pero no podía decirlo para no herir los sentimientos del padre de Mike. Ni los de Mike, que se quedó sin palabras, abrumado por la generosidad de su progenitor. Y, sin saber cómo, la carta se había quedado sobre la mesa.

–Dime, Willow, si Mike te hubiera llamado anoche para decir que os olvidarais de la boda, ¿cómo te habrías sentido?

–Aliviada –contestó ella, sin pensar. Y era cierto. No porque no quisiera a Mike, sino porque no deseaba aquella vida. Cuando el coche se acercaba a la puerta de la iglesia, el corazón de Willow dio un vuelco–. ¡No pare!

El conductor sonrió.

–¿Una vuelta más?

–Sí, una vuelta más. Papá, no puedo hacerle esto a Mike, ¿verdad? Él está en la iglesia, esperándome...

–Si estás tan insegura, hija... haz lo que debas hacer.

–Mamá no me lo perdonaría nunca.

–Esto no tiene nada que ver con tu madre. Estamos hablando de tu vida.

–Pero el banquete...

–No pasa nada. La gente tiene que comer de todas formas.

¿Era esa la única razón por la que seguía adelante? ¿La preocupación por el dinero del banquete, el enfado de su madre?

–Dile a Mike... –Willow no terminó la frase. ¿Qué? ¿Que lo quería pero no podía casarse con él? Sería mejor no decir nada.

–No te preocupes, cariño –murmuró su padre–. Déjeme en la esquina y llévese a mi hija a casa –añadió, dirigiéndose al conductor. Unos segundos después, Willow salía del coche–. En cuanto a tu madre... quizá sería buena idea desaparecer durante unos días.

¿Por qué seguía adelante? ¿Por qué iba a casarse? ¿Por qué iba a dirigir el *Chronicle*? ¿Para no defraudar a su padre? Solo tenía una vida, como Cal le había recordado. Solo tenía una oportunidad de hacer las cosas bien. No tenía tiempo para vivir los sueños de los demás.

¿Y Willow? Mike la quería. Ella era lo mejor que le había pasado nunca, pero quería tener una carrera. Mike no era tonto. Willow estaba deseando que le dijera que debía aceptar el trabajo en el *Globe*.

Se había dado cuenta y una parte de él hubiera querido decir «adelante, no pierdas un minuto de tu vida». Pero había otro lado, uno más oscuro. Si él no podía tenerlo todo, tampoco podía ella.

¿Qué clase de pensamiento era ese? ¿Cuánto tardarían en desear no haberse casado?

En alguna parte alguien estaba tocando el órgano, como música de fondo para los invitados que ocupaban sus sitios en la iglesia.

El sol entraba por los cristales emplomados, iluminando el suelo de mármol con brillos azules, rojos y verdes. Pero Mike tenía frío y el olor de las flores empezaba a marearlo.

¿Cuánto tiempo faltaba? Mike miró su reloj. Willow llegaba tarde. ¿Nervios de última hora? ¿Y si no aparecía? ¿Cómo se sentiría? ¿Desolado o aliviado?

–No te preocupes tanto, Mike. No he perdido los anillos.
Aliviado.

–Cal, ¿qué pensarías si te dijera que no quiero hacer esto?
Su amigo lo miró, perplejo.

–¿Lo dices en serio? –preguntó. El rostro de Mike debía ser la respuesta–. Durante la última semana parecías un hombre condenado a la horca. Creí que era por el periódico...

–Y lo era. Y por el exprimidor de Josie.

–¿Qué tiene que ver el exprimidor? –preguntó Cal, que no salía de su asombro–. Será mejor que te decidas, Mike. En cuanto Willow aparezca por esa puerta, estás comprometido.

–Ya estoy comprometido. No puedo...

–Si tienes dudas de verdad, debes marcharte. Ahora mismo.
–Dile que... –empezó a decir Mike. ¿Qué? ¿Qué podía decirle? ¿Que la quería, pero que aquella no era la vida que siempre había querido vivir?–. Dile a su padre que yo pagaré por todo esto...
–Lo haré. Ahora, vete. Tengo cosas que hacer.

Capítulo 2

¿Qué había hecho? ¿Qué demonios había hecho?

Mike conducía sin pensar, solo deseando salir de Melchester, sin ver siquiera los coches y los camiones, sin ver nada más que a Willow llegando a la iglesia con su padre, esperando verlo en la puerta, dispuesto a comprometer su vida con ella. Había estado dispuesta a rechazar el trabajo de su vida por él. Y él no estaba allí.

Mike se pasó la mano por la cara, sintiéndose enfermo y dolido, sorprendido por la infelicidad que iba a causar porque no podía vivir la vida que se esperaba de él desde el día de su nacimiento.

Al menos, eso había dejado de ser un problema. Su padre probablemente lo habría criticado desde el púlpito. Lo habría deshonrado públicamente. Si volvía a Melchester antes de diez años, probablemente sería linchado.

Tendría que escribir a Willow para explicar... ¿Qué? ¿Que no era el hombre que ella creía que era? ¿Que su padre había aprovechado aquel matrimonio, usándolo para convertirlo en una imagen de sí mismo?

¿Cómo iba Willow a entender cómo esa idea le robaba la vida? Debería habérselo contado desde el principio, pero no había querido que un coqueteo se convirtiera en un compromiso de por vida.

No había esperado enamorarse de esa forma.

Y ya era demasiado tarde para explicaciones. Lo mejor era escaparse. Que ella lo odiase, en lugar de intentar hacerla entender. Que no tuviera la más mínima duda de que la culpa de todo era suya.

Se había terminado y lo único que tenía que hacer era desaparecer. Pero primero necesitaba comer algo o se desmayaría sobre el volante.

La autopista estaba atestada de coches, turistas rurales que volvían a Londres de sus vacaciones. Willow intentaba no pensar en su maleta para la luna de miel, esperando en el hotel donde Mike y ella debían celebrar el banquete y pasar la noche de bodas. Una maleta llena de biquinis, vestidos de noche y lencería de encaje que Crysse y ella habían comprado durante una visita a Londres después de que Mike le regalase un anillo de diamantes.

Justo después de que la fotografía de la pareja apareciese en la revista *Country Chronicle*, con el anuncio de su inminente boda.

Willow miró su mano, apoyada sobre el volante. Parecía desnuda sin el anillo.

Frente a ella, un cartel señalando un restaurante de carretera, su salvación.

Estaba a punto de empezar una brillante carrera y no era el momento de tener un accidente. Y si no lograba contener las lágrimas, lo tendría.

El aparcamiento estaba lleno de coches. Willow no quería pegarse con nadie para que la atendieran, pero tenía que comer. Solo había tomado un bol de cereales y en cuanto al almuerzo... en fin, el almuerzo debía haber sido un banquete con brindis y saludos de todo el mundo mientras los fotógrafos hacían fotografías que aparecerían al día siguiente en las revistas locales. Willow tuvo que sacar la caja de pañuelos de la guantera.

Había guardado vaqueros, camisetas y ropa interior de algodón en una bolsa de viaje para salir de Melchester. Nada parecido a lo que había pensado ponerse unas horas antes.

Los pañuelos que secaban sus lágrimas tampoco debían formar parte de su equipaje. Aquel día solo debía haber tenido en la mano un pañuelo de encaje, perfecto para secarse un par de lágrimas de felicidad.

Sin poder evitarlo, Willow dejó caer la cabeza sobre las manos que sujetaban el volante, pensando en lo que había hecho. Veía a Mike esperándola en el altar, volviéndose para ver entrar a su padre...

Solo.

¿Cómo podía haberle hecho eso al hombre que amaba? ¿Cómo podía haberlo humillado delante de todo el mundo?

¿Qué podría decir? ¿Qué podría hacer? Cal se lo llevaría de la iglesia...

La iglesia. Los invitados. Los comentarios en voz baja. Willow lanzó un gemido. Su padre no le había reprochado lo que había hecho, pero su madre no haría lo mismo.

¿Y qué pasaría con la cinta de raso que Mike y ella debían haber cortado durante el banquete?

—¿Se encuentra bien, señorita?

Willow levantó la cabeza. Era un hombre de uniforme, seguramente el encargado del aparcamiento.

—Sí, gracias. Solo necesito un café.

—Coma algo. Y échese una siesta. No debería conducir si está cansada.

—Estoy bien, de verdad. Y no tengo ninguna prisa —dijo Willow. Y era cierto. No tenía prisa por llegar a ninguna parte porque nadie la estaba esperando—. Pero no se preocupe, comeré algo.

El hombre volvió a su garita y Willow entró en el abarrotado cuarto de baño. Después de lavarse la cara, se pasó la mano por los rizos oscuros, intentando destrozar el elaborado peinado que le habían hecho por la mañana. Intentando distanciarse de la novia que se suponía que era.

¿Cómo iba a poder soportar las siguientes cuatro semanas, antes de incorporarse al *Globe*? ¿Qué iba a hacer? No podía enfrentarse con su madre. Ni con Crysse, que jamás entendería lo que había hecho.

Había un puesto de periódicos cerca de la puerta y Willow tomó el *Chronicle*. Habían publicado su artículo sobre la residencia de verano para niños huérfanos y recordó entonces la invitación de Emily Wootton de unirse a los voluntarios para pintar la casa.

¿Por qué no? ¿Por qué no presentarse voluntaria, pasar un par de semanas alejada de todo y de todos mientras hacía algo por los demás? Algo que la dejase agotada cada día para no pasarse las noches en blanco preguntándose dónde estaría Mike, qué estaría pensando.

Prefería no saberlo.

Willow compró el periódico y la chocolatina más grande que encontró, por si acaso el trabajo duro no era suficiente para consolarla, y decidió llamar a Emily. Con el bolso en una mano y el periódico y la chocolatina en la otra, intentó buscar el móvil mientras se dirigía hacia el restaurante.

Mike vio la cola del autoservicio y cambió de opinión. Compraría una lata de refresco y un bocadillo y se lo comería en el coche. Sin mirar, se volvió y se chocó contra alguien, enviando un móvil, un periódico y un bolso negro por los suelos. Por un momento, no pudo moverse, experimentando una dolorosa sensación de *déjà vu*. Y entonces se encontró con un par de ojos azul eléctrico.

Tratamiento de choque.

Mike, atónito, esperó que Willow le diera una bofetada, que empezara a gritarle y a vapulearle hasta que el servicio de seguridad los echara del restaurante.

Ella abrió la boca, como si fuera a decir algo. Y después la cerró, atónita. Mike sabía exactamente cómo debía sentirse.

Alguien lo empujó, murmurando una disculpa, y por fin Mike pudo agacharse para tomar las cosas del suelo. Cuando se incorporó, ella no se había movido.

–Willow...

–Mike...

Se quedaron mirándose el uno al otro, sin terminar la frase.

–Debería...

–Yo no quería...

–Tenemos que dejar de encontrarnos de esta forma –dijo entonces Mike.

–Sí –murmuró ella, poniéndose colorada. El corazón de Mike dio un vuelco. Aquellos ojos azules, sus mejillas coloradas, el pelo negro... El efecto no había disminuido con la familiaridad–. Yo... iba a comer algo.

–Hay una cola horrible.

–Sí.

Ella parecía dispuesta a marcharse y Mike alargó la mano para detenerla. Pero no se atrevió a tocarla. Sabía que su piel sería como la seda bajo sus dedos y que después...

–Supongo que no tardarán mucho en servirnos –murmuró, abriendo la puerta. No quería que se fuera. Él había salido huyendo de la boda y todo lo que simbolizaba. No de Willow–. ¿Nos arriesgamos? Necesito...

Willow hubiera deseado salir corriendo. Hubiera querido morirse. Plantar a un hombre en la iglesia era una cosa, encontrarse con él en un restaurante de carretera cuando una intentaba escapar era otra muy diferente. Era una pesadilla, el castigo para su pecado. Pero Mike merecía una explicación. No una carta, sino una explicación cara a cara. Sería más difícil de esa forma, pero después, quizá, se sentiría mejor...

No, eso era imposible. Nada la haría sentirse mejor.

–Sí –consiguió decir, mientras guardaba sus cosas en el bolso y tomaba una bandeja. Cualquier cosa para mantener las manos ocupadas, para no lanzarse sobre él rogándole que la perdonase, diciendo que había sido un terrible error. Que lo quería con todo su corazón.

–¿Tienes mucha hambre? –preguntó Mike tontamente, mientras se acercaban al mostrador.

–No.

–Yo tampoco. Solo quería tomar un café y un bocadillo para no desmayarme en la autopista. No he desayunado nada.

–Yo tampoco –murmuró ella sin mirarlo–. ¿No te has quedado... al almuerzo, con los invitados?

–No. Yo... pensé que estarías en casa...

–¿Con mi madre? Se me ocurren mil sitios mejores. Mongolia, por ejemplo –Willow daría cualquier cosa por poder cerrar la boca, pero estaba tan nerviosa que no podía dejar de hablar–. ¿Te apetece un poco de pasta?

–Cualquier cosa –contestó él, mirando a la camarera–. Dos platos de pasta, por favor.

Willow tomó dos platos de ensalada y se dirigió hacia las bebidas. Ella tomó una botella de agua mineral y él, una lata de refresco.

–Luego vendré por el café –murmuró, buscando el monedero en el bolso. Pero Mike pagó antes de que lo encontrara.

Poco después encontraron una mesa, pero ninguno de los dos comió demasiado. Básicamente, se dedicaban a mover la pasta en el plato, sin mirarse.

–¿Dónde ibas?

–Pues... no lo sé. ¿Y tú?

Mike se apoyó en el respaldo de la silla.

—Tan lejos de Melchester como pueda. Supongo que irás a Londres, ¿no?

—No lo sé. Por ahora, solo quería alejarme de mi familia.

—No quieres que te miren con cara de pena. .

—No sé si iban a mirarme con pena precisamente...

—Los silencios cuando entras en una habitación... —murmuró Mike, cerrando los ojos—. Ha sido imperdonable.

—Lo siento mucho, Mike...

—Lo siento mucho, Willow...

Los dos habían hablado a la vez y ambos levantaron la cabeza, sorprendidos.

—Sé que no podrás entenderlo...

—No sé cómo explicarte... —dijo Mike.

Willow frunció el ceño.

—¿Por qué te estás disculpando? Yo soy la que te ha dejado plantada. Era un exprimidor espantoso —empezó a decir, sin pensar. No quería que él le dijera cuánto le había dolido. Podía verlo en sus ojos—. Era como una pesadilla, imaginarme en esa cocina, con el mandil puesto todas las mañanas durante el resto de mi vida. Haciendo zumo de naranja. Sé que eso era lo que tú querías y pensé que yo también, pero no es así. Aún no...

—Willow...

—La verdad es que no creo que nunca esté dispuesta a hacerlo —siguió ella, levantando la mirada—. ¿Es eso tan horrible? ¿Es tan espantoso desear una carrera más que...?

—¿Que a mí?

—¡No es eso!

—¿Entonces?

Willow sacudió la cabeza. ¿Cómo podía explicárselo?

—Me di cuenta cuando iba a la iglesia. Me di cuenta de que casarme sería el final de mi vida, no el principio. Y eso era un error, ¿no te parece? —preguntó. Sin pensar, tomó la mano de Mike, que la miraba, perplejo—. Lo siento mucho. Ahora me doy cuenta de que también fue culpa mía. No debería haber dicho que sí cuando me pediste que me casara contigo.

–¿Y por qué dijiste que sí?

–Porque... porque en ese momento estaba segura.

En ese momento, sabía que lo quería. Pero no podía decirlo. Si lo quisiera de verdad, no estaría allí. Estaría tomando champán, feliz...

–Y entonces recibiste esa oferta de trabajo y te diste cuenta de que había cosas más interesantes.

Willow hubiera deseado apartar la mano, pero Mike la sujetó.

–Lo siento mucho, Mike. Sé que no puedes entenderlo y yo no sé qué decir. No quería hacerte daño por nada del mundo. Pero ¿es que no lo ves? Casarme contigo cuando sentía que era una equivocación hubiera sido mucho peor.

Mike la estaba mirando con una expresión extraña y Willow consiguió apartar la mano, avergonzada de algo que, unas horas antes, le habría parecido lo más natural del mundo.

–Mira, Willow...

–¿Fue horrible? ¿A tu madre le dio un ataque de histeria?

–Probablemente –contestó él, con un brillo casi de humor en los ojos grises.

–¿No te quedaste? No te culpo, claro. Tus padres... han sido tan generosos... Nunca lo entenderán, ¿verdad?

–Nunca.

–Deben de odiarme.

–Yo no me preocuparía por eso. Serás el segundo objetivo en su odio. El primero soy yo.

–¿Estás diciendo que te culparán a ti? ¿Por qué?

–Porque soy una desilusión para mis padres.

–Pero tú no has hecho nada...

Mike volvió a tomar su mano.

–Sí lo he hecho. No sé si mi madre o la tuya se pusieron histéricas, Willow. No tengo ni idea de lo que dijo mi padre, no lo sé porque yo no estaba allí –explicó, apretando su mano–. No estaba allí, Willow.

–No te entiendo.

–Ya me lo imagino. Perdóname. No sé cómo explicártelo. Me parecía que te esperaba durante una eternidad –empezó a decir Mike, sin mirarla–. Me diste demasiado tiempo para pensar. Si hubieras llegado a tiempo a la iglesia, seguramente ahora estaríamos bailando delante de todos los invitados. Pero cuanto más esperaba, más me convencía de que estaba cometiendo un error. Empecé a preguntarme cómo me sentiría si tú no aparecieras...

–Aliviado –dijo Willow.

–¿Tú también?

Willow lo miró, perpleja. Acababa de entenderlo todo.

–Entonces... ¿tú tampoco fuiste a la iglesia? –preguntó, casi mareada de alivio–. Los dos salimos corriendo –murmuró, poniéndose la mano en la boca para no soltar una carcajada–. Yo estuve a punto de entrar, Mike, pero al final no pude hacerlo. Mi padre le pidió al conductor que diera una vuelta a la manzana...

–Gracias a Dios. Si hubieras parado la primera vez, seguramente yo estaría allí.

–¿Y qué hubieras hecho?

–¿Qué hubiera hecho? –repitió él, pensativo–. Una vez que hubieras aparecido en la iglesia, no habría podido hacer nada. Excepto decir «sí quiero» y vivir con las consecuencias.

–Estuvimos a punto...

Mike apretó su mano y Willow lo miró, lo miró de verdad en muchas semanas y estuvo a punto de no poder seguir.

–A punto de cometer un terrible error.

–Al menos, nuestras familias no podrán culpar a nadie. Tienen tantas cosas en común que supongo que ahora mismo lo estarán pasando bomba. Y no tendrán que soportar tediosos discursos.

Willow respiró profundamente. Tenía la impresión de que era la primera vez que lo hacía en muchos días.

—Entonces, todo está bien. ¿No crees?

—No sé.

—¿Quieres volver y enfrentarte con ellos? Yo no, desde luego.

—Yo tampoco —dijo Mike—. Lo que podríamos hacer... es llamar a Cal y pedirle que nos traiga los billetes para las Antillas. Podríamos ir de viaje de todas formas.

Willow pensó en unas vacaciones, las playas de arena blanca y el mar de un azul casi transparente. Pensó en el sonido de los insectos nocturnos y en Mike haciéndole el amor...

—Sí, podríamos.

—¿Pero?

—¿Tienes que preguntar?

—Supongo que ir de viaje de novios sin habernos casado haría que mucha gente se enfadara.

—Desde luego —suspiró ella—. Hemos hecho daño a mucha gente, pero algún día lo entenderán, incluso aplaudirán el que hayamos tenido valor para hacer lo que hemos hecho. Aunque no creo que irnos de viaje de novios fuera visto con tanta tolerancia —añadió, encogiéndose de hombros—. Pero sería una pena perder los billetes. No hay razón para que tú no vayas.

—¿Yo solo?

—Eso depende de ti. No pienso quejarme si quieres...

—¡No! Quiero decir... Bueno, no estaba pensando en llamar a ninguna amiga. ¿Por qué no vas tú? Llévate a Crysse. No vas a empezar en el *Globe* inmediatamente, ¿verdad?

Ella negó con la cabeza.

—Empiezo el mes que viene. Aunque todavía tengo que hablar con Toby. Y aún no he dimitido del *Chronicle*, por cierto. Espero que avisar con quince días de antelación sea suficiente —dijo Willow. Mike no contestó—. Acabo de dejar atrás todo lo que Crysse ha soñado para ella. Pedirle que venga conmigo a un viaje de novios sería como echar sal en sus heridas.

—Imagino que Sean no quiso tomar ejemplo de nuestra boda.

–No. Al contrario, le parecía un rollo espantoso. Otra razón por la que mi prima no debe de estar muy contenta conmigo.

Mike se encogió de hombros.

–Supongo que el seguro cubrirá los gastos.

–¿Tú crees? ¿Sin que hayamos aparecido ninguno de los dos? –preguntó Willow, intentando disimular su angustia. ¿Por qué estaba angustiada y a punto de llorar si debería sentirse feliz? Ella había dejado al novio plantado en el altar, pero Mike había hecho lo mismo, de modo que debía sentirse alegre. ¿O no?–. A lo mejor hay que pagar más.

Mike se levantó.

–Voy por el café.

–No hace falta. Yo tengo que irme.

Willow se puso de pie y se quedaron uno frente al otro, incómodos, sin saber qué hacer. Un beso parecía algo inapropiado, un apretón de manos, ridículo.

–Buscaré tu columna en el *Globe*, Willow.

Aquello sonaba como una despedida para siempre. Y ella no quería que fuera para siempre. Si pudiera dar marcha atrás al reloj, si pudiera volver a la noche en que Mike le había pedido que vivieran juntos. Si hubiera dicho que sí...

–Me da mucha pena, Mike.

–Hemos tomado una decisión. Siempre hay que perseguir los sueños. Mi error fue olvidar eso.

–No hablamos mucho sobre nuestros sueños, ¿verdad? –preguntó ella, con tristeza. Mike dejó caer los hombros en un gesto de derrota–. Si no hubiéramos tenido tanta prisa por casarnos... ¿Dónde vas a ir?

–A alguna parte. No lo sé. Voy a perderme unos días. ¿Y tú?

–Voy a ayudar a una amiga que necesita una decoradora.

Un beso, pensó, haría que se pusiera a llorar y Willow le ofreció su mano. Mike la apretó, pero ella la apartó inmediatamente.

–Adiós, Mike. Que seas feliz.

Después, se dio la vuelta y caminó rápidamente hacia la puerta. Era demasiado tarde para tener remordimientos. «Hay que perseguir los sueños», había dicho él. Y tenía razón. Pero era una pena que en la vida solo hubiera sitio para un sueño. Willow esperaba que el suyo fuera tan satisfactorio como para llenar el hueco que le había quedado en el corazón.

Mike la observó salir del restaurante y supo que nada en su vida volvería a ser tan difícil. Hubiera deseado gritar su nombre. Ir tras ella. Decirle cuánto la quería, cuánto la necesitaba. Pero... ¿después qué? Le había dicho a Cal que ella solo estaba haciendo tiempo en el *Chronicle* hasta que encontrara un marido.

Se había equivocado. Se había equivocado sobre muchas cosas. Willow deseaba trabajar en el *Globe*, en Londres. Y lo había conseguido.

En cuanto a él... la amaba, pero aparentemente no tanto como para comprometer su vida.

O quizá estaba siendo demasiado duro consigo mismo. Quizá la amaba lo suficiente como para saber que, con el tiempo, la odiaría por obligarlo a casarse, por obligarlo a vivir una vida que no quería vivir. Y que ella lo odiaría por obligarla a elegir.

Mike volvió a sentarse, dándole tiempo para salir del aparcamiento. No podría soportar las torpes sonrisas si se encontraban mientras entraban cada uno en su coche. Los bobos gestos de dos personas que se habían despedido, pero que no parecían poder apartarse el uno del otro. Decir adiós una vez había sido suficientemente duro.

De modo que Mike tomó el periódico que Willow había dejado sobre la mesa. Frente a él, un artículo sobre una residencia de verano para niños huérfanos. Niños que no tenían nada. Y eso ponía su problema, el tener mucho, en perspectiva.

***

Willow encendió el móvil, sin prestar atención a la señal de mensajes urgentes... y entonces se dio cuenta de que había olvidado el periódico. Podría comprar otro, pero si volvía a entrar en el restaurante se encontraría con Mike. Alejarse de él tres veces en un día sería imposible.

No había sido fácil decir que no a la luna de miel. No era de Mike de quien había escapado, sino de la vida que tendría que vivir siendo su esposa. Había empezado a darse cuenta de eso antes de que llegara la oferta del *Globe*. Ese había sido su escape, no la razón para dejar a Mike ante el altar. Seguía enamorada de él. Siempre lo estaría.

Y por eso, en lugar de volver a buscar el periódico, buscó en su agenda el número de Emily Wootton.

—¿Willow? Creí que hoy era el día de tu boda.

—Ha habido un cambio de planes —dijo ella—. Ha sido una decisión mutua, pero necesito esconderme durante unos días. ¿Tienes sitio para una aprendiz de pintora?

—¿En la residencia? Claro que sí. Es muy mala época para encontrar voluntarios.

—Pues me tienes a mí, si quieres. ¿Hay una habitación libre?

—En la residencia no hay muebles, pero sí hay agua y luz. Aunque por la noche estarás sola. No sé, quizá estarías mejor en el hostal del pueblo. ¿Quieres que los llame?

—Gracias, pero prefiero pasar desapercibida.

—Muy bien. Entonces, nos encontraremos en la residencia. Llevaré un saco de dormir y algunas provisiones para el fin de semana.

***

Mike seguía mirando el periódico, pero en lugar de palabras, solo veía la espalda de Willow mientras salía del restaurante... y de su vida. Y recordó lo que le había dicho cuando le pidió que se casara con él. Recordó lo que había dicho sobre verla cada mañana al despertar.

Eso no había cambiado. Una oportunidad. Dos sueños. Tenía que haber alguna forma de hacerlo funcionar y... la mesa se tambaleó cuando se levantó de golpe. Mike salió del restaurante a la carrera, pero el coche amarillo no estaba en el aparcamiento y su corazón se encogió. Entonces, el brillo de un parabrisas por el rabillo del ojo hizo que se diera la vuelta.

Era Willow. No se dirigía hacia Londres, sino de vuelta a Melchester. ¿Volvía a casa? No podía ser... De repente, el artículo que había estado leyendo en el periódico apareció en su mente. Era lo más lógico. Decorar, ayudar a alguien, había dicho.

Mike volvió al restaurante y tomó el periódico de la mesa, aquella vez memorizando cada palabra. Y eso lo hizo sonreír. Era la oportunidad perfecta para empezar de nuevo. Y aquella vez le mostraría quién era en realidad.

En cuanto Emily se marchó, Willow se puso a trabajar. No tenía otra cosa que hacer. No tenía hambre y, a pesar del cansancio, sabía que no iba a poder dormir.

Abrió un bote de pintura de color azul cielo y miró la pared del cuarto de estar. Un lugar para que los niños jugaran cuando hacía mal tiempo, un sitio para contar historias y leer cuentos.

Willow movió la pintura con una vieja cuchara de madera, tomó la brocha y se puso manos a la obra.

Llevaba una hora pintando cuando escuchó el ruido de un coche en la puerta. Emily se había marchado tan preocupada que Willow no se sorprendió de que volviera.

Mientras dejaba la brocha dentro del bote y flexionaba los dedos, que se le habían quedado rígidos, rezó para que Emily hubiera llevado una botella de vino con ella. Y algo de comer.

Willow bajó de la escalera, se apartó los rizos de la cara y fue a abrir la puerta. Pero no era Emily.

Era Mike.

Mike, con vaqueros y una camiseta que, una vez, debía de haber sido de color negro. Mike, con un saco de dormir bajo el brazo.

Capítulo 3

Mike soltó el saco de dormir y alargó la mano para acariciar su mejilla. Cuando la apartó, estaba manchada de pintura azul.

–Este color te sienta muy bien. Pero ¿no se supone que la pintura debe ir en las paredes? –preguntó, mirándola de arriba abajo–. Dime, cariño, ¿has pintado alguna vez?

Willow intentó volver a colocar el corazón en su sitio. No tenía por qué estar pegando saltos. Mike la habría dejado plantada ante el altar si ella no lo hubiera hecho, se recordó a sí misma. Willow intentó pensar en cómo se habría sentido para no enredar los brazos alrededor de su cuello.

–¿Qué estás haciendo aquí?

–Lo mismo que tú, supongo. Estoy perdido y quiero hacer algo por los demás.

–¿Y has elegido el mismo sitio que yo para hacerlo?

–¿Eso es un problema? –preguntó Mike con una expresión inocente que a Willow no la convenció en absoluto–. Han pedido voluntarios y yo me he presentado. Incluso me he traído mi saco de dormir...

–¡Puedes meterte el saco de dormir por donde te quepa!

–Y una botella de vino blanco. No puedo garantizar que sea de buena calidad, pero el dueño del bar me ha dicho que no está mal...

–No tengo sacacorchos.

–Y un poco de comida china que podríamos calentar –siguió

él, como si Willow no lo hubiera interrumpido–. Pensé que tendrías hambre.

–Pues no tengo –declaró ella. Pero cuando el olor de la comida que llevaba en una bolsa llegó a su nariz, sus tripas la traicionaron.

Tomando aquello como un cambio de opinión, Mike miró alrededor.

–¿Podemos calentar esto en alguna parte?

–¡Mike! –exclamó Willow. Habían cometido un error huyendo de sus problemas en lugar de enfrentarse a ellos, pero era demasiado tarde para cambiar las cosas. Y aquello no la estaba ayudando nada–. Los dos estábamos de acuerdo. Nos dijimos adiós. Por favor, no hagas esto más difícil...

Willow no terminó la frase. No debería ser difícil. Los dos habían elegido aquel camino.

–¿Tú crees que yo quiero estar aquí? Esto me resulta muy difícil también, cariño. Pero vas a necesitar ayuda si quieres que este sitio esté listo a tiempo. Parece que no hay muchos voluntarios –dijo Mike, colocando las cajas de comida china sobre la repisa–. Que hayamos decidido no casarnos no significa que no podamos comportarnos como adultos civilizados. Podemos seguir siendo amigos.

–¡Amigos! –exclamó ella, indignada. Willow no quería que fueran «amigos».

–¿Por qué no? Me caes muy bien –dijo Mike. Ella lo miró, recelosa–. ¿Qué? ¿No pensarás que salía contigo solo porque en la cama eres estupenda? –preguntó. Aquella era una pregunta cargada de dinamita. Willow perdería dijera lo que dijera, así que decidió callarse–. Los dos queremos escondernos durante unos días. Vamos a ayudarnos el uno al otro. Por los viejos tiempos.

–No hay «viejos tiempos». Solo nos conocemos desde hace unos meses.

–Cinco meses, dos semanas y cuatro días. Que casi hubiéramos cometido el error de casarnos... –Willow lo hubiera estrangulado por repetir aquello constantemente– no significa que tengamos que cruzarnos de acera para evitarnos. ¿No te parece? –preguntó, ofreciendo su mano–. ¿Hacemos las paces?

–¿Las paces? –repitió ella, sin estrechar la mano que le ofrecía. Tenía un aspecto demasiado inocente como para confiar en él. Aunque ella le confiaría su vida–. ¿Amigos?

–Buenos amigos, espero.

Aquello era un error. Estaba segura. La atracción magnética que sentían el uno por el otro había sido tan fiera, tan increíble desde que se conocieron... y no había disminuido tras esos cinco meses, dos semanas y cuatro días.

Pero Mike tenía razón sobre una cosa. Lo que ella sabía sobre pintura y decoración cabía en la punta de un alfiler. Un alfiler muy pequeño.

Y la residencia estaba completamente vacía. Sería bueno saber que había alguien cerca si el suelo de madera empezaba a crujir en medio de la noche.

Willow estrechó su mano. Una mano fuerte, cálida. Por un momento, todo lo que ella había querido en el mundo.

–¿Solo buenos amigos?

Debería haber sido una pregunta. Su voz debería haber sonado más firme.

Mike apretó su mano con fuerza y Willow estuvo segura de que lo de mantener la relación a un nivel platónico era imposible. Pero antes de que pudiera reiterar su determinación de que fuera así, Mike soltó su mano y empezó a mirar alrededor.

–Esta cocina es un poco espartana. Le vendrían bien algunas estanterías.

Willow se sintió culpable al recordar la hermosa casa que el padre de Mike les había regalado y que para ella era una pesadilla.

–¿Conoces a algún carpintero?

–Sí –contestó él–. ¿Hay algún vaso por ahí?

—De plástico.

—Pues habrá que usar vasos de plástico —murmuró Mike, sacando una navaja multiusos del bolsillo—. ¿Platos?

—De papel.

—¿Palillos?

—Solo hay tenedores de plástico.

—Estupendo. Así no tendremos que discutir sobre quién friega los platos.

—Los buenos amigos no discuten.

—¿No? —sonrió él, sacando el pequeño sacacorchos de la navajita—. Bueno, la verdad es que tú y yo nunca hemos discutido —añadió, quitando el corcho de la botella y sirviendo dos vasos de vino—. Siempre teníamos mejores cosas que hacer.

Willow se dio la vuelta, sintiéndose como una idiota. Podrían estar en el apartamento de Mike en aquel momento. O en el suyo. Abrazados en la cama, sin nada mejor que hacer que... estar en la cama. Si no hubiera dicho nada aquel domingo por la noche, si le hubiera hecho caso y se hubiera quedado a dormir... Pero no, eso habría sido romper sus reglas.

Había creído ser tan lista... Pero no lo era. Era arrogante y tonta y estaba pagando el precio. En aquel momento y para siempre.

Mike nunca había querido casarse de verdad o no habría salido corriendo de la iglesia. Solo se había dejado llevar por su libido.

¿Y cuál era su excusa? ¿Aquellos ojos grises que le prometían un mundo? Y se lo daban...

—Vamos a calentar esto durante un par de minutos —intentó sonreír Willow, tomando el vaso de vino e intentando que no le temblara la mano cuando sus dedos se rozaron—. ¿Por qué brindamos, Mike? ¿Por la gran escapada?

Mike consiguió esbozar una sonrisa.

—¿Por qué no me enseñas esto mientras esperamos?

—No hay mucho que ver.

El centro recreativo había sido antes una casa solariega y las habitaciones se abrían todas desde un pasillo, con una escalera de caracol a cada lado.

–Abajo está la cocina, el comedor, el cuarto de estar –empezó a explicar ella, abriendo puertas mientras hablaba y subiendo la escalera a gran velocidad para no rozarlo, para no sentir su aliento en el cuello–. Y arriba hay dos enormes habitaciones que tendrán literas para los niños. Los chicos aquí, las chicas aquí. Ahí están los cuartos de baño y las dos habitaciones para los profesores.

Mike iba abriendo puertas. En el suelo de una de las habitaciones vio el saco de dormir de Willow. Tenía un aspecto muy solitario. La otra habitación parecía aún más solitaria.

–Aquí hay mucho que pintar. ¿Vas a hacerlo tú sola?

–Hay más gente. Seguro que el teléfono de Emily no ha dejado de sonar en todo el día –dijo ella, desafiante–. No tienes que quedarte si no quieres.

–No tengo que hacer nada. Voy a quedarme porque quiero.

Mike miró el rostro de la única mujer que había querido tener cerca para siempre. Para ganarla, para conservarla, había comprometido su vida, aparentando ser lo que no era. Y, de alguna forma, ella lo había sabido. Quizá no con la cabeza, pero sí con el corazón, había sabido que algo fallaba.

Aquella vez lo haría bien. Si Willow quería alejarse de él, lo haría del hombre que era, no del hombre que aparentaba ser.

–Como tú quieras.

–Te prometo que a partir de hoy, viviré la vida en mis términos –dijo entonces Mike. Por un momento, le pareció ver un brillo de tristeza en los ojos azules, un brillo que delataba su corazón–. No más compromisos, no más engaños.

–¿Eso es lo que nuestra relación ha sido para ti? –preguntó Willow, con expresión herida–. ¿Un compromiso, un engaño? Dime la verdad.

La verdad. Mike quería decirle que su relación era lo único que había sido de verdad. Pero eso no era lo que ella preguntaba.

–Sí –admitió por fin–. Yo me había comprometido, estaba haciendo cosas que no quería hacer. ¿Tú no?

–Sí, también –murmuró Willow, intentando disimular las lágrimas–. La comida ya estará caliente.

Después, se volvió y prácticamente se tiró escaleras abajo, intentando poner distancia entre ellos.

–Esto está buenísimo –estaba diciendo Willow, sentada en el suelo–. ¿Dónde lo has comprado?

–En Maybridge. Hay un restaurante chino muy especial.

Willow levantó la mirada. ¿Maybridge? ¿Qué hacía Mike en Maybridge? ¿Retomar la vida que había dejado atrás cuando su padre se puso enfermo?

–Maybridge es muy bonito.

–Siempre quise llevarte –murmuró Mike–. Pero cuando empieces a trabajar en el *Globe* tendrás todo Londres para elegir.

A Willow le daba igual Londres. Quería saber qué había estado haciendo Mike en Maybridge.

–Tú solías trabajar allí antes de que tu padre se pusiera enfermo, ¿no? –preguntó. Mike la miró, como intentando averiguar dónde quería llegar con aquella pregunta–. Nunca hablabas de ello –siguió Willow. Ella siempre se había mostrado interesada en la vida de Mike, pero su curiosidad se veía frenada por una barrera invisible. Mike solía cambiar de conversación, distraerla con algo–. Te peleaste con tu padre, ¿verdad?

–¿Eso es lo que has oído en la oficina?

–Sí.

–No me peleé con él, Willow. Lo que pasa es que nunca me han gustado los libros de contabilidad ni los beneficios publicitarios. Yo necesitaba otra cosa. Mi padre no lo entendía y por eso era más fácil vivir en otro sitio.

–¿Y encontraste lo que buscabas en Maybridge?

–Una parte –contestó él–. Y después encontré el resto cuando volví a casa.

Sus ojos parecían asegurar que ella era el resto. Pero no había sido suficiente. La asustaba haber sido tan egoísta como para no darse cuenta de lo que preocupaba a Mike durante las últimas semanas, lo que lo había hecho salir corriendo de la iglesia.

Mike, con la espalda apoyada en la pared y una rodilla levantada, volvió a prestarle atención a la comida.

–No te gusta hablar de ti mismo, ¿verdad?

–Es una costumbre muy poco elegante.

Willow estaba buscando respuestas y Mike lo sabía. En realidad, nunca le había contado lo que hacía antes, pero ella tampoco había insistido.

No, eso no era justo. Willow estaba interesada, había sido él quien siempre cambiaba de tema, inseguro sobre cuál sería su reacción. Tenía miedo de contarle la verdad y por eso no se había sincerado con ella.

–¿Ya está? ¿Aquí se acaba el interrogatorio?

–Sí –contestó Willow.

Aquella respuesta lo dejó absurdamente desilusionado. Quería que ella demandara respuestas, que insistiera. Pero ¿por qué iba a hacerlo? Willow tenía otra vida planeada. Una vida en la que él no estaba incluido.

No le había dicho nada. Como siempre, pensó Willow. Pero quizá era demasiado tarde para llenar los espacios en blanco. Deberían haber hecho eso meses antes, pero cuando estaban juntos, Mike no quería contarle nada.

Y, en aquel momento, cuando ya no había nada entre ellos, sería una estupidez seguir haciendo preguntas que él no quería contestar.

–Lo siento mucho, Mike. Siento mucho haber estropeado tu entrada definitiva en la compañía. ¿Tu padre sigue con la intención de retirarse y dejártelo todo a ti?

—Me temo que sí. Las publicaciones Armstrong son más importantes que un pequeño escándalo. Necesitará un par de semanas para convencerse a sí mismo de que la culpa de lo que ha pasado es tuya, pero acabará haciéndolo. Se le da bien engañarse a sí mismo.

—No seas cruel, Mike. Tu padre te quiere —protestó Willow—. ¿Un par de semanas? ¿Nada más?

—Mi padre tiene una capacidad infinita para engañarse a sí mismo.

Quizá era hereditario. Él había seguido a Willow, creyendo que sería posible volver a ganar su corazón. Pero no estaba consiguiendo nada, seguramente porque sabía bien cuál era la razón por la que ella lo había abandonado. Durante toda su vida, la gente había querido que hiciera lo que ellos querían. Y él no podía hacerle eso a Willow. Si de verdad quería vivir en Londres, trabajar en el *Globe*, eso era lo que debía hacer. Él quería vivir en Maybridge. De alguna forma, tendría que encontrar la manera de vivir una vida que ambos pudieran compartir.

—¿Quieres más o lo termino yo?

A punto de disculparse de nuevo, a punto de volver a explicarle por qué no había acudido a la iglesia, Willow se contuvo. Mike tenía tanta culpa como ella. Mike le había pedido que se casara con él. Ella no le había obligado a hacerlo. Su único error había sido decir que sí. Todo el mundo sabe que no se debe decir que sí inmediatamente, aunque eso no habría cambiado nada. Si lo hubiera pensado durante un año, la respuesta habría sido la misma.

—¿Willow?

—¿Qué? Ah, no, no quiero más. Termínatelo tú. No tengo mucha hambre. De hecho, creo que voy a darme una ducha y después me voy a dormir.

—¿No te da miedo dormir sola?

Desconfiada, convencida de que Mike quería cambiar eso de ser «solo buenos amigos» porque, al fin y al cabo, él era quien había sugerido que se fueran juntos de luna de miel a pesar de todo, Willow se volvió y lo miró directamente a los ojos. Pero él estaba tan serio que no se atrevió a decir lo que pensaba.

–¿Por qué iba a tener miedo?

–Por nada –contestó Mike–. Si la araña que hay en el cuarto de baño te ataca, solo tienes que gritar.

–¿Qué araña?

–Una araña negra con las patas peludas. La vi antes, en la ducha de las chicas.

–Entonces, me ducharé en la de los chicos.

–Willow...

–Y tu habitación es la última del pasillo.

Lo había dicho para aplastar cualquier esperanza que él tuviera de compartir habitación aquella noche.

–Willow...

–¿Qué?

–Nada, cariño. Yo cerraré la puerta.

Willow subió la escalera convencida de que él se estaba riendo. Que se riera, pensó. No pensaba gritar pidiendo ayuda. Una araña no era para tanto.

Pero no entró en la ducha de las chicas, y después de comprobar que en la de los chicos no había ningún bicho peludo, abrió el grifo. Cuando se había quitado la ropa, se dio cuenta de que tenía un problema más grave que una araña.

No tenía jabón. Ni toalla.

Había metido ropa en la bolsa, pensando... Bueno, eso era una exageración. No estaba pensando. Llevaba semanas sin pensar.

Sacó una camiseta limpia de la bolsa y después de ponérsela, salió del cuarto de baño.

–¡Mike! –lo llamó–. ¿Te importa tirarme el jabón que hay en el fregadero?

Él no se lo tiró, se lo subió. Por supuesto.

–No huele demasiado bien.

—Da igual. Necesito algo que me quite la pintura. No habrás traído una toalla, ¿verdad?

—Lo siento. Solo he metido algo de ropa y una cuchilla de afeitar. La verdad es que pensaba pasar la noche en el hostal.

—Todavía puedes hacerlo.

—¿Y tú?

—Yo estoy bien aquí...

—En ese caso, me secaré con la camiseta —sonrió Mike—. Puedes compartirla si quieres.

—Gracias, pero yo también tengo una camiseta.

—La mía es más grande.

—No presumas, Mike —replicó Willow, tomando el jabón—. ¿Qué estás haciendo? —preguntó cuando él se quitó la camiseta y empezó a desabrocharse los pantalones—. ¡Mike! ¡No puedes hacer eso! —gritó, cuando él se metió en una de las duchas. Willow solo podía ver su cabeza y sus hombros, pero era suficiente.

En ese momento, Mike tiró los calzoncillos al suelo.

—Esta es la ducha de los chicos, cariño —contestó él, abriendo el grifo—. Tú eliges. La araña o yo.

Willow sabía que se estaba portando como una cría. ¿Qué más daba?

Pues no daba igual.

—Mike, esto es absurdo. Tú me has plantado en la...

—Le dijo la sartén al cazo. Pero no me quejo. No tienes que mirar si no quieres.

—¡No estoy mirando! —exclamó ella, dando un golpe en el suelo con el pie. Como iba descalza, el gesto de rabia no valió de nada.

—¿Te importa pasarme el jabón? —pidió Mike, alargando la mano—. Y la próxima vez que des una patada, antes mira por si hay algún escarabajo. El pobre no te había hecho nada.

—¿Un escarabajo? ¿No pensarás que voy a creérmelo?

En ese momento, una cosa con muchas patas rozó su pie y Willow se metió en la ducha de un salto.

—Hola, cariño —sonrió Mike.

—¡Eres un cerdo!

—Nadie es perfecto —contestó él, pasándose el jabón por el pelo. Al hacerlo, rozó el brazo de Willow, poniendo en peligro su voluntad de mantener aquella relación a un nivel estrictamente platónico.

—Perdona —murmuró ella, intentando apartarse sin rozar más que lo estrictamente necesario—. En estas duchas no caben dos personas.

Mike la tomó entonces por la cintura.

—El escarabajo te estará esperando.

—Por favor, Mike...

Los ojos del hombre se oscurecieron.

—Se te ha mojado la camiseta. Deberías quitártela.

Willow tragó saliva, incapaz de apartarse.

—Nuestra relación ha terminado.

Lo había dicho solo con la boca, pero sabía que su cuerpo, que respondía por su cuenta, le estaba enviando un mensaje completamente diferente.

—¿Tú crees? —preguntó Mike en voz baja.

Y entonces, sin esperar respuesta, acercó su boca a la de ella, suavemente, con ternura, ofreciéndole la oportunidad de apartarse.

Era irresistible. Y, por un momento, Willow no se resistió. Por un momento, con el agua caliente cayendo sobre ella, empapando su camiseta y su ropa interior, se dejó llevar por la caricia, quiso creer la dulce mentira de que aquella relación iba a alguna parte.

Pero unos segundos después, lo tomó por los hombros y se apartó. Mike no intentó impedírselo.

—¿Ha terminado?

—Tiene que ser así. Yo deseo tener una carrera, Mike. No sé lo que tú quieres.

—A ti —dijo él.

Willow no lo dudaba. Conocía aquella mirada y tragó saliva, nerviosa.

–Entonces, ¿qué hacíamos tomando un plato de pasta en la autopista cuando deberíamos estar brindando con champán? –preguntó. Al intentar apartarse se golpeó el codo con el grifo y estuvo a punto de soltar un taco.

–Tienes razón. Estas duchas están hechas para uno solo –dijo Mike, pasando el dedo suavemente por su brazo.

–Son muy sencillas –dijo Willow–. Pero al menos no tienen grifería dorada.

Por un momento, ambos compartieron una visión de la enorme ducha con grifos dorados en la casa que deberían haber compartido.

–Creí que te gustaban los grifos. Pusiste cara de estar soñando cuando mi padre nos enseñó la casa.

–Acababa de regalárnosla. ¿Qué esperabas que hiciera?

–¿De verdad no te gustaban los grifos?

Willow se encogió de hombros.

–Eran un poco... exagerados para mi gusto. ¿A ti te gustaban?

–Yo prefiero las cosas sencillas y funcionales.

–Pues entonces, esto te gustará. Pero si has terminado, te agradecería que salieras y me dejaras ducharme en paz.

Cuando Willow terminó de ducharse, Mike se había secado y estaba respetablemente cubierto con los vaqueros. Ella se secó como pudo, pero después se sintió desnuda solo con unas braguitas y una camiseta húmeda que se pegaba a sus pechos.

–Hace frío, ¿no?

–Yo no tengo frío.

Se separaron en la puerta de su dormitorio.

–Hasta mañana –murmuró Willow. Parecía absurdo dormir en habitaciones separadas. Hubiera sido tan consolador dormir en sus brazos... Él le habría dado la seguridad de no haber saltado de su vida sin paracaídas.

—Mañana es domingo y no pienso levantarme antes de las nueve y media —la advirtió Mike—. Y me gusta tomar tres cucharadas de azúcar con el té —añadió, inclinándose para besarla en la mejilla—. Pero eso ya lo sabes.

Willow le dio con la puerta en las narices. Pero solo para no tomarlo por la cinturilla de los vaqueros y meterlo en la habitación con ella.

Willow siempre había creído que el campo era tranquilo. No había ruido de tráfico, era cierto, pero la casa estaba llena de ruidos extraños y la madera crujía. Sobre ella, en el ático, pequeñas criaturas se movían sin parar. Murciélagos. O ratones.

Pero no eran los murciélagos ni los ratones lo que la mantenía despierta, envuelta en su saco de dormir como si fuera un capullo.

Le dolía todo el cuerpo por los esfuerzos con la brocha, pero era su cabeza la que no dejaba de dar vueltas, recordando todo lo que había pasado aquel día.

Menudo lío.

Willow alargó la mano para encender el móvil. La señal de mensajes estaba encendida. Su madre, como había imaginado, exigiendo que la llamase hora tras hora. Su padre pidiéndole que lo llamara para hacerle saber que estaba bien. Crysse, pidiendo que le explicara qué había pasado.

Willow no había creído poder sentirse peor. Llamó a su prima, pero Crysse no contestó. Ni siquiera tenía el contestador encendido.

Su padre contestó inmediatamente, como si hubiera estado sentado al lado del teléfono. Ni siquiera le preguntó dónde estaba, solo si se encontraba bien.

—Estoy bien, papá. De verdad. Estoy ayudando a una amiga a pintar la residencia de vacaciones para niños huérfanos de la que hablaba en mi último artículo. Pero necesito estar sola durante un tiempo.

Y hacer algo por otra persona después de lo que, en retrospectiva, le parecían semanas de egoísmo absurdo.

—¿Necesitas alguna cosa? ¿Puedo llevarte algo?

A Willow se le ocurrieron un montón de cosas, pero podría vivir sin ellas. Ni siquiera su padre entendería que Mike estuviera con ella. Ni ella misma lo entendía. Especialmente, el hecho de que le alegrase que él estuviera durmiendo al otro lado del pasillo. Suficientemente cerca como para llamarlo si...

—No. Me las arreglaré. Y preferiría que no se lo dijeras a mamá.

—No lo haré. Willow, en cuanto a Mike...

—Papá...

—No te preocupes por él, ¿de acuerdo? Se lo tomó como un hombre.

—Papá...

—Viene tu madre. A menos que desees soportar una charla, te sugiero que cuelgues.

Los ojos de Willow se llenaron de lágrimas. Su padre no había querido decirle que Mike se había marchado antes de que ella llegara. A pesar de lo que le había hecho pasar aquel día, el pobre no quería herir sus sentimientos. Pero eso no hizo que se sintiera mejor. Todo lo contrario. Solo una persona podía consolarla, pero estaba al otro lado del pasillo. Willow miró alrededor, buscando una araña que le diera una excusa para salir corriendo y colocar su saco de dormir al lado del de Mike.

Ese era el problema con las arañas. Que nunca aparecían cuando se las necesitaba.

Willow respiró profundamente. No necesitaba una araña. Estaba bien. Tenía su vida planeada y en esa vida no entraba Mike. Suspirando, buscó un pañuelo para secarse las lágrimas. No tenía tiempo de llorar.

***

Mike escuchó el pitido del móvil de Willow, anunciando que tenía mensajes. Seguramente estaría llamando a Crysse. O a su madre. Ninguna llamada agradable, de eso estaba seguro. Debería habérsele ocurrido alguna forma de hacer que ella durmiera a su lado. No debería estar sola en una casa solitaria.

En fin. Quizá no era demasiado tarde.

Mike buscó su móvil y le envió un mensaje.

El móvil de Willow empezó a sonar. Un mensaje. ¿Crysse?
¿Estás bien?
No era Crysse. Era Mike.
Perfectamente, contestó ella.
Otro pitido.
¿Ni arañas, ni escarabajos, ni tijeretas?
¿Tijeretas? Qué asco. Aquel era un golpe bajo. Mike sabía que le daban asco los bichos y también sabía que estaba durmiendo en el suelo, con la luz del móvil como única compañía. Era demasiado fácil creer que la tela que rozaba su tobillo era algo mucho más asqueroso.

Willow se mordió los labios, diciéndose a sí misma que no debía ser tan cobarde.
Solo murciélagos. ¿Qué hago?
Cierra la ventana.
Prefiero arriesgarme a que entren los murciélagos. Buenas noches.
Mike sonrió.
¿No has oído un ruido en la escalera? Por cierto, ¿esta casa no estaba embrujada?
Willow deseó no haber leído aquel último mensaje. Con el ca-

lor, las maderas de la escalera crujían y el sonido era como un quejido fantasmal. No haría falta mucha imaginación para pensar que el ruido eran pasos...

El móvil volvió a sonar. Willow trató de ignorarlo, pero no podía.

Grita si me necesitas.

Muy gracioso. Allí no había nada que la molestase, excepto el hombre que dormía al otro lado del pasillo.

Por otro lado, ¿por qué sufrir sola?

Willow lanzó un grito.

Un segundo después, Mike apareció en la habitación, una tentación en calzoncillos iluminada por la luz de la luna.

–¿Qué ha pasado?

Por un momento, Willow pensó en decirle que había un bicho en su saco de dormir. Que tendría que meterse dentro y... ponerse a explorar. Pero entonces se dio cuenta de dónde estaba y por qué.

–Solo estaba probando.

Mike no se movió.

–Pues funciona.

–Muy bien.

–Buenas noches.

–Buenas noches –se despidió ella con una sonrisa, sacando los deditos por encima del saco.

Cuando Mike cerró la puerta, Willow sacó del bolso la chocolatina que había comprado en el restaurante. Estaba triste y era el momento de comérsela.

–Té, con tres cucharadas de azúcar.

La mano de Mike emergió del arrugado saco de dormir.

–Son las siete de la mañana, mujer. Eres inhumana.

–Nadie te dijo que te presentaras voluntario –replicó ella. La vida, pensó Willow, sería más sencilla si él se marchara. Más triste, pero más sencilla–. Pero brilla el sol y tengo que pintar –añadió, dejando el vaso de té en el suelo.

–¿No hay desayuno?

–Si querías desayunar, deberías haber dormido en el hostal.

–No puedo trabajar todo el día solo con una taza de té en el estómago –se quejó Mike, sentándose sobre el saco y pasándose la mano por el pelo–. Un par de huevos. ¿Eso es mucho pedir?

–En absoluto. Hay una docena de huevos en la nevera. Y también hay una sartén.

–¿Y tú? –preguntó Mike, mirándola con lo que algún desinformado habría creído preocupación–. No quiero preocuparme por si vas a caerte de la escalera. El desayuno es la comida más importante del día y...

–Lo sé –lo interrumpió Willow. Intentaba aparentar irritación, pero le resultaba difícil. Mike tenía unos hombros que la hacían olvidar cualquier irritación y pensar en... cosas que no debería pensar. Su decisión de no casarse con aquel hombre no había disminuido en absoluto la atracción física que sentía por él–. Di la verdad, Mike. Mi madre te ha enviado.

Invocar el nombre de su madre debería haber sido suficiente para romper el hechizo. Desgraciadamente, la sonrisa de Mike siempre conseguía que le temblaran las piernas.

–Ya veo que no se puede hablar contigo. Tú pintas, yo cocino.

Cuando Mike empezó a moverse, Willow salió corriendo de la habitación. Los calzoncillos grises estaban tirados encima de los vaqueros y un hombre que no lleva toalla, no habría pensado en llevar pijama.

Willow frunció el ceño. ¿A qué hotel iba nadie con un saco de dormir?

En mitad de la escalera, se paró y miró hacia atrás. Mike debía de haber visto el periódico en el restaurante y había adivinado dónde estaba. No era tan difícil. Pero aquel saco de dormir era viejo. ¿De dónde lo habría sacado?

Maybridge.

¿Tendría cosas allí? ¿Seguiría teniendo un apartamento? ¿Qué había en Maybridge que era tan secreto?

Willow entró en la habitación que se disponía a pintar. Había dejado la brocha abandonada cuando Mike apareció y esperaba encontrarla dura como una piedra. Pero estaba al lado del bote de pintura, limpia y dispuesta para ser usada. Willow pasó los dedos por las suaves cerdas, sonriendo.

—A partir de ahora tendrás que hacerlo tú misma.

Cuando se dio la vuelta vio a Mike, solo con los vaqueros, apoyado en el quicio de la puerta. Debería ponerse algo más de ropa, pensó. Pero quizá su camiseta seguía húmeda. Ella había colgado la suya en la ventana para que se secase, junto con la ropa interior.

—Gracias —dijo por fin. Mike no se movió—. ¿Qué vas a hacer?

—Unos huevos fritos. ¿Te apetece?

—No, gracias. ¿Por dónde vas a empezar a pintar?

—No voy a pintar, voy a la tienda. ¿Quieres venir?

Willow se quedó boquiabierta.

—¿Y que me vean en público contigo después de lo que pasó ayer? —preguntó, incrédula—. ¿Que nos vea algún conocido? Menudo cotilleo para el *Evening Post*.

—En eso tienes razón, pero voy a ir a la tienda de bricolaje que está cerca del parque.

—¿En Maybridge?

Mike sonrió.

—Esa. ¿Seguro que no quieres venir? —preguntó, sabiendo que la curiosidad se la estaba comiendo—. Podríamos dar un paseo a la orilla del río. Y darle de comer a los patos. Comer en algún sitio tranquilo.

—No, gracias —contestó Willow, metiendo la brocha en el bote de pintura y aplicándola después a la pared. Pero la curiosidad era demasiado fuerte–. ¿Para qué vas a una tienda de bricolaje? Tenemos pintura y brochas suficientes.

–Voy a comprar madera. He pensado hacer unas estanterías para la cocina.

–¿Tú?

–Yo.

–¿No crees que deberías preguntarle a Emily antes de hacerlo?

–¿Emily?

–Es la coordinadora de este proyecto. Creí que habías leído mi artículo. ¿No es así como me encontraste?

–Yo creí que lo habías dejado en la mesa para que lo leyera –replicó Mike. Ella hizo un gesto con la mano–. No te preocupes. No voy a cobrarle nada.

–No quería decir eso. Quería decir...

–Querías saber si sé usar un martillo y una sierra.

–Pues sí.

–Que tú no me hayas visto nunca usar nada más peligroso que una pluma no significa que no sepa hacer nada, Willow.

–Hay muchas cosas de ti que no sé... considerando que he estado a punto de casarme contigo –replicó ella. Y era cierto. No sabía nada de él. Por ejemplo, sabía por qué ella lo había dejado plantado, pero ¿por qué la había dejado plantada él?–. ¿En qué pensabas mientras me esperabas en la iglesia, Mike?

Capítulo 4

–Willow...
–No –lo interrumpió ella–. Olvídalo. Hay preguntas que no deben hacerse.

Por un momento, pensó que él iba a contestar. Pero Mike se encogió de hombros.

–¿De qué color vas a pintar la cocina?
–De blanco –contestó ella, irritada por el repentino cambio de conversación. Que ciertas preguntas no debieran ser formuladas, no quería decir que no quisiera saber la respuesta.

–¿Y las estanterías en rojo?
–O azul, o rosa o granate. Son tus estanterías. Decide tú.
Mike la miró, sorprendido.

–No te pongas así. Tu nivel de azúcar es un poco bajo. ¿Seguro que no puedo tentarte con un desayuno antes de ponerme a medir?

–Seguro.

Sus tripas empezaron a sonar cuando le llegó el olor a huevos fritos, pero Willow siguió cubriendo la pared, y a sí misma, de pintura azul.

–Vale, de acuerdo –dijo Mike media hora después–. Ahora para un poco y toma un café –ordenó, con simpatía. Willow tomó el vaso–. ¿Galletas de chocolate?

–Conoces todas mis debilidades.

—Íntimamente —asintió él.

Sus miradas se encontraron entonces.

—A veces se me olvida pensar antes de abrir la boca —murmuró Willow.

—No hagas eso. Di siempre lo que te salga del corazón... —empezó a decir Mike. Pero no terminó la frase, incómodo—. Me marcho. ¿De verdad no te importa quedarte sola?

—Por favor... No soy una niña.

Mike sonrió.

—Prefiero no contestar a eso. Nos veremos más tarde.

—¡Mike! —lo llamó Willow entonces. Él se dio la vuelta—. Será mejor que te lleves una llave. Yo voy a bajar al pueblo a comprar champú, toallas y otras cosas.

En ese momento, recordó la pila de suaves toallas que su tía abuela le había enviado como regalo de boda. Estaban en su apartamento, junto con el resto de los regalos, esperando que la casa estuviera terminada. Todos debían ser devueltos con una nota dando una explicación. Algo que nadie más que ella podía hacer.

—Hay una llave en ese cajón. ¿Necesitas alguna otra cosa?

—Tampoco quiero contestar a eso —sonrió Mike.

Willow se quedó pensativa, preguntándose qué habría querido decir, mientras veía el jeep desaparecer hacia la carretera.

Hinton Marlowe tenía un buen supermercado y Willow estuvo un rato mirando las estanterías, buscando los artículos que necesitaba. Casi todo, en realidad, excepto el cepillo y la pasta de dientes que llevaba en el bolso. Gel y champú, definitivamente. Leche corporal, crema de manos y guantes de goma. ¿Se podía pintar con guantes de goma?, se preguntó. Willow se volvió hacia un joven que estaba colocando artículos.

—¿Tienen toallas?

—Creo que unas pequeñas ahí, al lado de los detergentes —contestó él, con una deliciosa voz varonil. Cuando se dio la vuelta, a Willow le resultó imposible ignorar aquellos vaqueros que se ajustaban a su trasero como un guante. Estaba segura de que aquel hombre estaba en la lista de la compra de todas las mujeres del pueblo.

–Gracias.

Las toallas eran muy pequeñas, pero tendrían que valer. Después de meter en la cesta algo de comida y el resto de las cosas que necesitaba, Willow se acercó al mostrador. El chico de los vaqueros ajustados se colocó tras la caja registradora.

–¿Acaba de mudarse al pueblo? –preguntó, mientras sacaba los artículos de la cesta.

Willow buscó su monedero en el bolso.

–No. ¿Por qué lo pregunta?

–Porque está pintando –contestó él. Aquello no era una pregunta y Willow se miró la camiseta. Pero se había cambiado antes de salir y no tenía manchas–. Lo digo por su pelo. Está manchado de azul –sonrió el joven, con la confianza de alguien que sabe que esa sonrisa vale millones–. Pero le queda muy bien.

–Gracias –murmuró Willow, intentando no recordar que Mike había dicho lo mismo cuando le limpió la mancha de la cara. De verdad tenía que dejar de pensar en Mike, en cómo la tocaba... de una forma que la hacía sentir querida, deseada.

–¿Entonces? ¿Va a ser clienta de la tía Lucy? –preguntó el joven. Willow lo miró, sin entender–. La propietaria de este supermercado es la tía Lucy.

–Ah, sí. Pues no.

–¿No?

–No voy a ser cliente, quiero decir.

–¿Siempre es usted tan indecisa? –sonrió él.

¡Por favor! Aquel coqueteo era lo último que necesitaba.

–No vivo aquí. Estoy ayudando a pintar la casa de Marlowe Park.

—Me habían dicho que buscaban voluntarios. Quizá vaya por allí a echarle una mano.

—Se necesita mucho tiempo para eso —dijo Willow, intentando no ser antipática. Necesitaban ayuda, pero no quería que aquel hombre pensara que lo estaba animando.

—Solo estoy ayudando a la tía Lucy durante unos días —sonrió él. Después se calló, como esperando que ella le preguntase a qué se dedicaba. Pero Willow no preguntó nada—. Normalmente, tiene un ayudante. ¿Le importaría que fuera a echarle una mano de vez en cuando?

—No. La verdad es que hace falta gente. Llame a Emily Wootton si quiere presentarse voluntario. Tengo su número por aquí...

Willow buscó un papel y anotó el número de teléfono.

—Gracias...

—Willow Blake.

—Gracias, Willow. Yo soy Jacob Hallam.

—Hola, Jacob —sonrió ella. Después, pagó apresuradamente y salió de la tienda.

Cuando volvió a la casa, sintió una angustia extraña. Ver a Mike y no poder tocarlo, abrazarlo, ser parte de él... era insoportable. Pero no verlo era más insoportable todavía.

Cuando aparcó el coche y vio que solo estaba la vieja furgoneta de Emily, se sintió desinflada y triste.

Emily levantó la cabeza cuando la vio entrar.

—Ya sé que tienes compañía —dijo, sonriendo—. Mike Armstrong me llamó esta mañana.

—Ah.

—¿No te importa que esté aquí? Le diré que se vaya si quieres.

—No, no pasa nada.

—Me alegro. Se ha ofrecido a hacer unas estanterías que nos vienen muy bien.

—Espero que sepa lo que está haciendo —murmuró Willow. No

podía imaginarse a Mike con una sierra en la mano, pero mentiría si dijera que la idea de verlo sin camiseta no le parecía apetecible–. Puede que tengas un nuevo recluta, Jacob Hallam. Le he dado tu teléfono.

–Ah, muy bien –sonrió Emily–. Ahora veo que he cometido un error. No debería haber esperado voluntarios, debería haber puesto una fotografía tuya en el periódico diciendo: *Ven a pasar un buen rato con Willow Blake*. Así habría voluntarios a patadas.

–Muy graciosa.

Emily sonrió.

–He traído bocadillos. Están en la nevera, si tienes hambre.

Willow se obligó a sí misma a tomar un bocadillo antes de ponerse a trabajar, siempre pendiente de que Mike volviera. Y cuando apareció, siguió trabajando, negándose a bajar corriendo para que él no viera cuánto lo había echado de menos. Y él tampoco subió corriendo a verla. Lo oyó hablar con Emily y después el sonido de una sierra eléctrica.

Intentó ignorarlo, pero después de un rato, solo porque tenía que estirarse un poco, miró por la ventana y lo observó durante un rato midiendo, cortando.

Lo hacía con la misma familiaridad con la que trataba un balance de cuentas. Parecía relajado, en su elemento, con su pelo color miel manchado de serrín. A Willow le hubiera gustado alargar la mano y rozarlo con los dedos.

Mike seguía atrayéndola, seguiría haciéndolo cuando tuvieran noventa años. Seguía haciendo que se le pusiera la piel de gallina, haciendo que se sintiera su mujer a su lado.

Pero era más que eso. Su relación había madurado, se había hecho más profunda que una simple relación física.

Deseaba amar a Mike, quererlo, cuidar de él, hacerse mayor con él, les llevase donde les llevase la vida. Entonces, ¿cómo podían haber sido tan descuidados con lo que les había sido ofrecido en bandeja?

Lo observó durante largo rato, pero Mike no levantó la mirada ni una sola vez.

Quizá por eso no supo reaccionar cuando, un rato después, lo escuchó entrar en la habitación. Estaba sentada en el suelo, pintando el rodapié.

Él no dijo nada y Willow se sobresaltó cuando le puso una mano en el hombro. Pero después se relajó cuando él empezó a darle un masaje en el cuello. Era delicioso. Mike parecía saber dónde le dolía exactamente y le gustaba tanto que no quería que parase. Nunca.

Él siguió masajeándola, deslizando los dedos por sus hombros, como sabía que le gustaba.

No era justo, no era justo.

–¿Dónde has estado todo el día? –demandó Willow, apartándose–. No se tarda tanto en comprar unas planchas de madera.

–¿Me has echado de menos?

–Como te eché de menos ante el altar.

–Ya –murmuró él, poniéndose en cuclillas–. Esto no es una prueba de resistencia. Déjalo y vamos a comer algo.

–Comeré cuando tenga ganas.

–Pues espero que las tengas pronto porque te estás poniendo muy gruñona –replicó Mike, molesto. Cuando Willow le lanzó una mirada que podría haberlo fulminado, él levantó las manos en señal de rendición–. Vale, vale. Solo era una sugerencia.

Willow lo observó salir de la habitación. Después, se levantó y se quitó los guantes de goma. No pensaba permitir que la llamara gruñona.

Lo siguió hasta la cocina, tomó la tetera y la llenó de agua.

–¿Dónde está Emily?

–Tuvo que marcharse. Me dijo que intentará venir mañana por la tarde –contestó Mike–. ¿Te apetece que cenemos en el pueblo esta noche?

–¿Con esta pinta?

Mike tuvo que morderse la lengua para no decirle que nunca la había visto más deseable. Si lo hiciera, ella lo golpearía con la tetera. Y seguramente, con razón.

–En serio, cariño, en cuanto la gente vea ese nuevo look de mechas azules, todo el mundo querrá teñírselo... –Mike dio un salto cuando ella le echó agua del grifo–. Vale, vale. El restaurante o bocadillos otra vez. Tú eliges. Pero te advierto que solo hay una sartén –añadió. Además, no creía que quedarse allí fuera buena idea. ¿Qué iban a hacer? Mejor no pensarlo. Se había regañado a sí mismo unas horas antes por lo de la ducha del día anterior y por lo del masaje–. Hace una noche estupenda. Podemos cenar fuera si quieres.

–Desde luego, sabes cómo hacer que una chica lo pase bien.

–Yo sugerí que fuéramos a las Antillas, ¿recuerdas? Fuiste tú quien pensó que esto sería más divertido.

Mike estuvo a punto de tomarla por los hombros, desesperado por sentir su calor. Pero no tenía excusa alguna.

–¿A quién se le ocurre...?

–No tienes que castigarte a ti misma, cariño. No has hecho nada malo.

–Supongo que no podrías conseguir que mi madre pusiera eso por escrito, ¿verdad? –intentó sonreír Willow.

–Ella no es la única que entendió mal todo este asunto.

–Lo sé. Yo debería haberme puesto firme con lo de las damas de honor. Y con la tarta. Nadie necesita una tarta tan grande. ¿Qué habrán hecho con ella?

Mike no había pensado en el banquete. Solo había pensado en su padre y en la casa que les había regalado. Pero esa era su pesadilla, no la de Willow. Bueno, estaban de acuerdo en que los grifos eran espantosos...

–Supongo que se la regalarían a alguien.

–Pero tenía nuestros nombres... Estoy siendo una tonta, ¿verdad? Los habrán borrado y ya está –suspiró Willow–. Mejor. No me gusta que las cosas se echen a perder... –sin pensar, apoyó la cabeza sobre su hombro y Mike la rodeó con sus brazos. No significaba nada. Solo era un abrazo. Eran amigos, después de todo. Y los amigos se abrazan cuando están tristes.

Mike se repetía a sí mismo que no significaba nada. Era una reacción lógica. Willow estaba triste. Pero él la amaba, la deseaba. Si pudieran volver a la iglesia...

Pero no podía engañarse a sí mismo. Ella no había acudido a la iglesia. Podría haberla esperado durante años y Willow no habría aparecido. No lo quería cuando era Michael Armstrong, heredero de las publicaciones Armstrong, una editorial de mucho éxito. ¿Por qué iba a quererlo como Mike Armstrong, dueño de nada más importante que un pequeño taller que, aunque tenía una buena lista de clientes, no fabricaba más que un par de muebles al mes?

Mike no intentó sujetarla cuando ella se apartó, secándose las lágrimas con la mano.

–Voy a preparar el té –murmuró. Mike secó sus ojos con un trozo de papel de cocina–. Es la pintura. Me escuecen los ojos.

Él no la contradijo.

–Necesitas un poco de aire fresco. Podemos ir andando hasta el pueblo.

Willow se obligó a apartarse de aquel fuerte torso, de la tentación del consuelo que podía darle. Se obligó a sí misma a recordar que ya no eran novios. Mike tenía razón, debían salir de la casa. Sería más fácil recordar que solo eran amigos si estaban rodeados de gente.

–Debo parecer un bicho raro.

–Pues sí. Un bicho raro lleno de pintura azul –dijo Mike. Willow sonrió. Pero le costó un gran esfuerzo–. Te doy veinte minutos. Ni uno más.

***

En el cuarto de baño había media docena de toallas. Grandes, suaves, toallas de color granate. Debía haberlas llevado Emily, pensó Willow mientras se llevaba una a la cara. Olía a... madera. Olía a madera fresca, como había olido Mike el día que llevó a casa aquella mesa tan bonita.

Había sido la última noche que pasaron juntos antes de la boda y ella estaba muy nerviosa, desesperada por hablarle de sus dudas, de la angustia que sentía. Pero no lo había hecho, segura de que solo eran los nervios de la boda, algo que sufrían todas las mujeres antes de dar lo que se suponía era el paso más importante de sus vidas.

No pasaba nada, se había dicho a sí misma.

Mike también parecía distraído y cuando dijo que tenía que marcharse, Willow se sintió aliviada. Entonces sus dedos se habían rozado y fue como un relámpago. Una colisión urgente, desesperada.

Después, su piel olía a madera fresca.

Willow sostuvo la toalla durante un momento, respirando su aroma, sintiendo un terrible deseo de que Mike la abrazase otra vez, que la amase de nuevo con aquella pasión desesperada que la hacía perder la cabeza, que la transportaba a un lugar donde la ambición, su carrera, la boda no existían. Cuando él la abrazaba, susurrando palabras de amor, nada podía tocarlos.

Willow soltó la toalla como si la quemara. Emily no las había llevado. Las toallas eran de Mike, pero no habían salido de su apartamento en Melchester. Allí, sus toallas eran de color azul.

Daba igual. No era asunto suyo. Pero mientras estaba bajo la ducha, no podía dejar de pensar en ello. Mike tenía una casa en Maybridge. ¿La había compartido con alguna otra mujer? ¿Sería por eso por lo que no quería hablar de su pasado, como si no fuera importante?

Pues a ella sí le importaba.

Furiosa, se negó a usar las toallas de Mike y se secó como pudo con las que había comprado en el pueblo. Después, en lugar de ponerse una camiseta, se puso una blusa sin mangas de seda azul que había guardado junto con la ropa interior.

La había metido en la bolsa de viaje sin pensar, pero se alegraba. Porque, aunque le daba igual su aspecto, una chica siempre necesita ponerse algo con lo que se encuentre a gusto.

Mike, con el pelo húmedo de la ducha, los antebrazos bronceados por el sol, nunca había parecido más relajado, más tranquilo. Más deseable. Pero Willow mantuvo las distancias.

–¿Cuánto tiempo se tarda en llegar atravesando el parque?

–Lo suficiente como para que se te abra el apetito.

–Ya tengo apetito. Llevo todo el día trabajando.

Con un poco de suerte, Mike pensaría que seguía estando gruñona e insoportable porque tenía hambre. No por él.

Willow sintió que él la miraba, supo sin mirar que Mike había fruncido el ceño, sorprendido por su contestación. Lo sabía todo sobre él. Conocía todos los rasgos de su cara, su sonrisa, sus ojos grises, cómo respondía cuando ella tocaba sus manos, sus hombros, su cara...

Pero esas eran cosas superficiales. ¿Qué había dentro de su cabeza? Willow se dio cuenta de que no sabía lo que estaba pensando. Ella había tenido una razón para no acudir a la iglesia. ¿Qué demonios, qué miedos lo habían hecho a él salir corriendo?

¿Y qué lo había llevado corriendo tras ella después?

Willow miraba fijamente el camino, caminando a buena velocidad para no tener que llenar el silencio con palabras.

Mike tampoco decía nada. Sabía que los dos habían hecho lo que debían, pero su corazón, que saltaba de alegría al verla, lo había metido en aquel lío del que no podía salir. Del que no quería salir.

Volvió a colocarse a su lado cuando llegaban a la verja que salía al camino.

–¿Dónde vas tan deprisa? Se supone que íbamos a dar un paseo.

Willow se colocó al otro lado y cerró la verja, bloqueando el camino.

—¿Por qué has venido, Mike?

—Pensé que íbamos a cenar —contestó él—. Si me dejas pasar... ¡Willow! —la llamó cuando ella salió corriendo—. No sé —contestó por fin unos segundos después, colocándose a su lado. Pero no era cierto. Sí lo sabía. Sabía que no podía casarse con ella y vivir la vida para la que estaba destinado. Pero tampoco podía vivir sin ella—. Muy bien. No quería que estuvieras sola.

Al menos, eso era cierto. No quería que Willow estuviera sola.

—Pues voy a tener que acostumbrarme —dijo ella, apartándose—. Y no creo que tú seas la persona más adecuada para eso. De hecho, creo que sería mucho más fácil si te marcharas.

—¿Quieres que me vaya ahora mismo? ¿Esta noche? —preguntó él. Willow siguió caminando sin decir nada. No sabía qué contestar—. Debería al menos terminar las estanterías.

—¿Cuánto tardarás en hacerlo?

—No puedo colocarlas hasta que la cocina esté pintada —contestó Mike, intentando disimular su alivio—. Y Emily me ha preguntado si podría construir unos bancos de madera para el cuarto de estar —añadió. En realidad, lo había sugerido él, pero sería mejor no aclarar eso de momento. Cuando llegaron al restaurante, Mike la llevó hasta una mesa en la terraza, cerca de la carretera—. Pero, si quieres que me vaya, supongo que Emily lo entenderá.

—Ojalá lo entendiera yo.

Mike tampoco entendía nada. Le hubiera gustado tener una respuesta, pero no podía ser el hombre que Willow quería. Lo había intentado, pero era una pérdida de tiempo. Debería haber intentado hacerla desear al hombre que era en realidad... Aunque tenía una semana para hacerlo.

—¿Qué quieres tomar?

Willow apoyó los codos en la mesa.

—Un gin tonic. Y para comer, cualquier cosa que tenga muchas calorías –contestó, intentando sonreír–. Estoy hablando de mucho colesterol, así que ya puedes pedirme una doble ración de patatas fritas.

–¿No quieres una ensalada?

–No, gracias. Quiero que se me endurezcan las arterias.

–Podrías haberlo dicho antes. Nos hubiéramos quedado en la casa y te habría preparado un bocadillo de beicon.

–Se me había ocurrido. Pero después pensé que no sabríamos qué hacer el resto de la noche.

–Ya.

Willow lo miró con sus preciosos ojos azules y aquella vez, la confrontación fue más profunda, más peligrosa. Era un reto para que admitiera que la transición de «hasta que la muerte nos separe» a «buenos amigos» no iba a ocurrir de la noche a la mañana.

No iba a ocurrir si Mike podía evitarlo.

–Dime, Mike, ¿qué hacen dos buenos amigos cuando solo pueden hablar de cosas impersonales y no se tiene ni siquiera una baraja para pasar el rato?

Mike tuvo que hacer un esfuerzo para respirar.

–Tengo que admitir que no hay respuesta para eso –contestó por fin–. ¿Seguro que quieres cenar aquí?

–No hay elección. Llevas los vaqueros manchados de pintura.

–No es de hoy –murmuró Mike–. Vuelvo enseguida.

Willow se apoyó en el respaldo del asiento, mirando los coches en la carretera, la gente paseando a sus perros, buscando algo que la distrajera del dolor que se había infligido a sí misma. ¿Cómo podía Mike comportarse de forma tan normal?

Una moto pasó por delante de ella a gran velocidad y dio la vuelta a la rotonda de Hinton Marlowe. El conductor llevaba una cazadora de cuero negro y un casco. Unos segundos después, volvía hacia el restaurante y paraba frente a ella. El conductor se quitó el casco.

Oh, cielos.

—Hola, Willow. Me había parecido que eras tú. ¿Descansando después de un duro día de trabajo?

—Hola, Jacob –sonrió ella–. ¿Has terminado de trabajar?

—Ahora mismo. La tienda cerró hace horas, pero estaba haciendo caja.

—¿Eso es lo que haces cuando no estás colocando estanterías?

—Más o menos –sonrió él. Willow intentó aparentar que estaba encantada de verlo. Y debió hacerlo bien, porque Jacob se acercó a ella–. ¿Puedo invitarte a una copa?

—Gracias, pero no está sola –Mike apareció en ese momento con dos copas en la mano–. La cena llegará enseguida –añadió, mirando al desconocido y después a Willow, esperando que se lo presentara.

—Mike, te presento a Jacob Hallam. Su tía es la propietaria del supermercado. Él también es contable.

—Pues déjelo –aconsejó Mike–. Dedíquese a otra cosa.

Willow lo miró, sorprendida.

—Jacob, Mike es...

—Mike es el que trae la bebida –la interrumpió él, que no parecía querer dar explicaciones–. ¿Quiere tomar algo? Si va a quedarse, claro.

—Ah, pues, una cerveza, gracias. Me da sed llevar la contabilidad del supermercado.

A Mike no pareció hacerle ninguna gracia.

—Vamos a cenar, Jacob. ¿Te apetece cenar con nosotros?

Quizá a Mike no le haría gracia, pero ella prefería que alguien los acompañara para aliviar la tensión. No había sido tan difícil mientras estaban pintando cada uno una habitación, pero en aquel momento era insoportable.

—Solo quiero una cerveza, gracias. La tía Lucy habrá preparado algo y se enfadaría si no voy a cenar.

Cuando Jacob se sentó al lado de Willow, Mike tuvo que morderse la lengua para no decirle a aquel intruso vestido de cuero que aquel era su sitio. No lo era. Había perdido el derecho de sentarse al lado de Willow cuando se fue de la iglesia. De modo que, en lugar de darle un puñetazo, fue a buscarle una cerveza.

Pero si Jacob hubiera podido leer sus pensamientos, se habría subido a su moto a la carrera.

Capítulo 5

–¿Mike y tú...? –empezó a decir Jacob.
–Somos amigos. Solo buenos amigos –dijo Willow rápidamente, para ver cómo sonaba. Y no le gustó nada–. ¿Vives con tu tía, Jacob? –preguntó, para cambiar de tema.

Se le daba bien charlar sobre cualquier cosa con la gente, hacer que se sintieran cómodos, descubrir cosas sobre sus vidas. Después de todo, se dedicaba a eso y él respondió enseguida, sin darse cuenta de que solo era una forma de pasar el tiempo, que no tenía verdadero interés en conocer la respuesta.

–Llámame Jake, por favor. La verdad es que no es mi tía. Todo el mundo la llama tía Lucy porque eso es lo que es, un poco la tía de todo el mundo. Ella me acogió en su casa cuando nadie me quería –explicó Jacob–. Era un chico muy malo.

–Seguro que sí –sonrió ella. Y seguro que seguía siéndolo cada vez que tenía oportunidad.

–Le debo mucho, por eso vengo a ayudarla cuando puedo. Es una forma de pagar todo lo que hizo por mí.

–Debe de ser un personaje.

–Es una señora encantadora. Lo sabe todo sobre todo el mundo, sabe quién necesita un trabajo, una conversación o simplemente un abrazo. El pueblo no sería lo mismo sin ella.

Willow se animó. Interés humano. Una comunidad peculiar. Podría ser un buen artículo para la revista *Country Chronicle*...

No, eso era ridículo. El *Globe*. Tenía que empezar a pensar en artículos para el *Globe*. Ellos tenían un ángulo diferente, pero aun así...

–La conocerás si vuelves a la tienda. Porque vas a volver, ¿no?

–Claro –contestó Willow. Estaría bien conocer a la tía Lucy–. Cuando no estoy hasta el pelo de pintura, soy periodista. Me gustaría hablar con ella sobre su vida y sobre lo que el supermercado significa en un pueblo tan pequeño. ¿Tú crees que le gustaría hablar conmigo?

–La tía Lucy nació para charlar. Pásate por allí una tarde, seguro que estará encantada. ¿Mañana te parece bien? –preguntó Jacob, esperanzado. Willow no contestó y él sacó un papel y un bolígrafo de uno de los bolsillos de la cazadora–. Este es mi móvil. Llámame.

–Lo haré –dijo ella, guardando el papel en el bolso.

–Eso espero.

Willow levantó los ojos cuando Mike puso una cerveza frente a Jacob, con cara de querer echarle el contenido del vaso por la cabeza.

¿Celoso? ¿Estaría celoso? ¿Los buenos amigos se ponían celosos?

Willow miró a Jake. Desde luego, era muy guapo, pero Mike la conocía demasiado bien como para saber que no iba a lanzarse en los brazos del primer hombre que apareciera en su vida solo porque su relación se había roto.

Pero, claro, los celos siempre son irracionales.

Si hubiera entrado en un bar y se hubiera encontrado a Mike charlando con una rubia tonta, hubiera deseado sacarle los ojos. Y ella sabía que a Mike no le interesaban las tontas, tuvieran el pelo del color que fuera. Al menos, no durante los cinco meses, dos semanas y cuatro días que habían estado juntos.

Jake, aparentemente sin darse cuenta de la tensión que había, tomó un sorbo de cerveza.

—Mike, ¿tú también eres parte del equipo de pintores?

—Willow es la que pinta. Yo hago estanterías.

—Ah, bueno. Quizá vaya un día a echaros una mano —dijo Jake entonces, mirando a Willow. Era más una pregunta que una afirmación, como si esperase que ella lo aprobase.

—¿Sabes algo de carpintería? —preguntó Mike.

—Me interesa más la pintura —contestó Jake. Mike sabía muy bien lo que le interesaba y apretó el vaso con tanta fuerza que fue un milagro que no se desintegrase—. No sé clavar un clavo.

—No es tan difícil.

—La verdad es que nos vendría bien tu ayuda —intervino Willow, con el corazón acelerado. Quizá era más frívola de lo que creía. Quería que Mike estuviera celoso. Enfermo de celos—. Así podré pintar la cocina. Cuanto antes lo haga, antes podrás marcharte.

La respuesta de Mike fue un ejemplo perfecto del dicho «si las miradas matasen». Si las miradas matasen, Jake estaría en el suelo, necesitado de urgente respiración artificial.

—No tengo prisa —dijo, con los dientes apretados. Era una faceta de Mike que Willow nunca había visto. Pero nunca antes había tenido que luchar por su atención—. No pienso ir a ninguna parte esta semana —añadió, mirándola como si quisiera retarla a contradecirlo. Pero Willow no tenía intención de hacerlo.

—Bueno, espero que volvamos a vernos —dijo Jake, levantándose—. Gracias por la cerveza. Ya nos veremos, Willow.

Después de ponerse el casco, arrancó la moto y desapareció por la carretera.

Mike observaba la moto con un presentimiento. Moreno, guapo, con aspecto de chico malo con aquella cazadora de cuero, Jake Hallam era la clase de hombre que solo tenía que mirar a una chica para tenerla a sus pies. Y con Willow se portaba como si todo lo que tuviera que hacer fuera sonreír y chasquear los dedos y ella sería suya.

—La cena, menos mal –dijo Willow cuando apareció el camarero. Para entonces, el silencio se había alargado tanto que se sentía incómoda–. ¡Pollo asado! Qué bien. Me encanta...

—Me equivoqué.

—¿Qué? ¿Cómo que te has equivocado?

—Ayer –dijo Mike entonces. Willow contuvo el aliento. ¿Se había equivocado al marcharse de la iglesia? ¿Se había equivocado al dejarla?–. No son cinco meses, dos semanas y cuatro días. Son cinco días. Es un año bisiesto. Se me había olvidado.

Willow se sintió tontamente decepcionada. Cuatro días, cinco días, a ella le daba exactamente igual. Lo único que importaba era que lo amaba y lo había dejado escapar.

—No puedo creer que olvidases el artículo que escribí sobre el año bisiesto, cuando conseguí que media docena de chicas pidieran en matrimonio a sus novios delante del periódico.

—Puede que esto sea un golpe terrible para ti, Willow, pero no suelo leer el *Chronicle* de principio a fin.

Mike siempre cambiaba de tema cuando ella hablaba del periódico fuera de la oficina. Pero que no leyera sus artículos... Eso era una herida demasiado grande. Ella habría leído un libro de contabilidad solo para darle gusto.

—Aunque no leyeras el artículo, deberías haber notado el aumento de ingresos por publicidad. Tuvimos anuncios de floristerías, peluquerías y tiendas de trajes de novia durante una semana.

Mike sonrió.

—Lo siento, Willow. Si hubiera leído tus artículos, quizá habría descubierto lo buena que eres haciendo tu trabajo –dijo, intentando quitarle hierro al asunto–. ¿Y cuántos de esos caballeros aceptaron lo inevitable y dijeron que sí por esa bromita tuya, destinada a aumentar la circulación del periódico?

—Todos. ¿Qué hombre quiere hacer el ridículo en público? –sonrió Willow. Mike podía tomarse aquello como quisiera–. Aunque todas las parejas habían sido elegidas con buen ojo. Debía ser un artículo divertido, sin problemas. Uno de ellos llevaba quince años viviendo con su novia. Tenían tres hijos, así que nadie puede decir que los obligué a nada.

–¿Y por qué no se habían casado antes? Esa mujer no debía saber que, si no se casaba, no tendría derecho a una pensión...

–Un contable siempre es un contable –lo interrumpió Willow–. Un contable que me pidió que me fuera a vivir con él, si no recuerdo mal.

–Eso no es verdad.

–¿Qué no es verdad?

–Cuando te pedí que fueras a vivir conmigo... nunca pretendí que el arreglo fuera permanente.

–¿Ah, no? Entonces, ¿qué querías? Algo así como: «Hasta que el aburrimiento nos separe».

–¡No! En realidad, no había pensado en el futuro.

–Quizá esa pareja tampoco había pensado en el futuro –sugirió ella–. Quizá se convirtió en una costumbre. No lo sé. Pero a lo mejor tienen razón. Quizá lo de la boda solo es para los invitados. Quizá la licencia no es más que un papel sin importancia.

–Es importante, Willow. Tú sabes que lo es.

–¿Ah, sí? Yo lo que sé es que si hubiera aceptado tu propuesta estaríamos viviendo muy felices y yo podría haber aceptado el trabajo en el *Globe* sin que pasara nada.

Mike frunció el ceño.

–¿Porque no habrías tenido necesidad de hablarlo conmigo?

–No. Porque solo sería tu novia, no la esposa del jefazo de Publicaciones Armstrong, de servicio veinticuatro horas al día, siete días a la semana, con una casa llena de grifos dorados. Porque no habría sido tan importante.

¿Ella no quería eso? Era la vida que sus padres le habían enseñado a desear...

–¿Estás segura? Habrías estado en Londres cinco días a la semana. ¿Qué clase de relación sería la nuestra?

—La clase de relación en la que tú habrías dicho: «Acepta el trabajo si eso te hace feliz, Willow. Yo haré que el tiempo que pasemos juntos sea especial».

Mike dejó caer los hombros, como si se le hubiera quitado un gran peso de encima.

—Tienes razón. Tenías derecho a aceptar ese trabajo y yo fui demasiado egoísta como para darme cuenta hasta que era demasiado tarde.

—¿Por eso te fuiste de la iglesia?

Mike la miró a los ojos.

—Sería estupendo pensar que mis motivos eran tan altruistas. Pero no soy el hombre que tú crees que soy, Willow. No soy el hombre que mi padre quiere que sea. Lo intenté, de verdad. Pensé que tenerte a mi lado sería suficiente para olvidar que debía estar sentado frente a un escritorio todo el día, haciendo números cuando tenía otros sueños. Y entonces vi que tú también tenías tus sueños. En serio, uno de los dos debía estar convencido del todo, ¿no te parece?

—Yo creo que el matrimonio es suficientemente difícil aunque los dos estén convencidos —asintió ella, con tristeza.

—¿Sabes cuántas de las parejas de tu artículo llegaron finalmente a casarse?

Willow tardó unos segundos en deshacer el nudo que tenía en la garganta. Por un momento, había creído que iba a saber cuáles eran sus sueños, pero Mike había vuelto a levantar la barrera. Final de la conversación. Cambio de tema. No quería hablarle de sus problemas, de sus preocupaciones. Nunca había querido hacerlo.

—Dos de ellas. Las otras todavía no. Y hay una que no creo que llegue a la iglesia.

—Espero que no sea la pareja con tres niños.

—No, esos se casaron a la semana siguiente. Solo necesitaban que alguien les diera un empujón.

En ese momento, Willow tomó una decisión. Si Mike no quería contarle cuáles eran sus sueños, se enteraría de alguna forma.

Al final, podría dolerle más de lo que esperaba, pero haber tomado una decisión la hizo sentir mejor.

Entonces se dio cuenta de que Mike seguía mirándola.

–Come, Mike. Se te va a enfriar el pollo.

Comieron en silencio, pensativos.

–¿Te encuentras mejor?

–Mucho mejor –sonrió ella–. Pero creo que voy a necesitar un postre tremendo para estar bien del todo. No me importaría nada morir de una sobredosis de chocolate.

–Eso no suena mal.

Willow se levantó.

–¿Café? ¿Algo de beber?

–Solo café. No querrás que nos perdamos en el camino de vuelta...

–Oh, yo creo que nos perdimos hace tiempo, Mike. Pero estábamos demasiado ocupados eligiendo el papel pintado como para darnos cuenta –dijo Willow entonces, sentándose de nuevo–. ¿Qué vamos a hacer con la casa? No es algo que se pueda devolver en una caja con una nota de agradecimiento. Está a nombre de los dos, ¿verdad?

–No te preocupes. Solo habrá que firmar ante notario para que vuelva a ser propiedad de mi padre.

–Se habrá llevado un disgusto enorme. A él le encantaba esa casa.

–Sí. Pero era un poco grande, ¿no crees?

–Supongo que pensó que nosotros creceríamos una vez dentro.

Mike sonrió.

–Podríamos haberlo pasado bien intentándolo.

A ella no se le ocurría nada que decir, de modo que se levantó y salió del restaurante.

Volvieron a casa despacio. Era noche cerrada y Willow no tenía intención de adelantarse. Pero cuando iban a cruzar la verja, él tomó su mano.

–Espera, Willow. Espérame.

Y ella lo esperó.

No quería caminar sola. Estaba demasiado oscuro. Quizá por eso no soltó su mano. Por eso la apretó con fuerza cuando en medio de la oscuridad escucharon una especie de grito de agonía.

–¿Qué ha sido eso?

–Un conejo. Se lo habrá comido alguna comadreja.

Willow se llevó la mano a la boca.

–Oh, no...

–La cadena alimenticia –murmuró Mike cuando ella escondió la cara en su pecho. Un conejo, un escarabajo, cualquier cosa valía.

Mike la abrazó con fuerza. Sería tan fácil seguir abrazándola así, besarla, olvidar la pesadilla de los últimos días. Y sabía que, lo reconociera o no, Willow sentía lo mismo. Estaban cerca de la casa. Solo haría falta un beso y saldrían corriendo, se quitarían la ropa... Y entonces, ¿qué?

Bajo su mano, notaba el pulso femenino, acelerado como el suyo. Podía oler su pelo, respirar su aroma y eso era suficiente para acrecentar su deseo. Para desear tenerla en sus brazos, poseerla. Willow se agarraba a su cuello como si fuera un salvavidas y algo dentro de él le decía que siguiera adelante.

Pero Willow nunca lo perdonaría. Y él nunca se perdonaría a sí mismo. Tenía que luchar contra la tentación. Aquella vez, se prometió a sí mismo, lo haría bien. Aquella vez sería diferente.

¿Aquella vez? ¿A quién quería engañar? No iba a haber otra oportunidad.

Pero, de alguna forma, tenía que conseguir que la hubiera.

Cómo, no tenía ni idea. De modo que, simplemente, la abrazó, esperando que ella recuperase la tranquilidad, que su corazón empezara a latir más despacio.

—Lo siento —se disculpó Willow, apartándose—. En mi mundo, los conejos son animales dulces, preciosos, no la cena de una criatura de dientes afilados... —añadió, secándose una lágrima que no tenía nada que ver con el conejo—. Estoy siendo patética, ¿verdad?

—Patética, no. Compasiva —sonrió Mike, tomándola por los hombros para dirigirse de nuevo hacia la casa. Una vez allí, abrió la puerta y encendió la luz—. Entra tú —dijo entonces—. Yo voy a comprobar que está todo bien cerrado.

Willow se quedó en la puerta, su rostro iluminado por la luz de la cocina.

—Mike... —su voz era tan insegura como su propio corazón.

Habían sido novios hasta el día anterior. ¿Qué había cambiado? Si pudieran volver atrás, cuando le había pedido que se casara con él... De repente, Mike entendió lo que ella había dicho, que si vivieran juntos el asunto del trabajo en Londres no sería tan importante. Solo había un problema con eso; él no quería volver al punto en el que el estar separados unos días no era tan importante.

Su proposición había sido provocada por la negativa de Willow a vivir con él, pero los sentimientos que había experimentado aquella noche eran tan fuertes como siempre. Quería despertar con ella a su lado cada mañana, durante el resto de su vida. Eso era lo único importante.

—Hasta mañana, Willow.

Mike sabía que ella lo deseaba. Willow se cubrió la cara con las manos. Se había tirado sobre él como una desesperada. Y él la había rechazado.

Lo único que hacía soportable su vergüenza era la seguridad de que tampoco para él había sido fácil apartarse. ¿Por qué si no había decidido alejarse de la tentación?

Aquello no tenía nada que ver con la falta de deseo porque el deseo era tan fuerte como siempre. Era un problema fundamental del que nunca habían hablado.

Willow encendió el móvil para ver si le había enviado un mensaje. Nada. Escribió la palabra «Socorro».

Y después la borró.

Maybridge. Allí encontraría respuestas a las preguntas que la habían mantenido despierta toda la noche. Willow se echó hacia atrás para comprobar cómo había quedado la pared que estaba pintando. Pero estaba pensando en Maybridge.

—Has hecho un trabajo excelente —escuchó la voz de Mike tras ella—. ¿Te apetece un café?

—Sí, gracias.

Después, se volvió de nuevo hacia la pared. El torso desnudo del hombre era demasiado excitante un lunes por la mañana. Demasiado excitante para una relación que había terminado.

—Podrías pintar algo para que la pared no fuera tan azul. Unas nubes, por ejemplo.

Había algo en su voz que la hizo mirarlo.

—En la vida de todo el mundo siempre hay alguna nube, ¿es eso lo que quieres decir?

—Parece que sí, aunque creo que los chicos que vengan a pasar aquí las vacaciones ya habrán tenido que aguantar muchas nubes. Quizá sería mejor dibujar un sol.

—Con nubes y sol, podríamos tener un arco iris.

—¿Un símbolo de esperanza?

—Todos necesitamos eso. Una colina verde con margaritas también estaría bien —dijo Willow rápidamente, antes de que su cuerpo traidor la obligase a lanzarse a los brazos del hombre para decirle que había cometido un error y no era su carrera lo que le importaba, sino él. Desgraciadamente, ella no había sido la única que había decidido salir huyendo.

—¿Solo para asegurarnos de que mantenemos los pies en el suelo? —preguntó Mike entonces, con cierta ironía.

—Yo creo que somos los más sensatos en diez kilómetros a la redonda —contestó Willow. ¿Por qué si no estaba manteniendo una conversación tan natural con el hombre que la había dejado plantada ante el altar? ¿Al que ella había dejado plantado ante el altar?—. Quizá podríamos dibujar un globo sobre la colina.

—¿Por qué no pintas a Jacob dentro del globo? Seguro que le encantaría viajar.

Willow disimuló una sonrisa. Los celos eran buenos. Los celos significaban que a él le importaba. Y no podía creer cuánto deseaba importarle...

—Será mejor que hable con Emily antes de hacer nada. Además, tengo que pintar la cocina para que puedas marcharte.

—Primero tienes que tomarte el café. Ven a tomarlo fuera para respirar un poco de aire fresco —dijo Mike, tomándola del brazo—. Puedes decirme qué te parecen las estanterías.

Willow las miró, sorprendida.

—Pensé que solo ibas a colocar unas baldas, pero esto es estupendo. Son muy bonitas —murmuró, pasando la mano por la pulida superficie—. Me encanta que hayas lijado los bordes.

—Para que los niños no se den golpes.

—Están tan bien hechas... No sabía que hacías estas cosas.

—Y yo no sabía que habías solicitado un puesto en el *Globe*.

Willow lo miró a los ojos.

—Lo hice antes de conocerte.

—Lo mismo digo —murmuró Mike—. Necesitaré más madera para hacer los bancos.

—Y yo tengo que hacer unas llamadas. La secretaria de Toby Townsend me dijo que llamara hoy.

—¿Desde Santa Lucía?

—No, claro que no...

—No te pongas a la defensiva, Willow. Una profesional tiene

que hacer sacrificios, incluso en su luna de miel –dijo Mike, sarcástico–. ¿O es que la semana pasada ya tenías dudas? –preguntó. Después, sacudió la cabeza–. Perdona. La verdad es que yo tampoco respondí como un hombre moderno cuando me hablaste de tu gran oportunidad.

–Pues no. Y tampoco creo que tú salieras corriendo de la iglesia porque de repente te golpeó un rayo.

–No.

–La única razón por la que Toby espera mi llamada hoy es porque no estaba en la oficina la semana pasada. Le escribí una carta... –empezó a decir Willow. Pero no terminó la frase. Se sentía fatal. No tenía razón para ello, pero así era.

–Y ahora tienes que llamarle por teléfono para explicar que todo fue un error. Que no lo decías en serio.

–La verdad es que nunca envié esa carta.

–Ah, ya veo.

–Además, ya no puedo volver a trabajar en el *Chronicle*. ¿No te parece?

–Puedes hacer lo que quieras, Willow. Yo no voy a estar allí.

–¿Por qué no?

–Da igual. Pero quizá sería buena idea llamar para decir que te marchas. Tendrán que buscar a alguien que haga tu trabajo.

–¿Y tú?

–También tendrán que buscar a alguien que haga mi trabajo.

–Reemplazar a un heredero no es lo mismo que reemplazar a una redactora, Mike.

–No se puede dimitir de ser hijo, Willow. Pero al menos he intentado dimitir del cargo de heredero. Y creo que esta vez he logrado convencer a mi padre. Solo lamento que tú te hayas visto mezclada en todo el asunto –murmuró Mike, tomando una plancha de madera–. ¿No tenías que hacer una llamada?

–Sí –contestó ella. Tenía muchas preguntas que hacer, pero él no parecía dispuesto a seguir hablando–. Voy a llamar a Toby.

¿Y luego qué? Si pensaba ir a Londres necesitaría cambiarse de ropa. Ropa adecuada. La clase de ropa que llevaría una periodista en un periódico de tirada nacional. Elegante y moderna. Pero Willow no podía soportar la idea de volver a su apartamento, evitando a los vecinos para que no hicieran preguntas. Evitando a su madre, que seguramente habría puesto el edificio bajo vigilancia.

Quizá Crysse se habría calmado y podría llevarle algo de ropa. Pero cuando la llamó, no obtuvo respuesta. Y el contestador seguía apagado.

Hablar con Toby Townsend, aunque él estaba encantado de hablar con ella y deseando verla, no consiguió levantar su espíritu y Willow tuvo que consolarse a sí misma pintando vigorosamente la cocina.

—Estás empezando a hacerlo bien —dijo Mike, mientras se lavaba las manos en el fregadero. Subida a la escalera, recordándose a sí misma que estaba allí por elección propia, Willow se limitó a asentir—. Es una pena que no hayas empezado por la otra pared. Podría haber colocado las estanterías.

—Ah, vaya. No me he dado cuenta. Lo haré esta tarde.

Mike negó con la cabeza.

—No hace falta. Puedo seguir haciendo los bancos. Por cierto, te recuerdo que hoy te toca hacer la comida.

—¿Quién lo dice? —preguntó Willow. Mike levantó una ceja. Tenía razón, era su turno—. Vale, abriré unas latas. ¿Sopa o judías?

Mike se apoyó en el fregadero, con los brazos cruzados.

—Lo de la cocina no se te da muy bien, ¿verdad?

—Depende.

—Admítelo, no te gusta cocinar.

—Te equivocas. No es que no me guste, es que no sé —dijo ella. En ese momento, una gota de pintura le manchó la cara y aprovechó la oportunidad para ocultarse bajo la manga de la camiseta—. ¡Ah, ya lo entiendo! Por eso saliste corriendo de la iglesia. Porque te olías que tendrías que hacerte la comida todos los días. ¡Admítelo! –exclamó. Willow era una experta cambiando de tema y Mike lo sabía–. ¿Dónde vas?

–Me has convencido. Voy a hacer la comida.

–Siempre funciona –sonrió ella. Pero ¿por qué Mike no quería hablar de las razones que lo habían hecho salir corriendo de la iglesia? Ella lo había hecho–. Muy bien. Quiero sopa.

–De acuerdo. Cinco minutos.

Willow bajó de la escalera y se quitó los guantes de goma.

–Voy a lavarme un poco.

Arriba, con la puerta del baño cerrada, sacó el móvil del bolso.

–Información.

–Necesito un número de teléfono. Maybridge, Michael Armstrong.

–¿Tiene la dirección?

–No. Esperaba que me la diera usted.

–Lo siento, no podemos dar direcciones.

–Bueno, me conformaré con el teléfono.

Unos segundos después, Willow anotaba el número. No habría nadie en casa, por supuesto. Pero lo marcó de todas formas. Era un contestador automático.

–Diseños Michael Armstrong. El taller está cerrado por el momento, pero si deja su nombre y número de teléfono, me pondré en contacto con usted en cuanto sea posible.

Willow colgó, como si el teléfono la quemara.

Capítulo 6

¿Diseños Michael Armstrong? Willow se quedó mirando la pared, perpleja.

¿Qué clase de diseños eran esos? ¿Y para qué necesitaba un taller? ¿Se dedicaría a la arquitectura, al diseño de software?

En lugar de conseguir respuestas, tenía más preguntas. Tenía que ir a Maybridge, tenía que...

Un golpe en la puerta la sobresaltó de tal modo que se le cayó el móvil al suelo.

–¿Estás bien, Willow? Te he estado llamando.

–Sí, sí, estoy bien –contestó ella, guardando el móvil en el bolso.

Mike la estaba esperando en el pasillo.

–¿Ocurre algo?

–No. ¿Por qué iba a ocurrir nada?

El hombre con el que había estado a punto de casarse tenía una vida que ella desconocía. ¿Qué había de raro en eso?

–Pareces un poco pálida. ¿Por qué no descansas un poco?

–Eso pienso hacer.

Mike intentó tomarla del brazo, pero Willow se apartó discretamente. Conocía bien aquel gesto, el roce de la mano del hombre, la mirada brillante, el beso en los labios para que olvidase todas las preguntas. Pero no aquella vez. Aquella vez, Mike iba a decirle la verdad. Willow pensaba exigirle que le dijera la verdad y después se mudaría al hostal del pueblo hasta que él terminara con las estanterías.

—Mañana tengo que ir a Londres para conocer a mi nuevo jefe y necesito algo de ropa. Esta tarde me voy de compras.

A Maybridge.

—¿Quieres que vaya contigo?

—¿Estás ofreciéndome tus sabios consejos para que elija... un buen diseño?

Le hubiera gustado ponerse a gritar.

—Solo quería llevarte en coche. En el probador, te dejaré sola —sonrió Mike—. No, espera, he cambiado de opinión. No me importaría nada ayudarte con los botones...

—Gracias, pero ya no tienes ningún derecho sobre mis... botones. Además, tienes muchas cosas que hacer aquí. Crysse va a venir conmigo.

Era mentira, por supuesto.

—¿Crysse? —repitió él.

—Claro. ¿Quién si no?

—Bueno, si eso es lo que quieres.

—Claro que sí. Y no te preocupes por la cena —dijo Willow, mientras bajaba la escalera—. Comeré algo por el camino.

—Willow... —empezó a decir Mike—. Han sido dos días muy difíciles. No hagas nada que puedas...

—¿Qué?

—Lamentar.

¿Lamentar? Mike creía que iba de compras. Si lo lamentaba, solo tendría que cambiar lo que no le gustase. Pero parecía tan tenso...

—No te preocupes. Creo que ya he demostrado mi capacidad para evitar las lamentaciones. Igual que tú.

—Lo digo en serio. Sé que te he hecho daño y haría lo que fuera para arreglarlo. Pero por favor, no hagas ninguna tontería.

Lo había dicho tan serio que Willow sacudió la cabeza.

—No te preocupes por mí, Mike. Necesito ir de compras. La única tontería que puedo hacer es comprarme una minifalda de cuero en lugar de un traje clásico.

—¿De verdad?

—Respuesta equivocada. Deberías haber dicho: «Estarías guapísima con una minifalda».

—Estarías guapísima con una minifalda —dijo Mike—. Pero no compres nada de cuero negro.

—Nunca me pongo... —las palabras murieron en su boca cuando él acarició su mejilla con manos temblorosas. O quizá era ella la que temblaba cuando Mike la besó. Fue como el primer beso. Vacilante. Lleno de preguntas.

Así era. Pero diferente. Tierno y cariñoso, en lugar del beso desesperado, preludio de la pasión. Su boca era amante, el beso tenía una dulzura que la dejó al borde de las lágrimas.

—¿Qué ha pasado? —demandó, parpadeando furiosamente cuando él se apartó, mirándola como si quisiera grabar sus rasgos en la memoria.

—Quería que recordases que lo que teníamos era especial.

Willow estuvo a punto de soltar una impertinencia, pero tenía la impresión de que estaban en mundos diferentes. El único punto de contacto que permanecía era ese beso.

—Sí, Mike. Era especial —dijo por fin.

Después, dándose cuenta de que los dos habían hablado en pasado, se dio la vuelta y entró en la cocina. Se había terminado. El viaje a Maybridge era una pérdida de tiempo. Pero aun así, tenía que saber.

Willow tomó la sopa a pesar de tener un nudo en la garganta. Pero no pudo tomar pan. Mike también debía haber perdido el apetito porque apenas probó bocado.

***

Mike la observó desaparecer en el coche amarillo y después sacó el móvil del bolsillo.

—¿Cal? ¿Has hecho lo que te pedí? —preguntó—. ¿Se han ido?

—Al final, sí. Crysse no estaba segura, pero Sean la convenció. ¿Dónde estás?

—Te llamaré más tarde —dijo Mike, antes de colgar.

No tenía ganas de hablar. Solo quería confirmar que Willow le había mentido. No iba de compras con Crysse. Hubiera deseado lanzar el móvil contra la pared, destrozar las estanterías, la pintura...

Eso se le daba bien. Destrozar las cosas, las esperanzas, los sueños. Aquella vez había conseguido hacérselo a sí mismo.

Y dolía mucho.

Había ido en busca de Willow con la loca idea de empezar de nuevo. Mostrarle cómo era en realidad, convencerla de que podrían conseguirlo si lo intentaban. Seguía queriéndola tanto que le dolía.

Pero en lugar de decírselo, la había dejado marcharse para pasar la tarde en brazos de un hombre cuyas tácticas de seducción eran tan tramposas como su cazadora de cuero negro.

Y lo peor estaba por llegar. Ella volvería más tarde, fingiendo alegría para disimular la tristeza que le producía lo que había hecho... o alegre y contenta como una gatita. Mike no sabía qué era peor. Le diría que había ido de compras, pero no había podido encontrar nada de su gusto.

Mike se pasó la mano por la cara. Quería recuperar el control de su vida, devolverle a Willow el control de la suya. Pero ella no había esperado, no le había dado tiempo. Willow no lo necesitaba. Quizá debería aceptar eso y marcharse antes de que volviera.

Willow entró en el supermercado. La tía Lucy tendría una guía de teléfonos. Tardó un rato. Jake le había advertido que a la anciana le gustaba hablar y era cierto. Pero después de prometerle que volvería otro día para charlar de lo divino y de lo humano, obtuvo la información que quería y consiguió escapar.

Mike se pasó el antebrazo por la frente. Llevaba media hora de frenética actividad, decidido a terminar el trabajo, decidido a olvidarse de Willow y lo que estaba haciendo en ese momento. Lo único que sabía era que no había ido de compras con su prima y que no estaría allí cuando ella volviera con los ojos brillantes.

Tomó una botella de agua y se la echó por la cabeza. Eso lo refrescó un poco.

Aquello era una locura. Él mismo se estaba volviendo loco. La había declarado culpable sin una sola prueba de que fuera a pasar la tarde con Jacob Hallam. Además del tonteo en el restaurante, además del hecho de que se hubiera encerrado en el cuarto de baño para llamar por teléfono...

Cuando Emily llegaba a la casa, Mike entraba en su jeep.

—Tengo que salir —le dijo.

—Sí, pero...

—Cierra la puerta si no he vuelto cuando te marches. Tengo una llave.

No tenía tiempo para explicaciones. Era el momento de dejar de preocuparse. Sabía lo que debía hacer. Tenía que ir a buscar a su novia y decirle que la quería, que siempre la había querido. Y entonces, quizá, ambos podrían empezar a crear un futuro en el que hubiera sitio para los dos.

La anciana del supermercado lo miró cuando entró por la puerta.

—¿Puedo ayudarlo?

—Quiero hablar con Jacob Hallam.

—Lo siento, no está aquí. Acaba de marcharse.

—¿Sabe dónde ha ido? —preguntó Mike, con el corazón encogido.

—A Londres. Tenía una reunión. Con esa moto suya llega a todas partes enseguida, pero me ha prometido no rebasar el límite de velocidad.

Mike pensó que nadie con una moto que puede llegar a los doscientos kilómetros por hora iría a noventa. Pero no desilusionó a la mujer.

–Ya.

–Volverá más tarde. Va a echarle una mano a esa jovencita pintando la casa.

–¿A Willow?

–Ah, ¿usted también la conoce? Acaba de estar aquí hace un rato. Ya le he dicho que Jacob era muy problemático de jovencito, pero ha cambiado. Solo necesitaba una oportunidad...

–¿Willow ha estado aquí?

–Pues sí. Va a escribir un artículo sobre el pueblo. Aunque hoy no tenía mucho tiempo de hablar, solo quería consultar la guía de teléfonos –dijo la mujer. La guía seguía abierta sobre el mostrador. Estaba abierta en la letra A y había una marquita de tinta azul donde Willow había puesto el bolígrafo.

Diseños Michael Armstrong. Maybridge.

Maybridge era un pueblo bullicioso con un parque temático y un hermoso casco antiguo.

Willow aparcó detrás de un edificio grande que tenía aspecto de antiguo hostal y había sido convertido en talleres y oficinas. ¿Era aquel el sitio?

Después de mirar el directorio con el nombre de los ocupantes, comprobó que el nombre de Mike no estaba allí. Willow se volvió hacia la recepcionista.

–Estoy buscando la empresa Diseños Michael Armstrong.

–Tiene que entrar por la parte trasera, cruzando el paso de carruajes.

–Gracias.

—Pero él no está. El taller está cerrado —le dijo la chica cuando se daba la vuelta. Willow asintió. Sabía que Mike no estaba allí.

Mientras se dirigía hacia la parte trasera su corazón latía como un tambor. Lo primero que vio fue un montón de flores. Cestas de flores de todos los colores en el patio, frente a una floristería. Rosas y lilas que daban color a toda la esquina.

En la otra había una boutique, una perfumería y una pequeña joyería.

Willow reconoció enseguida la mano que había diseñado el anillo de pedida que Mike le había regalado. Una banda de platino con un diamante en el centro. ¿Por qué no la había llevado allí, por qué no le había presentado a la persona que había hecho el anillo? ¿Qué estaba escondiendo?

Willow se volvió para enfrentarse con el misterio.

El otro lado del patio estaba totalmente ocupado por Diseños Michael Armstrong.

Se entraba a través de una puerta de doble hoja. Cerrada.

Willow se acercó y apoyó la cara contra una de las ventanas, sintiéndose excluida, descartada.

—¿Puedo ayudarla? —Willow se volvió de golpe y se encontró con una joven rubia, cuya palidez era acentuada por su ropa negra—. Soy Amaryllis Jones —se presentó la joven, señalando la perfumería que llevaba su nombre al otro lado del patio—. La mayoría de la gente es amable y me llama solo Amy. Supongo que está buscando a Mike.

—Sí —contestó Willow.

No buscaba a Mike. Buscaba su alma, su espíritu.

—No sé cuándo volverá. Vine a decirle hola hace unos días, cuando vi la luz encendida, pero él no parecía tener ganas de hablar. Va a cerrar el taller —explicó la joven, con tristeza—. Tiene que encargarse del negocio de su padre porque se ha puesto enfermo. Además, va a casarse y creo que su prometida espera algo más grandioso que esto.

Aquello llegó directamente al corazón de Willow. Amy había dicho aquello como si cualquier mujer que deseara algo más que eso no se mereciera a Mike. Y quizá tenía razón.

−¿Sabe si él vive aquí?

−Claro. Cuando Mike vino a vivir aquí solo era un establo, pero él lo convirtió en taller y apartamento.

−Si va a cerrar el taller, supongo que lo alquilará. Quizá sea lo que estoy buscando.

−Para eso tendría que hablar con el administrador...

−Ya que estoy aquí, no hay necesidad de molestar al administrador... ¿No tendrá usted la llave?

−Pues sí −sonrió la joven, sacando una llave del bolsillo−. Entre. Estoy segura de que le gustará.

Cuando entró, lo primero que llamó la atención de Willow fue un dibujo en la pared. Era el diseño de la mesa que Mike le había regalado.

−Esa fue la última pieza que hizo Mike. Ese hombre es un poeta de la madera.

−Sí, es verdad −murmuró Willow. Hubiera deseado llorar. ¿Cómo había podido hacer una cosa tan hermosa y regalársela sin decirle que la había hecho él con sus propias manos?

−Tiene una lista de espera para sus clientes. Tarda semanas en hacer cada mueble.

−Ya me imagino.

Ningún hombre que trabajara como él se haría rico jamás. Pero tampoco sería pobre... de espíritu. Willow miró alrededor. Aquel era su sueño y había estado dispuesto a abandonarlo por ella.

En aquel momento entendía por qué se había mostrado tan frío cuando le habló de la oferta de trabajo del *Globe*. Debió pensar que ella no daba nada, que solo pedía y pedía.

Si se lo hubiera contado...

Si ella lo hubiera sabido.

—Aquí está el taller, la oficina está al otro lado. Es muy grande. ¿Necesita usted mucho espacio? ¿A qué se dedica?

—¿Cómo?

—Es pintora —la voz de Mike hizo que se volviera, sobresaltada—. ¿Verdad, Willow?

Amy dejó la llave sobre la mesa y salió discretamente.

Mike estaba apoyado sobre la pared, con los brazos cruzados.

—¿Me has seguido?

—Me mentiste sobre lo de ir de compras con tu prima —replicó él—. ¿Ya has visto suficiente?

Antes de que Willow pudiera contestar, Mike abrió una puerta que daba a una escalera de madera.

Willow quería subir. Sentía una enorme curiosidad, pero no se movió.

—¿Cómo sabías que no iba de compras con Crysse?

—Tengo poderes.

—Me has seguido. ¿Por qué?

—Porque Crysse y Sean están en Santa Lucía.

—¿Qué?

—Me dio pena echar a perder el viaje —sonrió Mike. No debería hacerlo. Aquella sonrisa se le subía a la cabeza como el champán—. Pensé que a tu prima le iría bien un viaje. ¿Te importa?

¿Importarle? Estaba sorprendida...

—No, claro que no. Es una buena idea.

—Entonces, ¿por qué me dijiste que ibas de compras con ella?

—Para ser alguien con poderes, haces demasiadas preguntas.

—Venga, dímelo.

—Tú querías venir de compras conmigo y yo quería... —Willow buscó un sinónimo de la palabra «espiar» que no sonase tan mal.

—¿Investigar? —la ayudó Mike.

—Espiar es la palabra correcta.

—Ya veo —sonrió él—. Willow Blake, periodista de investigación.

—¿Por qué no me lo habías contado, Mike?

—¿Quieres que subamos? Vamos a tardar un rato.

Willow se dio la vuelta y miró de nuevo el diseño de la mesa colgado en la pared. No estaba segura de poder mantener la calma si seguía mirándolo. Se sentía tan infeliz, tan enfadada, tan triste. ¿Cómo podía Mike haberle escondido aquello?

—¿Hiciste esa mesa especialmente para mí o es que se había quedado sin vender? —preguntó. No podía creer que aquella fuera su voz, tan fría, tan distante.

—No.

—¿No qué?

—No la hice para ti. La hice antes de conocerte. Estaba terminándola cuando me dijeron que mi padre estaba en el hospital —contestó él, descolgando el papel de la pared—. Era un nuevo diseño. Solo le faltaba el barniz y cuando volví aquí la semana pasada pensé, ¿qué es una tarde robada a toda una vida? Así que la terminé para que no hubiera nada que me atase a este sitio.

—¿La semana pasada? —repitió Willow. Era allí donde había estado cuando fue a buscarlo a la oficina y no lo encontró—. Estuve buscándote. Incluso te escribí un mensaje, como solías hacer tú.

—No lo recibí.

—Porque no lo envié. Quizá me di cuenta de que todo se había terminado. ¿Me habrías contestado? ¿Me habrías dicho dónde estabas?

—Probablemente, no.

—Ya. Y yo nunca habría imaginado que estabas aquí —dijo ella, con tristeza—. ¿Qué son todas estas herramientas?

—Sierras, tornos, planchas... —Mike le enseñó el taller, explicándole para qué valía cada cosa, como si fuera una simple cliente.

—¿Y tus diseños? Si yo quisiera encargarte un mueble...

—Willow, por favor.

—Quiero saberlo todo.

—Estoy intentando explicártelo.

—Entonces, háblame de tus diseños.

Mike le dio una carpeta llena de diseños y fotografías.

—¿Tú has hecho todo esto?

—Sí.

—¿Esto también? —preguntó Willow, señalando un escritorio.

—Sí. Me lo encargo Fergus Kavanagh. El propietario de la residencia. Para su mujer.

—¿Cuánto costaría un escritorio como este?

Mike le dio una cifra y Willow abrió los ojos como platos.

—Se tarda mucho en hacer una pieza como esa.

—¿Trabajas solo? ¿No tienes ayudantes?

—No. Supongo que siempre he sabido que, algún día, tendría que dejarlo todo.

—Pues harías mal. El *Chronicle* no puede compararse con esto. ¿Cuándo lo supiste?

—¿Que no podía abandonarlo?

—No. ¿Cuándo supiste que esto era lo que querías hacer?

—En el colegio. Cuando debía estar estudiando latín, no podía salir del taller. El olor de la madera me atraía como si fuera el olor de una tarta. Y como mi profesor se dio cuenta de que nunca iba a ser un buen alumno de lenguas muertas, debió pensar que podía aprender a hacer algo con las manos. Una vez que hice mi primer objeto de madera, me quedé enganchado.

—Pero luego estudiaste Económicas en la universidad. ¿Por qué?

—Porque me lo pidió mi padre. Yo quería estudiar diseño, pero a él le parecía una locura e insistió en que me dedicara a algo más práctico. Mientras estudiaba, visitaba museos, galerías de arte y trabajaba con artesanos para aprender el oficio. Cuando terminé la universidad, mi padre me pidió que trabajase un año en el periódico. Era mi obligación y... en fin, cuando me di cuenta de que cada vez que yo capitulaba, él se convencía más y más de que, al final, iba a ganar, decidí marcharme.

–¿Y viniste a vivir aquí?

–Sí –contestó Mike–. Cuando llegué, solo era un establo y nadie lo quería. Conseguí reunir dinero, intercambié mano de obra por alquileres baratos y... fíjate, al final mis estudios de Económicas me vinieron muy bien.

–¿Todo el edificio es tuyo?

–El banco y yo tenemos un acuerdo. Mientras siga pagando la hipoteca todos los meses, me dejan creer que lo es –sonrió Mike–. ¿Quieres ver dónde vivía antes de conocerte?

–No vivías. Vives. Has decidido quedarte, ¿no? Nunca volverás al periódico.

–Nunca es una palabra imposible. Creí que no volvería nunca, pero lo hice en cuanto mi padre se puso enfermo –contestó él–. Y lo haría otra vez, pero solo para buscar un comprador. ¿Crees que hago mal?

–Ha habido un periódico de la familia Armstrong en Melchester desde que se inventó la imprenta.

–Lo sé. Ojalá las cosas fueran diferentes. Me gustaría ser el hijo que desea mi padre, el marido que tú esperabas que fuera. Lo intenté, de verdad, pero mi corazón no estaba en ello.

–Entonces, haces bien en alejarte. Un periódico como el *Chronicle* debe tener corazón.

–Estoy empezando a darme cuenta de eso –murmuró él–. No ocurre lo mismo con el *Globe* –añadió. Willow no dijo nada–. ¿Seguimos con la visita turística? –preguntó, ofreciendo su mano.

Willow sabía que no debía tomarla, que no debía subir a su mundo. Sabía que eso le rompería el corazón.

Pero nada hubiera podido detenerla.

Capítulo 7

Willow subió los peldaños de madera, imaginando que el apartamento sería un sitio especial. Nada podía haberla preparado para la elegancia y la sencillez del hogar que Mike había creado en aquel antiguo pajar.

–Es precioso.

Era mucho más que eso. Era todo lo que ella siempre había querido. Pequeño, con todo a mano, sin demasiados adornos, un lugar para vivir, en lugar de un sitio para enseñar a los invitados. Un contraste total con la enorme casa que la había esperado en Melchester, dispuesta a absorberla, a convertirla en una esclava.

El suelo era de madera clara, las paredes pintadas de color crema, los muebles preciosos, de madera pulida.

Willow sabía que Mike la estaba mirando mientras recorría el sitio que él había construido con sus propias manos. Entre el salón y el dormitorio había un biombo de madera. Dos escalones separaban ambas habitaciones. En el dormitorio, un colchón colocado sobre una plataforma de madera bajo una claraboya.

–Es tan... agradable.

Tenía la boca seca, pero debía decir algo.

–Era la única forma de hacer sitio para un baño. Además, es precioso estar tumbado mirando las estrellas.

Hubo una pausa que pareció durar una eternidad, mientras Mike se preguntaba qué diría Willow si la invitaba a quedarse. Y ella se preguntaba qué diría si él se lo pidiera.

–Debe ser como dormir al raso.

–Mejor. Aunque haga mucho frío fuera, debajo de las mantas siempre hace calor. Y cuando llueve, no te mojas.

En aquel momento, Willow no podía pensar en nada mejor que meterse en aquella cama con Mike y quedarse allí durante una semana.

Una semana o un mes, los problemas seguirían esperándolos.

A un lado de la habitación estaba el baño, de color blanco con grifos de hierro y tras un biombo, en el salón, la cocina, como las que aparecían en las revistas. Mike había hecho todo aquello. Y era precioso.

–¿Por qué no me lo habías contado?

–¿Que era carpintero por vocación y solo estaba en el periódico durante unos meses? ¿La verdad?

Willow pensó que su definición como carpintero era muy poco acertada. Un carpintero era alguien que hacía puertas y ventanas. Mike era un artista.

–Toda la verdad.

–No va a gustarte.

–Supongo que no. Por eso no me lo habías contado antes. Pero si no quieres que me vaya ahora mismo, no tienes elección.

Willow esperó, conteniendo el aliento, hasta que él asintió. Después, dejó caer el bolso y se sentó en el sofá, esperando.

Mike se sentó en un sillón, frente a ella, con las piernas estiradas. Nervioso, se pasó una mano por el pelo.

–No te lo dije porque pensé que no estarías interesada en un hombre que se gana la vida con sus propias manos.

–¿Y por qué me has juzgado de esa forma? –preguntó ella, sorprendida–. No, es mucho más que eso, Mike. No te molestaste en contármelo porque nunca te tomaste nuestra relación en serio.

Mike no se defendió. No había defensa, en realidad. Willow tenía razón.

—Empezó así —admitió por fin—. ¿No es así como empiezan todas las relaciones?

—La nuestra también terminó así. Háblame de lo que pasó en medio.

—¿Te refieres a cuando me di cuenta de que estaba enamorado de ti?

—¡No digas eso! ¡No me quieres! Me mentiste.

—Entonces, te refieres a cuando me di cuenta de que no podía vivir sin ti.

—Pasemos a cuando te diste cuenta de que sí podías vivir sin mí —dijo ella, con amargura—. ¿Lo decías de corazón cuando me pediste que me casara contigo?

—Claro que sí —contestó él, apoyando los codos sobre las rodillas—. ¿Y tú? ¿Lo decías de corazón cuando aceptaste?

Willow hubiera querido tirarse sobre él, sacudirlo por ser tan tonto.

—Me gustaría tomar algo —dijo con voz temblorosa. Pero necesitaba respuestas. Todas ellas.

—¿Té, café? No tengo leche...

—Creo que esta situación está pidiendo a gritos algo más fuerte que un té.

Mike no discutió. Una copa significaba que ella tendría que quedarse y darle tiempo para explicar todo lo que tenía que explicar. Abrió un armario y sirvió dos vasos de coñac. Cuando lo puso en sus manos, se dio cuenta de que Willow las tenía heladas.

Sin pensar, cerró sus manos sobre las de ella y las apretó. Tocarla era lo único que deseaba en el mundo. Tocarla, abrazarla, decirle que la quería.

Pero eso sería un error. Le había dicho que la quería y tenía que demostrárselo. De modo que se sentó a su lado.

—Tienes frío.

—Sí —murmuró Willow, tomando un sorbo de coñac. No protestó cuando él puso sus piernas sobre sus rodillas, acariciándola para hacerla entrar en calor.

Para Mike era más fácil hablar con ella sin tener que mirar aquellos ojos azules que parecían exigir su alma en bandeja.

—Tienes razón. Al principio, no me tomé en serio nuestra relación. No pensaba quedarme en Melchester el tiempo suficiente.

—Eso es sinceridad... brutal, diría yo.

—Y como ser el jefe me daba una injusta ventaja...

—Eres un...

—Lo sé. Pero me equivoqué. Tú tenías una imagen de mí... ¿qué iba a decirte? «Lo siento mucho, Willow, pero en realidad no soy el director de la editorial». «Ven a ver lo que soy de verdad...».

—Ojalá lo hubieras hecho.

—Lo siento, Willow. Lo he estropeado todo y lo siento de verdad.

—Yo también. Pensaba confiar en ti el resto de mi vida...

—Solo hasta que tuvieras una oferta mejor —la interrumpió Mike.

—No es tan sencillo.

—No, cariño, nunca lo es.

—Ojalá me lo hubieras dicho. Al principio. Ojalá me hubieras traído aquí.

Mike pensó cómo sería haber tenido a Willow en sus brazos, con nada entre ellos y las estrellas más que un trozo de cristal.

—Yo también.

—Deberías haber confiado en mí —murmuró ella, bajando las piernas.

Mike se sentía enfermo por haberlo estropeado todo.

—Me equivoqué contigo. Cal me lo advirtió. Él veía... pero yo creí que solo estabas haciendo tiempo en el periódico hasta que encontraras al hombre de tus sueños —dijo entonces. Willow lo miró, atónita—. Alguien con el apellido adecuado, una adecuada cuenta corriente... Alguien de tu círculo.

–Ah, ya –murmuró ella, ofendida–. Y yo me decía a mí misma ayer que no te gustaban las tontas. No se me había ocurrido pensar que me habías tomado por una.

–Y no lo eres. Solo que...

–¿Qué? Has empezado, Mike. Termina lo que estabas diciendo. Estoy deseando saber por qué crees que no tengo nada en la cabeza.

Él no había dicho eso. No lo había pensado. Los dos lo sabían.

–Cada vez que iba a buscarte a la oficina, estabas cubriendo algún baile de sociedad, algún asunto benéfico... –Mike recordó el día que se conocieron, ella con una copa de champán en la mano, rodeada de admiradores–. La vida social es lo tuyo. Es tu mundo.

–¿Y qué? Me enviaban a cubrir esos eventos porque todo el mundo me conoce en Melchester. Hablan conmigo y me cuentan cosas porque me conocen desde que era pequeña. Pero también he escrito artículos sobre adolescentes con problemas, sobre mujeres maltratadas... Quizá esos días no leíste el periódico. No escribo solo naderías.

–¿El día de San Valentín no es una nadería?

Willow se puso colorada.

–¡Es una maldita fiesta y alguien tiene que cubrirla! No creí que fuera verdad cuando dijiste que no leías el periódico. Pero veo que es así.

–No es... yo... pensé que si me distanciaba no acabaría hundiéndome... –no podía seguir. Era absurdo. No había forma de explicarlo–. No acabaría cayendo en la tradición familiar. Es difícil resistir cuando todo el mundo espera algo de ti. Cuando tus padres llaman para decir que te necesitan... y no hay nadie más.

–Lo que quieres decir es que, si te casabas conmigo, tendrías que seguir en el periódico para siempre, ¿no es eso? ¿Que ibas a sacrificar tu vida por mí?

–Sí.

—¡Idiota!

—Cal no pensaba eso...

—A mí me da igual lo que piense tu amigo. ¡Quiero saber por qué no me lo dijiste!

—Lo intenté. Iba a traerte aquí, a contártelo todo. Y entonces mi padre nos regaló la casa y vi la ilusión que te hacía, cómo te gustaba... –Willow lo interrumpió con una mueca de sarcasmo– excepto los grifos.

—Yo odiaba esa casa, Mike.

—Por favor, no tienes que disimular. Estabas loca con la casa. Dijiste: «No me lo puedo creer. Esto es más de lo que yo esperaba. No sé qué decir, estoy abrumada» –dijo Mike, imitando la voz que Willow había puesto para disimular su angustia–. Esas fueron tus palabras exactamente. Lo recuerdo muy bien.

—Pues deberías haber pasado menos tiempo aprendiendo a imitar mi voz y un poco más a pensar qué quería decir en realidad.

—Te vi, Willow. Sé que te gustó la casa. Y que habrías cambiado los grifos en un momento.

—Los grifos, los nichos en la pared, la chimenea de mármol, las lámparas... No te enteras de nada. Eso son detalles. No era de ti de quien quería alejarme, era esa casa y todo lo que significaba. No soy una mujer de su casa, y esa mansión... era como estar en una película de Doris Day.

—Entonces, ¿de verdad no te gustaba? ¿Y por qué no me lo dijiste?

Willow dejó su vaso sobre la mesa. No necesitaba coñac, necesitaba que Mike la entendiera.

—Tu padre acababa de regalarnos una casa que valía medio millón de libras, Mike. ¿Qué iba a decir?: «¿Muchas gracias, señor Armstrong, pero tiene usted un gusto horrible y no viviría en esta casa ni por todo el oro del mundo?». Me enseñaron a dar las gracias cuando alguien te regala algo, aunque sea un exprimidor espantoso.

Mike la miró, sin saber qué decir.

—¿El exprimidor también?

A Willow le hubiera gustado soltar una carcajada. Afortunadamente, no lo hizo.

—¿Cómo has podido hacerme esto? Ahora entiendo por qué parecías tan distante —murmuró, levantándose. Tenía que salir de allí, ir a alguna parte y llorar como había querido llorar desde el sábado—. No te culpo por marcharte de la iglesia. Debías odiarme... —se le rompió la voz y Mike la rodeó con sus brazos.

—Cariño, yo no podría odiarte nunca.

—No confiabas en mí. No me conoces en absoluto.

—Te quería. Y solo quería que fueras feliz.

«Te quería». En pasado. El corazón de Willow se rompió y tuvo que apartarse de él a toda prisa. A pesar de todo, si Mike hubiera dicho «te quiero», en presente, podrían haber podido rescatar su amor. Pero «te quería»... eso le decía exactamente dónde estaban.

—Para ser feliz necesito un hombre en el que pueda confiar, un hombre en el que pueda creer... sea cual sea su trabajo. Siento decirte que tú me has fallado en todo.

Willow se dirigió hacia la escalera.

—¿En todo?

Ella contuvo el aliento. ¿Cómo se atrevía a reducir lo que había habido entre ellos a eso?

—El matrimonio no es solo sexo. En la riqueza y en la pobreza... El matrimonio es como los diamantes. Para siempre —dijo Willow, sacando el anillo del bolso y dejándolo sobre una repisa—. Aprende la lección, Mike. La próxima vez, asegúrate de ser sincero...

—No habrá una próxima vez. Solo desearía... habértelo contado antes. Tenías razón. Podríamos haberlo tenido todo. Aún podemos, Willow. No te vayas.

Ella se volvió. Estaban solo a un metro. Era una tentación. Era igual que el día que Mike le había pedido que fuera a vivir con él, que se casara con él.

—Me equivoqué, Mike. Nadie puede tenerlo todo. Siempre hay que hacer algún sacrificio. Compartir tu vida con alguien requiere que se ponga todo el corazón y hay que estar preparado para dar más de lo que se recibe. Quizá es por eso por lo que Crysse sigue con Sean. Ella sí lo ama de verdad.

—Si te lo pidiera ahora, ¿qué dirías?

—¿Pedirme qué?

—Que te cases conmigo, Willow. Los dos solos, con un par de testigos. Sin tarta ni nada.

¿Y sin decirle «te quiero y lamento mucho haberlo estropeado todo»? ¿Sin compromiso alguno?

El sol empezaba a ponerse en el horizonte. En el sofá, las marcas de sus cuerpos. El olor a madera...

Y Mike. Alto, fuerte, con el pelo dorado. Él era todo lo que Willow había soñado y sabía que si lo perdía su corazón se rompería en pedazos. Había estado tan segura de que era el hombre destinado para ella... Algo en su interior le decía que aún quedaba una llamita de esperanza. Pero si había aprendido algo era que querer decir que sí no es razón suficiente para hacerlo. Que su relación estaba construida sobre arena y tenía que ser reforzada. Con la verdad.

—No, gracias.

Quizá había tardado demasiado tiempo en contestar porque él no parecía convencido.

—¿Es un no para siempre o un «me lo pensaré»?

—Es un «nuestras vidas corren paralelas y no pueden encontrarse» —contestó ella.

—¿Quieres decir que tengo que esforzarme más?

Willow quería tener una carrera como periodista. Él quería hacer preciosos muebles en Maybridge. Tendrían que trabajar mucho para encontrar la forma de hacer que esas dos vidas convergieran. No iba a ser fácil. Seguramente, sería un desastre. Y quizá era mejor dejar las cosas como estaban.

—Quiero decir que los dos tendremos que esforzarnos.

—¿Tenemos que decidir qué podemos dejar para poder estar juntos? —preguntó Mike.

Lo había entendido. Y los dos podían ver por qué aquello era imposible.

—Tengo que ir a comprar ropa para mi entrevista con Toby Townsend.

—Entonces, el trabajo en Londres no es negociable, ¿verdad?

—¿Lo es Maybridge?

Pero Willow no quería que abandonase Maybridge, mientras que a Mike que ella trabajase en Londres le parecía... imposible. Si el sacrificio no era igual, ¿no se sentiría engañado uno de los dos? Necesitaban tiempo para pensar.

—Por cierto, ¿qué tienes contra la ropa de cuero negro?

—¿El cuero negro?

—Sí.

—Pensé que ibas a encontrarte con Jacob Hallam —suspiró él—. Por eso te seguí.

Estaba celoso.

De repente, Willow sintió que su corazón se calentaba por aquel hombre grande y solitario que había intentado cambiar su vida por ella. ¿Cómo podía haber dudado de su amor? Aquello no era arena. Era una roca.

Pero no pensaba decírselo.

—¿Querías salvarme de cometer un terrible error? ¿Y qué pensabas hacer? ¿Arrancarme de las garras de la tentación? ¿Pegarle una paliza?

Sabía que esa pregunta era injusta. Dijera lo que dijera, Mike no podía ganar.

—Todo eso.

—¿Y cómo supiste dónde iba? —preguntó Willow. Tenía que hablar, hacer algo para no lanzarse a sus brazos, llevarlo a la cama y empezar la luna de miel sin haberse casado.

—No lo sabía. Fui al supermercado, esperando que Jacob estuviera allí —contestó Mike, sin mirarla. Le daba vergüenza. Era maravilloso—. Quizá deberías salir con él. Según la tía Lucy, tenía una reunión de trabajo en Londres. Más de tu estilo que esto —añadió, señalando alrededor.

—De mi estilo prefiero ocuparme yo —replicó ella. Si Mike no sabía que Jacob no era su estilo, no pensaba decírselo. Tranquilo, le encantaba. Celoso y posesivo, Mike la volvía loca—. ¿Y por qué iba a salir con él?

—¿No te pidió que salieras con él el otro día? Te dijo que lo llamaras.

—Ah, sí. Es posible que lo haga —dijo Willow. Mike levantó la cabeza, como si lo hubieran golpeado. El pobre—. Era para entrevistar a tía Lucy. Voy a escribir un artículo sobre el pueblo.

—Parece que no dejo de equivocarme.

—No has contestado a mi pregunta, Mike. ¿Cómo supiste que venía aquí?

—Dejaste una marca de bolígrafo en la guía de teléfonos, al lado de mi dirección.

—Michael Armstrong, investigador privado —dijo Willow, intentando no sonreír—. Bueno, tengo que irme. ¿Vas a volver a la residencia?

—Sí. Tengo que colocar las estanterías. ¿Y tú?

—Nos veremos más tarde entonces. ¿Quieres que lleve algo de cena?

—No —contestó Mike, acompañándola a la puerta—. Podríamos cenar fuera. Hace mucho que no salimos a cenar juntos en algún sitio bonito...

—Sí, es verdad. Pero prefiero que cocines tú.

Willow sentía que unos minutos más bajo la escrutadora mirada de aquellos ojos grises y se derretiría.

Mike sonreía mientras le abría la puerta. Probablemente, se había dado cuenta.

–¿Seguro que no necesitas ayuda con los botones?

–Soy mayorcita, Mike. Llevo vistiéndome sola desde que tenía cuatro años.

–¿Y qué? Es más divertido que alguien te ayude.

–Mientras no sea Jake, supongo.

–Eso es. Ven, voy a enseñarte la tienda de Sarah. Tiene unas cosas preciosas. Incluso puede que tenga una minifalda, si sigues sintiéndote atrevida.

–Pero nada de cuero negro –sonrió ella.

–Podría ser de cuero marrón. Con botas hasta la rodilla.

Willow pensó que si Sarah tenía algo así en la tienda, era capaz de olvidar sus buenas intenciones y volverse loca.

Amaryllis los detuvo en la puerta, con una caja en la mano.

–Son velas. Os harán falta esta noche.

–¿Cómo lo sabes?

–Porque sí.

–Es una bruja –sonrió Mike–. Amy lo sabe todo.

Mike abrió la cajita. Había doce velas redondas, de las que se colocan en el agua.

–¿Qué perfume es ese? –preguntó Willow.

–Palo de rosa, para encontrar la armonía emocional. Y jazmín, para desviar los sentimientos negativos.

–Si se va la luz, nos vendrán muy bien –dijo Mike–. ¿Alguna sugerencia sobre la cena?

–Salmón ahumado –sugirió Amy–. Aguacates y melocotones. Y chocolate.

Willow suspiró.

–No pienso discutir.

Quizá era el olor de las velas, o la sugerencia de Amy de que comieran algunos de sus platos favoritos, pero Mike también sonrió.

—Si esta noche se va la luz, nos asomaremos a la ventana para verte volando en tu escoba, Amy.

—Suelo tomar el autobús, Mike —rio la joven.

Después, se inclinó para tomar a un gato negro que había aparecido a sus pies.

Mike dejó a Willow con Sarah y después de ir al supermercado, volvió a la residencia. Se sentía eufórico, pero ese sentimiento desapareció cuando vio a Jake, pintando con Emily.

—Hola, Mike. ¿Willow no está contigo? —preguntó con cara de ingenuo.

Pero Mike no pensaba dejarse engañar. Aquel hombre tenía una sola razón para estar allí.

—Está de compras. No esperaba que vinieras hoy. La tía Lucy me dijo que estabas en Londres.

—Sí. En cuanto te das la vuelta, alguien empieza a hacer correr rumores sobre la venta de la compañía.

¿Jacob Hallam era Jake Hallam, el magnate del software? No podía ser.

—No tenías que volver por nosotros. Nos las habríamos arreglado.

—¿Ah, sí? No es eso lo que dice el *Evening Post*.

—Ah, estupendo. ¿Qué han dicho? No, no me lo digas.

—Se lo he contado yo, Mike —intervino Emily—. Le he dicho que Willow y tú os habéis escondido aquí para intentar arreglar la situación.

—¿Y la habéis arreglado?

—En ello estamos. Por eso os agradecería que estuvierais fuera de aquí antes de que se ponga el sol.

Jake levantó la brocha, en un gesto de rendición.

—Lo que tú digas. De hecho, si sale bien, me ofrezco a ser el padrino de vuestro primer hijo.

—¿Y si sale mal? —preguntó Mike, que había entendido el reto.

—Puede que te pida que me devuelvas el favor... —Mike no se lo pensó dos veces y lo empujó contra la pared—. ¡Oye, la pintura!

—Tú preocúpate de la pintura, que yo me ocuparé de Willow.

Sujeto contra la pared, Jake sonrió.

—Buenos reflejos. Es una pena que tu cerebro no trabaje a la misma velocidad.

—¿Qué?

Mike se dio cuenta entonces de que, al empujarlo, había destrozado la pintura fresca de la pared.

—Solo era una broma, Mike. Yo no soy de los que se casan.

—Lo siento.

Pero Emily estaba sonriendo. Mike no podía entender por qué encontraba aquello tan divertido.

—No lo sientas. Me encanta cuando un hombre no tiene miedo de mostrar lo que siente por una mujer.

—Pero no olvides hacérselo saber a Willow —advirtió Jake—. Y lo de ser padrino lo digo en serio. No me gusta el matrimonio, pero me encantan los niños.

La reacción de Mike ante la imagen de Willow con un hijo suyo en los brazos fue tan abrumadora que no pudo contestar. En lugar de hacerlo, fue a la cocina y pasó el resto de la tarde colocando estanterías y pensando en lo que Willow le había dicho. Intentando encontrar la fórmula para que los dos tuvieran lo que deseaban y pudieran estar juntos. Preguntándose qué sentía ante la idea de tener un hijo. Pero, antes de eso, necesitaría un par de años para establecerse del todo.

Podía esperar, pensó.

No, de eso nada.

Capítulo 8

–Las estanterías han quedado estupendas, Mike –dijo Willow, dejando las bolsas que llevaba en la mano–. ¿Has terminado?

–Solo hay que pintarlas. Lo haré mañana, mientras tú estás en Londres.

Willow miró alrededor.

–¿Dónde está todo el mundo?

–Jake Hallam tenía una cita –explicó Mike. Y podía ser cierto. Hallam era un tipo muy atractivo–. Y Emily se ha marchado, agotada –eso era verdad–. Así que le he dado una chocolatina y la he mandado a casa. Pero no te preocupes, hay otra en la nevera. ¿Has encontrado algo para impresionar a tu nuevo jefe?

–Eso ha sido fácil. Pero luego he tenido que buscar zapatos, ropa interior...

–¿Ropa interior? Pensé que ya habías conseguido el trabajo... ¡Oye, que era una broma! –exclamó Mike, cuando Willow le lanzó una cuchara que encontró a mano–. No, en serio. Lo primero que yo hago después de comprarme un traje, es comprarme ropa interior...

Willow soltó una carcajada que lo hizo desear abrazarla y no soltarla nunca.

–Sarah es estupenda. Y después, Amy nos preparó un té de tila y miel. Muy relajante. Es... un poco rara, ¿no?

–Desde luego. ¿Tienes hambre?

—No mucho. Pero me apetece una copa de vino —contestó ella, abriendo la nevera para sacar la botella y una chocolatina que compartió con Mike—. Qué rico.

—Se supone que eso era el postre.

—No te preocupes, comeré más después de cenar —sonrió Willow, tomando sus bolsas y dirigiéndose a la escalera—. ¿Por qué no abres la botella mientras yo voy a dejar esto en mi habitación? Podemos tomar una copa de vino mirando las estrellas.

—¿Y encender las velas de Amy?

Las velas se encendían para crear un ambiente romántico, pensó Willow. Pero lo que ellos debían hacer era encender todas las luces de la casa para iluminar cada rincón de su relación.

—No creerás que va a irse la luz, ¿verdad? —preguntó, para no tener que contestar.

—No lo creo. Estamos en verano y hace una noche preciosa. Solo se va la luz en invierno, cuando está nevando y tienes que salir fuera para cambiar los fusibles.

—Claro, es verdad. Amy debe haberse equivocado.

Mike notó la decepción que había en sus palabras y le gustó. Amy había dicho que necesitarían las velas y ellos habían asumido que se refería a un corte de luz. Pero lo que ella había querido decir era que «las necesitarían».

¿Amy equivocada?

—No lo creo, cariño —murmuró, mientras Willow subía por la escalera—. No lo creo.

Willow estaba mirando el traje que había comprado para su entrevista con Toby Townsend. La falda era corta, la chaqueta larga, un traje de mujer inteligente. Lo dejaría impresionado.

Estupendo.

Aquella era la oportunidad de su vida. Su carrera iba bien. Era el resto de su vida lo que iba mal.

Se había duchado y estaba secándose el pelo frente a la ventana, esperando que las nubes doradas la inspirasen. Pero la vida no era así. Si uno dejaba que la vida dependiera de los sueños, estaba perdido.

Hacer planes era lo que convertía los sueños en realidad.

Y ella tenía un plan. No era perfecto, pero quizá Mike estaría preparado para darle una oportunidad. Willow se peinó un poco y bajó la escalera.

La cocina estaba vacía. La botella de vino no estaba por ninguna parte.

−¿Mike?

Nada.

Willow abrió la nevera. La comida también había desaparecido. Incluso el chocolate. ¿Estaría jugando al escondite? Sonriendo, tomó el móvil y le mandó un mensaje:

¿Dónde estás, Mike?

No tuvo que esperar mucho para recibir respuesta.

Me tendrás si me encuentras.

Promesas, promesas.

Dame una pista.

Sigue a tu nariz.

¿Su nariz? Las velas. Willow miró alrededor, pero la caja de las velas también había desaparecido. Salió a la puerta y vio una vela en el suelo. Olía a jazmín, para alejar las emociones negativas.

Aunque no había nada negativo en sus sentimientos por Mike. Estaba completamente segura de que lo quería. Unos metros más adelante, había otra vela y una tercera a la entrada del jardín.

No había entrado nunca, pero Emily se lo había mostrado desde la ventana.

Cuando Willow abrió la verja de madera, le llegó el olor a hierba fresca.

¿Caliente?

Dímelo tú.

Muy caliente, desde luego. Cada vez más. Willow tomó otra vela, aquella con olor a rosa, para la armonía emocional. Entre Mike y ella había poca armonía últimamente, desde luego. Pero en aquel momento, todo parecía estar muy claro. El teléfono volvió a sonar.

¿Y bien?

Willow sonrió. Mike se estaba impacientando. Le gustaba. Le gustaba mucho.

Muy caliente.

Las velas la llevaron hasta un pequeño estanque. Mike estaba sentado con la espalda apoyada en un viejo sauce, cuyas hojas colgaban sobre el agua. Tenía los ojos cerrados.

–¿Por qué has tardado tanto?

–Llegar hasta aquí es la mitad de la diversión, Mike. La anticipación, la espera.

–Eso suena muy prometedor –sonrió él, abriendo los ojos.

Willow se dejó caer a su lado.

–¿Tienes cerillas?

Mike sacó una caja del bolsillo.

–Estoy preparado para todo.

Caliente. Muy caliente. Ardiendo.

Mike tomó una cerilla, la encendió y se tumbó sobre la hierba para encender las velas y meterlas en el agua.

Ella se tumbó a su lado, con la caja de cerillas en la mano. El agua estaba fría, el aroma de las velas era dulce y embriagador. Mike encendió todas las velas y las empujó hacia el centro del estanque.

–Mágico –dijo ella.

–¿Has pedido un deseo?

–No. ¿Y tú?

–Yo prefiero pensar que controlo mi destino. ¿Te apetece una copa?

Mike le mostró la botella y un par de vasos de cristal.

—¿Vasos de verdad?

—Los he traído de casa. Estaba harto de los de plástico.

Willow tomó un sorbo de vino, mientras observaba las velas flotando en el agua.

—La vida sería muy sencilla si pudiéramos quedarnos aquí para siempre —dijo por fin, tumbándose de espaldas.

—La vida es sencilla. Somos nosotros los que la complicamos —murmuró él—. He estado pensando...

—Eso es peligroso con el estómago vacío.

Willow no quería complicaciones en aquel momento. Solo quería una noche hermosa, deliciosa, en la que ninguno de los dos se detuviera a pensar.

—Tienes razón.

—Me prometiste salmón ahumado.

—Salmón ahumado —suspiró él, sacando una cesta que había colocado detrás del árbol—. Pan. Y queso.

—¿Y los aguacates?

—Mira en la cesta —sonrió Mike.

—Hay aguacates. ¿Pero las cerezas?

—No he encontrado melocotones.

—Da igual. Es perfecto.

Después de tomar un poco de queso y unas cerezas, Willow apoyó la cabeza sobre su pecho, el brazo del hombre alrededor de su cintura.

—Tú eres perfecta —dijo él entonces—. Por un momento, olvidé por qué estaba dispuesto a dejarlo todo por ti. Pero hoy... —Mike recordó entonces lo que había sentido cuando Jake Hallam lo retó, cuando tuvo que enfrentarse con el peligro de perder a Willow de verdad, cuando la imaginó con su hijo en brazos—. Hoy he descubierto que no te dejaría por nada del mundo.

—Lo sé —murmuró ella, volviéndose para mirarlo.

Sabía que su plan no era perfecto, sabía que no quería discutir y por eso lo besó en los labios.

—Willow...

—Quiéreme, Mike —susurró ella, rozando su lengua con la del hombre—. Ahora mismo.

Una vez que hubieran hecho el amor, Mike no podría alejarse.

Y Mike no deseaba otra cosa en aquel momento. Solo quería amarla. Por eso había elegido el jardín, cubierto de hierba. Solo tenía una cosa en mente y con ella en los brazos sabía que nada más tenía importancia...

En sus brazos, había una oportunidad de que Willow dijera que sí. Pero no sería suficiente, quería más. Quería algo más que una noche para recordar.

—Willow, cariño, espera... tenemos que hablar.

Ella lo miró, la luz de las velas reflejándose en sus ojos azules.

—Más tarde —murmuró, colocándose sobre él y desabrochando los botones de su camisa—. Hablaremos más tarde.

No podía ser. Tenían que hablar, pero no era fácil decir eso con las manos de Willow deslizándose por su cuerpo. Las manos frías sobre su piel caliente, la boca femenina distrayéndolo... un hombre podría ser perdonado por olvidar sus prioridades.

Sin pensar, Mike metió las manos por debajo de su camiseta, para acariciar la sedosa espalda. Cuando encontró el sujetador, lo desabrochó y, de un tirón, le quitó camiseta y sujetador por encima de la cabeza.

—Vamos a jugar —susurró ella, cuando Mike empezó a acariciar sus pechos.

—Llevas demasiada ropa.

—Caliente, caliente...

—Te quiero, Willow. Y quiero casarme contigo.

Ella tragó saliva, con los ojos húmedos.

—Caliente, caliente...

—Estoy ardiendo.

—Esa no es la respuesta.

—¿No quieres casarte conmigo?

—Helado.

—¿Quieres que vivamos juntos?

—Eso es —sonrió Willow—. No era tan difícil, ¿no?

No era difícil. Después de todo, era como habían empezado.

—No —dijo entonces, deslizando las manos hasta su cintura. Ella esperó que Mike desabrochara el botón de los pantalones, incluso se movió un poco, impaciente, pero él la sujetó. Si no se estaba quieta, explotaría de deseo—. Me parece que no lo entiendes, Willow. He dicho que no, gracias.

Willow frunció el ceño.

—Mike, es lo que tú querías. Dijiste...

—Tú me convenciste de que estaba equivocado. Vivir con alguien no significa nada. No es un compromiso. Lo que tú y yo sentimos el uno por el otro se merece algo más. Se merece una promesa de amor eterno. Yo te pedí que te casaras conmigo. ¿Qué ha pasado con el «me lo pensaré»?

¿Cómo podía hacerle aquello? ¿Cómo podía estropearlo todo?

—¿Es que no te das cuenta, Mike? Yo voy a vivir en Londres, tú en Maybridge. Podríamos estar juntos los fines de semana. Podrías venir a Londres algunas veces. Pasaríamos tres o cuatro noches juntos a la semana.

—Es un concepto interesante. Pero hay que pensárselo. Y ahora, ¿por qué no volvemos al asunto de la ropa?

—¿Qué asunto?

—Intento aguantar, pero no soy de piedra, cariño —susurró él, mirando descaradamente sus pechos desnudos.

Willow se apartó entonces y volvió a ponerse la camiseta. ¿Cómo podía hacerle eso?

Pero no era culpa de Mike. Era culpa suya.

A su lado, en la hierba, su móvil empezó a sonar. Llevaba días evitando llamadas, pero en aquel momento cualquier cosa era mejor que hablar con Mike.

—¡Sí!

—¿Willow?

—¡Crysse!

—Willow, tengo que decirte una cosa. Es tan increíble... –su prima estaba llorando.

—¿Qué te pasa, Crysse?

—Nada. Todo es perfecto. Ojalá estuvieras aquí. Estamos en Santa Lucía...

—Lo sé. ¿Lo estáis pasando bien?

—Sí. Pero... no sé cómo decirte esto.

—Dilo, Crysse. Di lo que sea.

—Sean me ha pedido que me case con él. Vamos a casarnos aquí...

—¿Qué pasa? –preguntó Mike.

—Crysse y Sean van a casarse.

—¿Willow? –la llamó su prima.

—Perdona, le estaba dando a Mike la noticia.

—¿A Mike? ¿Es que habéis vuelto? ¡Eso es maravilloso! Sean quería que él fuera el padrino, pero yo le dije que era imposible... ¡Pero ahora podéis venir!

Mike estaba oyendo los gritos y le quitó el teléfono de las manos.

—Crysse, ¿cuándo es la boda...? Allí estaremos. Sí, no te preocupes, hablaré con Sean... Y felicidades.

—Gracias –dijo Willow cuando colgó, tomando su mano.

—¿Por qué?

—Porque esto es obra tuya. No sabes lo que significa para mí... Gracias –murmuró. Después, apartó la cara para que no viera que estaba emocionada–. Está empezando a hacer frío.

—Y mañana es un gran día para ti.

—Sí –dijo ella. Willow intentó apartar la mano, pero él no la soltaba.

—¿Estás llorando?

—Claro que no. ¿Por qué iba a llorar?

—De felicidad —sonrió Mike, secándole las lágrimas con la mano—. O eso, o se te ha roto un grifo.

—No...

—¿Qué?

—No me hagas reír.

—Ni se me ocurriría —dijo él, apretándola contra su pecho—. Venga, llora lo que quieras. Te sentirás mejor.

Por un momento, Mike pensó que ella iba a sucumbir a la tentación y soltar todo lo que llevaba guardado durante días. Y, por un momento, sintió que él quería hacer lo mismo. Pero entonces Willow se puso de pie.

—¿Seguro que no te importa ir a Santa Lucía?

—Claro que no. Es mi obligación. Y si a última hora se arrepiente, no le aconsejaré que salga corriendo. Le diré que, por experiencia, lo mejor es quedarse y hacer que el matrimonio funcione.

—Supongo que yo debería hacer lo mismo por Crysse. Pero ella no es tan tonta como yo.

—Tú no eres tonta. El tonto soy yo —dijo Mike. Willow iba a discutir, pero él la tomó por la cintura y la empujó hacia la casa—. Vete. Yo limpiaré todo esto. Te despertaré mañana por la mañana.

—Tenemos que hablar con Emily...

—Yo lo haré.

—Al menos, no tendremos que hacer las maletas.

—No, es verdad.

Sus maletas estaban hechas, esperando una luna de miel que no había tenido lugar.

Willow caminó despacio hacia la casa. Necesitaba a Mike. Lo necesitaba a su lado, sujetando su mano, pero él tenía razón. Tenían que aclarar dónde iban y lo que querían. Y ella tenía que hablar con su familia. Hacer las paces con su madre.

Antes de marcar el número, tuvo que respirar profundamente.

—¿Mamá? Soy Willow. Perdóname...

***

Mike guardó todas las cosas en la cesta y se apoyó en el árbol, pensando en su futuro. Unos segundos después, en la oscuridad apareció un punto de luz. Willow estaba en la casa. La imaginaba preparándose para su gran día, el almuerzo con Toby Townsend, del *Globe*. Se merecía una oportunidad. No creía que, al final, fuera tan importante, pero era ella quien tenía que decidir eso.

Tenía que descubrir que lo más importante era lo que había en su corazón.

Mike sacó su móvil y marcó un número.

–¿Papá? Soy Mike. Perdóname...

–¿Qué tal ha ido?

Mike la había llamado al *Globe* para decirle que no volviera a la residencia y se encontrase con él en el aeropuerto de Heathrow. Él mismo había ido a buscar sus maletas y los pasaportes.

–No sé. Ha sido un día frenético, extraño.

Las oficinas de el *Globe* estaban situadas en una especie de enorme almacén, lleno de mesas y de gente. Un sitio en el que no cabría un gato. En el *Chronicle* tenían un gato. Vivía en la oficina y todo el mundo lo mimaba.

–Era de imaginar.

–¿Por qué nos vamos tan pronto? La boda es el sábado y Emily nos necesita.

–Es el único vuelo que he podido conseguir –dijo Mike–. No te preocupes por Emily. Jake se ha apuntado para pintar y yo he obligado a Cal a que se presente voluntario. Ah, y Jake le ha dicho a la tía Lucy que lo de la entrevista tendrá que esperar un par de semanas.

–¿Semanas? Creí que solo íbamos a Santa Lucía a pasar el fin de semana.

–Está muy lejos para ir solo un fin de semana y tú no empiezas en el periódico hasta el mes que viene.

–No...

–Le he dicho que la llamarías –la interrumpió Mike, colocando las maletas en la cinta–. Que la harás famosa. ¿O a Toby Townsend no le ha hecho mucha gracia el artículo sobre el pueblo?

Había estado interesado, muy interesado. No en el tema del pueblo, sino en las revelaciones de la tía Lucy sobre lo que había ocurrido en las camas de todos los vecinos durante medio siglo. Su ángulo era bien diferente del que Willow había pensado. Toby quería escándalos, secretos. Debía hacerse amiga de la anciana y sacarle todos los detalles. Sería como quitarle un caramelo a un niño. Desgraciadamente, nunca más podría volver a mirarse en el espejo.

Willow era incapaz de hacerlo.

–Los billetes, Mike.

–¿Te pasa algo? –preguntó él.

–No –contestó Willow, sin mirarlo.

Se sentía incómoda. No le había dado el nombre del pueblo, pero había estado charlando con la secretaria de Toby durante el almuerzo y mencionó la residencia para huérfanos. El director de un periódico como el *Globe* no tardaría nada en descubrir dónde estaba. Y menos en encontrar a otra persona que hiciera el trabajo sucio.

Había creído que iba a trabajar en un periódico respetable, no en uno cuyo objetivo era sacar los trapos sucios de gente honrada.

Advertiría a Lucy, la pondría en guardia. No, eso era absurdo. La pobre mujer nunca lo entendería. Tenía que advertir a Jake. Él sabría qué hacer.

—Mike, tengo que ir al cuarto de baño.

—Ahora entiendo por qué tienes tan mala cara —sonrió él—. Nos veremos arriba, en el control de pasaportes —añadió—. ¿Willow?

—No te preocupes, cariño, no voy a salir corriendo. Vamos a la boda de Crysse, no a la nuestra.

—Vaya, gracias.

Willow salió corriendo al cuarto de baño, buscó en su bolso el teléfono de Jake y marcó el número con manos temblorosas.

—¿Willow? Creí que estabas de camino a las Antillas.

—Estaré en el avión en veinte minutos. Escucha, tengo que decirte algo.

Jake la escuchó sin interrumpir.

—No te preocupes. La tía Lucy necesita tomarse unas vacaciones y yo me encargaré de que lo haga. Y, por cierto, buena suerte en tu gran día.

—Gracias.

¿Su gran día?

Willow colgó, un poco sorprendida, pero dejó de pensar en el asunto.

En aquel momento, su problema era convencer a Mike de que no iba a rechazar la oportunidad de su vida por él.

Después de haberlo dejado en el altar, después de haber elegido su carrera... En realidad, no lo había abandonado porque él no estaba en la iglesia, pero eso había sido un golpe de suerte. Pero sí había abandonado a su familia, a los trescientos invitados y una tarta para quinientos.

Después de eso, a Mike le costaría trabajo creer que lo había abandonado todo por una anciana con la que solo había hablado durante diez minutos.

Tenía que convencer a Mike de que era Toby Townsend quien había cambiado de opinión. Que no quería contratar a una periodista cuya imaginación no iba más allá de un artículo sobre las cosas que pasaban en un pueblo.

Capítulo 9

–¿Qué vas a ponerte?

Crysse, que no había parado de hablar durante una hora, llena de felicidad y llena de planes para la boda, se paró durante un momento. Estaba esperando la versión de Willow de lo que había ocurrido el sábado. Todos los detalles. Incluyendo cómo habían terminado juntos de nuevo. Y, si estaban juntos, por qué dormían en habitaciones separadas.

Su prima debería preguntarle eso a Mike. Había sido idea suya. Willow sospechaba que era una forma de decirle «cásate conmigo o duerme sola». Quizá esperaba que las cálidas noches tropicales la hicieran ponerse de rodillas.

Y ella ya estaba de rodillas. Ni boda, ni trabajo en el *Globe*.

Pero de ninguna forma pensaba aguarle la fiesta a Crysse. Ni arriesgarse a que le contara la verdad a Mike. Por eso evitaba el tema.

–¿Te has comprado un vestido?

–Aún no. Quería esperar a que llegases. Me gustaría que fuéramos de compras mañana.

La feliz novia dejó que la distrajera, pero su mirada le decía que sería solo temporalmente.

–Estupendo. ¿Dónde ha dicho Sean que llevaba a Mike?

Los dos habían desaparecido en cuanto dejaron las maletas en la habitación.

—Habrán ido a alquilar un barco o algo así. Sean estaba loco por ir a pescar, pero a mí no me apetecía... —empezó a decir Crysse, mirando el reloj—. Pero seguro que ahora están en el bar, esperándonos.

—Qué bien. ¿Cuándo llegan la tía Grace y el tío Jack?

—El viernes... Mira, ahí es donde vamos a casarnos, en el cenador. ¿A que es precioso?

Unos segundos después, llegaban a la piscina, donde Sean y Mike las esperaban sentados en el bar.

—¡Por fin! —exclamó Mike.

—¿Todo preparado? —preguntó Crysse.

Sean le susurró algo al oído y su prima soltó una carcajada.

Willow se acercó a la balaustrada que daba al mar.

—¿Cansada? —le preguntó Mike, acercándose.

—Un poco —contestó ella. Mucho, en realidad. Había intentado dormir en el avión, más para no tener que hablar con él sobre el trabajo en el *Globe* que por otra cosa. Pero el cansancio empezaba a hacer aparición.

—Come algo. Te ayudará a superar el cambio de horario.

—Ya.

—O quizá quieres estar sola.

—No... sí... Lo siento, Mike. Ha sido un día muy largo.

Él se inclinó para besarla en la frente.

—No te disculpes. Te despertaré al amanecer para ir a nadar.

—Eso suena bien.

Willow no se movió. No quería marcharse, quería estar con él. Pero no podía decirlo... Mike había elegido un mal momento para ponerse serio sobre las relaciones extra matrimoniales. Lo necesitaba tanto, pero ¿cómo podía decirle que se casaría con él después de lo que había pasado?

—Seguramente, será la única oportunidad que tenga de ir a nadar. Crysse quiere que vaya con ella mañana a comprar el vestido.

—Muy bien.

—Y vosotros podéis ir a pescar.

—¿A pescar?

—¿No es lo que pensabais hacer mañana Sean y tú? Pero ten cuidado de no caerte por la borda.

—Lo intentaré —sonrió Mike, besándola de nuevo en la frente—. Buenas noches, cariño. ¿Has llamado a tu madre para decir que has llegado bien? Sigo teniendo tu móvil en la bolsa de viaje.

Los móviles habían tenido que pasar por el aparato de rayos X del aeropuerto y después, Mike los había guardado distraídamente en su bolsa.

—No hace falta —dijo Willow—. La llamé desde el teléfono de mi habitación nada más llegar.

Quizá era porque habían pasado varios días desde la última vez que durmió en una cama de verdad o quizá su mente se apiadó de ella y dejó de darle vueltas a todo, el caso es que Willow se quedó dormida en cuanto puso la cabeza sobre la almohada.

Se despertó al escuchar un golpe en la puerta, la luz del amanecer tiñendo el techo de color dorado.

—¿Willow, estás despierta?

Willow no se movió, con los ojos cerrados, pensando en nadar con Mike, sus cuerpos rozándose, tocándose... preguntándose cómo podría soportarlo.

Si no contestaba, se marcharía. Quizá eso sería lo mejor.

Mike esperó un momento. Si Willow estaba dormida, no quería molestarla. Pero algo le decía que estaba despierta. Y triste. Que él había vuelto a estropearlo todo.

Hasta aquel momento, no había dudado de que ella lo amara. Aunque no había acudido a la iglesia, no había sido porque no lo quisiera. Pensó que mantener las distancias sería lo mejor, que una vez que viera a Crysse su entusiasmo por la boda volvería a aparecer.

Quizá se estaba engañando a sí mismo. El día anterior, en el avión, Willow había dejado claro con su actitud que no quería hablar del trabajo en el *Globe*. Quizá la idea de lo grande que iba a ser, del salto que iba a dar en su carrera, la había hecho pensar.

¿Estaría esperando hasta que Crysse y Sean estuvieran casados para decirle que no tenían futuro?

Mike se dio la vuelta. Quizá era el momento de que él pensara también. Que dejara de jugar y le dijera que ella era más importante que ninguna otra cosa en el mundo. Que quisiera lo que quisiera, a él le parecía bien.

Mientras siguiera queriéndolo.

—¿De verdad no lo sabe?

Habían pasado toda la mañana arreglando los papeles para la boda. Sean lo había hecho unos días antes, de modo que sabía qué hacer.

—No. Y por favor, no se lo digas a Crysse. Estoy empezando a pensar que esto ha sido un error. Si sale mal, prefiero que Willow no sepa nada.

—¿No crees que se dará cuenta cuando lleguen vuestros padres?

—Van a alojarse en otro hotel.

—He estado en fiestas sorpresa, pero una boda sorpresa es algo arriesgado. ¿Cuándo piensas decirle a la novia que va a ser una boda doble?

Mike había pensado que sería fácil una vez que estuvieran en Antillas. Pero empezaba a pensar que iba a necesitar algo más que unas palmeras y un sol brillante para conseguir su objetivo.

—Había pensado dejar que descansara un poco antes de sacar el tema.

—En otras palabras, que me meta en mis cosas.

Mike negó con la cabeza.

—Estás dejando a un lado parte de tus vacaciones para ayudarme con el papeleo... así que también es cosa tuya. Y en este momento, agradecería cualquier sugerencia.

—Yo tenía una playa a la luz de la luna y la seguridad de que Crysse iba a decir que sí.

—Qué suerte.

—Sí. Y espero que tú también la tengas. Ahora solo nos falta ir al mercado y comprar un par de peces enormes para convencer a las señoras de que hemos estado de pesca toda la mañana.

—¿Y no podemos decirles que volvimos a tirarlos al agua?

Sean sonrió.

—A los pescadores les gusta presumir, Mike.

—Es posible que tengas razón —suspiró él. En ese momento, su móvil empezó a sonar—. Será mi padre para preguntarme qué vuelo deben tomar.

Mike apretó el botón antes de darse cuenta de que no era su móvil el que estaba sonando. Cuando se dio cuenta de que era el de Willow, escuchó una voz de hombre.

—¿Willow?

—No, Jake. Soy Mike Armstrong. ¿Te importa decirme...?

—¡Mike! Estupendo. Dile a Willow que todo está arreglado. He llevado a la tía Lucy a casa de unos amigos, así que no hay por qué asustarse.

—¿Asustarse de qué?

—¿No te lo ha contado?

—Hemos estado muy ocupados. ¿Por qué no me explicas de qué no hay que asustarse? ¿Y para qué llamas a Willow?

—¿Vas a contarme qué pasó?

Había sido fácil entretener a Crysse mientras estaban de compras, pero con el traje de novia colgado en el armario y sentadas frente a la piscina, su prima no iba a darse por vencida.

Pero no pasaba nada.

Willow había tenido mucho tiempo para pensar qué iba a contarle. El relato hilarante del encuentro en la carretera duró casi una hora. Y después, que a los dos se les hubiera ocurrido esconderse en la residencia...

Su prima reía, pero no parecía muy convencida.

–Vale, esa es la versión para el público. Cuando tengas ganas de contarme qué ha pasado de verdad, dímelo. Siempre tendré dispuesto mi hombro para que llores en él –dijo Crysse–. ¡Ay! ¿Qué es eso?

Sean había aparecido por detrás, con un enorme pez en la mano.

–Un pez. Podemos cocinarlo para cenar.

–Ni lo sueñes.

–¿Dónde está Mike? –preguntó Willow.

–Dándose una ducha. Y ahora que os he enseñado lo que hemos pescado, yo pienso hacer lo mismo.

–Muy bien. Pero la próxima vez compra el pescado en la tienda –sonrió Crysse.

–Me parece que yo también voy a darme una ducha –dijo Willow–. Y después me echaré un poco. Estoy cansada.

–Se lo diré a Mike. Aunque a lo mejor, no hace falta. Supongo que sabrá que estás intentando evitarlo.

–No estoy...

–Por favor, Willow. Hazte la tonta, pero conmigo no te vale –la interrumpió su prima, mirándola por encima de las gafas.

Willow entró en su habitación y se apoyó en la puerta. Había subido corriendo para no encontrarse con Mike y estaba sin aliento. No quería enfrentarse con él. Todavía.

La habitación era fresca y las cortinas se movían con la brisa del mar. Willow frunció el ceño. Ella no había dejado la terraza abierta.

—Mike...

—Willow —respondió él, tumbado en la cama, con las manos detrás de la cabeza.

—¿Cómo has entrado aquí?

—¿Eso importa?

—No, supongo que no. Creí que estabas duchándote.

—Eso es lo que le dije a Sean. Quería comprobar si estaba siendo paranoico o de verdad me estabas evitando. Ahora lo sé. ¿Por qué no me lo contaste?

—¿Contarte qué?

—Esta podría ser una conversación muy larga. O muy corta. ¿Podríamos intentar la versión corta, ya que hay tanto que decir?

—Mike...

—Te lo pondré fácil. Yo hago las preguntas y tú me das las respuestas. Háblame del trabajo en el *Globe*.

—Tú sabes...

—O quizá debería decir que no tienes trabajo. Que le dijiste a Toby Townsend lo que podía hacer con su precioso trabajo cuando te percataste de lo que tendrías que hacer.

Willow empalideció.

—¿Con quién has hablado?

—Con Jake. Esta mañana, contesté una llamada de tu móvil por error... —iba a decir «desgraciadamente», pero lo pensó mejor. Bajo su punto de vista, había sido un error muy afortunado—. Quería decirte que la tía Lucy está fuera del pueblo.

—Menos mal.

—Y ahora viene la pregunta número dos —dijo Mike, saltando de la cama—. ¿Por qué no me lo habías contado? ¿Por qué no me habías dicho lo del *Globe*? ¿Lo de la tía Lucy? —preguntó, acercándose a ella. Willow dio un paso atrás y se chocó contra la pared.

Mike alargó la mano para acariciar su pelo, apartándolo de su cara, dejándola expuesta, vulnerable. Willow no podía esconderse.

—No podía.

—¿Es que no has aprendido nada? Los secretos son corrosivos. Se comen una relación hasta que no queda nada.

Willow murmuró algo que Mike no entendió.

—¿Qué has dicho?

—Que me daba vergüenza.

—¿Vergüenza? ¿Y por qué te daba vergüenza?

—Estaba dispuesta a echarlo todo por la borda... —empezó a decir ella. Tenía las mejillas coloradas, pero el resto de su cara era de una palidez preocupante—. El hombre al que quiero, mi trabajo en un periódico estupendo, un periódico con corazón, y todo por un salto adelante en un periódico asqueroso que no vale nada...

—Willow, por favor...

—Tú me lo advertiste, pero yo creí que era más lista. Ahora sé que no —murmuró ella, secándose las lágrimas—. Mi orgullo ha hecho que me equivocara...

—No aceptar la propuesta del *Globe* es un gesto muy valiente, Willow. No esperaba menos de ti.

—¿De verdad? ¿Y quién va a contratarme ahora? Quería irme del *Chronicle* porque no me parecía suficiente y ahora no sé si alguien va a tomarme en serio...

—Yo te tomo en serio —la interrumpió él—. Muy en serio. El puesto en el *Chronicle* sigue siento tuyo.

—Nunca se debe volver atrás. Es un error. Además, Julie estaba deseando quedarse con mi puesto desde que anunciamos la boda.

—¿Por qué? Tú no le dijiste a nadie que pensabas marcharte.

—Ella asumió que después de casarme no seguiría trabajando porque me quedaría embarazada inmediatamente.

—Ah, eso. Pues sería muy grosero por tu parte decepcionarla —sonrió Mike. Willow levantó los ojos, esperanzada. ¿Estaba diciendo lo que ella creía que estaba diciendo?–. Entonces, habrá que buscar otro sitio para ti.

–Sí, ¿pero dónde?

Era una crueldad tomarle el pelo, pensó Mike. Especialmente cuando había visto todo lo que necesitaba ver en esa mirada.

–Hay otro puesto vacante en el *Chronicle*. Y uno de los dos debería tener un trabajo serio, ¿no crees?

–¿Qué puesto?

–Mi padre sigue buscando a alguien que ocupe su lugar.

Willow se puso rígida.

–¡Tú no! ¡No puedes hacer eso, Mike! ¡Prométeme que no lo harás!

Él se puso la mano sobre el corazón.

–Tienes mi palabra. Pero entonces solo hay otra persona que pueda hacerlo.

–¿Quién?

–Tú, cariño.

Willow lo miró, incrédula.

–Pero... yo no sé nada sobre cómo dirigir un periódico.

–Sí lo sabes. Y lo probaste ayer. Lo primero que hay que tener es corazón. Cualquier persona puede llevar la contabilidad y el resto son pequeños detalles. Mi padre estará encantado de quedarse hasta que los conozcas todos.

–¿Has hablado con él?

–Hace una hora.

–¿Y de verdad cree que yo...? Pero, Mike, tu padre quería que el periódico siguiera siendo de la familia... No, ahora lo entiendo. Tu padre cree que así volveremos a estar juntos...

–Es posible –dijo Mike. Su padre, después de todo, era un romántico incorregible–. Debería haber imaginado que tú te darías cuenta de la estrategia –añadió, tomando su cara entre las manos–. Mi padre quiere que sea un Armstrong quien dirija el periódico, alguien que se lo deje a la próxima generación. Si quieres el trabajo, cariño, me temo que tendrás que casarte conmigo.

Willow miró aquella cara tan querida y vio las arruguitas alrededor de sus ojos, el hoyito que se formaba en su mejilla cuando reía.

–Michael Armstrong, esta es la proposición de matrimonio más horrorosa que nadie ha hecho nunca.

–Desde luego que sí –sonrió él–. Pero me da igual. ¿Cuál es tu respuesta?

–No podría ponerse por escrito. ¿Por qué no empezamos otra vez?

–¿Quieres casarte conmigo?

–Sí –contestó Willow–. Por favor.

–Qué niña tan educada. Tu madre se sentiría orgullosa de ti –rio Mike. Ella respondió con una palabra que haría que su madre se desmayase–. Vale. Ahora que está decidido, será mejor que vuelvas a ponerte esto –añadió, sacando el anillo del bolsillo.

–Creo que deberías besarme antes de que me ponga a llorar.

–Pienso hacer mucho más que eso, cariño. Pero hay una cosa más que tenemos que solucionar. Sobre la boda.

–¿No podríamos escaparnos?

–Eso ya lo hemos hecho. He pensado que el sábado podríamos celebrar una doble ceremonia.

–¿El sábado? ¿Con Crysse y Sean? Pero...

–Tus padres y los míos llegarán mañana por la mañana. Tu madre traerá tu vestido. Sean y yo hemos pasado toda la mañana arreglando el papeleo.

Willow abrió la boca, pero no pudo decir nada.

–Tú... Lo hiciste antes de saber nada sobre el trabajo, ¿verdad?

–El optimismo es herencia familiar.

–Me encanta el optimismo. Y te quiero, Michael. Viviría contigo en una choza, comiendo pan y cebolla.

–Mejor no. Pero podemos vivir en mi casa durante un tiempo –sonrió él, besándola suavemente en los labios–. Hasta que la maternidad nos obligue a buscar un sitio más grande...

–¿Maternidad?

–¿Eso no te lo había dicho? No solo tendrás que dirigir el periódico, también tendrás que suministrar una nueva generación.

–Parece que voy a estar muy ocupada.

–Cuenta con ello. Pero no te preocupes. Yo estoy encantado con ayudar en esa parte del plan.

–Eso no suena mal. Pero cuando dices eso de buscar un sitio más grande...

–Cuando digo grande, me refiero a algo suficientemente grande. Para nosotros, la próxima generación, los juguetes, los peces de colores...

Aquella vez, cuando la besó, Mike dejó bien claro que el momento de hablar había terminado.

Willow, Mike, Crysse y Sean se colocaron bajo un cenador blanco cubierto de flores tropicales. Sin damas de honor y, como invitados, solo sus padres y algunos clientes del hotel que decidieron ir a echar un vistazo.

Hubo muchos brindis y, en cuanto pudieron escaparse, Mike llevó a Willow a dar un paseo por la playa, descalzos a la luz de la luna, sus pantalones de color crema subidos por encima de los tobillos, el vestido blanco de ella rozando la arena.

Cuando llegaron al muelle, Mike la llevó hasta un bote.

–¿Nos vamos?

–¿Dónde? –preguntó Willow, sorprendida.

Mike la besó suavemente en los labios antes de tomarla en brazos.

–Una boda doble está muy bien, cariño, pero no tengo intención de compartir mi luna de miel con nadie. He alquilado un chalé en la costa durante dos semanas.

—Pero...

—¿Alguna objeción?

—No, es solo que... bueno, voy a necesitar algo más que el traje de novia...

—¿Ah, sí? —sonrió él—. ¿Para qué?

Willow sacudió la cabeza, riendo cuando vio las maletas dentro del bote.

—Estás empezando a ser un maestro en esto de las escapadas.

—Estoy mejorando. Pero esta vez, el novio y la novia se escapan juntos.

Mike la estaba mirando a los ojos y ella tuvo que contener el aliento.

Willow levantó una mano y acarició la cara del hombre.

—Juntos es la palabra más bonita que conozco —murmuró, acercando su boca a la de su marido—. No creo que haya ninguna mejor.

www.ingramcontent.com/pod-product-compliance
Lightning Source LLC
LaVergne TN
LVHW091614070526
838199LV00044B/792